Jule Heck

Schönes Biest

Tod im Schatten der Burg

Roman

A.P.P.

Schönes Biest / Tod im Schatten der Burg
Deutsche Erstausgabe: Oktober 2015

http://www.heck-company.de/
Lektorat: Rohlmann & Engels
Korrektorat: WORTplus
Cover: Art for your book, Sabrina Dahlenburg
Zeichnung Frauenkopf: Marcel Diehl, Gambach
Satz e-book und Druck: Sophie Candice
Erschienen im A.P.P.-Verlag
Peter Neuhäußer
Gemeindegässle 05
89150 Laichingen
ISBN mobi: 978-3-946222-44-6
ISBN epub: 978-3-946222-45-3
ISBN print: 978-3-946222-46-0

Dieser Roman wurde unter Berücksichtigung der neuen deutschen Rechtschreibung verfasst, lektoriert und korrigiert.

Mein besonderer Dank gilt meiner Familien und all denen, die mir bei der Entstehung des Romans hilfreich zur Seite standen.

Gewidmet ist dieses Buch unserem lieben Freund A.M.

Viel Freude beim Lesen!

Jule Koch

Dorf-Güll, den 26.11.15

Über das Buch

Das Ermittlerduo Alexander Henneberg und Cosima von Mittelstedt vom K 10 in Friedberg, von ihren Kollegen nur Henne und Co genannt, arbeiten an einem länger zurückliegenden Fall als in der ›Höll‹, in den Wiesen bei Münzenberg, ein neuer Mord geschieht. Während ihrer Ermittlungen stellen sie fest, dass die beiden Morde miteinander verstrickt sind und decken weitere ungeklärte Todesfälle auf. Immer wieder taucht in diesem Zusammenhang der Name von Hennes neuer Nachbarin, der Anwältin Regina Mutzke auf, in die sich der smarte Kommissar verliebt hat. Die alleinstehende, gut aussehende und erfolgreiche Anwältin versteht es geschickt, den Kommissar zu täuschen und ihn in eine Falle zu locken. Nur um ein Haar verhindern Rauhaardackel Erdmann, der die beiden Kommissare tatkräftig unterstützt, und Kriminaloberkommissarin von Mittelstedt eine Katastrophe.

Dieses Buch ist ein Kriminalroman. Die Personen und die Handlung sind frei erfunden. Ähnlichkeiten mit lebenden Personen sind rein zufällig oder beabsichtigt, wie im Fall des Schäfers.

Aufstellung der handelnden Personen

Alexander Henneberg:	Kriminalhauptkommissar beim K 10 in Friedberg, genannt Henne
Cosima von Mittelstedt:	Kriminaloberkommissarin beim K 10 in Friedberg, genannt Co
Frau Stückrath:	Sekretärin beim K 10, Kosename Stückchen
EKHK Wortmann:	Erster Kriminalhauptkommissar beim K 10, leitender Ermittler
Jüngling u. Eberstädter:	weitere Ermittler beim K 10
Frau Dr. Auf der Heide:	Rechtsmedizinerin aus Gießen
Regina Mutzke:	Erfolgreiche Rechtsanwältin aus Friedberg
Juliane Landmann:	Redakteurin
Maria Eisenhut:	Tante von Regina aus Gambach

Doris Fleischhauer:	Mordopfer aus Friedberg
Dieter Kremp:	Freund von Doris Fleischhauer
Wolfgang Kain:	Rechtsanwalt aus Friedberg
Barbara Kain:	Frau von Wolfgang und Reginas Stiefschwester
Lisa Kain:	Tochter von Wolfgang und Barbara
Manfred Kain:	Rechtsanwalt aus Friedberg
Holger Palme:	Mann von Birgit Schmitt-Palme
Petra Palme:	Exfrau von Holger
Birgit Schmitt-Palme:	Ehefrau von Holger
Hubert Schmitt:	Exmann von Birgit Schmitt-Palme
Britta Karau:	Kosmetikerin aus Wernborn
Carolin Dait:	Friseuse
Andreas Schmid:	Schäfer aus Gambach
Martin Weiss-Alles:	Zeuge aus Gambach
	Polizisten, Feuerwehrleute, Geschwister etc.

Herbst 1960

»Vater, wir müssen die Hebamme rufen! Mutter und ich schaffen das nicht«, flehte Maria ihren Vater an. Verschwitzt und blutverschmiert stand sie vor ihrem Erzeuger.

»Du hast mir gar nichts zu sagen, du *Amiflittchen*. Deine Schwester hätte sich vorher überlegen sollen, ob sie die Beine breit macht.« Seit Stunden lag seine jüngste Tochter Klara in den Wehen. Es ging nicht vorwärts mit der Geburt, obwohl die Fruchtblase schon vor längerer Zeit geplatzt war. Das Jammern und Gestöhne von Klara, die in ihrem Zimmer über der Waschküche lag, wollte nicht verstummen.

Geschieht dem dummen Weib recht, dachte der Vater. Warum musste sie sich mit siebzehn Jahren schwängern lassen? Sie konnte froh sein, dass er alles so gut gerichtet, sie schnell mit Robert, diesem jungen Mann aus dem Osten Deutschlands, verheiratet hatte, bevor das ganze Dorf auf die Dummheit von Klara aufmerksam geworden war. Doch wenn er jetzt die Hebamme kommen ließ, kostete die nicht nur unnötiges Geld, nein, sie würde auch sofort merken, dass es sich bei dem Neugeborenen nicht um eine Frühgeburt handelte, sondern um ein fertig ausgetragenes Kind. In Windeseile würde sich die Nachricht im Dorf verbreiten und Schande über seine Familie bringen. Sein ganzes Leben lang war er bemüht gewesen, seine Ehre nicht zu beschmutzen.

Er war ein angesehener, rechtschaffener Bürger, der jeden Sonntag mit seiner Familie den Gottesdienst besuchte, der trotz einer Kriegsverletzung hart arbeitete, um seine Familie anständig ernähren zu können. Und doch würden die Leute ihn auslachen, mit dem Finger auf ihn zeigen wegen dieses verdammten Bastards, der seit Stunden versuchte, das Licht der Welt zu erblicken. Was hatte er nur verbrochen, dass seine Töchter seinen guten Ruf beschädigten? Maria trieb sich mit amerikanischen Soldaten herum und Klara hatte sich mit irgendeinem Bauerntölpel aus dem Dorf eingelassen. Den Namen des Vaters ihres Kindes hatte sie ihm trotz aller Androhungen bis heute nicht verraten.

»Schwiegervater, ich bitte dich, lass uns die Hebamme holen. Ich werde ihr gutes Geld geben, damit sie den Mund hält.« Obwohl Robert wusste, dass sein Schwiegervater keine Widerrede duldete, mischte er sich ein. Er hatte seine junge Frau in den letzten Monaten lieb gewonnen und akzeptiert, dass sie das Kind eines anderen unter dem Herzen trug.

»Schweig. Ich bin hier der Herr im Haus.« Mit großer Wucht ließ er seinen Gehstock auf den Boden knallen.

»Das gibt dir nicht das Recht, das Leben deiner Tochter und das ihres ungeborenen Kindes aufs Spiel zu setzen. Ich habe deine Tochter nicht geheiratet, damit ich wenige Monate später als Witwer dastehe.« Energisch trat Robert dem alten Mann gegenüber. Zorn funkelte in seinen Augen. In diesem Moment war ein neuer, markerschütternder Schrei aus dem oberen Stockwerk zu hören.

»Geh, Maria, hol die Hebamme. Ich werde ihr schon beibringen zu schweigen.« Dankbar lächelte Maria ihren Schwager an und stürzte aus der Stube. Sie eilte durch die dunkle Nacht. Der Wind heulte um die Häuser, peitschte ihr den kalten Herbstregen ins Gesicht.

Wenig später kehrte sie mit der Hebamme in ihr Elternhaus zurück. Die alte Frau, die seit ewigen Zeiten als Geburtshelferin in Gambach tätig war und schon Hunderte von Kindern auf die Welt geholt hatte, erkannte sofort die Steißlage des Kindes und drehte es im Körper der Gebärenden. Ihr war klar, dass die werdende Mutter dabei unsägliche Schmerzen litt, doch wenn sie auch nur einem der beiden das Leben retten wollte, blieb ihr nichts anderes übrig. Nachdem sie das Ungeborene in die richtige Lage gebracht hatte, bahnte es sich innerhalb kürzester Zeit seinen Weg durch den Geburtskanal ins Freie, so als wolle es nun endlich auf dieser Welt ankommen.

Stumm lag es in den großen Händen der Geburtshelferin. Die Augen hatte es geschlossen. Mit geübten Handgriffen nabelte sie das Baby ab, nahm es an den Beinen, ließ es mit dem Kopf nach unten hängen und gab ihm einen festen Klaps auf den Po. Kurz darauf begann das feuchte, blutverschmierte Wesen zu schreien. Die Stimme klang kräftig. Sie passte zu dem Baby, das rund und gesund aussah. Die Hebamme untersuchte es, wusch es anschließend behutsam.

Als sie die Beine des Mädchens mit dem warmen Wasser reinigte, schlug es die Augen auf. Die Hebamme erschrak, ließ sich jedoch nichts anmerken. Diese Augen hatte sie schon einmal gesehen. Vor nicht allzu langer Zeit hatte sie das Kind einer anderen Frau aus dem Dorf auf die Welt geholt. Die Mutter war während der Geburt gestorben. Das Kind mit den seltsamen grünen Augen und den feuerroten Haaren war ihr wenig später ins Grab gefolgt. Genau die gleichen smaragdgrünen Augen, die an einen Kratersee erinnerten, blickten sie nun zornig aus dem Gesicht des neugeborenen Mädchens an. Derselbe rote Haarschopf bedeckte ihren Kopf. Auch das Gesicht trug ähnliche Züge wie das vor wenigen Wochen verstorbene Kind.

Die Hebamme wusste genau, wer der Vater des Kindes sein musste. Der junge Mann aus dem Osten, der im Dorf als werdender Vater präsentiert wurde, war es jedenfalls nicht.

Spätsommer 2010

Kapitel 1

Es bedurfte nur eines Klicks. Innerhalb kürzester Zeit würde die Empfängerin das Bild erhalten. Das Bild, das ein ganzes Leben vernichten würde. Ihr raffiniert ausgetüftelter Plan würde aufgehen. Sie kannte keine Gnade. Nur noch wenige Tage trennten sie von der Verwirklichung ihrer Rachegedanken, die sie seit Monaten verfolgte. Rachegedanken an einen Mann, der sie nur benutzen wollte – wie so viele vor ihm. Auch diesen Mann würde sie nicht ungeschoren davonkommen lassen. Sie würde ihn in den Dreck treten, seiner Familie entziehen, ihm den Job vermiesen, ihn vernichten. Seine Freunde würden ihn fallen lassen wie eine heiße Kartoffel. Am Ende ihres Rachefeldzuges wäre von dem einstmals gut aussehenden, erfolgreichen Mann nicht mehr viel übrig. Sie würde seinen Stolz brechen, so wie er ihren Stolz gebrochen hatte. Er hatte ihr die Anerkennung und den notwendigen Respekt versagt und sie wie ein Stück Dreck behandelt.

Mit einem weiteren Klick verschickte sie eine SMS: »Gutes Bild. Geld findest Du in einem geschlossenen Umschlag morgen früh im Briefkasten. Melde mich wieder.«

Es vergingen nur wenige Minuten, bis ihr Telefon klingelte. Die Nummer auf dem Festnetzanschluss bestätigte ihr, dass ihre Menschenkenntnis sie nicht im Stich gelassen hatte. Mit einem Schmunzeln auf dem makellosen Gesicht blickte sie aus dem Fenster. Die Anruferin konnte warten.

Wie nicht anders zu erwarten, ertönte kurz darauf der Klingelton ihres Smartphones. Dieselbe Nummer erschien auf dem Display. Auch diesen Anruf ließ sie unbeantwortet. Wenig später erreichte sie eine SMS: »Bitte ruf mich an. Es ist dringend. Babs.«

Kapitel 2

Es war bereits Nachmittag, als Regina endlich dazu kam, ihre Schwester Barbara anzurufen. Sie hatten seit Tagen nicht miteinander gesprochen. Das ewige Gejammer der Älteren ging Regina auf die Nerven.

»Hallo Schwesterchen, wie geht es dir?«, meldete sie sich.

»Na endlich, das wurde ja auch Zeit. Warum rufst du mich nicht an?«

»Entschuldige mal, aber ich habe nicht so viel Zeit wie du. Ich muss meine Brötchen selbst verdienen. Was gibt es denn schon wieder so Wichtiges?« Es war immer das Gleiche mit ihrer Stiefschwester. Immer musste sich alles um sie drehen. Eigenschaften wie Geduld und Höflichkeit waren Fremdwörter für sie.

»Stell dir vor, es ist schon wieder ein Bild angekommen. Jetzt ist das Maß voll. Ich will die Scheidung.«

»Nun mal langsam mit den jungen Pferden. Was ist denn auf dem Bild zu sehen?«

»Mein Mann in inniger Umarmung mit dieser Blondine«, kam es zynisch zurück.

»Eine Umarmung hat noch gar nichts zu bedeuten«, versuchte Regina ihre Schwester zu beruhigen.

»Du kannst genau sehen, wie dieses Arschloch ihr die Zunge in den Hals steckt. Das reicht doch wohl, oder?«, empörte sich Barbara.

»Na ja, das ist ziemlich eindeutig. Trotzdem solltest du noch mal mit Wolfgang reden.«

»Das hast du bis jetzt jedes Mal gesagt. Da gibt es nichts zu reden. Jetzt reicht es mir. Ich will ihn nicht mehr. Der kann von mir aus unter die Brücke ziehen!« Ein Schluchzen stoppte ihren Redeschwall.

»Babs, jetzt beruhige dich. Überleg dir das gut mit der Scheidung. Du bleibst allein zurück. Du wirst nicht mehr eingeladen, wirst an den Wochenenden gelangweilt zu Hause sitzen. Deine Tochter würde ihren Vater verlieren. Das verzeiht sie dir nie.«

»Das ist mir egal. Das Verhalten von Wolfgang ist demütigend. Diese ständige Lügerei, die Ausreden. Ich habe kein Vertrauen mehr zu ihm.«

»Lieber so ein Mann als gar keiner. Glaube mir!«

»Das sagst du ja nur, weil du keinen mehr abgekriegt hast.« Wie immer reagierte Barbara wütend auf die Beschwichtigungsversuche ihrer Schwester.

»Das ist unfair. Das weißt du.« Reginas Stimme klang traurig. Dennoch unternahm sie einen erneuten Versuch, die Betrogene so doch noch zum Umdenken zu bewegen. »Dein Mann wird dir das Haus wegnehmen und dich zwingen, wieder arbeiten zu gehen. Denk doch nur mal an all die Annehmlichkeiten, die du hast. Willst du das wirklich wegen so einer blöden Affäre aufgeben? Das ist es doch nicht wert.«

»Dass ausgerechnet du dich auf Wolfgangs Seite stellst, hätte ich nicht gedacht.«

»Da hast du was falsch verstanden, Schwesterchen. Ich stehe nicht auf seiner Seite, sondern auf deiner. Ich will dich nur vor Schaden bewahren. Glaub mir, als Scheidungsanwältin habe ich mehr als genug Erfahrung damit. Du glaubst nicht, wie viele Frauen ihre Scheidung im Nachhinein bitter bereut haben.«

»Hilfst du mir?«, bettelte Barbara nun. »Du bist die beste Scheidungsanwältin weit und breit.«

»Nur ungern. Ich will sehen, was ich tun kann. Mach mich aber später nicht für dein Unglück verantwortlich.«

»Unglücklich bin ich schon jetzt. Wann wirst du etwas unternehmen?«

»Ich melde mich, sobald ich eine Lösung gefunden habe. Bitte verhalte dich bis dahin ruhig, mach keine Dummheiten, tu nichts Unüberlegtes«, warnte die Jüngere eindringlich.

Regina vermutete, dass ihre Schwester genau das nicht machen würde. In ihrer unbeherrschten Art würde Barbara ihrem Ehemann das Leben ab sofort zur Hölle machen. Aber dafür war Regina nicht verantwortlich.

Kapitel 3

Kriminalhauptkommissar Alexander Henneberg freute sich auf den Spaziergang mit seinem Rauhaardackel Erdmann. Jeden Abend nach Dienstschluss unternahmen die beiden einen ausgedehnten Rundgang durch das Wohnviertel, in dem Henneberg seit 45 Jahren lebte.

Seit dem Tod seiner Mutter im Jahr 2007 bewohnte er die Villa seiner Eltern in der Mainzer-Tor-Anlage in Friedberg allein. Er hatte kein Interesse, einen Teil des Hauses zu vermieten, das für ihn eigentlich zu groß war. Zum einen wollte er nicht von anderen Mitbewohnern genervt werden, zum anderen hatte er es finanziell nicht nötig. Seine Eltern waren wohlhabende Leute gewesen und er als einziger Sohn hatte sie beerbt.

In dem großen Garten konnte sich Erdmann frei bewegen und nach Lust und Laune herumschnüffeln. Nach der erfolgreich abgeschlossenen Ausbildung in einer Gambacher Hundeschule benahm sich der Dackel einigermaßen anständig. So konnte Henneberg ihn jeden Tag mit ins Präsidium nehmen. Erdmann war der Star. Alle liebten ihn, umsorgten ihn aufs Feinste. Die kleinen Dummheiten, die der quirlige Dackel ab und zu machte, übersahen die Kollegen geflissentlich. Frau Stückrath, Hennebergs Sekretärin, ging zwischendurch mit dem kleinen Kerl Gassi und fütterte ihn regelmäßig.

Am liebsten lag Erdmann zu ihren Füßen unter dem großen Schreibtisch im K 10, dem Polizeipräsidium in Friedberg.

Nun war Henne mit dem Dackel in der untergehenden Abendsonne unterwegs, er grüßte die Leute links und rechts des Weges in ihren Gärten. Ab und zu blieb er für ein kleines Schwätzchen stehen. Für gewöhnlich endete der allabendliche Rundgang in seiner Lieblingskneipe auf einen Absacker für ihn und ein Leckerli für Erdmann.

Den Absacker hatte Henneberg heute bitter nötig. Den ganzen Tag hatte der Kommissar alte Akten gewälzt. Im Moment war es ruhig im K 10. Deshalb hatte er sich in den letzten Wochen mit einem Mordfall aus der Vergangenheit beschäftigt, der nie aufgeklärt worden war.

Sein Vorgänger hatte ihm die Akte übergeben. »Wenn du mal Zeit hast, nimm dich noch einmal dieser Sache an. Es lässt mir einfach keine Ruhe, dass ich diesen Fall nicht auflösen konnte. Ich kannte die Familie persönlich gut.« Henneberg hatte es dem frischgebackenen Pensionär versprochen. Inzwischen waren zehn Jahre vergangen und Henne hatte nicht einmal einen Blick in die Akten werfen können. Doch das sollte sich jetzt ändern.

Bei dem Ermordeten handelte es sich um den Ehemann einer Unternehmerin aus Usingen. Er war nackt auf dem Bett liegend, mit den Händen und Füßen an die Bettpfosten gefesselt, in einem Bad Nauheimer Hotel aufgefunden worden.

Das Opfer war vor seinem Tod sexuell befriedigt worden, bevor es erstickt worden war. Ein breites Pflaster über Mund und Nase hatte es daran gehindert zu atmen. Der Mann musste qualvoll gestorben sein. Falls es sich nicht um eine besondere Art der sexuellen Befriedigung gehandelt hatte, die aus dem Ruder gelaufen war, ließen die Todesumstände vermuten, dass hier ein Racheakt vollzogen worden war.

Die Ermittlungen hatten damals ergeben, dass sich der Ermordete über einen längeren Zeitraum einmal pro Woche mit einer Frau in diesem Hotel getroffen hatte. Im Frühjahr des gleichen Jahres hörten die Treffen auf, bis zu dem Tag, an dem der Mann ums Leben kam. Das Hotel war durch seine Nähe zur A 5 bestens geeignet für Messebesucher in Frankfurt und Monteure, die in der Wetterau arbeiteten und dort übernachten mussten.

Man konnte nicht ausschließen, dass die Zimmer in dem Hotel stundenweise belegt wurden. Solange das Geld stimmte und Hotelgäste, die aus diesem Grunde das Haus aufsuchten, nicht unangenehm auffielen, war das dem Betreiber ziemlich egal.

Der Verstorbene hatte jedes Mal per Internet eingecheckt und das Hotel erst nach vierzehn Uhr betreten, wenn die Rezeption nicht mehr besetzt war, die Zimmermädchen ihre Arbeit bereits beendet hatten. Zwei Stunden später hatte er das Hotel wieder verlassen, bis zu dem Tag im Spätsommer 2000, als sein Leben ein unnatürliches Ende genommen hatte.

Trotz intensiver Recherchen konnte nicht geklärt werden, ob sich der Mann immer mit der gleichen Frau getroffen oder ob er womöglich eine Gewerbliche aufs Zimmer bestellt hatte. Nach Aussagen der Zimmermädchen hatten die zerwühlten Betten, die Spuren von Lippenstift, Sperma und Schweißgeruch sowie lange blonde Haare jedes Mal auf wilde Sexszenen schließen lassen. Aber eine Frau sahen sie nie. Die Zimmermädchen wunderten sich über das abrupte Ende der Begegnungen im Frühjahr. Zumal sie sich einen Spaß daraus machten, die tollsten Vermutungen anstellten, was der Mann mit seiner Gespielin in dem Zimmer trieb.

Die Aufnahmen einer Videoüberwachungskamera am Hoteleingang vom Tag des Todes zeigten nur den später Ermordeten beim Betreten des Foyers. Eine Frau mit langen blonden Haaren hatte das Hotel an diesem Tag nicht betreten, zumindest nicht durch den Haupteingang. Die Überwachungsbänder wurden nach einer Woche überspielt.

Zunächst war der Verdacht auf eine Hotelangestellte gefallen. Doch sie wurde schnell von den Kolleginnen entlastet, gab aber schließlich den entscheidenden Hinweis. Einmal hatte sie beobachtet, wie er einer Frau mit langen blonden Haaren die Hintertür zum Hotelparkplatz geöffnet hatte.

Vermutlich hatte er das auch an seinem Todestag getan, damit seine Geliebte unbemerkt das Hotel betreten konnte. Denn dort gab es keine Überwachungskamera.

Die Spurensicherung fand in dem Zimmer weder Fingerabdrücke noch sonstige Spuren, die kriminaltechnisch verwendbar gewesen wären. Der Mörder musste das Zimmer akribisch gereinigt haben. Nur an der Jacke des Ermordeten, die an der Tür hing, fand man ein einzelnes langes, blondes Haar, das aber niemandem aus den polizeilichen Datenbanken zugeordnet werden konnte.

Die Befragung der Ehefrau des Toten, Birgit Schmitt-Palme, hatte ergeben, dass ihr Mann jeden Mittwoch seine Stieftochter zum Klavierunterricht in die Bad Nauheimer Musikschule gebracht und sie zwei Stunden später dort wieder abgeholt hatte. Währenddessen habe er Einkäufe oder Bankgeschäfte in Bad Nauheim erledigt. Auf dem Rückweg hatte er seine Frau in Wernborn, das auf dem Heimweg nach Usingen lag, abgeholt.

Dort besaßen die Schwestern Caroline und Britta eine kleine Wellnessoase mit Friseur- und Kosmetiksalon. Jeden Mittwoch ließ sich die Unternehmerin aus Usingen dort abwechselnd die Haare machen, die Füße pflegen oder das Gesicht behandeln. Dieses Ritual pflegte sie seit zwanzig Jahren. Sie gehörte zu den treuesten Stammkunden der beiden Frauen. Dort hatte sie auch ihren Mann kennengelernt. Zufällig waren sie sich vor einem Jahr auf dem Parkplatz vor Brittas Haus begegnet.

Für die Unternehmerin war es Liebe auf den ersten Blick gewesen. Sie hatte den großen, breitschultrigen Mann einfach angesprochen, ihn zu sich nach Hause eingeladen und wenig später in ihrer Firma eingestellt. Sie war der Meinung gewesen, dass auch er ihre Liebe erwiderte. Alles hatte sich so gut angefühlt, so richtig. Im Frühjahr des gleichen Jahres hatten sie geheiratet. Er war ein liebevoller Ersatzvater für ihre kleine Tochter, half in der Firma mit, kümmerte sich um ihre Abrechnungen und begleitete sie auf ihren Geschäftsreisen.

Bei der Überbringung der Todesnachricht ihres Mannes war sie zusammengebrochen. Sie verstand die Welt nicht mehr. Wieso hatte sich ihr Mann mit einer oder gar mehreren Frauen in diesem Hotel getroffen? Hatte sie ihren Mann so wenig gekannt? Ihr Mann hatte sie verwöhnt, ihr Blumen oder Süßigkeiten aus der Stadt mitgebracht und ihr jeden Wunsch von den Augen abgelesen. Sie hatte diese Gesten als Beweis seiner Liebe zu ihr gesehen. Ihr Ehe- und Geschlechtsleben hatte sie als normal empfunden. Wieso sollte sich ihr Mann Befriedigung bei anderen Frauen holen?

All diese Fragen stellte sich auch Hauptkommissar Henneberg bei seinem abendlichen Rundgang mit Erdmann. Er wollte die Sache wieder aufrollen, noch einmal alle Zeugen befragen. Mit moderner Technik könnten sie die Spuren neu bewerten.

Gleich morgen würde er seine Arbeit aufnehmen. Sein Ehrgeiz war geweckt. Er wollte diesen Fall, obwohl er zehn Jahre zurücklag, unbedingt aufklären.

Als Henneberg und Erdmann um zweiundzwanzig Uhr wieder die Mainzer-Tor-Anlage erreicht hatten, kam ihnen eine Joggerin entgegen. Seinen Gruß erwiderte sie nur knapp.

Warum musste eine Frau um diese Uhrzeit ganz alleine durch die Dunkelheit laufen, ging es Henne durch den Kopf. Täglich wurden Frauen überfallen und vergewaltigt. Die Läuferin forderte es durch ihr spätes Auftreten regelrecht heraus. Er hätte sie am liebsten angehalten und auf ihr dummes Verhalten angesprochen. Doch als er sich noch einmal umdrehte, sah er, wie sie in einem Tor auf der anderen Straßenseite verschwand. Er erinnerte sich, dass das Haus schräg gegenüber kürzlich verkauft worden war. Bis jetzt hatte er von den neuen Eigentümern jedoch noch niemanden zu Gesicht bekommen.

Kapitel 4

Sie blieb vor einem Mehrfamilienhaus stehen, sah sich um. Die Straße lag verlassen da. Der Schein der Laterne sorgte nur für eine spärliche Beleuchtung in dem Altstadtviertel. Mit einer kleinen Taschenlampe sorgte sie für Licht. Sie fand den Briefkasten und steckte einen dicken Umschlag durch den Schlitz.

Zufrieden trat sie den Heimweg an. Die Kirchturmuhr schlug gerade zehn Mal, als sie die Straße mit den schönen Villen erreichte. Während sie sich ihrem Haus näherte, erblickte sie auf der gegenüberliegenden Straßenseite einen Mann mit einem Hund.

Kapitel 5

Es war noch dunkel, als Henneberg das Polizeipräsidium im Grünen Weg in Friedberg betrat. Der Pförtner öffnete ihm lächelnd die Tür, kam aus seiner Kabine, um Erdmann den breiten Kopf zu tätscheln. »Morgen, Erdmann, Morgen, Henne. Schon so früh heute?« Seit der Kommissar den Dackel mit ins Büro brachte, wurden er und Erdmann immer in dieser Reihenfolge begrüßt. Und sie waren immer die Ersten im Büro.

»Guten Morgen«, grüßte er zurück. Er amüsierte sich köstlich über das Getue, dass alle um den Rauhaardackel machten.

»Erdmann hat mich heute schon früh geweckt. Irgendwas muss ihn gestört haben.« Der Dackel sprang an den Beinen des Pförtners hoch und ließ sich ausgiebig den Kopf kraulen.

»Komm jetzt, Erdmann, wir haben zu tun.«

»Gibt es einen neuen Mord?«, fragte der Mann neugierig.

»Nee, muss mich um Altlasten kümmern.« Damit verschwanden die beiden über die Treppe ins obere Stockwerk.

Henneberg liebte es, morgens allein in seinem Büro zu sitzen und in Ruhe seine Arbeit beginnen zu können. Bevor er zu der Akte im Mordfall Holger P. griff, betätigte er die Kaffeemaschine in Stückchens Büro. Erdmann ließ sich auf der Decke unter dem Schreibtisch der Sekretärin nieder. Der Spaziergang von zu Hause bis hierher hatte ihn ermüdet.

Henneberg konzentrierte sich auf die Aussagen der Freunde und Nachbarn des Ermordeten. Ausnahmslos alle hatten ihn als umsichtigen und freundlichen Menschen beschrieben. Obwohl er durch seine Größe und seinen muskulösen Körperbau aus der Masse hervorstach, hatte er einen sympathischen Eindruck auf seine Mitmenschen gemacht. Er galt als hilfsbereit, aufmerksam und zuvorkommend. Von irgendwelchen abartigen Neigungen wollte keiner etwas mitbekommen haben.

Holger P. war 1960 in Wernborn, einem kleinen, idyllischen Ort im Taunus, geboren und aufgewachsen. Seine Eltern waren einfache Leute, der Vater Bankangestellter, die Mutter Hausfrau.

Nach dem Abitur am Gymnasium in Usingen studierte Holger P. in Frankfurt Betriebswirtschaft. Während des Studiums wohnte er im Studentenwohnheim in Bornheim und kam nur an den Wochenenden in den kleinen Taunusort. Zum Ärger seiner Eltern beendete er sein Studium nicht.

Als Lkw-Fahrer verdiente er anschließend Geld, verschwand dann eine Weile in die Karibik. Seine Leidenschaft fürs Motorradfahren und Tauchen ließ ihn alles andere vergessen. Als ihm das Geld ausging, schickten ihm die Eltern ein Ticket für die Rückreise.

Der Vater brachte ihn bei der Bank unter, in der er selbst seit 30 Jahren arbeitete. Dort lernte Holger P. seine Frau Petra kennen, wurde innerhalb kürzester Zeit Vater von drei Kindern und baute ein Haus in seinem Heimatort. Seine Ehe galt als gut. Er war Mitglied in allen möglichen Vereinen und überall dort, wo etwas los war.

Völlig unerklärlich für die Dorfbewohner verschwand seine Frau nach zweiundzwanzig Ehejahren über Nacht und ließ ihren Mann einfach sitzen. Die Kinder waren mittlerweile erwachsen und bereits aus dem Haus.

Nicht lange danach lernte Holger P. die Unternehmerin, Birgit

Schmitt, aus Usingen kennen, heiratete sie ein Jahr später. Niemand wollte glauben, dass der Mann über einen längeren Zeitraum eine sexuelle Beziehung zu einer oder mehreren anderen Frauen pflegte. Schon gar nicht seine Gattin.

Henneberg wusste aus seiner langjährigen Erfahrung als Ermittler im Morddezernat, dass viele Menschen ein Doppelleben führten. Die traurige Erkenntnis der Hinterbliebenen, dass sie sich in dem Menschen, den sie über alles liebten, getäuscht hatten, war oftmals schlimmer als die Nachricht über den Tod selbst.

»Guten Morgen, Erdmann, guten Morgen, Henne.« Schwungvoll knallte Frau Stückrath, die von allen nur liebevoll Stückchen genannt wurde, ihre Handtasche auf den Schreibtisch, beugte sich nach unten und herzte Erdmann, der wie eine Rakete aus seiner Höhle hervorgeschossen kam.

»Guten Morgen, Stückchen.« Belustigt sah Henne durch die offen stehende Tür, wie sich seine Sekretärin und sein Dackel begrüßten. *Die beiden sind ein Herz und eine Seele*, dachte er.

»Guten Morgen, Erdmann, hallo Stückchen, hallo Henne. Bin wieder da!« Co erschien im Türrahmen und schüttelte lachend den Kopf. Sie strahlte über das ganze Gesicht, das leicht gebräunt war. Dem Aussehen nach hatte sie sich in ihrem wohlverdienten Urlaub gut erholt.

»Muss das eine Liebe sein«, kommentierte Co die Szene.

»Hallo Co, wie war der Urlaub? Gut siehst du aus.« Stückchen umarmte die Kommissarin.

»Schön, dass du wieder da bist. Wie war es an der Côte du Wetter?«, fragte Henne spitz.

»Du brauchst gar nicht zu spotten. Du glaubst gar nicht, wie schön es in Ober-Hörgern ist. Ich hätte nicht gedacht, dass das Landleben so herrlich sein kann. Die Kraniche ziehen schon wieder übers Land. Die machen vielleicht einen Krach. Und das Plätschern des Mühlrades klingt so gemütlich.

Ich muss gar nicht wegfahren. Allein dort auf der Wiese zu sitzen und auf die Burg zu schauen, ist wie Urlaub in einem anderen Land.«

Co hatte vor zwei Jahren die alte Mühle in Ober-Hörgern, dem kleinsten Stadtteil von Münzenberg in der Wetterau, gekauft. Die Mühle war im Jahr 2006 Schauplatz schrecklicher Ereignisse gewesen. Mehrere grausame Todesfälle hatten das Städtchen Münzenberg damals in Angst und Schrecken versetzt. Die Mühle wollte danach niemand mehr haben. Co, die sich schon während der Aufklärung des Falles in die Mühle und die Umgebung verliebt hatte, stieß 2008 wieder auf das Objekt und erwarb es zu einem günstigen Preis.

»Ja, ja, du Landratte, ich werde schon mal wieder in Ober-Hörgern aufschlagen.« Henne lachte.

»Wieso bist du heute so früh? Gibt es was Besonderes?«, wollte Co wissen.

»Nee, nichts passiert in den zwei Wochen, in denen du uns sträflich vernachlässigt hast.«

»Dann kann ich ja wieder abhauen, wenn hier eh nichts los ist.«

»Halt, nicht so schnell. Ich habe mir mal eine alte Akte vorgenommen, die mir mein Vorgänger seinerzeit anvertraut hat. Das ist ein interessanter Fall, den wir noch mal aufrollen wollen. Ich habe schon mit dem Chef gesprochen. Er ist einverstanden, wenn wir daran arbeiten, solange nichts Aktuelles anliegt.«

»Okay, schieß los. Um was oder wen handelt es sich?«

Henne gab seiner Kollegin in Kürze die wichtigsten Informationen zum Mordfall Holger P. und beantwortete geduldig ihre Fragen.

»Wieso trifft sich der Mann ein halbes Jahr nicht mehr mit der Frau im Hotel, um dann bei einem erneuten Rendezvous ermordet zu werden?«, sinnierte die Kommissarin. »Das ist doch sonderbar.

Vielleicht wurde er gar nicht umgebracht. Könnte es nicht sein, dass es hier um einen besonderen sexuellen Kick ging, der übertrieben wurde?«

»Daran habe ich auch schon gedacht. Aber dann nimmt man doch eher einen Knebel und kein Pflaster. Das kommt mir etwas komisch vor. Und in dem Fall macht sich auch niemand die Mühe, das ganze Zimmer zu reinigen. Wenn es ein Unfall gewesen wäre, dann wäre doch die Geliebte eher überstürzt aus dem Hotelzimmer geeilt.«

»Hätte so sein können, muss aber nicht. Wenn es sich bei der Dame um eine Polizei bekannte Person gehandelt hat, hätte sie allen Grund gehabt, ihre Fingerabdrücke zu beseitigen.«

»Nee, ich bevorzuge die Mordvariante. Wahrscheinlich war es so, dass sie ihn ans Bett gefesselt, befriedigt und ihm dann den Mund und die Nase zugeklebt hat. Er muss sich gewehrt haben. Das beweisen die Hautabschürfungen an seinen Hand- und Fußgelenken«, widersprach Henne.

»Das würde ja bedeuten, dass die Mörderin ihm beim Sterben zugesehen hat. Wie grausam!« Co schauderte es.

»Komisch, dass es auch, außer diesem einen langen Haar an seiner Jacke, überhaupt keine DNA-Spuren gegeben hat«, überlegte Henne laut. »Selbst wenn alles gereinigt wird, findet man doch immer irgendetwas, Faserreste, Hautreste. Aber da war nichts, außer seinem Sperma auf dem Bauch und dem Laken.«

»Ist doch klar. Sie hat wahrscheinlich Leder oder Latex getragen. Womöglich noch ihr Haar bedeckt oder eine Perücke aufgehabt. Das einzelne Haar muss nicht zwingend etwas mit der Mörderin zu tun haben.« Co schob die Unterlippe vor.

»Na, du scheinst dich ja auszukennen«, witzelte Henne. »Auf jeden Fall muss das eine ziemlich ausgebuffte Person gewesen sein.« Henne haute mit der flachen Hand auf den Schreibtisch.

»Wir sollten herausfinden, was ein halbes Jahr vorher passiert ist, wieso die Treffen plötzlich aufgehört haben.«

»Laut dem Protokoll hat er zu dem Zeitpunkt geheiratet. Also wäre es doch naheliegend, dass er die Liebesbeziehung deshalb beendet hat.«

»Um sie dann ein halbes Jahr später wieder aufzunehmen?«

»Ja, warum nicht? Vielleicht hatten die das so vereinbart, sich erst mal eine Weile bedeckt zu halten und dann munter weiterzumachen wie eh und je.«

»Männer sind Schweine!«

»Na, na. Das habe ich überhört«, drohte Henne seiner Kollegin mit erhobenem Zeigefinger.

»Ach, ist doch wahr!«, motzte Co.

»Anwesende ausgenommen«, kam es aus dem Nebenraum von Stückchen, gefolgt von einem tiefen Brummen aus Erdmanns Kehle.

»Nur weil du schlechte Erfahrungen gemacht hast, musst du nun nicht alle Männer über einen Kamm scheren.«

Co antwortete nicht darauf. Zu schmerzlich war die Erinnerung an ihren Exmann, der ihr vor einigen Jahren gestanden hatte, einen anderen Mann zu lieben. Die Ehe war daraufhin zerbrochen. Seitdem war Co keine feste Beziehung mehr eingegangen.

Henne sprang auf. »Komm, lass uns mit der Ehefrau des Verstorbenen anfangen. Ich habe gestern schon mit ihr telefoniert und sie darauf vorbereitet, dass wir heute bei ihr vorbeikommen, um sie in dieser Angelegenheit noch einmal zu befragen«, erklärte er Co.

»Das muss doch schrecklich für die Frau sein, nach über zehn Jahren den ganzen Mist noch einmal durchzumachen.«

»Mord verjährt nun mal nicht.« Henne nahm seine Jacke von der Stuhllehne und pfiff. Erdmann kam sofort angeschossen.

»Der Dackel bleibt hier!« Mit einem drohenden Blick sah Stückchen ihren Chef an. »Ich will heute in der Mittagszeit einen Spaziergang mit ihm machen.« Das Streitobjekt schaute von Stückchen zu Henne, von Henne zu Stückchen, legte seine Schnauze auf dem Boden ab und schnaubte.

»Ihr habt gewonnen. Der Dackel bleibt hier. Komm, Co, lass uns fahren.« Henne und Co verließen den Raum.

»Verräter, alles Verräter«, hörte Stückchen ihren Chef auf dem Gang fluchen.

Kapitel 6

Mit einem Knall flog die Tür zu Reginas Büro gegen die Wand. Ihr Schwager Wolfgang betrat ohne einen Gruß den Raum, stützte sich mit beiden Händen auf den Schreibtisch seiner Schwägerin und sah sie von oben herab an. Sein ganzes Gehabe drückte Missbilligung, Respektlosigkeit und Arroganz aus.

»Kannst du nicht anklopfen? Es könnte doch sein, dass ein Mandant im Raum ist«, fauchte Regina ihren Schwager an.

»Reg dich nicht auf. Ist doch gar niemand da.«

»Das konntest du aber nicht wissen. Ich habe dir schon hundertmal gesagt, dass du anklopfen sollst. Grüßen kannst du auch nicht.« Böse sah sie ihn aus ihren smaragdgrünen Augen an. Ihre Miene drückte Zorn und Verachtung aus.

»Ist ja schon gut. Ich gelobe Besserung.« Dabei legte der gut aussehende Mann seine Rechte auf die linke Brustseite und lächelte sie süffisant an.

»Also, was willst du so früh am Morgen? Um diese Uhrzeit treibst du dich doch normalerweise auf dem Tennisplatz herum.«

»Hast du was mit den Fotos zu tun, die meine Frau bekommen hat?«

»Welche Fotos? Davon weiß ich nichts.«

»Verarsch mich nicht! Barbara erzählt dir doch sonst auch alles.«

»Ich habe keine Ahnung, von was du sprichst.«

Regina stellte sich dumm. Sie würde ihrem Schwager nicht verraten, dass sie informiert war.

Wolfgang stützte sich mit den Händen auf die Schreibtischplatte und beugte sich mit dem Oberkörper so weit vor, dass sein Gesicht unangenehm nahe an dem seiner Schwägerin war. Mit einem wütenden Blick sah er sie an. »Wenn ich rauskriege, dass du etwas damit zu tun hast, mache ich dich fertig«, zischte er sie an.

»Ich zittere jetzt schon vor Angst.«

»Das solltest du auch«, stieß er unbeherrscht hervor.

Ungefragt nahm er eine von den Pralinen, die in einer dekorativen Kristallschale auf Reginas Schreibtisch lagen.

Sie schob ihm die Süßigkeiten entgegen. »Nimm doch gleich alle«, sagte sie spöttisch.

»Mein Gott, bist du wieder biestig heute.« Wolfgang verdrehte die Augen.

»War es das jetzt oder hast du noch mehr Bösartigkeiten auf Lager?«

»Barbara will, dass ich ausziehe. Sie hat in der letzten Zeit von einem Unbekannten Bilder von mir und einer blonden Frau erhalten.«

»Welch ein Wunder!«, kommentierte sie zynisch Wolfgangs Aussage. »Kannst du es immer noch nicht lassen, Frauen anzubaggern?« Regina spielte auf die unerfreuliche Begegnung an, die sie zu Beginn ihrer Tätigkeit in der Rechtsanwaltskanzlei mit Wolfgang hatte. Er reagierte sofort. *Getroffene Hunde bellen*, ging es Regina durch den Kopf.

»Du hast doch meiner Frau hoffentlich nichts davon erzählt?«

»Natürlich nicht. Aber nicht, um dich zu schützen, sondern nur um deiner Frau eine weitere Enttäuschung zu ersparen.«

»Aber die Frau auf den Bildern, die war mir gar nicht wichtig. Die kannte ich noch nicht lange. Wir haben uns ein paar Mal getroffen. Es ist gar nichts passiert«, verteidigte er sich, ließ sich auf den schweren Sessel gegenüber dem Schreibtisch sinken und fuhr sich mit beiden Händen durch die vollen, dunklen Haare.

»Das soll dir einer glauben, bei den vielen Liebschaften, die du hattest. Mein Mitleid mit dir hält sich in Grenzen.« Reginas Blick war eiskalt. Sie wusste, dass er log. Zudem hatte sie ihrem Schwager immer noch nicht verziehen, dass er sie gleich am ersten Tag an ihrer neuen Arbeitsstelle aufs Übelste angemacht und belästigt hatte. Sie hatte ihn erfolgreich abgewehrt. Seit dem begegneten sie sich auf Distanz. Beruflich hatten sie in der großen Friedberger Anwaltskanzlei nichts miteinander zu tun. Regina war auf Familien- und Scheidungsrecht spezialisiert, Wolfgang auf Arbeits- und Wirtschaftsrecht. Privat gingen sie sich möglichst aus dem Weg.

»Ihr Frauen wollt es doch so.« Spöttisch verzog Wolfgang die Mundwinkel.

»Wolfgang, es reicht! Du gehst mir mit deiner Selbstgefälligkeit auf die Nerven.«

»Ist ja schon gut«, beschwichtigte er Regina. »Kannst du nicht mal mit Barbara reden? Auf dich hört sie doch. Ich habe keine Lust auszuziehen.«

»Warum sollte ich dir helfen? Du hast es nicht besser verdient. Wenn ich deine Frau wäre, hätte ich dich schon längst zum Teufel gejagt oder dir ’ne Bratpfanne auf den Kopf gehauen«, schnaubte Regina.

»Mit dir wollte ich auch nicht verheiratet sein.« Wütend fixierten sich beide.

»Jetzt mal im Ernst, wenn wir uns trennen, womöglich scheiden lassen, kostet das eine Menge Geld. Das brauch ich dir als Scheidungsanwältin doch nicht zu sagen.«

»Ach, geht es dir nur ums Geld, nicht um deine Frau und deine Familie?« Spitz setzte sie hinzu: »Du armer Mann.«

»Doch, natürlich auch um die. Aber du weißt doch als Scheidungsanwältin am besten, wie das ist. Das kostet alles nur Zeit, Energie und viel Geld. Hinterher ist die Familie kaputt und das Geld weg.«

»Vielleicht solltest du dich mal um deine Frau bemühen. Bring ihr Blumen mit, geh mit ihr essen. Mach ihr Komplimente. Und hör verdammt noch mal auf, sie zu betrügen.«

»Ja, wann denn? Die ist doch nie da. Die ist doch dauernd in ihrer Kirche. Und wenn die dann mal zu Hause ist, läuft die im Hausanzug herum. Meinst du vielleicht, das macht einen Mann an?«, fuhr er fort.

»Die steht im Stall und Der steht daneben.« Regina hasste es, wenn man von einer dritten Person als *»Die«* oder *»Der«* sprach.

»Du immer mit deinen Belehrungen.«

»Hier ist noch eine: Sag ihr doch einfach mal, was dir nicht an ihr passt.«

»Ach, das habe ich doch schon hundert Mal probiert. Das interessiert die doch gar nicht.« Sogleich fing er einen weiteren zornigen Blick von Regina auf.

»Warum willst du denn die Ehe aufrechterhalten? Meinst du nicht, es wäre besser, wenn ihr euch trennt?«

»Damit die mein Vermögen kassiert und ich ins Armenhaus ziehen kann. Ich bin doch nicht bekloppt!«

»Jetzt lass mal die Kirche im Dorf. Das kann man doch alles fair regeln.«

»Das sagst ausgerechnet du. Du bist doch spezialisiert darauf, den Männern das Geld aus der Tasche zu ziehen und sie fertigzumachen, bis ihnen nichts anderes mehr übrig bleibt, als unter die Brücke zu ziehen.«

»Ich würde Babs in eurem Fall an eine Kollegin verweisen. Ich möchte nicht in eure Familienangelegenheiten hineingezogen werden. Nicht so, wie du dich verhältst. Rede selbst mit deiner Frau. Versöhne dich mit ihr oder hau von mir aus auf den Tisch. Aber lass mich mit deinen angeblichen Sorgen in Ruhe. Dir geht es doch gar nicht um deine Frau. Dir geht es nur um dich. Dir ging es immer nur um dich. Du willst weiterhin dein bequemes Leben führen, dich mit irgendwelchen Frauen herumtreiben, Tennis spielen, im Luxus schwelgen.«

»Was weißt du denn schon von unserer Ehe? Deine Schwester hat doch gar kein Interesse an Sex. Ich war doch nur fürs Kindermachen gut.«

Regina haute mit der flachen Hand auf die Glasplatte ihres Schreibtisches. »Wolfgang, es reicht, ich möchte das alles nicht hören. Geh jetzt bitte und kümmere dich selbst um deine Angelegenheiten.« Sie stand auf, kam hinter ihrem Schreibtisch hervor und öffnete ihrem verdutzten Schwager die Tür zum Gang.

»Blöde Weiber«, schmetterte er ihr im Hinausgehen an den Kopf.

Regina schüttelte den Kopf und schloss die Bürotür hinter Wolfgang. Wenn die anderen Kollegen in der Anwaltskanzlei nicht so nett wären, hätte sie sich schon längst anderweitig umgesehen.

Kapitel 7

»In the Ghetto …«

»Da da da da, da da da …«, summte Henne den wohl berühmtesten Song von Elvis Presley und übersetzte ihn dabei ins Deutsche.

»Wenn der Schnee an einem kalten, grauen Morgen in Chicago fällt, wird ein armes kleines Baby im Ghetto geboren und seine Mutter weint. Denn wenn es etwas gibt, das sie nicht braucht, ist es noch ein hungriger Mund, der gefüttert werden muss. Im Ghetto.«

Henne summte die Töne des Liedes mit. Er liebte diesen Song von Elvis ganz besonders. Der Text war heute genauso aktuell wie zu der Zeit, als das Lied auf dem Musikmarkt erschienen war.

In seinem Lieblingssessel sitzend, hatte er den ganzen Abend Musik gehört. Dabei konnte er die Gedanken an seine Arbeit verdrängen, bevor er zur weiteren Entspannung eine Runde mit Erdmann drehte.

Für ihn war es ein besonderer Genuss, der dunklen Stimme des amerikanischen Sängers zu lauschen, dem Idol einer ganzen Generation. Wenn er die Augen schloss, meinte er einen Farbigen singen zu hören. Die Musik des King of Rock and Roll erinnerte teilweise an Gospelsongs, wie etwa *Glory Glory Halleluja* oder *The Chapel*.

Nach dem Tod seiner Mutter hatte Henne die Villa in der Mainzer Toranlage ausgemistet und war dabei auf die alten Platten seines Vaters gestoßen. Er erinnerte sich, dass seine Eltern in früheren Jahren oft die Musik des Popstars gehört hatten. An den Wochenenden verbrachten sie Stunden in dem Tanzlokal »Oase« auf der Kaiserstraße, um zu der Musik ihres Lieblingssängers die Beine zu schwingen. Nicht weit von der Mainzer Toranlage waren die amerikanischen Soldaten in einer riesigen Kaserne untergebracht gewesen. Jeden Tag fuhr er an den mittlerweile leer stehenden Gebäuden vorbei. Auf dem davor befindlichen Kreisel stand zum Gedenken an den Sänger eine große Gitarre.

In der Nachbarstadt Bad Nauheim gab es jedes Jahr am zweiten Wochenende im August Elvis-Festivals. Seit drei Jahren nahm er an diesen Events teil. Es gab gute Elvis-Imitatoren, deren Stimmen zwar niemals an die vom Original heranreichen würden, aber ihre Auftritte, das Aussehen und die Show waren sehenswert.

Als der letzte Ton verklungen war, machte sich Erdmann mit anhaltendem Knurren bemerkbar. Er forderte seinen täglichen Abendspaziergang. Henne ließ sich nicht lange bitten und öffnete dem Dackel die Haustür. Normalerweise blieb der Vierbeiner so lange auf dem Grundstück, bis Henne das Licht gelöscht und die Haustür abgeschlossen hatte. Doch heute hatte Erdmann wohl sein gutes Benehmen vergessen. Eine laute Stimme war von der gegenüberliegenden Straßenseite zu hören: »Pfui, geh da weg.« Die Stimme klang nicht unfreundlich, aber bestimmt. »Du bist das also, der immer gegen meine Mauer pinkelt. Du, das mag ich aber gar nicht.«

Henne sah im Licht der Straßenlaterne, wie eine Frau seinem Dackel mit dem Zeigefinger drohte. Er überquerte eilig die ruhig daliegende Straße.

»Erdmann, was machst du denn schon wieder? Wer hat dir erlaubt, einfach abzuhauen?«, tadelte Henne das Tier.

»Sie sollten Ihren Dackel nicht ohne Leine herumlaufen lassen. Der hätte doch unter ein Auto kommen können«, empörte sich die Frau. »Außerdem mag ich es gar nicht, wenn ständig meine Mauer voller Hundeurin ist«, fuhr sie anklagend fort, beugte sich aber im gleichen Moment zu Erdmann hinunter, um ihn hinter den Ohren zu graulen.

»Entschuldigen Sie bitte. Sie haben natürlich recht. Normalerweise benimmt er sich nicht so schlecht.«

»Das sagen alle Hundebesitzer. Das ist genauso blöd wie: *Der tut doch nichts. Der will doch nur spielen.*«

»Erdmann, schäm dich. Du bist unmöglich.« Erdmann wischte sich mit seiner rechten Vorderpfote über seine breite Schnauze und gab einen jämmerlichen Laut von sich.

»Ist ja schon gut.« Nun lachte die Frau. »Du bist ein süßes Kerlchen.« Dabei sah sie Henne an und schmunzelte. Henne war sich nicht ganz sicher, wen sein Gegenüber mit dieser Äußerung meinte. Verlegen räusperte er sich.

»Wie kann ich das wiedergutmachen?«, fragte er hoffnungsvoll.

»Das brauchen Sie nicht. Passen Sie bitte nur auf, dass er in Zukunft einen weiten Bogen um die Mauer macht.«

»Das kann und will ich Ihnen nicht versprechen. Aber er wird nicht wieder sein Bein hier heben. Dafür werde ich sorgen.«

»Na, dann ist ja gut. Ich habe ja gar nichts gegen den Kleinen. Ich hatte auch mal so einen Dackel.« Ihre Stimme klang traurig.

»Was ist aus ihm geworden?«

»Mein Opa hat ihn für viele Dollar an einen Amerikaner verkauft, der ganz wild auf ihn war.«

»Oh, das tut mir leid.«

»Ja, mir auch.« Ohne ein weiteres Wort zu sagen, drehte sie sich um und verschwand im Haus.

Verwundert setzte Henne seinen Rundgang mit Erdmann fort.

Der Dackel lief mit seinen kurzen Beinen, den Hintern in die Luft schmeißend, voraus. Henne hatte aus einem unbestimmten Grund keine Lust mehr auf einen Besuch in seiner Stammkneipe. Er ließ Erdmann einfach laufen und folgte ihm bis ins freie Feld. Die Begegnung mit der fremden Frau aus der Nachbarschaft hatte ihn traurig gemacht. Er konnte sich nicht erklären, warum. Oder war seine schlechte Stimmung einfach nur das Ergebnis eines weiteren anstrengenden Tages? Sein Beruf als Kriminalhauptkommissar forderte so manches persönliche Opfer von ihm.

Heute hatte er mit Co die Witwe des vor zehn Jahren ermordeten Holger P. in Usingen aufgesucht, um ihr einige Fragen zu stellen. Die Unternehmerin, die nach den Angaben in den Unterlagen Anfang vierzig war, sah aus wie Anfang sechzig. Ihre schlohweißen Haare umrahmten ein mageres Gesicht. Die trüben Augen lagen tief in ihren Höhlen. Der zusammengekniffene Mund zeugte von tiefster Verbitterung. Das Sprichwort »Die Zeit heilt alle Wunden« schien in diesem Fall nicht zuzutreffen. Höflich, aber mit großer Zurückhaltung beantwortete sie die Fragen der Kommissare. Henne hatte die Befragung größtenteils seiner Kollegin überlassen. Co war als studierte Psychologin eindeutig einfühlsamer im Umgang mit trauernden Hinterbliebenen als er. Und dass diese Frau auch nach zehn Jahren noch um ihren Mann trauerte, war ganz offensichtlich. Das Gespräch ging ihm ständig durch den Kopf.

»Frau Schmitt-Palme, können Sie uns noch einmal kurz schildern, was damals vorgefallen ist?«, hatte Co ganz behutsam das Gespräch eröffnet.

In leisem Ton schilderte die Gefragte ausführlich die damaligen Ereignisse.

»Mein Mann hatte mich in Wernborn bei meiner Kosmetikerin Britta abgesetzt. Das tat er jeden Mittwoch. Dann ist er mit meiner Tochter nach Bad Nauheim gefahren, um sie in die Musikschule zu bringen. Normalerweise ging er in der Zwischenzeit in die Stadt. Ich hatte angenommen, dass er das auch an diesem Tag tun würde.« Sie hielt kurz inne und schaute auf ihre Hände, die in ihrem Schoß lagen. Co und Henne beobachteten sie aufmerksam, störten sie jedoch nicht bei ihren Überlegungen.

»Ich wunderte mich, als mein Mann um halb sechs immer noch nicht zurückgekehrt war. Plötzlich klingelte mein Handy und die Klavierlehrerin meiner Tochter meldete sich. Sie fragte, warum keiner das Kind abhole. Sie könne nicht länger warten und müsse nach Hause zu ihrer Familie. Ich war völlig perplex. Mein Mann war immer die Zuverlässigkeit in Person. Er hatte sich noch nie verspätet. Ich versuchte, ihn auf seinem Handy zu erreichen. Es meldete sich aber nur die Mobilbox. Ich hinterließ eine kurze Nachricht und bat ihn, mich zurückzurufen. Ich hatte gleich ein ungutes Gefühl. Irgendetwas musste passiert sein.

Britta bot mir an, mich nach Bad Nauheim zu fahren, um meine Tochter abzuholen. Die Klavierlehrerin blieb, bis wir bei ihr eintrafen. Es hätte ja auch sein können, dass mein Mann in der Zwischenzeit auftauchte. Aber nichts dergleichen geschah. Er rief weder an noch kam er in die Musikschule. Britta fuhr uns schließlich nach Hause. Ich wartete den ganzen Abend, die ganze Nacht. Mehrfach rief ich auf seinem Handy an. Aber es meldete sich immer nur die Mobilbox. Auch die Polizei konnte mir nicht weiterhelfen. Es war kein Verkehrsunfall gemeldet worden. Man riet mir, mit der Vermisstenanzeige noch etwas zu warten. Ich ließ die ganze Zeit das Radio laufen, weil ich dachte, dass es bestimmt über den Lokalsender gehen würde, wenn irgendetwas Außergewöhnliches passiert wäre. Und es musste etwas Schlimmes vorgefallen sein. Dessen war ich mir sicher. Es passte nicht zu meinem Mann, einfach so wegzubleiben.

Aber nichts tat sich. Schließlich meldete ich ihn am nächsten Abend bei der Polizei in Bad Homburg als vermisst.«

Tränen liefen der Witwe über die eingefallenen Wangen. Co war gerührt über die tiefe Trauer, die ihr Gegenüber heute noch empfand. Sie hatte den Verlust und den Schmerz bis jetzt nicht überwunden.

»Wann haben Sie denn von dem Tod Ihres Mannes erfahren?«, tastete sich Co vorsichtig weiter vor.

»Noch am gleichen Abend. Die Polizei hatte die Vermisstenanzeige an die umliegenden Polizeistationen weitergeleitet. Die Kripo aus Friedberg meldete sich daraufhin. In einem Bad Nauheimer Hotel war ein Toter aufgefunden worden. Die Personenbeschreibung meines Mannes passte auf die des Toten.«

Hier stockte die Berichterstattung. Die Frau wurde von einem heftigen Weinkrampf geschüttelt. Co setzte sich neben sie aufs Sofa und legte zur Beruhigung einen Arm um sie.

»Ich hätte ihm alles verziehen. Nichts hätte ich ihm vorgeworfen. Wenn er nur wieder heil nach Hause zurückgekehrt wäre. Wissen Sie, wie das ist, wenn einem die Nachricht vom Tod eines geliebten Menschen überbracht wird? Ich habe ihn so geliebt. Jetzt bin ich schrecklich einsam. Ich kann ihn einfach nicht vergessen. Ich komme über den Verlust nicht hinweg. Und ich verstehe es auch nicht. Alles war so harmonisch. Meine Tochter liebte diesen Mann wie ihren eigenen Vater. Es gab nichts, was in dieser Beziehung störte. Alles fühlte sich so wunderbar an.«

Henne nutzte die Pause, um eine unangenehme Frage zu stellen: »Wussten Sie denn von den sexuellen Neigungen Ihres Mannes?«

»Was meinen Sie?« Frau Schmitt-Palme schaute den Kommissar irritiert an. »Ich verstehe nicht ganz.«

»Ich meine die Fesselspiele.«

»Nein, davon wusste ich nichts. Das glaube ich auch nicht«, sagte sie nun mit fester Stimme. »Das hätte er mir doch gesagt.«

»Na ja, so etwas wollen die Männer ihren Frauen oftmals nicht zumuten«, warf nun Co ein.

Frau Schmitt-Palme schüttelte energisch den Kopf. »Niemals. Das war nicht sein Ding. Und selbst wenn, das hätte er mir gesagt.«

Co sah zu Henne und bewegte leicht den Kopf. Henne verstand.

»Frau Schmitt-Palme, können Sie mir sagen, was ein halbes Jahr vor dem Tod Ihres Mannes war? Ist da irgendetwas passiert?«

Frau Schmitt-Palme lachte hysterisch. »Da haben wir geheiratet, im Mai des gleichen Jahres. Es war eine tolle Hochzeit. Sogar seine drei Kinder waren da, seine Eltern, Freunde, ehemalige Kollegen von ihm.«

»Und sonst, nichts Außergewöhnliches?« Henne hakte nach, fing aber sofort einen bösen Blick von Co auf.

»Ist es nicht außergewöhnlich genug, wenn man heiratet?«

»Doch, doch, natürlich. So meinte ich das nicht«, versuchte Henne die Frau zu beruhigen. »Aber es könnte doch sein, dass da noch irgendwas war, dem Sie in der damaligen Situation nicht so viel Bedeutung beigemessen haben, was aber vielleicht trotzdem wichtig sein könnte.«

»Wir haben einen Ehevertrag gemacht. Aber das ist doch normal in meiner Situation, oder?«

»Ja, natürlich«, stimmte ihr Co zu. »Könnte es sein, dass es gar nicht so sehr um Ihren Mann ging, sondern dass jemand Ihnen wehtun wollte und deshalb Ihren Mann getötet hat?«

»Sie meinen, es wollte sich jemand an mir rächen?« Erstaunt sah sie den Kommissar an.

»Ja, es könnte doch sein. Diese andere Frau, mit der ihr Mann über ein halbes Jahr ein Verhältnis hatte. Vielleicht hat die sich Hoffnung gemacht.«

»Ich dachte, das wäre nicht eindeutig geklärt, ob es immer die gleiche Frau gewesen ist, die er im Hotel getroffen hat.«

»Nein, nach der Aktenlage ist es das auch nicht. Aber wir müssen alle Möglichkeiten in Betracht ziehen. Hier handelt es sich schließlich um Mord und Mord verjährt nicht«, versuchte Co nun eine Erklärung für Hennes Verhalten zu geben. »Sie wollen doch auch wissen, warum Ihr Mann sterben musste.«

»Und ob ich das wissen möchte. Aber das hat mich nach dem Mord an meinem Mann niemand gefragt. Das kann ich mir auch nicht vorstellen. Mein Mann war geschieden. Seine erste Frau lebte damals im Ausland. Zu dem Zeitpunkt, als wir uns kennenlernten, hatte er keine andere Beziehung. Wer sollte sich denn da rächen wollen?«

»Aber anscheinend war da doch jemand.« Henne blieb bei seinem Verdacht.

»Da kann ich Ihnen leider nicht weiterhelfen. Ich verstehe es bis heute nicht. Weder dass er sich zeitgleich jeden Mittwoch mit einer oder verschiedenen Frauen getroffen haben soll noch dass er irgendwelche abartigen Neigungen gehabt hätte. Nein, nein, das kann nicht sein.«

Co fand bestätigt, was viele betrogene Ehefrauen dachten, wenn sie erfuhren, dass ihre Männer sie hintergangen hatten: Sie wollten es einfach nicht wahrhaben. Sie verdrängten diese Tatsache. Anders hätten sie den seelischen Schmerz, der ihnen die Wahrheit bescherte, nicht ausgehalten.

»Was werden Sie nun tun?«, fragte die Witwe zögerlich.

»Wir werden weiter ermitteln. Es wird allerdings schwierig und zeitaufwendig sein, die Zeugen noch einmal alle zu finden und zu befragen. Einige wohnen vielleicht nicht mehr hier.

Aber wir werden unser Bestes tun, um den Fall aufzuklären.«

»Für Sie ist es nur ein Fall, für mich ist es mein Leben.« Verbitterung und tiefe Trauer schwangen in dieser Aussage mit.

»Wo haben Sie ihren Mann eigentlich kennengelernt?«

Co merkte, dass sich ihr Kollege auf eine völlig neue Richtung in der Ermittlung eingeschossen hatte. Und wenn er erst einmal eine Spur aufgenommen hatte, war Henne nicht mehr zu bremsen.

»Bei Britta und Caroline in Wernborn.« Ein Lächeln huschte über das Gesicht der Witwe.

»Wie muss ich das verstehen?« Nun war es an Henne, irritiert zu sein. Wie konnte man denn in einem Beautysalon einen Mann kennenlernen?

»Ich gehe seit vielen Jahren zu den beiden Schwestern. Immer mittwochs. Abwechselnd lasse ich mir die Haare schneiden, die Füße, Hände oder das Gesicht behandeln. Da habe ich meinen Mann ab und zu gesehen. Er kam auch immer an diesem Tag. Irgendwann sind wir auf dem Parkplatz ins Gespräch gekommen und da hat es zwischen uns beiden gefunkt.«

»Ich wusste gar nicht, dass Männer auch zur Kosmetikerin gehen. Sehr romantisch ist das ja nicht gerade!«

Co funkelte ihren Kollegen wegen dieser unpassenden Bemerkung wütend an. Manchmal ließ er jegliches Taktgefühl vermissen.

»Das mag sein, aber für mich war es Liebe auf den ersten Blick. Von da an waren wir, so oft es ging, zusammen, zwischen uns hat kein Blatt Papier gepasst, so eng waren wir miteinander. Ich hatte, außer für meine Tochter, für nichts und niemanden mehr Zeit. Meine Freunde beschwerten sich, weil ich mich nicht mehr bei ihnen meldete. Aber er war mir wichtiger. Er war der liebevollste, aufmerksamste und einfühlsamste Mann, der mir jemals begegnet ist. Nach einem halben Jahr haben wir geheiratet.

Die meisten meiner Freunde und Verwandten haben meinen Mann erst bei der Eheschließung kennengelernt.«

Henne zog die Augenbrauen hoch. Die Frau hatte alle Aussagen, die er schon dem Protokoll entnommen hatte, bestätigt. Es gab keine Abweichungen.

Schließlich bat Frau Schmitt-Palme die beiden Kommissare zu gehen. Sie war mit ihren Nerven am Ende.

Im Auto versuchte Henne seiner Kollegin zu erklären, warum er die Fragen gestellt hatte.

»Irgendetwas muss da an der Hochzeit gewesen sein. Überleg doch mal, Co. Das letzte Mal trifft er sich mittwochs mit *dieser Frau,* samstags ist die Hochzeitsfeier. Danach läuft ein halbes Jahr nichts mehr im Hotel und dann wird er bei dem ersten Treffen nach sechs Monaten umgebracht. Da ist doch was faul. Was mich zudem stutzig macht, ist die Aussage der Witwe, dass die meisten ihrer Freunde und Verwandten ihren Mann erst bei der Eheschließung kennengelernt haben.«

»Da gebe ich dir recht. Wir sollten uns mal die Gästeliste vornehmen. Vielleicht war die Mörderin auf der Hochzeit anwesend.« Co hatte ebenfalls Feuer gefangen.

*

Als Henne nach dem ausgedehnten Spaziergang durchs Feld an diesem Abend endlich die Straße seines Heims erreichte, sah er seine neue Nachbarin auf der anderen Straßenseite vor einem Fenster im oberen Stockwerk. Sie hatte ein Telefon am Ohr. Mit wem konnte man denn um diese Uhrzeit noch telefonieren?

Die Frau hatte ihn gesehen. Einen Moment lang blickte sie in seine Richtung. Dann drehte sie sich um und kehrte ihm den Rücken zu.

Kapitel 8

»Das klingt gut, Babs. Das hast du richtig gemacht! Jetzt streng dich aber auch mal an und komm deinem Mann etwas entgegen.« Ihre zwei Jahre ältere Stiefschwester berichtete ihr jetzt eine geschlagene halbe Stunde von ihrem Gespräch mit ihrem Mann. So wie es schien, hatten sie sich ausführlich ausgesprochen und sich vorgenommen, es noch einmal miteinander zu probieren.

»Das ist das letzte Mal, dass ich ihm eine Chance gebe. Sollte er sich noch einmal etwas erlauben, schmeiße ich ihn raus. Dann ist endgültig Schluss.« Das hatte Barbara jedes Mal gesagt und ihrem Mann dann doch wieder verziehen.

»Ihr müsst einfach mehr miteinander sprechen. Euch mehr umeinander kümmern. Das ist doch auch kein Wunder, wenn jeder macht, was er will.« Die Eheleute gingen seit Jahren jeder seinen eigenen Weg.

Wolfgang, der erfolgreiche Staranwalt, verbrachte seine Freizeit vorwiegend auf dem Tennisplatz. Mit der ehelichen Treue nahm er es nicht so genau. Seine Liebschaften wechselte er wie andere das Hemd. Barbara rannte ständig in die Kirche, zum Frauenfrühstück oder abendlichen Gesprächsrunden über Bibeltexte. Das Einzige, was die Eheleute noch verband, war Tochter Lisa. Ihre Ehe glich der vieler anderer. Anstatt miteinander zu reden und eine Lösung zu suchen, ging man auseinander.

Als Scheidungsanwältin hatte sie genügend Erfahrung. Doch viele Geschiedene waren danach auch nicht glücklicher.

»Du hast leicht reden. Du musst auf niemanden Rücksicht nehmen.«

»Ich habe dir schon mehrfach gesagt, dass es nicht immer so toll ist, alleine zu sein.«

»Gibt es denn gar keinen Mann, der dir gefällt?«

Regina blickte aus dem Fenster. Auf der anderen Straßenseite sah sie ihren Nachbarn mit seinem Rauhaardackel. Einen Moment lang schaute sie in seine Richtung. Dann drehte sie sich abrupt um.

»Vielleicht gibt es da jemanden. Mal sehen. Ich muss jetzt aufhören. Das Bett ruft.«

»Gute Nacht, Schwesterchen.«

»Gute Nacht, Babs.«

Obwohl die beiden Schwestern so unterschiedlich wie Tag und Nacht waren, hatten sie seit der frühesten Jugend ein enges Verhältnis. Ihre Mutter hatte drei Jahre nach dem Verschwinden ihres Mannes die Scheidung durchgesetzt. Regina hatte nicht verstanden, wieso der Vater freiwillig in die DDR zurückgegangen war, in einen Staat, der seine Menschen einsperrte und sie unterdrückte, zu einem Regime, dem er 1960 noch kurz vor der Kasernierung entkommen war. Unter dem Verlust ihres Vaters hatte sie schwer gelitten. Zwei Jahre später hatte ihre Mutter ihren Scheidungsanwalt geheiratet. Regina war damals 15 Jahre alt gewesen. Dadurch bekam sie eine ältere Stiefschwester und einen jüngeren Stiefbruder. Ihr eigener Bruder war ein Jahr vorher auf grauenvolle Weise ums Leben gekommen. Doch Regina dachte nicht gerne daran zurück. Durch die Eheschließung ihrer Mutter begann für die Jugendliche ein vollkommen neues Leben. Sie zogen von Gambach, am nördlichsten Rand der Wetterau, nach Usingen im Taunus.

Dadurch wechselte sie von dem Gymnasium in Butzbach auf das Gymnasium in der Friedberger Burg. Ihr Stiefvater war ein lieber Mann, der sie wie seine eigene Tochter behandelte. Mit den beiden Stiefgeschwistern verstand sie sich blendend. Die große Schwester nahm sie überall mit hin und der kleine Bruder vergötterte sie. Das viele Jahre harmonisch währende Familienleben wurde zerstört, als die Geschwister heirateten.

Regina dachte mit Wehmut an ihre schöne Jugendzeit, die Auslandsreisen, die Partys, die Übungsstunden auf dem Tennisplatz und ihre erste große Liebe. All diese Ereignisse hatten sie über die Schrecken ihrer Kindheit getröstet. Sie hatte sie verdrängt. Seit einiger Zeit tauchten sie jedoch wieder in ihren Albträumen auf.

Kapitel 9

Mit einem Pling wurde sie aus dem Schlaf gerissen. Verdammtes Handy! Das Display zeigte den Eingang einer SMS an. Neugierig betätigte sie die Tasten und öffnete die eingegangene Nachricht.

»Ich brauche in den nächsten Tagen ein neues Bild oder einen Film. Dieses Mal etwas eindeutiger. Du weißt schon! Geld erhältst du wie immer auf dem üblichen Weg.«

Die Empfängerin der SMS schmunzelte. Erst heute Morgen hatte sie ein schönes Sümmchen im Briefkasten vorgefunden. Das Geld konnte sie gut gebrauchen. Sie führte ein luxuriöses Leben, bevorzugte schöne Kleider und teure Kosmetika.

Darüber hinaus passte es gut, dass ihr derzeitiger Liebhaber ganz verrückt nach ihr war. Gegen seine abartigen Neigungen hatte sie nichts einzuwenden. Sie erfüllte ihm gern seine sonderbaren Wünsche. Dafür erhielt sie schließlich Geld von ihm und von ihrer Auftraggeberin.

Unruhig wälzte sie sich im Bett herum. An Schlaf war in dieser Nacht nicht mehr zu denken. Sie musste einen Plan schmieden, um ihre Aufgabe fehlerfrei und zur Zufriedenheit ihrer Auftraggeberin erledigen zu können. So, wie sie das schon mehrfach getan hatte.

Kapitel 10

»He, Regina, mach mir die Tür auf. Los, lass mich rein.« In dem üblichen Befehlston verlangte ihr Bruder nach Gehorsam und sofortiger Erfüllung seines Wunsches.

Er stand auf der Mauer der Güllegrube unter ihrem Fenster und sah zu ihr hoch. Sie dachte nicht daran, ihm die Tür zu öffnen. Sie blieb hinter der Gardine verborgen und wartete ab. Immer wieder warf er Steinchen gegen die Scheibe, rief nach ihr, drohte ihr. Sie ließ sich nicht erweichen. Sollte er doch die Nacht über draußen bleiben, von ihr aus konnte er in der Scheune übernachten. Es war warm genug. Das würde ihm nicht schaden. Was dachte sich dieser superschlaue, verwöhnte Knabe eigentlich? Sie lag seit Stunden im Bett, war vor Erschöpfung gleich eingeschlafen, um dann mitten in der Nacht von ihm aus dem Schlaf gerissen zu werden. Er hatte zum wiederholten Mal seinen Haustürschlüssel vergessen. Bisher hatte sie ihm immer bereitwillig die Tür geöffnet, wenn er später als angeordnet nach Hause gekommen war.

Sie war dem Wunsch der Mutter gefolgt und pünktlich heimgegangen. Die anderen Konfirmanden waren noch sitzen geblieben, genauso wie ihr Bruder. »Geh schon, du braves Mädchen. Ich amüsiere mich noch ein bisschen«, hatte er in einem mehr als anzüglichen Ton zu ihr gesagt und sie gehässig angegrinst.

Alleine war sie durch die dunklen Straßen von Gambach nach Hause geeilt.

Die Mutter war bei ihrem Freund in Usingen. Die Großmutter schlief längst. Ihr Zimmer lag auf der anderen Seite des Hauses. Dort war das Rufen ihres Bruders nicht zu hören. Er hatte sie jetzt lange genug geärgert, gedemütigt. Immer wieder hatte er sie geschlagen, ihre Sachen versteckt, heimlich ihr Tagebuch gelesen. Hochnäsig hatte er sich über ihre Gedanken lustig gemacht. Brachte die Mutter von ihrem kleinen Gehalt als Näherin mal etwas zum Naschen für sie mit, nahm es ihr der Bruder weg. Er war ein richtiges Ekel, unverschämt, frech, brutal. Die Mutter wurde seiner nicht Herr. Sie hatte schon unzählige Kochlöffel an der Tischkante zerschlagen, weil es ihm immer wieder gelang, sich rechtzeitig wegzuducken. Auf die Großmutter hörte er gar nicht.

Regina würde nicht länger vor ihrem herrschsüchtigen Bruder kuschen. Sie stellte sich taub, legte sich wieder in ihr Bett und zog die Decke über den Kopf. Nach einer Weile hörte das Rufen ihres Bruders auf. Endlich, dachte sie und versuchte wieder einzuschlafen. Ein Platschen und Gurgeln ließ sie erneut hochfahren. Was war das? Sie stürzte zum Fenster, öffnete es und blickte in den dunklen Hof. Sie konnte jedoch nichts erkennen. Das Platschen kam aus der Güllegrube unter ihrem Fenster.

»Hilfe!«, hörte sie ihren Bruder rufen. Er musste in die Jauche gefallen sein, versuchte nun, sich aus dem Loch zu befreien. Regina lachte. Das geschah ihm recht. Er würde schön stinken. Sie schloss das Fenster, legte sich wieder hin, ignorierte das Platschen, Gurgeln und Rufen.

*

Regina fuhr schweißgebadet hoch. Wieder hatte sie dieser Traum aus dem Schlaf gerissen. Jahrelang hatte sie nicht mehr an ihren jüngeren Bruder gedacht, der auf dem Anwesen ihrer Großmutter in Gambach ums Leben gekommen war.
Sie stand auf und sah aus dem Fenster. Ein feiner Silberstreifen am Horizont kündigte den neuen Tag an. Die ersten Vögel zwitscherten im Garten. Sie wusste, dass sie nicht wieder einschlafen würde.

Sie zog sich ihren Jogginganzug und Laufschuhe an und trat vor die Haustür. Die Morgenluft umgab sie mild und warm. Langsam setzte sie sich in Bewegung. Als sie den Feldrand erreichte und den weichen Boden unter ihren Füßen spürte, begann sie ihr Tempo zu steigern. Sie rannte, als ginge es um ihr Leben.

Erst als die Sonne glutrot am Himmel stand, drehte sie um und kehrte in ihre Villa in der Mainzer-Tor-Anlage zurück.

Kapitel 11

Mit seinen Gedanken war Henne schon wieder bei dem Mordfall Holger P., als er die Haustür öffnete. Das Licht der Morgensonne fiel warm durch das Blätterdach der großen Bäume in der Mainzer-Tor-Anlage. Erdmann lief ohne Leine vor ihm her. Die tagsüber stark befahrene Straße war um diese Uhrzeit noch leer. Plötzlich rannte der Dackel los, wechselte die Straßenseite, um an der schräg gegenüberliegenden Mauer seiner neuen Nachbarin sein Bein zu heben. Ausgiebig entleerte er seine Blase.

Ausgerechnet in diesem Augenblick kam die Nachbarin von ihrer Joggingrunde nach Hause. Wie peinlich! Die Frau steckte in einem eng anliegenden, schwarzen Sportanzug, der ihre gute Figur betonte. Keuchend blieb sie stehen, stützte die Hände auf die langen Beine und atmetet tief ein und aus. Erdmann blickte sie unschuldig aus seinen braunen Augen an.

»Guten Morgen.« Henne war Erdmann über die Straße gefolgt. »Schon so früh unterwegs?«, versuchte er die peinliche Situation zu retten.

»Ja, damit ich diesem kleinen *Blätterwender* den Hals umdrehen kann. Der hat doch schon wieder gegen die Mauer gepinkelt!«, presste seine Nachbarin zwischen zwei Atemzügen hervor.

»Das tut mir leid. Ich weiß auch nicht, was in Erdmann gefahren ist. Das hat er früher nie gemacht. Ich glaube, er mag Sie.« Henne grinste.

»Kann er seine Liebe nicht anders beweisen?« Jetzt beugte sie sich zu dem kleinen Dackel hinab und tippte ihm auf die Nase. »Ich mag dich ja auch, aber das An-die-Mauer-Pinkeln muss aufhören. Das stinkt.« Erdmann wischte sich mit seiner rechten Vorderpfote über die nasse Schnauze. »Du bist mir vielleicht ein Schauspieler.« Die Nachbarin lachte. Dabei öffneten sich ihre vollen, roten Lippen. Eine Reihe weißer Zähne kam zum Vorschein. Ihre Augen blitzten schelmisch. Henne erschrak einen Moment. Solche ausdrucksstarken Augen hatte er noch nie gesehen. Im hellen Tageslicht erkannte er die unnatürlich grüne Farbe, die einen besonderen Kontrast zu der alabasterfarbenen Haut und den dunkelroten Haaren bildete. Die Haare hatte sie zu einem Pferdeschwanz zusammengebunden.

»Lassen Sie mich das wiedergutmachen.« Henne sah die hübsche Frau mit einem ebenso unschuldigen Blick an wie zuvor Erdmann. Wenn das bei seinem Dackel zog, klappte das vielleicht auch bei ihm, ging es dem Kommissar durch den Kopf.

»Das müssen Sie nicht. Nehmen Sie ihn einfach nur an die Leine und machen Sie einen Bogen um mein Grundstück. Das reicht mir vollkommen«, sagte die Nachbarin freundlich, aber bestimmt.

»Ich möchte gar keinen Bogen um ihr Haus machen.« Eindringlich sah er sie an. Die Signale, die er aussendete, waren eindeutig.

»Machen Sie, was Sie wollen!« Sie drehte sich auf dem Absatz um, hob den Arm zum Gruß und ging ins Haus. Henne wunderte sich über das abrupte Ende ihrer Begegnung. War er zu aufdringlich gewesen? Oder warteten einfach nur ihr Ehemann und ihre Kinder auf sie? Er wusste ja nichts über die Frau.

Bisher hatte er nur sie gesehen, aber es war nicht ausgeschlossen, dass eine Familie zu ihr gehörte. Er würde sich mal vorsichtig bei seiner alten Nachbarin erkundigen. Die war über die Ereignisse in der Straße immer bestens informiert. In Gedanken versunken machte er sich auf den Weg ins Polizeipräsidium.

Kapitel 12

Auf seinem Schreibtisch lag ein dicker Ordner. Henne nahm ihn neugierig in die Hand. Auf dem Papierrücken stand: »Hochzeit Birgit und Holger, Mai 1995«. Stückchen hatte gestern noch einen Beamten zu Frau Schmitt-Palme nach Usingen geschickt, um die Hochzeitsliste und Bilder von der Vermählung zu holen. Sein untrüglicher Instinkt sagte ihm, dass der Grund für den Mord an Holger P. in den Hochzeitsunterlagen zu finden sein würde.

In der Dienststelle war es noch ruhig. Seit er sich um Erdmann kümmern musste, war Henne immer der Erste im Büro. Aus dem ehemaligen Langschläfer war ein Frühaufsteher geworden. Das machte ihm nichts aus. Er genoss die morgendliche Stille. Da konnte er sich am besten konzentrieren.

Der Ehevertrag von Birgit Schmitt-Palme und Holger Palme, formuliert von einer Rechtsanwaltskanzlei in Usingen, war zuoberst abgeheftet. Sonderbar, dachte Henne. Es folgten Rechnungen, Einladungen, Danksagungen, Tischkärtchen, die Speisekarte des Hochzeitmenüs und Briefe, alles fein säuberlich und nach Datum geordnet Die Einladungsliste enthielt 60 Namen. Darunter stand jeweils eine Erklärung, um wen es sich bei der entsprechenden Person handelte. Henne war in diesen Dingen unerfahren, dennoch wunderte er sich über diese Vorgehensweise.

Unter den Gästen waren Familienmitglieder, Freunde des Paares, Nachbarn, ehemalige Kollegen des Bräutigams sowie Angestellte aus der Firma von Birgit Schmitt-Palme. Sogar die Friseurin und die Kosmetikerin von Frau Schmitt-Palme aus Wernborn waren mit ihren Partnern eingeladen worden, eine übersichtliche, fein ausgewählte Gästeschar. Die Hochzeit selbst hatte in einem Landhotel im Weiltal stattgefunden. Die wenigen, anschließend in Plastikfolie abgehefteten Hochglanzfotos zeigten ein glückliches Hochzeitspaar und fröhliche Gäste in einem angenehmen Ambiente. Auf der beigefügten CD fand Henne alle Aufnahmen, die während der Trauung und der anschließenden Feier von einem Fotografen gemacht worden waren.

Das Paar fiel nicht nur durch die elegante Kleidung aus dem üblichen Rahmen, sondern auch durch ihre Größe. Für eine Frau war die Braut außergewöhnlich groß. Man konnte sie nicht unbedingt als hübsch bezeichnen, doch sie hatte eine gewisse Ausstrahlung. Das war selbst auf den Bildern zu erkennen. Holger Palme war ein großer breitschultriger Mann. Auch er war nicht unbedingt als gut aussehend zu bezeichnen, aber er hatte etwas, das anziehend und vertrauenerweckend auf den Betrachter wirkte.

Auf den Bildern blickte sich das Brautpaar liebevoll an. Henne fand die Aussage von Birgit Schmitt-Palme, dass sie eine harmonische Beziehung geführt hatten, bestätigt. Von der Ausstrahlung war jedoch nach zehn Jahren nichts mehr zu erkennen. Er dachte an die verhärmte, verbitterte Unternehmerin mit dem eingefallenen Gesicht und den dunklen Augenhöhlen, die sie bei der erneuten Befragung in ihrem Haus empfangen hatte.

Henne konnte nichts Ungewöhnliches an den Gästen entdecken. Alle blickten freundlich in die Kamera – wohlsituierte Leute, gut angezogen, dem Hochzeitspaar offensichtlich sehr zugetan. Die Liste mit den Namen der Gäste half ihm auch nicht weiter. Es waren ausschließlich Paare, langjährige Freunde, die drei Kinder des Gatten mit ihren Partnern, der Vater der Braut, die Eltern des Bräutigams.

Henne legte den Ordner zur Seite und blickte aus dem Fenster. Dabei streichelte er Erdmann über das struppige Fell. Der Dackel hatte es mal wieder geschafft, den Schoß seines Herrchens zu erobern. Ganz ruhig hatte er auf den Knien des Kommissars gelegen und die friedliche Stille am Morgen genossen.

Kapitel 13

Regina hatte heute einen schwierigen Scheidungsfall zu bearbeiten. Ihre Mandanten stritten sich nach wie vor ums Geld, das Haus und das Sorgerecht für die gemeinsamen Kinder. Es war immer das Gleiche. In den meisten Fällen konnte sie die zerstrittenen Ehepaare besänftigen und zur Vernunft bringen, doch in diesem Fall – hier hatte jeder seinen eigenen Anwalt – war keine Einigung in Sicht. *Wie dumm die Leute doch sind*, dachte sie. Alles würde dabei draufgehen – das Haus, das Vermögen und nicht zuletzt ihre Ehre. Auch die Freunde würden sich zurückziehen, weil keiner Lust auf solch einen Rosenkrieg hatte. Ein Trümmerhaufen würde zurückbleiben, unter dem vor allem die Kinder zu leiden hatten.

Als Scheidungsanwältin war ihr immer an einer friedlichen Lösung gelegen, schon wegen der Kinder. Sie war dafür bekannt, die Paare einvernehmlich bis zur Scheidung zu führen, doch wenn es sein musste, konnte sie unerbittlich und hart sein und insbesondere den Frauen zu ihrem vermeintlichen Recht verhelfen.

Es war nicht so, dass Regina grundsätzlich etwas gegen Männer gehabt hätte, doch ihre Erfahrungen hatten sie gelehrt, vorsichtig und zurückhaltend bei der Auswahl ihrer Beziehungen zu sein. Die Erlebnisse ihrer Mandantinnen bestätigten ihre Meinung. In vielen Fällen hatten sich die Ehepaare auseinander gelebt und festgestellt, dass sie sich nach vielen Jahren des gemeinsamen Lebens nichts mehr zu sagen hatten.

In den letzten Jahren hatte die Scheidungsrate, besonders bei jüngeren Menschen, erschreckend zugenommen. Sie redeten nicht mehr miteinander. Sobald es langweilig wurde oder ein anderer, vermeintlich interessanterer Partner auftauchte, ließ man sich scheiden. Was sie ihren Kindern und sich selbst damit antaten, bedachten die wenigsten Scheidungswilligen.

Sie selbst hatte erst kürzlich die wunderschöne Villa in der Mainzer-Tor-Anlage von einem Pärchen erworben, das sich nach der Silbernen Hochzeit getrennt hatte. Die Kinder waren erwachsen und selbstständig, jeder war erfolgreich im Beruf und Langeweile war eingekehrt. Man hatte gar nicht erst versucht, sich noch einmal zusammenzuraufen. Jeder der beiden glaubte, nach der Trennung ein neues, aufregenderes Leben führen zu können.

Das Klingeln ihres Telefons unterbrach ihre Gedanken. Sie hatte doch ausdrücklich gesagt, dass sie bei der Abfassung der Scheidungsklage nicht gestört werden wollte. Unwirsch nahm sie den Hörer in die Hand. Ihr kurzes »Ja?« verriet dem Anrufer sofort, dass er nicht willkommen war.

»Guten Morgen, Schwesterchen.« Die gut gelaunte Stimme von Barbara besänftigte Regina etwas. Ihre Schwester war zur Abwechslung mal in Hochstimmung. Das kannte sie schon. Die Phasen guter und schlechter Laune wechselten bei ihr wie das Wetter.

»Guten Morgen, Babs. Du, das ist jetzt ganz ungünstig. Ich stecke mitten in der Arbeit«, versuchte sie die Schwester abzuwehren.

»Ist ja schon gut, ich will dich nicht lange stören. Ich wollte dich nur zu meiner Geburtstagsparty am Sonntag einladen. Das Wetter soll schön bleiben. Wir wollen auf der Terrasse grillen.

Du kommst doch?«

»Heißt das, dass du deinem Mann verziehen hast?«

»Ich bin nur deiner Empfehlung gefolgt. Ja, es ist alles gut. Ich will auch Ulli einladen.«

»Oh je, dann kommt ja auch diese *Schrulle.*« Regina meinte damit die Frau ihres jüngeren Stiefbruders Ullrich, Marion.

»Ach, warte doch erst mal ab, ob die feine Dame sich die Ehre gibt mitzukommen. Ich habe ja die Hoffnung, dass sie beschäftigt ist und mal wieder keine Zeit hat. Aber auf Ulli freue ich mich.«

»Ja, Ulli würde ich auch gern mal wieder sehen. Er macht sich ganz schön rar in letzter Zeit.«

Obwohl Regina nicht die geringste Lust verspürte, schon wieder ihrem Schwager Wolfgang zu begegnen, womöglich noch ihre arrogante Schwägerin Marion ertragen zu müssen, sagte sie zu.

Kapitel 14

»Love me tender, love me do, all my dreams come true …«

Aus den Lautsprecherboxen von Hennes BMW ertönte der Song von Elvis, während sie auf dem Weg durch das Usatal nach Wernborn im Taunus waren. Hinter Langenhain erhoben sich rechts der Straße hohe Wände von Taunusschiefer.

»Seit wann hörst du denn diese Schnulzen?«, fragte seine Kollegin genervt. Henne grinste sie von der Seite an.

»Reicht es nicht, dass ich deinen Dackel seit vier Jahren ertrage? Muss ich mir jetzt auch noch das Gedudel anhören?« Co meinte das mit dem Dackel nicht wirklich ernst. Erdmann hatte mittlerweile auch ihren Schoß erobert, schlummerte friedlich auf ihren Beinen. Ihm zuliebe hatte sie eine aufwendige Desensibilisierung gegen Tierhaare über sich ergehen lassen. Das Niesen und Husten, das eingesetzt hatte, sobald sie einem Hund begegnet war, hatte danach aufgehört. Seitdem waren die beiden beste Freunde.

»Ich weiß gar nicht, was Du willst. Elvis konnte wenigstens noch singen. Diese weichgespülten Bubis, die man heute im Radio hört, sind doch alle austauschbar. Nenn mir einen bedeutenden Sänger der letzten Jahre«, forderte Henne Co heraus.

»Da gibt es doch eine ganze Menge, wie zum Beispiel …«

»Ich höre.« Henne wartete geduldig auf eine Antwort.

»Na ja …« Co strengte sich sichtlich an, doch ihr fiel tatsächlich niemand ein.

»Eben, es gibt keinen.« Als wollte er seine Aussage bestärken, sang er lauthals den Text mit: »Love me tender, love me too, all my dreams come true …« Ein tiefes Brummen kam von Erdmann. Co verdrehte die Augen und betrachtete die wunderschöne Landschaft, die von Sonne überflutet wurde. Eine Gruppe Motorradfahrer kam ihnen entgegen. Die Strecke entlang der Usa war bei Bikern beliebt, obwohl sie so manche Gefahr für ungeübte Fahrer bot. Hier hatten sich schon viele tödliche Unfälle ereignet.

*

Henne hielt auf einem großen Platz, der am Ende der Lindenstraße in Wernborn lag und der von vier Häusern begrenzt wurde. »Haarstudio Caroline«, stand an dem Haus mit dem Flachdach auf der rechten Seite, »Kosmetikstudio Britta Karau«, zierte die Wand des Hauses auf der linken Seite.

»Hallo, Herr Kommissar, hier sind wir.« Henne drehte sich in die Richtung, aus der die Stimme kam. Eine freundlich dreinblickende Frau mit einem schwarzen, schicken Kurzhaarschnitt schaute aus dem Fenster des dritten Hauses.

»Kommen Sie auf die Terrasse.«

Sie deutete links von sich auf eine Treppe zwischen ihrem und einem weiteren, dem vierten Haus. »Ich komme gleich. Ich rufe nur meine Schwester.«

»Kann ich meinen Dackel mitbringen?«

»Gerne.«

Mit einem leichten Klirren ging das Fenster zu. Henne befreite Erdmann aus dem Auto.

»Benimm dich, Dicker. Sonst bleibst du im Auto.«

Zu dritt gingen sie zu der anvisierten Treppe und betraten eine weitläufige Terrasse, die viel Platz für gemütliche Gartenmöbel im Schutz der sie umgebenden Mauern bot. Erdmann sprang sofort auf einen der bequemen Rattansessel und ließ sich auf dem weichen Polster nieder.

»Erdmann, geh runter!«

Die Tür ging auf, die Schwarzhaarige erschien mit einem Tablett, beladen mit einer Kaffeekanne und Tassen.

»Lassen Sie ihn nur da liegen. Das stört mich nicht.«

Kurz darauf kam eine weitere, freundlich lächelnde Frau die Treppe herauf. »Britta Karau«, stellte sie sich vor. »Ich bin die Kosmetikerin.«

Selbstsicher reichte sie den Kommissaren die Hand zur Begrüßung. *Ihr gepflegtes Äußeres passt zu ihrem Beruf*, dachte Co. Sie wünschte, sie hätte die Gabe, sich so geschickt schminken zu können. Sie bewunderte den Lidstrich, der die Augen umrahmte, den dezent geschminkten Mund und das feine Rouge. Britta Karau bemerkte den Blick der Kommissarin und lächelte sie herzlich an, wie es ihrer Art entsprach.

»Kriminaloberkommissarin Cosima von Mittelstedt. Und das ist mein Kollege, Kriminalhauptkommissar Alexander Henneberg. Und der ungezogene Dackel da ist Erdmann.«

Die Kommissare reichten Frau Karau die Hand und begrüßten dann die Friseurin, die sich ihnen als Caroline Dait vorstellte. Sowohl Henne als auch Co waren von den beiden Damen beeindruckt. Völlig unbeschwert benahmen sie sich in der Gegenwart der Staatsgewalt.

»Nehmen Sie doch Platz. Sie trinken doch Kaffee?« Ohne auf eine Antwort zu warten, schenkte Caroline Dait das heiße Getränk ein.

»Was führt Sie zu uns, wie können wir Ihnen helfen?« Britta Karau stellte die Fragen ganz sachlich, ohne jede Spur von Neugier. Sie war die Aufgeschlossenere von beiden, während ihre Schwester sich abwartend verhielt.

»Unsere Mitarbeiterin, Frau Stückrath, hat Ihnen ja schon erklärt, dass wir den Mordfall von Holger Palme erneut untersuchen.«

»Nach so vielen Jahren?«, entfuhr es der Friseurin.

»Glauben Sie denn, dass Sie den Fall jetzt noch aufklären können?«, fragte die Kosmetikerin mit hörbarem Zweifel in der Stimme.

»Wir versuchen es, Frau Karau. Es ist nicht ungewöhnlich, dass ein ungelöster Mordfall erneut aufgerollt wird«, erklärte Henne.

»Nennen Sie mich einfach nur Britta, das tun alle hier. Wenn jemand Frau Karau zu mir sagt, fühle ich mich gar nicht angesprochen.« Britta lachte herzlich.

»Das gilt auch für mich. Sagen Sie Caroline. Frau Dait ist meine Mutter.« Verlegen lächelte die Friseurin.

»Also, was wollen Sie wissen? Das war ja eine schreckliche Sache damals!«

»Kommt Frau Schmitt-Palme immer noch zu Ihnen?«, begann Co mit der Befragung.

»Ja, sie ist bis heute die treueste Kundin von uns beiden, pünktlich jeden Mittwoch.«

»Sie waren auch auf ihrer Hochzeit!«

»Ja, wir kennen uns schon so lange. Wir sind befreundet. An der Hochzeit hat ihr Caroline die Haare frisiert und ich habe sie geschminkt.«

»Können Sie sich an irgendetwas erinnern, was Ihnen damals komisch vorkam?«

»Wir haben damals, als es passiert war, auch hin und her

gerätselt. Wir konnten es nicht verstehen. Die Hochzeit war so schön gewesen. Die beiden waren ein Traumpaar. Es gab nichts zu beanstanden, rein gar nichts.« Caroline sagte das mit sanfter Stimme.

»Wir können es bis heute nicht fassen. Birgit, also ich meine Frau Schmitt-Palme, ist seitdem eine gebrochene Frau. Sie ist bis heute nicht darüber hinweggekommen.«

»Ist ja auch kein Wunder, wenn einem das gleich zweimal passiert«, warf Caroline ein.

»Wieso zweimal? Wie meinen Sie das?«, fragte Co verständnislos. Henne war ebenso perplex über die Äußerung. Britta und Caroline sahen die Kommissare erstaunt an.

Britta übernahm spontan die Erklärung: »Der erste Mann von Birgit, Hubert Schmitt, ist beim Joggen im Wald ums Leben gekommen.«

»Wie bitte?«, entfuhr es Henne.

»Was ist passiert?« Co sah die Schwestern fragend an.

»Es hieß damals, er sei über einen Ast gestürzt und mit dem Kopf auf einen Stein aufgeschlagen.« Carolines Stimme klang traurig.

»Aber daran ist er nicht gestorben«, unterbrach Britta ihre Schwester. »Er ist verblutet. Wäre er rechtzeitig gefunden worden, hätte er überlebt.«

»Das ist wirklich dramatisch!« Co blies die Backen auf.

»Das wussten wir nicht«, meinte Henne verunsichert. Er steckte sich, ohne zu fragen, eine Zigarette an. Co strafte ihn mit einem missbilligenden Blick. Caroline schob dem Kommissar den Aschenbecher entgegen, der in der Mitte des Tisches stand.

»Kann man so sagen. Birgit und Hubert waren gerade mal zwei Jahre verheiratet, ihre Tochter war erst geboren.«

»Manche Menschen haben wirklich ein schweres Schicksal. Die trifft es immer wieder.« Carolines Stimme war voller Trauer und Schmerz.

Henne griff nun wieder das eigentliche Thema auf: »Frau Schmitt-Palme hat uns erzählt, dass sie hier bei Ihnen ihren zweiten Mann kennengelernt hat. Wissen Sie etwas darüber?«

Britta und Caroline sahen sich an. Caroline nickte ihrer Schwester zu. Wieder übernahm Britta die Erklärung: »Wie schon gesagt, Birgit kam jeden Mittwoch zu uns. Holger kam, nachdem er geschieden war, ebenfalls abwechselnd zum Haare schneiden und zur Kosmetik zu uns.«

»Kommt das öfter vor, dass Männer zur Kosmetikerin gehen?« Henne machte große Augen.

»Mittlerweile mehr als Sie denken. Aber Holger war mein erster Mann.«

»Wie, Sie hatten auch was mit dem?« Co war kurz davor die Fassung zu verlieren.

Britta lachte. »Nein, ich hatte nichts mit dem. Ich meinte, er war der erste Mann, der zur kosmetischen Behandlung zu mir kam.«

»Ach so!«, kam es erleichtert von Co. Henne schüttelte den Kopf über Cos vorschnelle Vermutung.

»Wie ist das denn so? Man sagt immer, die Friseure seien seelische Mülleimer. Die Kunden würden ihnen alles erzählen. Gilt das auch für Kosmetikerinnen?« Henne sah abwechselnd Britta, dann Caroline an.

Caroline nickte zustimmend.

»Das stimmt tatsächlich. Die meisten unserer Kunden erzählen uns von zu Hause, ihren Familien, dem Urlaub, von der Arbeit. Oftmals wissen wir besser Bescheid als die Angehörigen«, beantwortete Britta die Frage des Kommissars.

»Aber wir sprechen nicht darüber. Was wir hier hören, bleibt bei uns«, vervollständigte Caroline die Aussage ihrer Schwester.

»Aber wenn es um einen Mord geht, können Sie sicher eine Ausnahme machen«, insistierte Co.

Die beiden Schwestern sahen sich an und nickten.

»Wissen Sie etwas, das uns weiterhelfen könnte?« Henne blies den Rauch seiner Zigarette aus.

»Was meinen Sie?«

»Frau Schmitt-Palme hat uns berichtet, wie lieb und nett ihr Mann war. Aber das passt nicht zu dem Bild des Falles. Wir müssen annehmen, dass Holger Palme ein Doppelleben geführt hat. Wissen Sie irgendwas von anderen Frauen?«

Britta zögerte. Man merkte ihr das Unbehagen an. »Ganz am Anfang seiner ersten Ehe hat mir seine damalige Frau Petra erzählt, dass sie so eine Ahnung habe. Dass da was mit einer anderen sei. Aber danach hat sie nie wieder etwas erwähnt. Und ich habe sie auch nicht mehr gefragt«, berichtete Britta den Kommissaren.

»Und hier im Dorf, ist da mal was hinter vorgehaltener Hand getuschelt worden oder aufgefallen?«, fragte Co nun weiter.

»Nichts, absolut nichts.« Caroline und Britta schüttelten beide den Kopf. »Bis zu dem Tag, an dem Petra überraschend ausgezogen ist, war da nichts Auffälliges«, beharrte Caroline.

»Weshalb ist sie denn so plötzlich ausgezogen? Hatte sie einen anderen?«

»Keine Ahnung. Wir waren alle überrascht. Holger hat nichts erzählt und Petra war ja ins Ausland verschwunden.«

»Das erscheint mir alles sehr merkwürdig!«

»Allerdings. Aber jetzt können Sie ja Petra selbst fragen. Sie ist wieder da.«

»Was, sie ist wieder zurückgekehrt?«

»Ja, die jüngste Tochter von Holger und Petra hat geheiratet. Am Samstag gab es hier ein riesen Fest. Aus diesem Anlass ist Petra zurückgekommen. Sie wohnt im Moment bei ihrer Tochter oben im Neubaugebiet.« Caroline nannte den Kommissaren die Straße und die Hausnummer.

Henne stand auf. Für ihn war das Gespräch beendet. Er hatte so viele neue Dinge erfahren, denen er jetzt unbedingt sofort nachgehen musste. »Vielen Dank. Sie haben uns sehr geholfen.«

»Danke auch für den Kaffee.« Co klopfte Erdmann auf den Hintern und folgte ihrem Kollegen auf den Hof. Erdmann verließ nur ungern das bequeme Lager, hopste aber vom Sessel und lief, die Nase am Boden, hinter Co her.

Kapitel 15

»Also, wie willst du vorgehen? Wen wollen wir zuerst befragen? Ich sehe doch, wie sich die Rädchen in deinem Kopf drehen.« Co sah zu, wie sich Henne eine neue Zigarette ansteckte. Es war immer das Gleiche. Nach jeder Befragung musste der Kommissar erst eine rauchen, obwohl er gerade erst eine Zigarette ausgedrückt hatte. Dabei konnte er am besten nachdenken.

»Wir sollten zuerst mit der Ex von Holger Palme, mit dieser Petra, sprechen. Vielleicht kann die uns was Neues berichten. Dann sollten wir aber auch noch mal die Witwe in Usingen aufsuchen. Findest du es nicht auch merkwürdig, dass ihr erster Mann zwei Jahre nach der Eheschließung gestorben ist und dass sie das nicht mal erwähnt hat?«

»Wieso? Keiner hat sie nach ihrem ersten Mann gefragt. Aus welchem Grund sollte sie ihn da erwähnen?«, nahm Co die Witwe in Schutz.

»Sie wird es ja nicht einfach vergessen haben. Oder? Sie hat doch sogar den Namen ihres ersten Mannes beibehalten«, stellte Henne fest.

»Die Firma heißt Schmitt und Schmitt. Wahrscheinlich deswegen«, erläuterte Co.

»Ich habe da einc ganz andere Vermutung. Vielleicht gibt es da eine Verbindung.« Henne zog erneut gierig an seiner Zigarette. Co kannte solche Situationen. Ihr Kollege witterte eine neue Spur.

Ihr schwante Schreckliches. Das würde in den nächsten Tagen und Wochen Überstunden bedeuten. Henne würde nicht aufgeben, bis er den Fall gelöst hatte. Die alte Mühle in Ober-Hörgern würde sie in nächster Zeit nur noch am Wochenende sehen.

»Ich sage nur, Schwarze Witwe.« Henne sah sie aus seinen stahlblauen Augen verschwörerisch an.

»Du meinst doch nicht etwa, dass Birgit Schmitt-Palme hinter den beiden Todesfällen steckt? Dass sie ihre beiden Männer selbst beseitigt hat, beziehungsweise beseitigen ließ?«

»Wer weiß, wir werden sehen.«

Henne warf den Zigarettenstummel auf den Boden und trat ihn aus.

Co schüttelte lachend den Kopf. »Du hast eine blühende Fantasie, Henne. Das passt nicht zu der Dame. So wie die trauert. Das ist echt.«

»Ja, ja, da kommt mal wieder die Psychologin durch.« Co hatte in Bamberg Psychologie studiert und einige Zeit in einer JVA Straftäter betreut. Über das BKA war sie dann 2004 zum K 10 in Friedberg gekommen. Seitdem arbeiteten sie sehr erfolgreich zusammen und hatten viele Fälle erfolgreich gelöst. Co war sicher, dass sie auch diesen, zehn Jahre zurückliegenden, Fall aufklären würden.

»Ich habe Hunger. In der Mittagszeit ist es eh unhöflich, die Leute zu stören. Wir fahren jetzt nach Neu-Anspach in eine alte Mühle im Tal. Da können wir bei dem Wetter noch draußen auf der Terrasse sitzen und ich kann eine Runde mit Erdmann drehen.«

»Hm, gute Idee! Ich habe gerade mal so richtig Lust auf ein schönes Kotelett mit Wirsing.« Co lief bei der Vorstellung das Wasser im Mund zusammen.

»Ruf mal Stückchen an und bitte sie, einen Termin mit der

Witwe von Holger Palme für heute Mittag auszumachen und auch mit der Ex, Petra Palme, wenn die überhaupt noch so heißt.«

*

Schon von Weitem sahen sie die Autos in der Sonne glitzern. Der Parkplatz der Gaststätte in Neu-Anspach war bis auf den letzten Platz belegt. Henne stellte seinen Wagen neben dem riesigen Traktor ab, der auf dem gegenüberliegenden Hof vor einem großen Misthaufen stand. Der Wirt kannte Henne seit vielen Jahren. Er würde nichts dagegen haben. Henne war hier Stammgast. Früher war er oft mit dem Rad von Friedberg hierher gefahren. Leider lag diese Zeit lange zurück.

Die Terrasse, in dem von hohen Bäumen umgebenen Garten, war genauso voll, wie der Parkplatz vermuten ließ. Jeder Tisch war besetzt. Die Kneipe war beliebt bei Bikern, Wanderern und Tagestouristen, die mit dem Auto anreisten.

»Hallo Alexander«, begrüßte ihn der Besitzer, der gerade mit neuem Essen auf der Terrasse erschien. »Es ist nur noch drinnen etwas frei. Oder wollt ihr einen Moment warten? Die Gäste am Tisch dort hinten gehen gleich. Ich muss nur noch kassieren.«

»Lass Dir Zeit! Wir gehen noch mal eine Runde mit Erdmann«, erwiderte Henne.

Erdmann sprang freudig erregt vor Henne und Co herum, als er von der Leine gelassen wurde.

»Lauf, Erdmann«, forderte sein Herrchen ihn auf. Das ließ sich der Dackel nicht zweimal sagen. Mit wehenden Ohren flitzte er die von Bäumen gesäumte Straße den Berg hinauf, um nach einigen Metern wieder umzudrehen. Er schnüffelte an verschiedenen Stellen, markierte sie anschließend mit einem dicken Strahl, um sich sogleich einem neuen Geruch zu widmen.

»Das muss ja wieder mal spannend für Erdmann sein«, flachste Co.

»Klar, das ist wie Zeitung lesen für so einen Hund«, belehrte sie Henne.

Co genoss die frische Luft. Sie hielt ihr Gesicht in die Sonne und dachte an ihre Mühle in Ober-Hörgern. Sie freute sich schon wieder auf den Feierabend, den sie auf ihrer Terrasse sitzend in der Abendsonne verbringen würde, vorausgesetzt, der Tag endete nicht wieder mit Überstunden.

Nach einiger Zeit nahm Henne sein Mobiltelefon zur Hand. Er tippte eine Nummer ein. »Ich ruf mal meinen Vorgänger an. Der hat mir ja angeboten, dass ich mich bei Bedarf bei ihm melden kann.«

»Nach zehn Jahren. Gibt es den Mann überhaupt noch?«, fragte Co ungläubig und folgte Erdmann, der mit der Nase am Boden alle Gerüche in sich aufzunehmen schien. Henne blieb zurück. Er telefonierte.

*

»Fehlanzeige.« Henne ließ sich auf einem Stuhl am Tisch im hintersten Winkel der Terrasse nieder. Co hatte bereits Platz genommen, Essen und Getränke bestellt. Sie aßen und tranken immer das Gleiche, wenn sie hier einkehrten, Kotelett mit Wirsing und Sauergespritzten. »Mein Vorgänger kann uns nicht mehr helfen. Er ist mittlerweile dement.«

»Ach du meine Güte. Der ist doch erst siebzig!« Cos Augen schimmerten feucht.

»Seine Frau sagte mir, dass sie bereits kurz nach seiner Pensionierung die ersten Anzeichen festgestellt hat. Inzwischen ist er so hilflos wie ein Baby.«

»Ist das nicht schrecklich! Erst hat man alle Mühe groß und selbstständig zu werden, um sich dann wieder genau in die andere Richtung zu entwickeln und hilflos wie ein kleines Kind zu werden.«

»Daran will ich gar nicht denken.« Henne war sichtlich geschockt. »Das war mir ganz schön peinlich. Warum hat uns Stückchen nichts davon erzählt?«, empörte er sich.

»Das muss dir nicht peinlich sein. Wir kannten den Mann doch gar nicht. Du hast ihn das erste und letzte Mal bei seiner Verabschiedung gesehen.«

»Trotzdem war es mir unangenehm.«

Die Nachricht hatte ihnen den Appetit verdorben. Sie schlangen das leckere Essen ohne Genuss herunter, verließen die gemütliche Terrasse und begaben sich zu Petra Palme, der ersten Frau des Ermordeten.

Kapitel 16

»Ich kann Ihnen da leider nicht helfen. Ich war zu dem Zeitpunkt im Ausland.« Petra Palme hatte die beiden Kommissare nur ungern in die Wohnung ihrer Tochter gelassen, bei der sie im Moment zu Besuch war. Unwillig hatte sie Henne und Co einen Platz auf der Terrasse angeboten. Von hier hatte man einen herrlichen Ausblick über das Dorf und die Landschaft.

»Frau Palme, wir wissen, dass Sie zum Zeitpunkt des Todes Ihres Exmannes im Ausland waren, dennoch hätten wir ein paar Fragen an Sie.«

»Schießen Sie los!« Die gut aussehende Frau musterte ihre unerwünschten Gäste abfällig.

Co fühlte sich in der Gegenwart dieser Dame nicht wohl. Zögerlich begann sie: »Es hieß, Sie seien damals über Nacht verschwunden, ein Jahr später seien Sie dann von Ihrem Mann geschieden worden. Was hat Sie denn veranlasst, so mir nichts dir nichts wegzugehen?«

»Was hat das mit dem Tod meines Exmannes zu tun?«

»Das wissen wir noch nicht. Beantworten Sie doch bitte einfach nur unsere Fragen.« Henne wählte einen bestimmenden Ton, der keinen Zweifel offen ließ, dass mit den Kommissaren nicht zu spaßen war.

»Mein Mann und ich hatten uns auseinander gelebt. Die Kinder waren groß, gingen ihre eigenen Wege. Ich bekam damals von meinem Arbeitgeber das Angebot, als Hotelmanagerin in Portugal zu arbeiten. Das habe ich angenommen. Mein Mann hat dann vorgeschlagen, die Scheidung einzureichen. Ich war mit allem einverstanden. Wir haben uns ohne viel Aufhebens geeinigt. Das war's.«

»Und Sie haben Ihren Mann seitdem nicht mehr gesehen?«

»Nein, wir haben gemailt und das eine oder andere Mal telefoniert. Wie gesagt, wir waren uns ja einig. Ich musste nur die Scheidungspapiere unterschreiben. Alles andere hat eine Rechtsanwältin aus Usingen erledigt.«

»Frau Palme, Sie wissen ja sicherlich von Ihren Kindern, wie Ihr Mann ums Leben gekommen ist? Hatte Ihr Mann irgendwelche besonderen Neigungen?« Co sprach ganz behutsam auf die Frau ein.

»Nein, nicht dass ich wüsste.« Die zuckenden Augen verrieten Henne, dass sein Gegenüber nicht die Wahrheit sagte.

»Frau Palme, ist Ihr Mann während Ihrer Ehe fremdgegangen?«

Die Angesprochene schwieg. Sie blickte nach unten, bohrte die Fingerspitzen in ihre Handflächen.

»Frau Palme, wir müssen einen Mord aufklären. Wir machen nur unsere Arbeit. Bitte helfen Sie uns.« Co hatte den richtigen Ton getroffen.

»Mein Mann war ein liebevoller Ehemann und Vater. Wir hatten ein gutes Leben. Das Haus hier und die Kinder. Unsere Arbeit. Die Freunde im Ort.« Zögerlich erzählte Frau Palme.

»Woran ist Ihre Ehe dann gescheitert?«, hakte Co nach.

»Es ist mir peinlich, Ihnen das zu erzählen.« Wieder schwieg die Frau. Henne und Co warteten geduldig.

»Mein Mann hatte einen übersteigerten Sexualtrieb. Er wollte ständig mit mir schlafen. Man musste ihn nur berühren, da war er schon bereit. Anfangs fand ich das ja noch ganz toll.

Während der ersten Schwangerschaft wollte er dann nichts von mir wissen. Ich hatte damals die Vermutung, dass er sich woanders Befriedigung holte. Nach der Geburt unseres Kindes kam er dann wieder zu mir. Ihm genügte es nicht, einfach nur zu schmusen, mich zu umarmen. Er wollte immer gleich mit mir ins Bett.« Die Frau sah weiterhin nach unten. Henne räusperte sich.

»So was hält man nicht lange aus. Nach dem dritten Kind hat er dann aufgehört, mich zu bedrängen. Wir schliefen nur noch ab und zu miteinander. Ich wusste, dass er andere Frauen hatte. Aber ich habe nichts gesagt. Es war mir zwar nicht egal, aber ich wollte, dass unsere Kinder in geordneten Verhältnissen aufwachsen. Ich hatte selbst eine traurige Kindheit. Meine Eltern haben beide stark getrunken. Das Geld war immer knapp und statt netter Worte gab es Schläge. Ich hatte niemanden, an den ich mich wenden konnte. Alles, was ich heute bin, habe ich mir selbst erarbeitet.« Die anfängliche Arroganz war Unsicherheit, Wut und Trauer gewichen.

»Verstehen Sie jetzt, warum ich nichts gesagt habe?«

Co nickte. »Sie wollten Ihre Kinder schützen. Ihnen ein heiles Leben vorgaukeln. Das ist durchaus verständlich.«

»Aber ich kann sonst nichts Schlechtes über meinen Mann sagen. Er war immer aufmerksam. Hat alles für uns getan. Wie gesagt, wir hatten ein gutes Leben.«

»Also könnte Ihr Mann seiner Sexgier zum Opfer gefallen sein?« Henne gab nicht auf.

»Das weiß ich nicht. Von mir hat er nie außergewöhnliche Sexpraktiken verlangt.«

»Kennen Sie denn die Frauen, mit denen sich Ihr Mann eingelassen hatte?«

»Nein, wie gesagt, ich habe nicht gefragt. Ich vermute aber, dass es Arbeitskolleginnen waren oder Frauen aus dem Sportstudio. Mit Sicherheit aber keine aus dem Dorf.«

»In welchem Sportstudio war er denn?«

»Das war in Usingen. Das gibt es meines Wissens aber gar nicht mehr.«

»Wissen Sie wie der Besitzer hieß?«

»Nein, leider nicht. Ich bin nie dort hingegangen.«

»Gut, Sie haben uns schon etwas weiter geholfen. Vielen Dank für das Gespräch, Frau Palme.« Henne und Co erhoben sich von ihren Plätzen.

»Bitte behalten Sie das, was ich Ihnen gesagt habe, für sich. Meine Kinder sind immer noch in dem Glauben, dass wir uns einfach nur auseinander gelebt haben. Sie hatten nach der Trennung weiterhin einen guten Kontakt zu Ihrem Vater. Auch hier im Dorf weiß niemand davon.« Flehentlich sah sie die beiden Kommissare an.

»Wir haben nicht vor, das Thema an die große Glocke zu hängen«, versicherte Co der Frau.

»Kennen Sie eigentlich die zweite Ehefrau ihres Exmannes?«, wollte Henne nun wissen.

»Nein, nicht persönlich. Nur vom Hörensagen. Meine Kinder haben mir ab und zu von ihr erzählt. Sie muss eine nette Person sein.« Frau Palme war nun richtig aufgetaut.

»Haben Ihre Kinder noch Kontakt zu der zweiten Frau Ihres Vaters?«

»Nur wenig. Die ganze Sache ist ja nun schon zehn Jahre her.«

»Haben Sie eigentlich wieder geheiratet?«, fragte Co neugierig.

»Nein. Aber ich habe einen festen Partner. Ein Portugiese. Ich lebe seit vielen Jahren in Porto. Meine Kinder besuchen mich dort ab und zu.«

*

Nach dem Gespräch zündete sich Henne vor dem Haus eine Zigarette an, während Co den Dackel aus dem leicht aufgeheizten Auto befreite. Erdmann hing die Zunge am Boden. Gierig trank er das Wasser, das ihm Co auf ihrer Handfläche anbot. Zum Dank leckte er ihr anschließend die Hand ab und sah sie aus seinen großen braunen Augen liebevoll an.

»Stückchen soll mal rauskriegen, was das für ein Sportstudio war und wie der Besitzer hieß«, unterbrach Henne das Geplänkel zwischen Co und dem Dackel.

»Ich finde das Verhalten der Frau sonderbar. Wieso haut die so einfach über Nacht ab? Lässt Kinder und Freunde zurück?« Wieder warf Henne seinen Zigarettenstummel in die Gosse.

»Ich frage mich, wie der Typ immer an die Frauen rangekommen ist. Und wie der das geheim gehalten hat«, sinnierte Co.

»Es gibt genug blöde Weiber, die sich auf eine schnelle Nummer einlassen«, erwiderte Henne.

»Na, du musst es ja wissen. Ich würde auf jeden Fall nicht einfach so mit einem Mann in die Kiste steigen.«

Kapitel 17

Die Sonne stand schon tief am Himmel, als Hennes BMW vor der Villa von Birgit Schmitt-Palme in einem noblen Wohnviertel von Usingen hielt. Er ließ die Fenster einen Spalt offen, damit Erdmann genügend Luft bekam.

»Frau Schmitt-Palme, wir haben da noch einmal ein paar Fragen an Sie.« Henne fiel gleich mit der Tür ins Haus.

»Sind Sie denn schon ein Stück weitergekommen? Haben Sie neue Erkenntnisse gewonnen?«, wollte die Witwe von den Kommissaren wissen.

»Nein, leider nicht«, antwortete Co wahrheitsgemäß.

»Frau Schmitt-Palme, wir haben erfahren, dass Ihr erster Mann Hubert Schmitt einen tödlichen Unfall hatte. Warum haben Sie uns das verschwiegen?« Henne ließ wieder einmal das nötige Einfühlungsvermögen vermissen.

»Aber das habe ich Ihnen doch nicht verschwiegen. Sie haben mich doch gar nicht nach meinem ersten Mann gefragt.« Unsicher gab Birgit Schmitt-Palme Antwort.

»Da haben Sie recht«, gab Co mit einem Seitenblick auf ihren Kollegen zu. »Aber es hat uns schon verwundert zu erfahren, dass auch ihr erster Mann nicht auf natürliche Art und Weise ums Leben gekommen ist.«

»Ja, und das so kurz nach der Eheschließung«, setzte Henne hinterher. Co trat ihm gegen den Knöchel. Henne blickte sie finster an.

»Hubert ist, bevor er ins Büro gefahren ist, zum Joggen gegangen. Er ist immer die gleiche Strecke gelaufen, zehn Kilometer im Rundkurs. An diesem Morgen kam er nicht zurück. Ich bin dann in den Wald gefahren und habe ihn gesucht. Glauben Sie mir, das war ein schrecklicher Anblick, als ich ihn blutüberströmt, am Boden liegend, gefunden habe.

»Lebte er noch, als Sie ihn gefunden haben?« Entsetzt sah Co die Witwe an.

»Nein, nein. Es war kein Puls mehr zu fühlen. Er war verblutet. Zwischen seinen Beinen lag ein Ast. Da ist er wohl drübergestolpert und mit dem Kopf auf einem Stein aufgeschlagen.«

»Das ist dramatisch«, meinte Henne, »aber ist Ihnen denn nie in den Sinn gekommen, nachdem auch Ihr zweiter Mann auf so tragische Weise ums Leben gekommen ist, dass man Hubert eine Falle gestellt haben könnte?«

»Nein, wer sollte denn so etwas tun?« Mit großen Augen sah Birgit Schmitt-Palme die Kommissare an.

»Nur mal angenommen, jemand war auf Sie sauer und wollte sich an Ihnen rächen, hätte deshalb Ihre beiden Männer umgebracht.« Henne hatte wie so oft ein untrügliches Gefühl. Hier stimmte etwas ganz und gar nicht.

»Ich weiß, das klingt verrückt. Aber bitte denken Sie mal scharf nach, ob es nicht so gewesen sein könnte.«

Frau Schmitt-Palme war sichtlich um Fassung bemüht. »Nein, da war nichts. Ich habe noch nie mit jemandem ernsthaft Ärger gehabt.«

»Frau Schmitt-Palme, Sie haben Ihren ersten Mann ja erst relativ spät geheiratet«, mischte sich Co nun wieder ein, »zumindest zur damaligen Zeit. Heute ist es ja eher normal, spät oder gar nicht zu heiraten.«

»Ja, und? Was wollen Sie damit fragen?« Entgeistert blickte sie Co an.

»Frau von Mittelstedt will damit sagen, ob Sie vielleicht eine Verflossene verärgert haben?« Henne wurde langsam ungeduldig. Immer diese Behutsamkeit. Hier ging es schließlich um Mord, vielleicht sogar um zwei Morde!

»Mein erster Mann Hubert war zu dem Zeitpunkt, als wir zusammengekommen sind, nicht liiert und mein zweiter Mann Holger war gerade geschieden worden. Also kann man diese Theorie wohl ausschließen.« Böse funkelte Frau Schmitt-Palme den Kommissar an.

»Entschuldigen Sie. Das war ja auch nur so eine Idee.«

»War das eigentlich Ihre gemeinsame Firma?«, versuchte Co nun abzulenken.

»Die Firma Schmitt und Schmitt gehörte ursprünglich meinem Vater und dem Vater meines ersten Mannes. Die gleichen Nachnamen sind Zufall. Sie waren nicht miteinander verwandt oder verschwägert, sondern haben sich während des Studiums kennengelernt und dann diese Firma gegründet. Wir haben sie kurz nach der Hochzeit übernommen. Unsere Väter wollten sich aus dem Tagesgeschäft zurückziehen.«

»Das kann man ja eine glückliche Fügung nennen, wenn die Kinder in die Firma einsteigen und auch noch heiraten.« Henne vergaß zum wiederholten Male, das er einer trauernden Witwe gegenübersaß und nicht einer potenziellen Mörderin.

»Dann kannten Sie beide sich wahrscheinlich schon seit Ihrer Kindheit?« Co bemühte sich, die ganze Sache etwas abzumildern.

»Ja, wir haben schon im Sandkasten zusammen gespielt. Als Jugendliche waren wir auch eng befreundet. Hubert war meine erste große Liebe. Aber als wir dann studierten, sind wir getrennte Wege gegangen. Hubert studierte in Gießen, ich in Würzburg.«

»Was haben Sie denn studiert?«

»Ich Betriebswirtschaft, weil für mich von Anfang an feststand, dass ich in die Firma einsteigen würde. Hubert hatte sich für Jura entschieden. Er wollte eigentlich Rechtsanwalt werden. Aber sein Vater hat ihn überredet, seine juristischen Kenntnisse in unserer Firma zu nutzen.«

»Und Sie sind erst nach dem Studium wieder zusammengekommen?«

»Wie ich schon sagte, Hubert hatte sich von seiner damaligen Freundin, auch eine Juristin, getrennt. Meine Studentenliebe gehörte schon länger der Vergangenheit an.«

»Hört sich ja alles ganz harmonisch an.«

»Wer berät denn Ihre Firma jetzt in Rechtsfragen?«

»Die Kanzlei von Ullrich Meyerink und Partner hier in Usingen.«

Henne erinnerte sich an den Ehevertrag von Birgit Schmitt-Palme und ihrem zweiten Mann Holger, der in dem dicken Ordner als Erstes abgeheftet war. Dieser Ehevertrag war ebenfalls von der Kanzlei Meyerink und Partner aufgesetzt worden.

»Gibt es in dieser Kanzlei mehrere Anwälte?«

»Ja, mit verschiedenen Spezialgebieten, unter anderem auch Arbeits- und Wirtschaftsrecht.«

»Auch einen für Familien- und Scheidungsrecht, nehme ich an?«

»Ja, auch das. Die machen so ziemlich alles hier in der Umgebung. Mein Ehevertrag mit Holger wurde dort geschlossen. Holger wurde während seiner Scheidung von einer Anwältin aus diesem Büro vertreten.«

Henne sah ein, dass er hier nicht weiterkam. Die Vermutung, dass die beiden Todesfälle etwas miteinander zu tun haben könnten, war wohl nur eine fixe Idee gewesen.

Kapitel 18

Henne rauchte die übliche Zigarette danach und las die SMS, die ihm Stückchen geschickt hatte.

»Was nun?« Co war müde. Den ganzen Mittag über hatten sie Zeugen befragt und waren kein Stück weiter gekommen. Außerdem hatte sie Hunger. Und wenn sie Hunger hatte, war sie unerträglich. Die ersten Anzeichen von Kopfweh machten sich bemerkbar.

»Wir fahren nach Michelbach. Dort gibt es an der Hauptstraße eine Straußwirtschaft. Der ehemalige Besitzer des Fitness-Studios, Ekki Rüpel, in Usingen, ist der Wirt.«

»Da war Stückchen ja mal wieder fleißig. Wie die das immer macht? Genial. Da können wir auch etwas essen.«

»Ob du hier was Anständiges zu essen kriegst, bleibt abzuwarten.« Eine grau getigerte Katze kam ihnen auf dem Bürgersteig entgegen, die Erdmann mit wütendem Gebell vertrieb.

Das Tor der Gaststätte »Ekkis Vegane Kneipe« an der Durchgangsstraße von Michelbach stand weit offen. Zwischen den gepflasterten Steinen wuchs Unkraut. Im Hof standen Biertischgarnituren. Niemand war zu sehen. Henne und Co ließen sich an einem der Tische nieder, auf dem getrocknete Ränder von Gläsern zu erkennen waren. Alles machte einen ungepflegten und unsauberen Eindruck. Co war nicht sicher, ob sie hier wirklich etwas essen wollte.

Es dauerte eine Weile, bis eine dünne Frau erschien. Ihr bunt gefärbtes Haar stand wie ein Hahnenkamm von ihrem Kopf ab. Der Schlabberlook verriet eine alternative Lebensweise. Die Ohren schmückten silberne Kreolen – das einzig Schöne an der Frau. Ohne Gruß legte sie ein DIN-A4-Blatt auf den Tisch und sah die Kommissare gelangweilt an. In krakeliger Schrift waren einige Speisen aufgelistet. Am unteren Ende des Blattes stand: »Ekkis Vegane Kneipe – Die einzige Gaststätte mit veganem Essen im Umkreis von 50 km. Inhaber Ekki und Motzi Rüpel.«

»Wenn Sie was essen wollen, müssen Sie noch warten. Mein Mann fängt erst um sechs Uhr an.« In einem desinteressierten Ton, der jegliche Freundlichkeit vermissen ließ, sprach sie zu den Gästen.

»Wir sind nicht zum Essen hier. Wir möchten nur etwas trinken und dann mit Ihrem Mann sprechen.« Henne war bei dem Anblick der dürren Gestalt der Appetit vergangen.

Co betrachtete indessen interessiert die Speisekarte. Vegane Gerichte hatte sie noch nie gegessen.

»Will der kläffende Dackel auch was trinken?«

»Wenn das möglich ist, gern. Wir nehmen jeder einen Sauergespritzten.« Henne bestellte die Getränke in einem herablassenden Ton, der deutlich machte, was er von der Bedienung hielt. Die Frau verschwand. Es verging mindestens eine Viertelstunde, bis die Tür zur Gaststätte erneut aufging und ein hagerer Mann mit einem Tablett, auf dem zwei Apfelweingläser standen, in den Hof trat.

»Hallo, ich bin de Ekki. Und ihr müsst die Kommissare sein? Euer Sekretärin hat euch schon angemeldet.« Seine knarrende Stimme passte zu dem ausgemergelten Gesicht. Das ärmellose Rippenshirt ließ zwei dünne, aber muskulöse Arme erkennen. Die dunklen Augen lagen tief in ihren Höhlen. Der Mann sah aus, als wäre er kurz vor dem Verhungern.

Er bemerkte den entsetzten Blick von Co und grinste sie geringschätzig an.

»Ich lauf Maradon und bin aach Veganer. Da setzt me net so schnell Fett an.« Er sprach in einem Dialekt zu ihnen, den Co nicht richtig einordnen konnte.

»Ach so.« Zu mehr war Co nicht fähig. *Dann lieber ein paar Pfund mehr auf den Rippen, als wie ein Skelett mit Haut durch die Gegend zu laufen*, dachte sie sich. Sein Aussehen wirkte abstoßend auf sie, genau wie sein Gehabe.

Ekki stellte die Getränke ab und setzte sich ungefragt zu den Kommissaren an den Tisch, gleichzeitig stieß er einen Lacher aus, der klang, als leide er an Schnappatmung. »Also, was wollt ihr wisse?«

Co gefiel das vertraute Getue des Mannes nicht. Sie hatte grundsätzlich nichts gegen eine persönliche Anrede von Wirten und Servicekräften, doch in diesem Fall war es ihr nicht recht. Der Mann war ihr nicht sympathisch.

»Sie haben das Wasser für den Dackel vergessen«, ermahnte sie den Wirt deshalb in einem für sie sehr unfreundlichen Ton. Henne zog überrascht die Augenbrauen hoch.

»Tanja, bring mal Wasser für den Hund«, schrie er zu einem Fenster hoch. »Tanja is mei Dochter. Die hat auch die Idee mit dem vegane Esse gehabt.« Wieder lachte er schnappend.

Die Ideengeberin erschien mit einer Glasschüssel voll Wasser und setzte sie vor Erdmann ab, der unter dem Biertisch ruhte. Die umfangreiche Figur von Tanja erzählte, dass sie selbst sich wohl eher nicht ausschließlich vegan ernährte. Der Speck an Hüfte und Bauch ließ eher auf Fastfood schließen.

»Und läuft das denn mit dem veganen Essen?«, wollte Henne wissen.

»Die Leut sind ganz verrügt danach. Mir könne uns gar net rette vor Gäst.«

»So sieht es hier aber nicht aus«, gab Co bissig zu bedenken.

»Die komme noch. Wart nur ab.« Der Wirt machte eine Handbewegung, so als wollte er die Worte der Kommissarin wegwischen.

»Tanja, geh in die Küch und mach dene Kommissare mal eh Kostprob zurecht«, forderte er seine Tochter auf. »Geht nadirlich aufs Haus. Is doch klar. Also, jetzt kommt e mal uff de Punkt und sacht me, was ich für euch tun kann.«

»Es geht um Holger Palme, der vor zehn Jahren ermordet wurde. Er war mal Mitglied in Ihrem Fitness-Studio«, begann Henne nun mit der Befragung.

»Ja, des stimmt. Der Holger war einer meiner ersten Kunde. Des war en Kerl wie en Baum. Zwei Meter groß und e Kreuz wie en Schrank.« Zur Unterstützung seiner Aussage formte er mit den Händen die Umrisse eines großen Körpers. »Der hat richtig hart trainiert. Wenn isch an dem sei Muskel denk. Dem hätt ich net nachts begegne wolle.« Ekki rollte die Augen. »Abber der war in Ordnung, der Holger. Wisst ihr ...«

Henne stoppte mit erhobener Hand den Redeschwall des Gastwirts.

»Herr Rüpel, im Moment interessiert uns das nicht.«

Der Gastwirt fiel Henne sofort wieder ins Wort. »Nennt mich einfach Ekki, das dun hier alle.« Ekki streckte den Arm über den Biertisch und tippte Henne an die Schulter.

»Herr Rüpel, bitte lenken Sie nicht ab.« Henne ließ sich durch den freundschaftlichen Knuff nicht irritieren. »Wir wollen nur wissen, ob Holger Palme irgendwas mit Frauen in ihrem Fitnessstudio laufen hatte«, sagte er nun eine Spur kühler.

Ekki Rüpel haute mit der Faust auf den Tisch und brach in Gelächter aus. »Des is gut, mein Lieber. Du bist mir ja en Komiker!«

Henne war genervt von der übertrieben lockeren Art des

Gastwirtes. Ekki sah ihn nun an, als hätte er einen Außerirdischen vor sich. »Wieso dann mit Weibern? Mein Studio war doch nur für Männer. Das war ja des Problem. Das war ein Scheißkonzept. Deshalb bin ich ja auch ganz schnell pleite gegange. Die meiste Kerle komme doch, um Weiber anzubaggern. Aber des hab ich net gerafft. Ich hab gedacht, die fände des gut, wenn se unner sich wärn und drainiere könnt.«

Nun war es an Henne, den ehemaligen Fitnesstrainer irritiert anzusehen. »Das wussten wir nicht. Wir dachten, das wäre ein ganz normales Studio für Männlein und Weiblein gewesen.«

»Nee, ich wollt halt e mal was anneres mache. Net immer das, was alle mache, net immer mit dem Strom schwimme, schön angepasst. Wenn de verstehst, was ich meine? Du musst dir des e mal …«

»Ist ja schon gut.« Wieder bremste Henne den Mann aus. »Haben Sie denn mal mitgekriegt, dass Holger Palme eine Freundin hatte?«

»Kei Ahnung, ährlisch net. Der is zum drainiern gekomme und wieder abgehaun. So wie der immer geschwitzt hat, kann ich mir gar net vorstelle, dass der noch Kraft für was anneres gehabt habe soll. Der …«

Dieses Mal wurde der Redeschwall von einer ganzen Gruppe Radrennfahrer unterbrochen, die schweißtriefend den Hof betraten. Ihre Rennmaschinen stellten sie am Eingang ab und ließen sich an einem langen Tisch nieder. Ihre Gesichter glänzten feucht, die Haare klebten am Kopf, die bunten Trikots lagen eng am nassen Körper an. Darin sahen sie aus wie exotische Vögel. Co fand die Aufmachung der Sportler, speziell die eng anliegenden Hosen, widerlich, besonders im Schritt.

»He, Jungs«, grüßte der Wirt mit erhobener Hand. Sofort erhob sich lautes Gegröle aus Richtung der Radfahrer.

»Tanja, die Jungs sinn widder da. Mach e mal e Rund«, rief der Wirt wieder zu dem offenen Fenster hinauf.

Motzi Rüpel betrat zeitgleich den Hof, in der Hand eine Platte mit veganen Kanapees. Co verging beim Anblick der lieblos angerichteten Häppchen, die blass auf dem Teller lagen, sofort die Neugierde auf das außergewöhnliche, unbekannte Essen und auch der Appetit. Zudem glaubte sie, den Schweiß der Radfahrer riechen zu können. Sie empfand es als eine Zumutung, dass sie sich schweißnass auf den Bänken niederließen. Mit Sicherheit wurden die Sitzgelegenheiten nach dem Verschwinden der Gruppe nicht abgewischt. Bei dem Gedanken, dass sich der nächste Gast auf der verschwitzten Fläche niederließ, rutschte sie unruhig auf der Bank hin und her. Die ganze Umgebung und dieser anstrengende Wirt gingen ihr gegen den Strich. Sie wollte hier so schnell wie möglich weg.

Auch Henne verspürte keine Lust, dem Wirt noch länger zuzuhören. Zudem unterhielten sich die Männer am Nebentisch übertrieben laut.

Wenn Stückchen etwas mehr Zeit zum Recherchieren gehabt hätte, wäre ihnen der Besuch in der Kneipe erspart geblieben. Henne stand auf, kramte einen Fünfeuroschein aus seiner Hosentasche hervor und warf ihn auf den Tisch. Ekki sprang ebenfalls auf und haute Henne auf die Schulter.

»Lass steckke, Kommissar. Des geht aufs Haus. Iss doch Ehrensache.« Henne überhörte Ekkis Bemerkung.

»Vielen Dank für die Auskunft. Schönen Tag noch.«

»Und was soll ich jetzt mit dene Kanapees mache?« Ekki breitete ratlos die Hände aus und sah die Kommissare groß an.

»Bieten Sie die Dinger doch diesen stinkenden Schweißmonstern an.« Co konnte ihre Abneigung nicht verbergen. Ständig stieß ihr der unangenehme Geruch von Männerschweiß in die Nase.

Die Kommissare ließen einen verdutzten Ekki Rüpel zurück. Co war froh, dass sie das Gespräch beenden konnten.

*

Die Sonne stand schon tief am Horizont, als sie auf die Straße traten. Die Häuser warfen lange Schatten. Der Feierabendverkehr hatte eingesetzt. Ein Auto nach dem anderen fuhr an Henne und Co vorbei.

»Was für ein Typ, eh.« Henne schüttelte den Kopf. Er zündete sich seine obligatorische Zigarette an, inhalierte den Rauch tief.

»Der Name Rüpel ist gar nicht so falsch, zumindest ist er nicht so aggressiv.«

»Für meine Begriffe hat der sie nicht alle an der Latte. Ist dir mal aufgefallen, wie der ständig gelacht hat?«

»Solche Menschen machen mich nervös.«

»Jetzt sind wir kein bisschen weitergekommen. Stückchen werde ich Morgen was erzählen.«

»Nichts wirst du. Wie soll die denn ahnen können, dass dieser durchgeknallte Typ ein Fitnessstudio nur für Männer betrieben hat?«

»Es gibt ja auch Studios nur für Frauen«, erwiderte Henne.

»Das ist genauso blöd wie Frauenparkplätze, Frauenquote und was weiß ich nicht alles.« Co konnte sich über solche Dinge fürchterlich aufregen. Ihrer Meinung nach wurden die Frauen dadurch erst recht diskriminiert.

»Eins weiß ich seit heute ganz genau, ein Fan von veganem Essen werde ich bestimmt nicht.«

»Nee, ich auch nicht.« Co schüttelte sich bei dem Gedanken an das unappetitlich aussehende Essen.

»Bist du jetzt endlich fertig mit Rauchen? Ich möchte nur noch heim.«

»Was hältst du davon, wenn ich dich nach Hause bringe und wir in Gambach beim Italiener eine Pizza essen? Ich lade dich auch ein.« Henne sah seine Kollegin von der Seite an.

»Gute Idee!« Die letzten Worte von Co gingen in dem Dröhnen eines vorbeifahrenden Motorrades unter.

»Wieder ein Ersatzteillager auf zwei Rädern!« Henne schüttelte missbilligend den Kopf über die vorbeibrausende Höllenmaschine.

Co antwortete spontan: »Nee, ein Organspender heißt das bei mir.«

Kapitel 19

Regina wurde von Hilfeschreien geweckt. Im Hof unter ihr war ein Platschen und Gurgeln zu hören. Obwohl sie die Decke über den Kopf gezogen hatte, konnte sie die Versuche ihres Bruders, der Güllegrube zu entkommen, nicht ignorieren. Er kämpfte um sein Leben. Die Panik in seiner Stimme war nicht zu überhören. Je mehr er sich bewegte und um sich schlug, desto weniger gelang es ihm, sich aus dem glitschigen, stinkenden Nass zu befreien.

*

Regina schlug die Augen auf. Sie lag in ihrem Schweiß auf dem französischen Bett. Sie blickte an die Stuckdecke in dem hohen Zimmer, die sie im Schein der abgeschwächten Straßenlaterne erkennen konnte. Dunkle Räume machten ihr Angst.

Sie blieb auf dem Rücken liegen und versuchte ruhig zu atmen. Ihr Herz hämmerte in ihrer Brust. Sie war so müde, doch es gelang ihr nicht, wieder einzuschlafen. Erneut hatte sie dieser schreckliche Traum heimgesucht.

Die Stimmen der Vögel vor ihrer Villa in der Mainzer Tor-Anlage waren am vergangenen Abend längst verstummt, als sie ins Bett gegangen war. Obwohl sie sich auf ihrer abendlichen Joggingstrecke verausgabt hatte, kam sie erst spät zur Ruhe.

Und nun war sie nach einem wenige Stunden dauernden, unruhigen Schlaf aus diesem Albtraum erwacht. In ihrem Leben hatte sie schon viele schreckliche Momente erlebt, warum war es ausgerechnet das Ereignis aus ihrer Jugendzeit, das sie immer wieder quälte?

*

Sie dachte an das Telefonat, das sie am späten Abend mit ihrer Tante Maria in Gambach geführt hatte. Tante und Nichte telefonierten oft spät abends miteinander. Da konnten sie sicher sein, nicht gestört zu werden. Sie hatten sich für den kommenden Samstag verabredet. Maria war die Einzige, die von ihrer Ursprungsfamilie übrig geblieben war. Jetzt ging es ihr nicht gut und Regina musste befürchten, dass die Tante nicht mehr lange leben würde.

Während des Telefonats hatte sie von ihrem Fenster im oberen Stockwerk der Villa beobachtet, dass der Nachbar von der anderen Straßenseite nach Hause kam. Er hatte sie am Fenster stehen sehen und ihr zugenickt. Winkend hatte sie den Gruß erwidert.

Sie fand den Kommissar sympathisch und interessant. Seit ihrer ersten Begegnung musste sie immer wieder an ihn denken. Doch sie sollte sich besser von ihm fernhalten. Regina hatte mit Männern kein Glück. Sie verließen sie immer wieder und sie blieb allein und einsam zurück.

Zu ihrer Tante hatte sie seit ihrer Kindheit ein inniges Verhältnis. Die Tante hatte sie vor allen Angriffen in Schutz genommen, sie behütet und geliebt wie ein eigenes Kind, das ihr leider versagt geblieben war.

Kurz nach Reginas Geburt hatte Maria einen amerikanischen Soldaten geheiratet. Ihr Glück hatte jedoch nicht lange angehalten. Man schickte ihn nach Vietnam. Von dort kehrte er nicht zurück. Sein Körper war durch eine Landmine in Stücke gerissen worden. Nichts war von dem stattlichen, jungen Mann übrig geblieben.

So hatte Maria ihre ganze Liebe ihrer Nichte Regina gewidmet. Reginas erstes Wort war nicht »Mama«, sondern »Caro« gewesen. Maria freute sich über die ersten unsicheren Schritte ihrer Nichte, begleitete das Kind in den Kindergarten und holte es auch wieder ab, machte später Schulaufgaben mit ihr und hielt sie an, in den Turnverein zu gehen. Das erste Fahrrad bekam sie von ihr geschenkt. Zur Konfirmation überreichte ihr die Tante ein Goldkettchen, das sie heute noch um den Hals trug. Das Kleid für den Abschlussball der Tanzstunde nähte ihr die Tante. Darin sah sie aus wie eine Prinzessin. Mit sechzehn war aus der kleinen hässlichen Gans, dem dummen nichtsnutzigen Mädchen, wie ihr Großvater sie immer genannt hatte, ein schöner, junger Schwan geworden. Die Farbe des Ballkleides passte perfekt zu ihren außergewöhnlichen grünen Augen. Die roten Haare, die nun in langen Wellen über ihre Schultern fielen, bildeten einen wunderbaren Kontrast zu ihrer blassen Haut, die wie Alabaster schimmerte. Nicht nur die Klassenkameraden himmelten sie an, alle Männer drehten sich nach ihr um, verzehrten sich nach der heranwachsenden jungen Frau.

Während man sie in ihrer Kindheit wegen ihrer roten Haare, die sie nur kurz tragen durfte, gehänselt hatte, bewunderte man sie nun für ihre voluminöse Haarpracht. Die Mitschülerinnen und Freundinnen betrachteten sie dagegen mit Neid und Argwohn. Sie hatten Angst, dass Regina ihnen die Freunde ausspannen würde. Hatte sie als Kind und Jugendliche schon kaum Freunde gehabt, so wurde es jetzt noch schlimmer. Sie wurde nicht zu Partys eingeladen. Niemand fragte sie, ob sie mit in den Rosengarten, der Diskothek in Gambach, kommen wollte.

Wenn sie einen Raum betrat, richteten sich alle Blicke auf sie, doch keiner setzte sich neben sie. Der Stuhl neben ihr blieb immer leer.

Das änderte sich erst, als ihre Mutter einen neuen Mann, einen Anwalt aus dem Taunus, kennenlernte und ihn wenig später heiratete. Sie zogen von Gambach nach Usingen. Mit den Kindern ihres Stiefvaters, Barbara und Ullrich, verstand sie sich auf Anhieb. Sie spielten gemeinsam Tennis und unternahmen sonntags ausgedehnte Radtouren. In den Sommerferien machten sie Reisen durch ganz Europa. Der Stiefvater behandelte sie wie sein eigenes Kind. Das Einzige, was sie von ihrer neuen Familie unterschied, war der Nachname. Ihre Mutter hieß nun wie ihr neuer Ehemann. Regina behielt den Namen ihres Vaters, der sich 1970 in den Osten abgesetzt hatte.

Der Kontakt zu ihrer geliebten Tante Maria war nie abgerissen. Regina besuchte sie in den Ferien, schrieb ihr lange Briefe und Postkarten von den Reisen. Sie war ihre engste Vertraute geblieben.

Über den Erinnerungen an ihre Jugend war Regina wieder eingeschlafen. Erst am frühen Morgen, als das erste Licht des Tages in ihr Zimmer fiel, wachte sie wieder auf. Sie zog ihren Jogginganzug an und lief durch die Felder.

Kapitel 20

Es war noch früh am Morgen. Der blaue Himmel verhieß schönes Wetter. Trotz der frühen Stunde war der Markt auf der Friedberger Kaiserstraße schon gut besucht.

Erdmann lief vor Henne zwischen den Buden hin und her. Er war hier bestens bekannt, sprichwörtlich wie ein bunter Hund. Jeden Samstag erledigten er und Henne den Einkauf. Seit Henne sich um Erdmann kümmern musste, war aus dem Langschläfer ein Frühaufsteher geworden. Also hatte er aus der Not eine Tugend gemacht und besuchte seitdem jeden Samstag den Friedberger Wochenmarkt.

Henne legte großen Wert auf frisches Obst und Gemüse, Fisch und Fleisch. In dem mitgebrachten Einkaufswägelchen wurde alles sorgsam verstaut und nach Hause gebracht.

Für Erdmann fiel so manches Stück Wurst ab oder eine Streicheleinheit. Henne grüßte Kopf nickend Bekannte, blieb mitunter auch stehen, um ein Schwätzchen zu halten. Er war gleichermaßen bei den älteren Damen und den jungen Verkäuferinnen an den Ständen beliebt. Daher bekam er öfter ein Stück Obst zusätzlich in den Korb gelegt und immer das beste Stück Fleisch. So manch eine der jungen Damen wartete jeden Samstag sehnsüchtig auf den smarten Kommissar mit dem dunklen, von einigen Silberfäden durchzogenen Haar. Sie flirteten gern mit ihm.

Henne genoss dieses wöchentliche Ritual und sparte dabei nicht mit Komplimenten und netten Worten. Man vertraute ihm das eine oder andere private Detail an. Er vergaß nichts und fragte bei nächster Gelegenheit nach, was ihm besondere Bewunderung einbrachte.

Wenn er in den Urlaub fuhr, kündigte er das lange im Voraus an. Er war sicher, dass man bei seinem Fernbleiben einen Streifenwagen zu seinem Haus geschickt hätte, nur um zu sehen, ob ihm nichts passiert war. Er war zu einem festen Bestandteil des Friedberger Wochenmarktes geworden, genauso wie die Händler, die ihre Waren anboten.

*

Am Ende seiner Einkaufstour kehrte er in einem Café am Elvis-Presley-Platz ein, um ein ausgiebiges Frühstück zu sich zu nehmen. Schon während seiner Schulzeit hatte er an diesem Ort so einige Freistunden mit seinen Mitschülern verbracht. Hier traf er so manchen alteingesessenen Friedberger, der ihm die Neuigkeiten aus der Stadt zutrug. Henne war immer bestens informiert. Eine Tageszeitung benötigte er nicht.

Heute war es erstaunlicherweise noch recht leer in dem Café. Aber das störte ihn gar nicht. Er ließ die vergangene Woche Revue passieren, dachte an den zehn Jahre zurückliegenden Mordfall, mit dem er sich momentan beschäftigte. Gestern hatten er und Co ein Gespräch mit dem EKHK, dem Ersten Kriminalhauptkommissar, und dem Polizeidirektor geführt. Dabei ging es nicht nur um die bisherigen Ermittlungsergebnisse, die leider nicht sehr üppig ausfielen, sondern auch um die weitere Vorgehensweise. Seine Vorgesetzten hatten ihm am Ende des Gesprächs eindeutig zu verstehen gegeben, dass er und seine Kollegin nur in dem Fall ermitteln konnten, solange es keinen aktuellen Mord gab.

Henne sicherte seinen Vorgesetzten zu, dass er seine sonstige Arbeit nicht vernachlässigen würde. Doch er gab auch zu, Blut geleckt zu haben. Wer Henne kannte, der wusste, was das zu bedeuten hatte. Er würde nicht eher Ruhe geben, bis der Mord aufgeklärt war.

Der Kommissar spürte, dass es einen Zusammenhang zwischen den beiden Todesfällen von Hubert Schmitt und Holger Palme geben musste. Er hatte nur noch nicht die Schnittstelle gefunden. Sein Instinkt hatte ihn bisher selten im Stich gelassen und er würde so lange weiterbohren, bis er die Lösung gefunden hatte.

*

Auf dem Rückweg besorgte Henne zehn große Sonnenblumen für Co. Sie hatte ihn für den heutigen Abend zum Grillen nach Ober-Hörgern in die alte Mühle eingeladen. Er freute sich schon auf die Party.

Juliane Landmann, die Redakteurin der lokalen Presse, und ihr Mann Walter würden auch kommen. Er hatte sie im Jahr 2006 während Ermittlungen in Münzenberg kennengelernt. Sie hatte damals zur Aufklärung der Fälle beigetragen. Seitdem kreuzten sich ihre Wege immer wieder. Sie unterhielten ein lockeres, freundschaftliches Verhältnis. Zudem hatte sich seine Kollegin Cosima mit der Redakteurin angefreundet, seit sie in dem kleinen Münzenberger Stadtteil wohnte.

Juliane, die einen großen Freundes- und Bekanntenkreis hatte, gab dem Kommissar so manchen Tipp, während er der Redakteurin seinerseits den einen oder anderen Hinweis zukommen ließ. Er schätzte ihre faire Berichterstattung.

Außerdem verfügten die beiden über den gleichen, trockenen Humor. Sie verstanden sich bestens. Henne mochte die attraktive Frau, wohl wissend, dass er bei ihr keine Chancen hatte.

Sie war glücklich mit Walter verheiratet. Die beiden hatten zusammen drei Töchter und eine quirlige Appenzeller Sennhündin, mit der sich Erdmann prima verstand.

Es gehörte zu Hennes Prinzipien, niemals etwas mit einer verheirateten Frau anzufangen. Er hatte schon zu viele Verbrechen gesehen, die aus so einem Verhältnis entstanden waren.

Diese Gedanken führten ihn zu einer anderen Person: Seit einigen Tagen dachte er nun immer wieder an seine neue Nachbarin, der er bisher nur auf der Straße begegnet war. Er kannte nicht ihren Namen und wusste nichts über ihre Familienverhältnisse. Außer ihr hatte er aber noch keine andere Person auf dem Grundstück entdeckt.

Für ihn wäre es ein Leichtes gewesen, herauszufinden, um wen es sich bei der Frau handelte. Doch auch das gehörte zu seinen Prinzipien: Er nutzte seine Stellung niemals aus, um sich über die Mitmenschen in seiner Umgebung kraft Amtes Informationen zu beschaffen.

Trotzdem könnte er mal die üblichen Informationsquellen anzapfen und seine ältere Nachbarin fragen, ob sie etwas über den Familienstand der Dame wusste. Er konnte nicht einmal sagen, warum, aber er fühlte sich zu der Frau hingezogen. Seit er sie das erste Mal gesehen hatte, fiel sein Blick bei jeder Gelegenheit auf das gegenüberliegende Haus, in der Hoffnung, sie wieder zu treffen.

Kapitel 21

Der Friedhof in Gambach lag verlassen da. Um diese Uhrzeit war bei den sommerlichen Temperaturen noch niemand zu sehen. Die Leute würden erst gegen Abend kommen, um die Gräber zu wässern. Bei dem derzeitigen Wetter musste man mitunter zweimal am Tag dorthin gehen, um die Bepflanzung feucht zu halten. Das Geräusch der vorbeieilenden Fahrzeuge auf der Autobahn oberhalb des Friedhofes war nur schwach wahrzunehmen. Der Wind kam aus der entgegengesetzten Richtung und nahm die Motorengeräusche mit sich.

Regina und ihre Tante Maria traten an das Grab von Klara Meyerink, Reginas Mutter. Sie war im vergangenen Jahr mit siebenundsechzig an Krebs gestorben und auf dem Gambacher Friedhof bestattet worden. Klara Meyerink hatte ihren zweiten, fünfzehn Jahre älteren Mann nur um wenige Jahre überlebt. Nach dem Tod des Rechtsanwaltes aus Usingen war sie zu ihrer Schwester nach Gambach zurückgekehrt, in das Haus ihrer Eltern. Obwohl sie lebenslanges Wohnrecht in dem Haus ihres verstorbenen Mannes hatte, wollte sie dort nicht bleiben. Außer mit Ullrich, ihrem Stiefsohn aus zweiter Ehe, verband sie nur wenig mit dem Ort im Taunus. Zu ihrer Schwiegertochter Marion unterhielt sie kein besonders herzliches Verhältnis, ebenso wenig wie zu deren Kindern. Regina und ihre Stiefschwester Barbara lebten schon seit Jahren in Friedberg. Dort wollte sie aber auch nicht wohnen. Sie wollte den Kindern nicht zur Last fallen.

Hier in Gambach hatte Klara noch ein paar schöne Jahre mit ihrer Schwester Maria verbracht. Hier kannte sie jeden, besuchte gerne Arbeitskolleginnen aus der Kleiderfabrik, in der sie nach dem Weggang ihres ersten Mannes gearbeitet hatte, um sich und die kleine Familie zu ernähren. Regina hatte zwar nie verstanden, wie die Mutter freiwillig in die spießige Kleinstadt zurückkehren konnte. Doch sie hatte den Entschluss der Mutter respektiert und sie und die Tante regelmäßig besucht.

Regina kam immer mit gemischten Gefühlen in ihr Geburtshaus, wo sie aufgewachsen war und bis zu ihrem sechzehnten Lebensjahr mit ihrer Mutter, Tante Maria und ihrer Oma gewohnt hatte. Zu schwer wog die Erinnerung an ihren Großvater und ihren Bruder. Sie dachte gern an ihre Oma. Sie war eine herzensgute Frau gewesen, hatte immer alle bekocht und sich um den Haushalt gekümmert. Samstags gab es Hefekuchen, dick mit Obst belegt. Den restlichen Teig durfte Regina zusammenkratzen und kleine Stückchen daraus machen. Die Kratzestückchen, wie man sie hier nannte, schmeckten ihr fast noch besser als der eigentliche Kuchen.

Wenn die amerikanischen Panzer nachts auf ihrem Weg ins Manöver durch Gambach rollten, kuschelte sie sich unter die dicken Daunendecken in Omas Bett. Die Ketten der schweren Fahrzeuge machten rasselnde Geräusche, die sie ängstigten. Die Erde bebte minutenlang, ließ das Haus erzittern, die Fensterscheiben klirren. Einmal war bei dem Getöse das Bild mit dem dicken Engel über Omas Bett heruntergefallen und hatte den Opa am Kopf getroffen. An das Geschrei konnte sie sich noch gut erinnern. Ihr Opa hasste die Amerikaner und ließ kein gutes Haar an den hier stationierten Soldaten. Die Großeltern waren längst tot. Das Bild mit dem dicken Engel hing jedoch heute noch in Omas Schlafzimmer, dem Raum, den Tante Maria nun ihren Schlafgästen zur Verfügung stellte.

An ihren Opa besaß Regina keine guten Erinnerungen. Er hatte sie immer als dummes, nichtsnutziges Kind beschimpft. Sie nicht einmal angesehen. Für ihn war sie ein minderwertiges Wesen. Sie war ja nur ein Mädchen. Das ließ er sie immer spüren, fand nie ein nettes Wort für das Kind, hatte sie nie auf den Schoß genommen, wie das Großväter üblicherweise taten. Sie konnte sich nicht erklären, warum der Opa sich ihr gegenüber so ablehnend verhielt. Sie benahm sich immer anständig, gab ihm keinen Grund zur Klage.

Ihren Bruder dagegen verwöhnte und lobte der Großvater ständig, steckte ihm Süßigkeiten zu, ließ ihm jeden Blödsinn durchgehen. Er durfte alles tun, ohne auch nur einmal eine Zurechtweisung zu hören oder gar Schläge zu bekommen.

Sie war acht Jahre alt, als ihr Opa auf sehr unschöne Art und Weise das Zeitliche segnete. Wegen einer starken Erkältung hatte man sie mit dem griesgrämigen, alten Mann alleine in der warmen Küche zurückgelassen, während der Rest der Familie in dem großen Garten hinter dem Haus die Kartoffeln erntete.

In ihrem Beisein hatte der alte Mann frisches Brot und Schinkenspeck gegessen. Obwohl sie Hunger hatte, hatte er ihr nichts davon abgegeben. Beim Anblick der köstlichen Speise war ihr das Wasser im Mund zusammengelaufen, doch der Großvater ignorierte sie wie immer.

Plötzlich fing er an zu husten und zu keuchen. Eine Brotkrume war ihm in die falsche Kehle gekommen. Abwechselnd hatte er geschluckt und gehustet, sich auf die Brust geklopft. Sein Gesicht war hochrot angelaufen. Der Schweiß rann ihm vor Anstrengung über das Gesicht. Auch das Wasser, das er zu trinken versuchte, half nichts. Es kam im hohen Bogen wieder heraus. Die Brotkrume versperrte dem Großvater die Atemwege. Er streckte die Hand nach ihr aus, versuchte etwas zu sagen. Doch sie verstand nicht, was er von ihr wollte.

Sie konnte ihm nicht helfen. Sie war ja nur ein dummes, kleines Mädchen. Der Vater hatte ihr verboten, das Haus zu verlassen. Ein Telefon besaßen sie damals noch nicht. Der Opa hatte dies immer als modischen Firlefanz abgetan. So etwas brauchte man nicht. Und so lange er der Herr im Haus war, hatte man sich seinem Willen zu fügen. Selbst ihr Vater traute sich nicht, dem alten Zausel zu widersprechen.

In der letzten Sekunde vor seinem Tod sah der Großvater die Enkelin das erste Mal direkt an. Seine Augen waren vor Schreck und Angst geweitet. Kurz darauf brachen sie. Sein runder Kopf fiel auf die Tischplatte. Das Geräusch, das bei dem Aufprall entstand, würde sie nie vergessen.

*

Wann immer sie den Friedhof besuchte, musste sie an diese Szene denken. Die letzten Minuten mit ihrem Opa waren bezeichnend für das Verhältnis zwischen ihr, dem kleinen, unschuldigen Mädchen, und dem von Hass erfüllten, alten Mann gewesen. Als ihre Mutter auf dem Sterbebett lag, vertraute sie ihrer Tochter an, warum der Großvater sie so sehr verachtete. Zum einen hielt er grundsätzlich nicht viel vom weiblichen Geschlecht. Das war nicht neu für Regina. Zum anderen verriet sie ihr, war der Mann, den sie für ihren Vater gehalten hatte, nicht ihr Erzeuger gewesen. Robert, ihr vermeintlicher Vater, der 1970 freiwillig in die damalige DDR zurückgekehrt war, hatte ihre Mutter nur auf Drängen des Großvaters geheiratet. Er hatte die Heirat mit dem Zugereisten aus dem Osten arrangiert, um der Familie die Schande eines unehelichen Kindes zu ersparen.

In Wahrheit wusste jeder in Gambach, wer der Vater von Regina war. Aber man sprach nicht darüber, höchstens hinter vorgehaltener Hand. Das war wohl auch der Grund, warum man das Mädchen gemieden und immer argwöhnisch betrachtet hatte.

Schon im Kindergarten hatte sie gespürt, dass man nichts mit ihr zu tun haben wollte. Die Kinder mieden sie. Sie hörten zu Hause nur Schlechtes über das Mädchen. Kaum eines wollte mit ihr spielen. Zudem unterschied sie sich mit ihren dunkelroten Haaren, den außergewöhnlich grünen Augen und der blassen Haut von den anderen Kindern. Ihr Aussehen war oft Anlass für Hänseleien. Regina musste sich gegen die Gehässigkeiten der anderen Kinder wehren, mitunter auch durch Schläge und Tritte, was ihr immer einen Aufenthalt in einem kleinen Kämmerchen einbrachte. Dort musste sie im Dunkeln verharren, bis die Kindergärtnerin sie gnädigerweise wieder herausholte. Seitdem hatte sie Angst, sich in dunklen Räumen aufzuhalten. Hätte sich ihre Tante Maria nicht so sehr um sie bemüht, wäre sie ein ziemlich einsames, kleines Mädchen gewesen.

Den Namen ihres richtigen Vaters hatte ihr die Mutter selbst auf dem Sterbebett verschwiegen. Den hatte sie mit ins Grab genommen. Regina wusste nur, dass ihr Erzeuger aus dem gleichen Ort kam und zum Zeitpunkt des Todes ihrer Mutter noch gelebt hatte. Auch Tante Maria hatte sich bis heute geweigert, den Namen ihres Vaters preiszugeben.

Den Mann, der ihr ihren Nachnamen gegeben hatte und der für viele Jahre ihr Vater gewesen war, hatte sie erst nach der Maueröffnung wiedergesehen. Anfang der 90er hatte sie ihn in Ronneburg, einer kleinen Stadt in Thüringen, besucht. Er arbeitete bei der Wismut, einer Bergbaugesellschaft, die die Landschaft in der Umgebung ihrer Bodenschätze beraubte. Als Ingenieur ging es ihm gut. Von dem System der DDR war er bis zum Schluss überzeugt gewesen. Für ihn hätte alles so bleiben können, wie es war. Trotzdem freute er sich, als er Regina nach über zwanzig Jahren wiedersah. Er war stolz auf die junge Frau aus dem Westen. Sie war hübsch, intelligent und erfolgreich.

Sie verstand es sogar, ihn dazu zu bringen, dass er sich gegenüber den »Wessis« öffnete und mit ihnen Frieden schloss. Bis zu seinem Tod besuchte Regina den *Vater* regelmäßig. Er verstarb im Millenium-Jahr an Leukämie, eine Folge seiner Arbeit unter Tage, wo man Uranerz abgebaut hatte. Seine Frau Klara hatte er nie wieder gesehen.

*

Regina war so in Gedanken versunken, dass sie die Person, die an das vor ihr liegende Grab getreten war, nicht bemerkte.

»Mensch, Regina, dich habe ich ja schon eine Ewigkeit nicht mehr gesehen. Wie geht es dir denn?«, ertönte es freundlich.

Erschrocken blickte die Angesprochene in Richtung der Stimme, die ihrer ehemaligen Klassenkameradin Juliane gehörte.

»Hallo Juliane, was machst du denn hier?« Regina schien peinlich berührt. Sie konnte sich nicht so schnell von ihren negativen Gedanken befreien und auf die neue Situation einstellen. Tante Maria kam ihr zu Hilfe. »Hallo Frau Landmann, wie geht es denn Ihrem Vater?«

»Immer das Gleiche. Er freut sich, wenn ich komme, obwohl er mich nicht mehr erkennt. Aber er sitzt friedlich in seinem Rollstuhl und wartet auf das nächste Essen. Was anderes kann er nicht mehr machen.«

»Das tut mir leid. Ihr Vater war ein so herzensguter Mensch.« Julianes Augen glänzten feucht vor Rührung. »Ja, es trifft immer die Guten.«

»Wie hat meine Mutter schon immer gesagt, wer für Ärgernis geboren, der wird uralt.« Tante Maria hatte mindestens genauso viele Weisheiten auf Lager wie ihre Mutter.

»Du immer mit deinen Sprüchen.« Regina hatte sich wieder gefangen und lachte nun. »Schön dich zu sehen, wie geht es dir?« Juliane war eine der Wenigen gewesen, die sie immer so, wie sie war, akzeptiert hatten.

»Danke, ganz gut. Viel zu tun. Warum bist du denn nicht zu

unserem Klassentreffen Anfang August gekommen? Ich habe dich vermisst.« Ihre Stimme klang ein wenig vorwurfsvoll.

»Sorry, bin vor einem Monat umgezogen. Habe mir endlich was Eigenes gekauft.«

»Ja, wärst du mal zu mir gezogen, hättest du eine Menge Geld sparen können«, mischte sich nun ihre Tante ein.

»Tantchen, du glaubst doch nicht ernsthaft, dass ich jemals wieder in dieses Kaff ziehen würde, wo jeder über jeden, aber nicht jeder mit jedem redet. Nee, danke.« In Reginas Stimme klang unverhohlener Spott.

»Na, so schlimm ist es hier ja nun auch nicht oder meinst du, das wäre in Usingen besser?« Die sonst immer freundliche Juliane hatte plötzlich einen schnippischen Unterton in der Stimme.

»Nee, das zwar nicht, aber da bin ich wenigstens nicht immer gehänselt worden. Da hat man mich so akzeptiert, wie ich bin.«

»Oh je, der Stachel sitzt tief.«

»So was vergisst man sein ganzes Leben nicht.« Die traurige Stimme Reginas nahm nun einen spöttischen Ton an: »Obwohl aus den Meisten ja nichts geworden ist.«

»Bist du deshalb nicht zum Klassentreffen gekommen?«

»Ich sagte doch schon, ich bin umgezogen. Habe mir eine Villa in Friedberg zugelegt.« Regina konnte sich diese kleine Angeberei nicht verkneifen, obwohl Juliane das nicht verdient hatte. Diese Prahlerei gegenüber ihrer Freundin aus der Jugendzeit war völlig unangebracht. Juliane wusste zudem von ihren seltenen Treffen, dass sie es weiter gebracht hatte als alle ihre ehemaligen Klassenkameradinnen und -kameraden.

Jetzt fiel Regina wieder ein Spruch ihres Großvaters ein: »Du bist so dumm, aus dir wird nie was. Selbst zum Gasse kehren bist du nicht zu gebrauchen.«

Vielleicht war gerade die Verhöhnung des Großvaters der Grund, warum sie heute so erfolgreich war.

»Wie lange bleibst du denn? Hast du nicht Lust auf einen Kaffee bei mir vorbeizukommen? Wir könnten ein bisschen quatschen.« Juliane tat es offenbar irgendwie leid, dass sie sich in den vergangenen Jahren nicht mehr so oft gesehen hatten.

»Du, ich muss noch meiner Tante helfen.« Regina zog bedauernd die Schultern hoch.

»Ihr könnt euch doch heute Abend treffen«, mischte sich nun Tante Maria wieder ein.

»Bin heute Abend schon eingeladen.« An Julianes Miene konnte man erkennen, dass es ihr wirklich leidtat.

»Ist schon okay. Vielleicht ein anderes Mal.« Regina war es gewohnt, samstagabends alleine zu sein, auch wenn ihr das nicht immer recht war. Sie teilte das Schicksal vieler Singles.

»Komm doch einfach mit. Ich bin heute Abend bei einer Freundin in Ober-Hörgern zum Grillen. Sie hat dort die alte Mühle gekauft. Sie hat bestimmt nichts dagegen, wenn du mitkommst. Sie ist ein sehr gastfreundlicher Mensch und sehr interessant. Mein Chef und ein Kollege von Cosima kommen auch. Das wird bestimmt lustig.« Juliane redete wie ein Wasserfall.

»Ich überleg's mir.« Regina wusste jetzt schon, dass sie nicht mitgehen würde. Obwohl sie ab und zu gern etwas Gesellschaft gehabt hätte, blieb sie lieber für sich allein.

»Ruf mich einfach an. Falls du meine Telefonnummer nicht mehr haben solltest, guck einfach ins *Örtliche*. Da findest du mich unter Juliane und Walter Landmann. Mach's gut. Bis später.« Sie nickte, sagte: »Auf Wiedersehen. Schönes Wochenende«, und verschwand mit der Gießkanne in Richtung Ausgang.

Kapitel 22

Obwohl Tante Maria auf sie eingeredet hatte, war Regina der Einladung Julianes nicht gefolgt. Alle Argumente, die die Tante vorbrachte, konnten sie nicht überzeugen, den Abend in einer alten Mühle mit ihr unbekannten Leuten zu verbringen. Regina hatte kein Interesse, neue Kontakte zu schließen, womöglich noch alleinstehende Männer kennenzulernen, mit denen man sie verkuppeln wollte. Ihr gingen die Menschen, mit denen sie sich beruflich und manchmal auch privat umgeben musste, schon genügend auf die Nerven. Die einzigen Ausnahmen bildeten ihre Tante und ihre Stiefgeschwister.

Regina wusste, dass sie ein Problem hatte, dass ihre Abneigung gegenüber anderen durchaus einen krankhaften Ursprung besaß. Die Ablehnung anderer Menschen war in den schlechten Erfahrungen während ihrer Kindheit und später auch als junge Frau begründet. Zu oft war sie betrogen, belogen und enttäuscht worden. Ihr Misstrauen war nicht ungewöhnlich, doch ihre Zurückhaltung, ihre Abkapselung durchaus als exzessiv zu bezeichnen.

Um achtzehn Uhr hatte sie sich von ihrer Tante verabschiedet und sie mit dem niedlichen, kleinen Dackel, den sie der Tante kürzlich geschenkt hatte, alleine zurückgelassen.

Sie war über Nieder-Weisel nach Haus gefahren. Dort legte sie einen kurzen Stopp bei ihrer Weinlieferantin Ulli ein.

Bei ihr bekam sie hervorragende Weine von den besten Anbaugebieten aus der ganzen Welt, mit denen sich Regina gern in einsamen Stunden im Winter am Kamin und im Sommer auf der Terrasse zusammen mit einem guten Buch tröstete.

Neuerdings hatte Ulli, neben einigen anderen Artikeln, auch Pralinen in ihrem Sortiment. Regina kaufte mehrere Tüten mit dem leckeren Konfekt.

Sie liebte Pralinen, hatte immer welche bei sich. Morgen wollte sie Barbara von den süßen Köstlichkeiten etwas zum Geburtstag mitbringen.

Ulli hatte ihr eine neue Sorte, Zartbitter mit Chili, empfohlen. Die Geschmacksprobe hatte sie überzeugt.

Mit ein paar Kisten Wein und mehreren Tüten Pralinen im Gepäck trat sie nach einem kurzen Gespräch den Heimweg nach Friedberg an.

Hinter dem Aussiedlerhof bog sie rechts von der B3 auf die Kreisstraße ab. Sie wollte den alten Weg durch Nieder-Mörlen und Bad Nauheim in die Kreisstadt nehmen. Nicht eine einzige Wolke zierte den tiefblauen Himmel. Der Winterstein lag zu ihrer Rechten. Klar und deutlich war der Turm zu sehen, der aus den Baumwipfeln hervorlugte. Motorsegler zogen ihre Kreise über dem gegenüberliegenden Hang.

Die Ruhe und die friedliche Feierabendatmosphäre passten jedoch nicht zu Reginas Zustand. Sie verspürte eine innere Unruhe, ihr Herz klopfte zu schnell. Jedes Mal, wenn sie von Gambach nach Hause zurückkehrte, überfiel sie dieses unangenehme Gefühl. Zu viele schlechte Erinnerungen geisterten durch ihren Kopf.

In Bad Nauheim passierte sie das Frühstückshotel auf der

Frankfurter Straße, in dem vor über zehn Jahren ein schrecklicher Mord geschehen war.

Bis heute hatte man den Täter nicht gefasst. Das Verbrechen war längst in Vergessenheit geraten. Niemand interessierte sich mehr für das Mordopfer und die Hinterbliebenen.

Wie vergänglich doch das bisschen Leben war, dachte Regina. Sie verspürte, wie die bekannte Unruhe heftiger in ihr hochstieg.

Um sich zu beruhigen, zog sie zu Hause ihr Joggingoutfit an und begab sich auf ihre Laufstrecke durch die Seewiesen.

Von hier hatte sie einen herrlichen Blick auf die große Burganlage mit dem Adolfsturm im Hintergrund.

Um diese Zeit waren noch viele Jogger und Hundebesitzer unterwegs.

Vielleicht begegnete ihr ja der neue Nachbar mit seinem Rauhaardackel. Das war der einzige Mensch, der sie in den letzten Tagen ernsthaft interessierte, an den sie öfter denken musste.

Wahrscheinlich war das der Grund für die Albträume und die negativen Gedanken, die sie plagten.

Immer wenn sie einem Mann begegnete, der auch nur annähernd für sie infrage kommen könnte, überfielen sie die Erinnerungen an ihre Vergangenheit.

Auf dem Rückweg in die Mainzer-Tor-Anlage kam sie am Haus ihrer Schwester Barbara vorbei.

In der Auffahrt standen der Porsche Cayenne ihres Schwagers Wolfgang sowie das Porsche Cabriolet ihrer Schwester. Sie mussten also beide daheim sein.

Sollten sich die Streithähne tatsächlich wieder versöhnt haben? Hatte Barbara ihrem Mann, so wie sie es ihr geraten hatte, womöglich verziehen? Was war aus den Fotos geworden, die Barbara erhalten hatte? Hatte sie die eindeutigen Bilder von ihrem Mann und der unbekannten Frau verdrängt? Und warum gab es kein neues Bild?

Kapitel 23

Um 19.30 Uhr erhielt sie am Tresen ihrer Stammkneipe in der Friedberger Altstadt eine SMS: »Was ist los? Wo bleibt das nächste Foto? Das dauert alles viel zu lang.«

Die Antwort schrieb sie prompt: »Ist in Arbeit. Gib mir ein paar Stunden Zeit. Du wirst mit dem Ergebnis zufrieden sein.«

»Hoffentlich.«

Wenn sie das Geld nicht so dringend benötigen würde, hätte sie jetzt zurückgeschrieben: »Leck mich am Arsch.« Doch leider war sie nicht in der Situation, sich solche Späße erlauben zu können.

Sie wartete nur noch auf einen Freund, der sie bei ihrem Treffen aufnehmen sollte. Dieses Mal sollte es nicht bei einem Foto bleiben. Heute Abend sollte er einen kleinen Film von dem Geschehen drehen.

Ihr Freier wollte sie nicht in ihrer Wohnung treffen. Er hatte sie in den Park der Burg bestellt. Es gab da ein düsteres Plätzchen unterhalb des Turms, wo man ungestört ein Nümmerchen schieben konnte.

Der Mann hatte es ihr leicht gemacht. Er stand auf eine besondere Form der Verabredung: Er liebte es so zu tun, als begegne er einer Fremden in der dunklen Einsamkeit, um sie dort gegen ihren Willen zum Sex zu zwingen. Er mochte es hart, mit dreckigen Worten und harten Schlägen.

Kapitel 24

Es war ein schöner Abend gewesen. In gemütlicher Runde hatten sie um das Lagerfeuer vor der alten Mühle gesessen und Steaks gegrillt. Der Chardonnay, den Juliane und Walter mitgebracht hatten, rundete das leckere Essen mit den Folienkartoffeln und dem Kräuterquark ab.

Julianes Chef, Heinz Willi Kuserow, und die Apothekerin aus Lich, Bettina Jakobi, Cosimas Nachbarin, waren ebenfalls anwesend.

Bei Kerzenschein hatten sie sich, mit Blick auf die beleuchtete Burg im Hintergrund, bestens unterhalten. Erdmann und Amiga, die Appenzeller Sennhündin von Juliane, tobten bis zur Erschöpfung auf dem grünen Rasen, legten sich dann einvernehmlich Rücken an Rücken nieder, um den Rest des Abends zu verschlafen.

Henne liebte solche warmen Sommerabende, die guten Gespräche unter Freunden. Er wäre gern noch geblieben, hätte noch ein Gläschen Weißwein getrunken. Doch als um ein Uhr die Beleuchtung der Burg Münzenberg abgeschaltet wurde, war ihm klar geworden, dass er den Heimweg antreten musste. Erdmann war ihm nur widerwillig zu seinem Auto gefolgt. Langsam fuhr Henne zu den Klängen der Musik von Elvis durch die Wetterau nach Friedberg. Über ihm wölbte sich der sternklare Himmel. Seine Straße lag wie immer um diese Uhrzeit verlassen da. Nur im Haus schräg gegenüber brannte noch Licht. Jemand stand am Fenster im oberen Stockwerk. Der Silhouette nach zu urteilen, handelte es sich um seine neue Nachbarin. Sie hatte den Kopf geneigt und schien auf etwas zu starren, das sie in den Händen hielt. *Seltsam*, dachte Henne. *Was die wohl immer so spät noch macht?*

Zu Hause verzog sich Erdmann sofort in den Fußbereich von Hennes Bett und kroch trotz der anhaltenden Wärme unter die leichte Bettdecke. Nach kurzer Zeit war ein gleichmäßiges Schnarchen zu vernehmen.

Henne warf einen letzten Blick auf das erleuchtete Fenster im Haus auf der anderen Straßenseite. Die Frau, die er vor ein paar Minuten dort erblickt hatte, war verschwunden, das Licht erloschen.

Obwohl Henne hundemüde war und endlich bequem auf dem Rücken in seinem breiten Bett lag, konnte er nicht einschlafen. Zu viele Gedanken gingen ihm durch den Kopf. Immer wieder wanderten sie zu der Frau auf der anderen Straßenseite.

Seit Langem interessierte er sich wieder intensiv, über das übliche Geplänkel hinaus, für das weibliche Geschlecht. Nach dem Tod seiner Mutter hatte er nur wenige Kontakte zu Frauen gepflegt. Die Begegnungen hatten ihm nicht wirklich Befriedigung verschafft. Die meisten Frauen fand er langweilig und oberflächlich. Doch die Nachbarin schien anders zu sein. Er konnte sich nicht erklären, was sie so anziehend machte. Er wollte sie unbedingt kennenlernen und es herausfinden.

Kapitel 25

Sie öffnete die eingegangene Mail auf ihrem iPhone. Im Anhang befand sich ein Film. »Hier, wie gewünscht, der Beweis. Ich erwarte eine Zulage. War ein hartes Stück Arbeit.«

Mit dem Ergebnis war sie tatsächlich zufrieden. In eindeutiger Pose beugte sich Wolfgang über eine dralle Blondine, die rücklings auf einer Steinplatte lag, die Beine gespreizt, die großen Brüste entblößt. Seine Hose war bis zu den Knien gerutscht, sein muskulöser Hintern nackt. Er bewegte sich rhythmisch. Gestammelte Wortfetzen und Schläge ins Gesicht der Frau machten deutlich, dass er solche Spielchen liebte.

Dieser eindeutige Beweis würde ihm endgültig das Genick brechen. Ohne Skrupel leitete sie die Mail weiter. Auf die Reaktion, die die Nachricht auslösen würde, war sie gespannt. Womöglich würde sie heute Nacht keine Ruhe finden.

Kapitel 26

Der neue Morgen kündigte sich mit lautem Vogelgezwitscher vor ihrem Fenster an. Regina wurde nur langsam wach. Wider Erwarten hatte sie durchgeschlafen.

Sie stieg in ihr Sportdress und verließ das Haus, lief schnurstracks durch die Straßen in Richtung Feld. An den meisten Häusern waren die Rollläden noch geschlossen. Nur ein Zeitungsbote auf seinem Fahrrad kreuzte ihren Weg.

Regina lief leichtfüßig auf dem ausgetretenen Feldweg entlang. Ihre zu einem Pferdeschwanz zusammengebundenen Haare wippten hin und her, berührten sacht ihre Schultern. Gleichmäßig sog sie die frische Morgenluft in ihre Lungen. Beim Laufen konnte sie sich entspannen und nachdenken, doch heute wollte die innere Unruhe, die gleich nach dem Aufwachen von ihr Besitz ergriffen hatte, nicht von ihr weichen. Anders als im festen Schlaf in der Nacht empfand sie nun wieder dieses ständig quälende Gefühl in ihrem Inneren, das sie beim Aufwachen angefallen hatte wie ein wütendes Tier.

*

Ihre Umgebung veränderte sich. Die Baumkronen auf beiden Seiten des Waldweges berührten sich hoch über ihrem Kopf. Es war, als liefe sie durch einen grünen Tunnel. Nur schwach erhellte das Sonnenlicht ihren Weg.

Ohne Mühe lief sie den Berg hinauf, immer weiter in den Wald hinein. Ein innerer Motor trieb sie an. Die Geräusche des Waldes um sie herum verstummten.

Ihre Augen waren geradeaus gerichtet auf den Weg, den sie schon hunderte Male gelaufen war, jeden Morgen um die gleiche Zeit. Am Ende des Weges erwartete sie ihr Geliebter. Er war ihr immer einige Meter voraus.

Plötzlich stolperte sie über einen Stein, strauchelte, fuchtelte wild mit den Armen, bis sie ihr Gleichgewicht wiedergefunden hatte. Doch was war das? Der Waldboden hatte sich rot gefärbt. Unter ihren Füßen war es feucht und glitschig. Das rote Nass nahm unaufhörlich zu. Ihre Füße steckten tief im Blut, das unweigerlich den Berg hinablief, auf sie zukam, immer höher stieg, sie umschloss, bis sie in einem Meer aus Blut versank. Das Letzte, was sie sah, war ihr Geliebter, der ein Stückchen weiter auf dem Waldboden lag, die Hände um Hilfe bettelnd in ihre Richtung streckte. Dann wurde es dunkel um sie.

*

Als sie wieder zu sich kam, befand sie sich auf dem Boden des Feldweges am Rande der Wetterau. Ihre Hände hatten sich in die feste Erde gekrallt. Der Atem ging schnell. Unruhig wanderten ihre Augen hin und her. Wieder hatten sie ihre traumatischen Erinnerungen eingeholt. Ein Schrei entrang sich ihrer Brust.

Ein großer Raubvogel, aufgeschreckt durch ihren Schrei, erhob sich neben ihr in die Luft, spannte seine Flügel weit und flog der aufgehenden Morgensonne entgegen. Regina erhob sich mühsam und sah ihm nach, so lange bis er nur noch als kleiner Punkt am Horizont zu sehen war. Als sich ihr Atem beruhigt hatte, eilte sie zurück nach Hause.

Kapitel 27

Fünfzehn Minuten nach elf fand sich Regina bei ihrer Schwester ein. Sie machte sich gar nicht erst die Mühe zu klingeln, sondern ging um die auf der Einfahrt stehenden Luxuslimousinen herum, an der Garage entlang in den Garten. Auf der großen, mit dunklem Grafit belegten Terrasse stand ihr Schwager hinter einem überdimensionalen Grill, der von der Ausstattung her bestens zu den wuchtigen Gartenmöbeln passte. Der Garten mit seinen dichten Rasenflächen und den sauber angeordneten Rabatten machte einen eleganten Eindruck, ebenso wie der Hausherr, der in seinem schicken Designeroutfit bestens hierher passte. Das friedliche Bild, das sich ihr bot, hätte auch aus einem Magazin für schönes Wohnen oder einem Ratgeber für die Gestaltung eines Gartens sein können.

Der lange Tisch in der Mitte der weitläufigen Terrasse war festlich gedeckt. Das weiße Tuch war mit roten Rosen und weißem Schleierkraut geschmückt. Verschiedene Weingläser mit langen Stielen und bauchigen Körpern standen neben flachen Tellern auf silbernen Platten. Das Ganze erinnerte eher an eine Hochzeitsfeier als an eine Grillparty. Aber das war typisch für Barbara: Sie hatte ein Händchen für schöne Tischdekorationen, musste dabei aber immer maßlos übertreiben, nur um zu beweisen, wie vornehm und reich sie war.

Der wunderschöne Tischschmuck stand ganz im Gegensatz zu ihrem eigenen Äußeren. Auch heute glich sie mit ihren weiten Klamotten eher einer Vogelscheuche als einer Hausherrin. Wenigstens an ihrem Geburtstag hätte sie sich ihren Gästen einmal etwas gepflegter präsentieren können, sinnierte Regina, während ihr Barbara mit zwei gefüllten Sektkelchen entgegentrat.

«Hallo Schwesterherz, wie schön, dass du da bist.« Sie drückte Regina ein Sektglas in die Hand und prostete ihr zu. Wolfgang stand grinsend hinter seinem Grill und wendete Würstchen und Steaks.

»Hallo Schwägerin«, kam es ein wenig spöttisch hinter seinem rauchenden *Schutzwall* hervor. Dabei hob er mit der Grillzange ein Würstchen wie zum Gruß in die Luft.

»Lass dir erst mal gratulieren, meine Große.« Regina zog ihre Schwester mit der freien Hand an sich, drückte ihr die Wange links und rechts auf das Gesicht. »Herzlichen Glückwunsch und alles, alles Gute. Ich wünsche dir außer Gesundheit, dass alle deine Wünsche in Erfüllung gehen.« Bei diesen Worten schielte sie zu ihrem Schwager hinüber, der noch immer überheblich grinste.

»Du hast sicher schon viele Anrufe, SMS und Mails heute Morgen bekommen, nicht wahr?«, fragte Regina neugierig.

»Stell dir vor, ich habe über Nacht mein Auto aufgelassen. Mein Handy lag auf der Mittelkonsole. Jetzt ist es weg«, erwiderte Barbara.

»Ja, da hat es wohl jemand zu gut mit dir gemeint, meine liebe Barbara«, sagte Wolfgang zu seiner Frau und sah dabei Regina mit diesem hochnäsigen Gesichtsausdruck an.

»Du hättest ja auch mal das Dach schließen können, als du heute Nacht nach Hause gekommen bist.« Barbara lächelte ihren Mann schelmisch an. Von Verärgerung über das abhandengekommene Handy keine Spur.
»Ich kauf dir ein neues, mein Schatz. Das lässt du dann aber nicht überall herumliegen.« Barbara warf ihrem Mann einen Handkuss zu, den er erwiderte. Das Ehepaar benahm sich, als wäre es frisch verliebt.

»Ja, ja, alte Liebe rostet nicht, nicht wahr, Regina?« Wolfgangs Stimme triefte vor Hohn.

»Ach, wo hast du dich denn gestern Abend herumgetrieben, lieber Schwager? Ich dachte, ihr hättet in den Geburtstag hineingefeiert.« Regina holte zum Gegenschlag aus.

»Stell dir vor, um kurz vor elf hat die Polizei hier angerufen. Sie brauchten dringend die Hilfe eines Anwalts.«

Barbara war in ihrer unglaublichen Naivität auf die Ausrede, die Wolfgang angewendet hatte, hereingefallen.

»Wieso braucht die Polizei nachts um elf einen Wirtschaftsanwalt? Das geht mir nicht in den Kopf.«

»Anwalt ist Anwalt. Das ist doch ganz egal. Nicht wahr, mein Liebling?« Wolfgang hatte seine Position hinter dem Grill verlassen und war neben seine Frau getreten. Besitzergreifend legte er den Arm um ihre Schultern. Die »Show«, die er lieferte, war perfekt. Regina war plötzlich übel. Umständlich kramte sie in ihrer großen Beuteltasche, holte zwei Schachteln mit Konfekt hervor, die sie Barbara überreichte.

»Hier, Schwesterchen, etwas Nervennahrung. Habe ich gestern extra für dich bei Ulli in Nieder-Weisel geholt. Eine neue Kreation. Total lecker. Du wirst begeistert sein.«

»Oh je, die muss ich gut verstecken, sonst isst sie mir Wolfgang alle weg.« Ihr Mann war regelrecht süchtig nach Schokolade in jeder Form.

»I wo, ich doch nicht«, spielte er den Entrüsteten. »Ich hab doch dich. Du bist süß genug!« Wolfgang zog Barbara enger an sich. *Was er doch für ein perfekter Schauspieler war*, ging es Regina durch den Kopf.
Und ihre Schwester war eine naive, dumme Gans, die auf die Spielchen ihres Mannes hereinfiel.

Nur das Erscheinen von Ulli, ihrem jüngeren Bruder, und seiner unausstehlichen Frau Marion hinderten sie daran, Wolfgang vor die Füße zu kotzen.

Die Begrüßung mit Ulli fiel herzlich und liebevoll aus, die mit Marion distanziert, voller Abneigung. Die beiden Frauen mochten sich nicht. Marion hatte nach dem Abitur eine Lehre als Rechtsanwalts- und Notargehilfin in der Kanzlei Meyerink und Partner in Usingen gemacht. Dort lernte sie Ulli Meyerink kennen, ihren heutigen Mann. Sie arbeitete immer noch in der Kanzlei, jetzt als Büroleiterin. Dabei führte sie sich auf, als sei sie die Chefin, mischte sich überall ein. Es war kein leichtes Auskommen mit ihr. Ihren Mann kontrollierte sie. Obwohl er als Anwalt und Notar hervorragende Arbeit leistete, war er im privaten Leben ein armes Würstchen. Gegen seine Frau kam er nicht an. Sie hatte die Hosen an, bestimmte, was in ihrem gemeinsamen Leben geschah.

Ihre Schwägerin war auch der Grund, weshalb Regina ihre Tätigkeit in der Kanzlei Meyerink und Partner aufgegeben hatte und eine Partnerschaft in dem Anwaltsbüro ihres Schwagers in Friedberg eingegangen war.

Regina tat es immer leid, ihren Stiefbruder Ulli so hilflos zu sehen. Seine Frau hinderte ihn regelrecht daran, sich mit ihr oder anderen Gästen zu unterhalten. Jedes Mal, wenn sie mit Ulli ein Gespräch beginnen wollte, fiel sie ihr ins Wort.

»Hallo, Frau Doktor.« In einem herablassenden Ton begrüßte Marion sie. Die Betonung lag auf dem Titel, über den Regina gar nicht verfügte, aber genau das war Marions Absicht. Sie wollte mit der Nennung eines nicht vorhandenen Titels nicht ihre Schwägerin hervorheben, sondern sich selbst erhöhen. Es war ihre Art, ihre Minderwertigkeitskomplexe zu vertuschen.

Regina ignorierte die Anspielung und drückte Ulli an sich. »Hallo Ulli, schön dich zu sehen. Wie geht es dir?« Doch Marion gab ihrem Mann keine Chance zu einer Erwiderung, zog ihn einfach mit sich.

Regina würde zu einem späteren Zeitpunkt versuchen, mit Ulli zu sprechen. Er machte heute einen nahezu apathischen Eindruck, als stünde er unter dem Einfluss von Drogen. Sie musste herausfinden, was mit ihrem Stiefbruder los war. Das war sie ihm schuldig.

Die Terrasse füllte sich nach und nach mit Gästen aus dem Tennisclub, dem Kirchenvorstand, dem Barbara seit vielen Jahren angehörte, Nachbarn und weiteren Freunden. Auch Reginas Nichte, Barbaras Tochter Lisa, und Ullis minderjährige Söhne Thomas und Stefan waren anwesend. Alles nette, junge Leute, mit denen sich Regina gern unterhielt.

Wann immer sie den Kopf hob und in Wolfgangs Richtung sah, bemerkte sie seinen Blick. Er beobachtete sie. In seinen Augen lag eisige Kälte, um seinen Mund spielte ein bösartiges Lächeln.

Es war bereits Nachmittag, als sie endlich Gelegenheit fand, sich Ulli zu nähern, ohne dass seine Frau sie daran hinderte.

Wahrscheinlich lag es an dem hohen Alkoholkonsum. Seit Beginn der Party hatte sich Marion zahlreiche Gläser Champagner einverleibt. Leicht schwankend stand sie in einer Gruppe von Tennisspielern, prahlte mit ihren Erfolgen. Ulli stand alleine im Garten vor einem Busch mit dem Rücken zur Terrasse.

»Warum stehst du hier so alleine rum?« Ulli reagierte nicht auf die Frage seiner Schwester. Er starrte weiterhin den Busch an. Regina tippte ihn leicht an. Er drehte den Kopf in ihre Richtung. Sein Blick war leer. Es sah durch sie hindurch.

»Ulli, was ist denn nur los mit dir? Du bist so teilnahmslos.« Regina machte sich große Sorgen um den Jüngeren. Sie hatte ihre Schwägerin schon mehrfach auf den sonderbaren Zustand ihres Mannes angesprochen. Doch die ließ sie jedes Mal mit der Aussage abblitzen, Ulli sei einfach nur überarbeitet und bräuchte mal dringend Urlaub. Regina war keine Ärztin, doch hier konnte jeder normale Mensch erkennen, dass mit dem Mann etwas ganz und gar nicht in Ordnung war. Wieso unternahm Marion nichts?

»Ach, Frau Doktor, willst du deinen Bruder mal wieder aushorchen? Musst du immer so neugierig sein? Lass ihn doch einfach in Ruhe. Er ist genervt von dir. Merkst du das denn nicht?« Marion überfiel sic mit einem gehässigen Redeschwall.

»Ich darf doch wohl noch meinen Bruder fragen, wie es ihm geht! Und dass es ihm nicht gut geht, sieht doch jeder der hier Anwesenden. Warum unternimmst du nichts?« Reginas vorwurfsvolle Stimme war bis auf die Terrasse zu hören. Wolfgang löste sich aus der Gruppe, kam über den Rasen auf sie zu.

»Na, musst du schon wieder deine Nase in Dinge stecken, die dich nichts angehen?«, zischte Wolfgang sie an.

Marion nickte zustimmend, musterte Regina feindselig.

»Ich werde mir ja wohl um meinen Bruder Gedanken machen dürfen. Von wegen, das ginge mich nichts an! Ich finde es erschreckend, dass sich keiner um seinen Zustand kümmert.«

»Marion wird schon wissen, was sie tut. Du solltest dich einfach mal etwas zurückhalten, nicht nur hier, sondern auch sonst.«

»Ich mische mich da ein, wo es nötig ist. Merk dir das, du aufgeblasener Wichtigtuer.« Mittlerweile hatten auch die anderen Gäste den Disput mitbekommen. Barbara eilte herbei. »Müsst ihr denn schon wieder streiten? Könnt ihr euch nicht wenigstens an meinem Geburtstag vertragen?«

»Schau dir doch nur mal unseren Bruder an. Mit dem stimmt doch was nicht. Der reagiert ja nicht einmal. Und unsere ach so vornehme Schwägerin ist nicht bereit, irgendetwas an diesem Zustand zu ändern«, erklärte Regina der Älteren.

»Ja, ja, ich weiß, Marion muss immer um alles ein Mäntelchen legen. Aber das müsst ihr doch nicht hier erörtern.«

»Ja wann denn dann?«, fuhr Regina ihre Schwester aufbrausend an. »Marion und Ulli gehen nachher wieder nach Hause. Nichts wird passieren, genauso wie nach den letzten Malen. Irgendwann bekommen wir dann die Nachricht, dass Ulli im Krankenhaus ist oder sogar Schlimmeres.«

»Das bildest du dir alles nur ein. Du bist doch nur sauer, weil du selbst keinen abgekriegt hast. Du kannst es doch nur nicht ertragen, dass wir eine intakte Familie sind«, mischte Marion sich jetzt wieder ein.

»Eben, du musst immer deine eigenen Probleme auf andere projizieren«, unterstützte Wolfgang seine Schwägerin.

»Ich habe keine Probleme, ihr dafür alle umso mehr. Kehrt mal alle schön vor eurer eigenen Tür. Hoffentlich kommt ihr dann überhaupt noch über die Schwelle.« Damit ließ Regina ihre Familie stehen und verließ eilig die Party.

*

Die meisten Gäste taten es Regina nach und gingen nach Hause. Die Party war abrupt zu Ende.

»Was hat sie gemeint? Dass wir umso mehr Probleme haben?« Lisa war zu ihrer Familie auf den Rasen getreten und blickte von ihrer Mutter zum Vater.

»Ach, gar nichts. Die spinnt mal wieder«, wehrte Marion die Frage ihrer Nichte ab. »Wir gehen jetzt. Jungs, kommt.« Sie nahm ihren Mann am Arm und führte ihn in Richtung ihrer wartenden Kinder.

Besorgt sah Barbara zu Marion. »Du willst doch nicht in diesem Zustand nach Hause fahren, Marion?« Damit spielte sie auf Marions Alkoholpegel an. Sie hatte die 0,5-Promille-Grenze mit Sicherheit um einiges überschritten.

»Wieso denn nicht? Mir geht es gut.«

»Das kommt überhaupt nicht infrage. So lass ich dich nicht fahren«, mischte sich nun Wolfgang ein.

»Willst du mich etwa daran hindern?« Marion kicherte.

»Lisa, du nimmst meinen Wagen und fährst die Vier nach Hause. Euer Wagen bleibt hier stehen. Den bringen wir euch morgen.« Wolfgang schob seine Schwägerin in Richtung Ausgang. Ulli trottete wie ein braves Lämmchen neben ihr her. Die Jungs sahen die Erwachsenen mit großen Augen fragend an. Die schöne Party war im Nu aufgelöst.

*

Wolfgang und Barbara blieben alleine zurück, beseitigten die Überreste des Festes. Die Harmonie zwischen ihnen war ebenso plötzlich verflogen wie die gute Stimmung.

»Immer muss deine Schwester alles verderben.«

»Du bist ungerecht, Wolfgang. Ich finde den Ausgang der Feier nun auch nicht so prickelnd, aber Regina hat recht. Mit Ulli stimmt was nicht. Das kann jeder sehen. Und dass Marion so viel trinkt, hat mit Sicherheit etwas mit ihrem Kummer zu tun. Ich verstehe auch nicht, warum sie nichts unternimmt.«

»Du musst deine Schwester immer in Schutz nehmen. Hast du ihr etwa auch etwas von unseren Problemen erzählt?«

»Sie ist meine Schwester. Mit wem soll ich denn sonst darüber reden, dass du mich betrügst?«

»Ich habe dir versprochen, dass so etwas nicht wieder vorkommen wird. Also fang nicht schon wieder damit an.«

»*Du* hast doch jetzt davon angefangen.«

Die Eheleute stritten so heftig, dass sie die Rückkehr ihrer Tochter nicht bemerkten. Verstört stand die junge Frau im Wohnzimmer hinter den großen Scheiben und hörte sich die gegenseitigen Vorwürfe ihrer Eltern an. Tränen liefen ihr über die Wangen. Sie war bis zu diesem Zeitpunkt völlig ahnungslos gewesen. Ihre heile Welt brach gerade zusammen.

Das Handy in ihrer Hand gab erneut einen Piepton von sich. Die Kapazität des Akkus war nur noch gering. Es musste aufgeladen werden. Durch den schrillen Ton wurde ihre Mutter auf Lisa aufmerksam. Erschrocken sah sie die Tochter hinter der Scheibe an. Lisa hatte den Arm ausgestreckt. In ihrer Hand hielt sie etwas. Barbara ging zu ihr in den Wohnraum. Mit zittriger Hand überreichte Lisa ihrer Mutter das Gerät, das angeblich in der Nacht aus ihrem Auto gestohlen worden war.

Schluchzend sagte sie: »Hier, das lag im Handschuhfach von Papas Auto. Du hast jede Menge Anrufe und SMS. Du solltest es aber aufladen. Es piept schon die ganze Zeit.«

Wolfgang stürmte ins Zimmer und riss seiner Frau das Teil aus der Hand. Die Fortsetzung des Streites endete damit, dass Wolfgang bei anbrechender Dunkelheit fluchtartig das Haus verließ und mit quietschenden Reifen davonbrauste.

Die Frau, die ihn vom Ende der Straße aus beobachtete, bemerkte er nicht.

Kapitel 28

Die Gynäkologin aus dem Krankenhaus in Bad Nauheim sprach behutsam auf die verzweifelte Frau ein, die vor ihr auf dem Untersuchungsstuhl lag: »Sie sollten den Mann anzeigen, sonst macht er das immer wieder, weil er weiß, dass er damit durchkommt.«

Mitleidig blickte die Ärztin auf den geschundenen Körper, der mit blauen Flecken, Kratz- und Bisswunden übersät war. Das Gesicht ihrer Patientin war dick geschwollen, blau und rot unterlaufen. Die Augen waren nur noch als schmale Schlitze zu erkennen, die Lippen blutverkrustet.

Die Gynäkologin kannte genügend solcher bedauernswerten Frauen, die trotz der Misshandlungen nicht bereit waren, gegen ihre Peiniger aufzubegehren. In der überwiegenden Zahl waren weibliche Personen solchen Misshandlungen ausgesetzt, aber auch Männer wurden Opfer von sexuellen Gewalttaten. Die Scham über das, was man ihnen angetan hatte, überwog jedoch ihr Verlangen, dass das, was ihnen angetan wurde, gesühnt werden sollte. Sie wollten sich niemandem anvertrauen, versuchten nicht nur die äußeren, sondern auch die inneren, seelischen Verletzungen zu vertuschen. Darüber hinaus glaubten die Opfer oft, selbst schuld an ihrem Unglück zu sein.

»Ne, das mach isch net. Der schlägt misch dod, wenn der des erfährt. Des hatt er mir gesacht.«

»Ich bringe Sie von hier weg, in Sicherheit. Da findet der Mann sie nicht.« Martina Kühn sprach ebenso behutsam auf die Frau ein wie die Gynäkologin zuvor. Solche Situationen hatte sie schon oft erlebt. Sie war eine in Friedberg ansässige Rechtsanwältin, arbeitete mit verschiedenen sozialen Einrichtungen zusammen, die sich um Opfer von Vergewaltigung und Misshandlung kümmerten.

Ein Freier hatte die Frau am Abend in ihrer Wohnung in der Friedberger Altstadt aufgesucht, sie windelweich geschlagen, brutal vergewaltigt. Außerdem hatte er ihr angedroht, sie umzubringen. Die Prostituierte hatte sich an eine Freundin gewandt, die sich aus Martina unbekannten Gründen nicht einmischen wollte. Ihr zu Gefallen hatte Rechtsanwältin Kühn die geschändete Frau abgeholt und sie ins Krankenhaus begleitet, ihr rechtliche Hilfe angeboten.

Doch das Opfer lehnte ab. Sie war bereit, sich medizinisch untersuchen zu lassen, doch nicht mehr. Sie nahm sogar in Kauf, die Kosten für die Behandlung selbst zu zahlen. Denn nur bei Erstattung einer Anzeige bei der Polizei wäre die Krankenkasse bereit gewesen, die Kosten zu übernehmen. Aber das war ihr egal.

Sie wollte nur weg aus Friedberg. Sie würde das Angebot annehmen, sich von hier fortbringen zu lassen, eine Weile abzutauchen. Sie brauchte dringend Ruhe, musste erst wieder zu Kräften kommen, versuchen, das Geschehene zu vergessen. Ihr waren solche sexuellen Übergriffe ja nicht unbekannt. Zu oft hatte sie sich schon dafür bezahlen lassen, dass Männer sie schlugen, härter als normal anfassten. Doch dieses Mal war der Freier, der diese sexuelle Spielart bevorzugte, zu weit gegangen. Dieses Mal war seine Motivation eine andere gewesen.

Kapitel 29

»Guten Morgen, ihr Lieben.« Stückchen kam zur Tür hereingeschneit.

»Guten Morgen, meine Perle.« Diese Ansprache signalisierte Stückchen die gute Laune ihres Chefs.

Erdmanns Schwanz klopfte heftig, in freudiger Erwartung seines ersten Leckerlis am Morgen, auf dem Boden auf. Er kam unter dem Schreibtisch seines Herrchens hervorgeschossen und stürzte sich auf die Sekretärin, die ihm mit der flachen Hand ein Stückchen Wurst hinhielt. Schmatzend verschlang der Rauhaardackel den Leckerbissen.

»Stückchen, du sollst Erdmann nicht immer so verwöhnen. Er wird zu fett.« Tadelnd hob Henne den Zeigefinger.

»Du bist ja bloß neidisch!« Die Angesprochene lachte.

»Wie war dein Wochenende?« Stückchen war stets um ihren Chef besorgt.

»Ruhig. Am Samstagabend war ich mal bei Co zum Grillen und gestern habe ich den ganzen Tag gelesen und Musik gehört. Ich war so richtig faul.«

»Kein Wunder, dass der Dackel fett wird, wenn du ihn nicht mal Gassi führst.«

»Das habe ich natürlich gemacht. Ohne seine Runde lässt der mich doch nicht in Ruhe.«

»Du solltest dir eine Frau zulegen, Alexander.«

Wenn Stückchen ihn mit Vornamen ansprach, wurde er hellhörig.

»Die Frau, die mich nimmt, muss erst noch gebacken werden. Aber da wir gerade beim Thema sind: Du könntest mal eine Erkundigung für mich einholen. Du weißt, dass ich meine Stellung sonst nie ausnutze, doch in diesem Fall mache ich mal eine Ausnahme.«

»Schieß los! Um was geht es?«

Henne erzählte der neugierig gewordenen Mitarbeiterin von seiner neuen Nachbarin, nannte ihr den Namen und die Hausnummer. Er war am Abend vorher extra an ihrem Hoftor stehen geblieben, um einen Blick auf den Namen am Klingelschild zu werfen.

»Sie interessiert dich!«, stellte Stückchen nach der kurzen Schilderung erfreut fest.

»Sagen wir mal so, ich finde sie nicht uninteressant. Sie sieht nicht nur sehr gut aus, sie scheint auch recht gebildet zu sein und über einen gewissen Sinn für Humor zu verfügen. Ich muss wissen, was sie macht, ob sie verheiratet oder liiert ist.«

»Das ist aber schon ganz schön viel auf einmal. Warum fragst du sie nicht einfach selbst? Lade sie doch mal zum Kaffee oder auf ein Gläschen Wein ein.«

»Sie ist trotz allem irgendwie sonderbar. Ständig rennt sie durch die Gegend, sowohl früh morgens als auch spät abends. Wann immer ich zu ihrem Haus rüber schaue, steht sie am Fenster und telefoniert, sogar mitten in der Nacht.«

»Was ist denn daran so sonderbar? Vielleicht hat sie einen Lover im Ausland, mit dem sie nur nachts telefonieren kann.«

»Das will ich ja gerade herausfinden, bevor ich einen Annäherungsversuch starte. Also, sei bitte so lieb und finde heraus, um wen es sich hier handelt.«

»Mache ich. Aber jetzt muss ich erst mit der Bank in Bad Nauheim telefonieren, in der dein Toter früher gearbeitet hat.«

»Ich dachte, das wäre längst erledigt.«

»Von wegen, da habe ich am Freitag nach zwölf Uhr keinen mehr erreicht.«

»Apropos keiner da: Wo steckt eigentlich Co? Die müsste doch längst hier sein.«

»Die wird im Stau stehen. Es gab einen Unfall auf der B3 zwischen der Anschlussstelle Butzbach Süd und dem Taubenbaum.«

»Na toll. Die könnte sich auch mal melden.«

Bevor er eine Antwort erhielt, reagierte Stückchen auf das Klingeln ihres Telefons.

»Bist du für Rechtsanwalt Kain zu sprechen?«, rief ihm Stückchen kurz darauf aus dem Vorzimmer zu.

Henne nickte und nahm den Hörer vom Anschluss.

»Henneberg.«

»Guten Morgen, Alexander. Hier ist Wolfgang Kain.«

»Hallo Wolfgang, lange nichts mehr voneinander gehört. Was hast du auf dem Herzen?« Wolfgang Kain war, ebenso wie er, Mitglied im Tennisverein. In früheren Jahren hatten sie oft miteinander die Bälle geschlagen.

»Du lässt dich ja gar nicht mehr sehen. Hast du so viel zu tun?«, fragte der ehemalige Tennispartner, statt eine Antwort zu geben.

»Es geht so, ich habe mich anderweitig orientiert. Also, was willst du?«, fragte Henne den Anwalt etwas genervt. Er rief ihn nur an, wenn er etwas wissen oder erledigt haben wollte, eine kleine Gefälligkeit, wie er immer betonte.

»Kannst du mal feststellen, zu wem eine gewisse Handynummer gehört?«

»Wieso? Ruf doch einfach an, dann weißt du es.«

»Das ist es ja eben. Es geht keiner dran, wenn man anruft. Entweder antwortet die Mailbox ohne Namensnennung oder der Teilnehmer ist vorübergehend nicht erreichbar.«

»Dann sprich doch auf die Mailbox und bitte um Rückruf.«

»Wenn das so einfach wäre!«

»Verstehe ich nicht. Ist doch einfach. Oder muss ich da noch etwas wissen?«

»Mehr kann ich dir leider im Moment nicht sagen.«

»Geht es hier um etwas Dienstliches oder eher um etwas Privates?«

»Letzteres.«

»Sei mir nicht böse, aber ich kann nicht einfach einen IT-Spezialisten auf eine Nummer ansetzen. Da muss ich schon eine wichtige Begründung angeben.«

»Ach, stell dich doch nicht so an.« Der Typ ging Henne auf die Nerven. Immer kam er mit irgendwelchen ausgefallenen Wünschen.

»Sorry, aber wenn du hier den Namen einer deiner Schnallen rauskriegen willst, musst du dich schon selbst bemühen. Mach's gut.« Ohne ein weiteres Wort beendete Henne das Gespräch. Das fehlte noch, dass er diesem Frauenhelden zum Fremdgehen verhalf. Rechtsanwalt Kain war dafür bekannt, dass er es mit der ehelichen Treue nicht so genau nahm. Aber vor diesen Karren würde er sich nicht spannen lassen, dachte Henne.

Kapitel 30

Wütend stellte Rechtsanwalt Kain den Hörer auf die Station zurück. Er war es nicht gewohnt, dass man ihn abwies. Normalerweise tanzten immer alle nach seiner Pfeife, doch das Blatt wendete sich nun. Zuerst hatte ihn gestern seine Frau aus dem gemeinsamen Haus geworfen. Dann hatte er vergeblich versucht, den Namen dessen herauszufinden, der hinter den Fotos und dem Film steckte, die seine Frau in der letzten Zeit erhalten hatte und weswegen seine Ehe nun endgültig in die Brüche zu gehen schien.

Er verdächtigte seine Schwägerin, diese nach Gerechtigkeit lechzende, eifernde, dumme Kuh. Doch er konnte ihr nichts beweisen, solange er nicht wusste, zu wem die Handynummer gehörte, von der die Beweise geschickt worden waren. Und um die herauszufinden, hatte er Henneberg um Hilfe gebeten, doch auch der verweigerte sich ihm.

Grübelnd saß er an seinem Schreibtisch. Seine Fingerspitzen klopften nervös auf die Tischplatte. Er war müde. Die ganze Nacht hatte er wach gelegen. Obwohl das Bett in dem Bad Nauheimer Luxushotel, in dem er kurzfristig Unterschlupf gefunden hatte, bequem und breit war, hatte er nicht einschlafen können. Selbst die konsumierten Spirituosen aus der Minibar hatten nichts genutzt.

Die Gedanken quälten ihn zu sehr, die Gedanken an seine Frau und seine Tochter, an sein bisheriges, erfolgreiches Leben, an die Nutte, die er noch in der Nacht ordentlich bearbeitet hatte, und an seine Schwägerin, die er immer begehrt, aber nie bekommen hatte.

An Arbeiten war heute nicht zu denken. Er bat seine Sekretärin, alle Termine abzusagen und ihn mit Anrufen zu verschonen.

Zum wiederholten Mal griff er zum Hörer und wählte die Nummer von zu Hause.

Kapitel 31

Um zehn Uhr tauchte auch Co endlich in der Dienststelle auf.

»Das nächste Mal fahre ich gleich über die *Käffer* nach Bad Nauheim. Jetzt habe ich über zwei Stunden im Stau gestanden.«

»Guten Morgen, Co. Henne, ich muss mal kurz stören.« Stückchen kam mit einem Computerausdruck in der Hand ins Büro der Kommissare, während Co damit beschäftigt war, ihre Utensilien in ihrem Schreibtisch zu verstauen.

»Was gibt es? Du machst so ein ernstes Gesicht.«

»Deine Angebetete ist Anwältin, arbeitet seit 10 Jahren in der Kanzlei Kain und Partner hier in Friedberg als Familien- und Scheidungsanwältin, ist ledig.«

»Na, das hört sich doch gut an.«

»Wieso Angebetete? Habe ich irgendwas verpasst?« Co machte große Augen.

»Wer zu spät kommt, den bestraft das Leben, liebe Co.« Henne grinste sie frech an. Co warf einen Bleistift nach ihrem Kollegen.

Stückchen ließ sich von dem Geplänkel der Kommissare nicht aufhalten: »Warte, mein Lieber. Die Gute hat in Gießen Jura studiert und mit Summa Cum Laude abgeschlossen. Ihre Karriere hat sie in der Kanzlei Meyerink und Partner in Usingen begonnen. Jetzt kommt's: Vor zehn Jahren hat sie dort aufgehört und ist hier nach Friedberg in die Kanzlei Kain und Partner eingetreten. Wolfgang Kain ist ihr Schwager.

Das Haus in deiner Straße hat sie vor Kurzem vom Eigentümer gekauft. Zuvor hat sie in der Friedberger Altstadt gewohnt.«

Henne haute sich mit der flachen Hand gegen die Stirn. »Jetzt weiß ich auch, wieso mir ihr Name so bekannt vorkam. Der Ehevertrag Schmitt-Palme und Palme wurde von ihr aufgesetzt.«

»Ich verstehe nur Bahnhof. Kann mich mal einer aufklären?« Co schnaufte ärgerlich.

»Das ist ja nichts Neues.«

»Henne ist verliebt!« Stückchen rollte die Augen und ging an ihren Schreibtisch zurück.

»Altes Klatschweib!«

»Erzähl mal, wer ist sie? Kenne ich sie?« Co stürzte sich nun wissbegierig auf ihren Kollegen.

»Du wirst sie gleich kennenlernen. Vielleicht kann sie uns in dem Mordfall von damals weiterhelfen. Los, komm.«

Im Hinausgehen gab Henne noch letzte Anweisungen: »Stückchen, wir sind unterwegs. Sag Wortmann Bescheid, dass wir neue Erkenntnisse haben und weiter ermitteln. Ich werde ihm später berichten.«

»Mach ich, aber der Dackel bleibt hier. Dass das klar ist.«

»Erdmann, bleib bei Stückchen und sei schön brav.«

Der Rauhaardackel dachte nicht daran, folgte seinem Chef und Co in einigem Abstand die Treppe hinunter. Auf dem Parkplatz hüpfte er sofort durch die offenstehende Wagentür und begab sich in den Fußraum vor dem Beifahrersitz.

Kapitel 32

Auf der Kaiserstraße standen die Autos Stoßstange an Stoßstange. Obwohl vor einigen Jahren mit viel Aufwand die Umgehung um Friedberg herum gebaut worden war, hatte der Verkehr in der Stadt kaum nachgelassen. Ohne die grüne Ampelphase abzuwarten, schlängelte sich Regina durch die wartenden Autos auf die andere Straßenseite. Sie war spät dran, heute Morgen.

Obwohl die Ereignisse der vergangenen Nacht nicht gerade angenehm gewesen waren, hatte sie das Gefühl ihrem Ziel näher zu kommen. Sie würde nicht aufgeben. Diese Schmach konnte sie nicht auf sich sitzen lassen. Es war ein Spiel, ein böses Spiel um Macht und Selbsterhalt, das sie nicht verlieren würde. Schon mehrfach hatte sie es gespielt und gewonnen. Niemand hatte sie jemals verdächtigt.

*

Kaum hatte sie sich für den Tag in ihrem Büro eingerichtet, da stand Wolfgang in ihrer Tür.

»Was willst du schon wieder?«, empfing sie ihren Schwager unfreundlich.

»Ich will, dass das aufhört. Reicht es dir nicht, dass du meine Ehe kaputtgemacht hast?«

»Ich habe deine Ehe nicht kaputtgemacht. Dafür bist du ganz alleine verantwortlich. Niemand hat dich gezwungen, fremdzugehen.«

Wolfgang schloss die Tür hinter sich, ließ sich auf dem Stuhl vor Reginas Schreibtisch nieder. Er griff ungefragt in die Kristallschale mit den Pralinen, wickelte knisternd das Papier ab und steckte sich die Köstlichkeit in den Mund. Regina war es gewohnt, dass sich der feine Herr nahm, was ihm gerade beliebte. Und wenn es nur eine Praline war, die er sich provokant in den Mund schob. Aber letzte Nacht hatte er sich ungefragt ganz andere Dinge genommen. Die würden ihm nun endgültig das Genick brechen. Dafür würde sie sorgen.

»Barbara hat mich rausgeschmissen.« Wütend fuhr sich Wolfgang durch die Haare.

»Recht hat sie. Was willst du nun von mir?«

»Warum hast du ihr diese Bilder und den Film geschickt?«

»Von was sprichst du? Ich habe nicht die geringste Ahnung, um was es hier geht.« Regina sah ihn mit großen Augen an.

»Du lügst. Du steckst hinter diesen Attacken. Ich werde es beweisen«, schrie er sie vor Wut geifernd an. Als er plötzlich aufsprang, fiel der Stuhl polternd um. Indem er die Tür knallend zuwarf, verlief er das Büro.

Reginas Züge entspannten sich. Sie widmete sich wieder ihrer Arbeit, als sei nichts geschehen.

*

In der geräumigen Diele traf Wolfgang auf die Kommissare und Dackel Erdmann, die gerade die Kanzlei betraten.

»Hallo Alexander, hast du es dir doch noch überlegt? Komm in mein Büro. Dann gebe ich dir die Nummer«, forderte er den Kommissar in einem bestimmenden Ton auf.

»Ich bin nicht wegen der Handynummer hier. Ich muss mit deiner Partnerin sprechen. Wo finde ich die?«

Verdutzt sah Wolfgang den Kommissar an.

»Ach, hat die feine Dame etwas ausgefressen?«

»Das geht dich gar nichts an. Wo finde ich sie?«

Wolfgangs Bruder, Manfred Kain, ebenfalls Anwalt in der Kanzlei, war hinzugetreten und klopfte gegen Reginas Tür. »Hier finden Sie die Gesuchte.« Gleich darauf erklang hinter der Tür ein: »Ja, herein bitte.«

Während die Kommissare in Reginas Büro verschwanden, wandte sich Manfred Kain an seinen Bruder: »Wolfgang, wir müssen reden. Komm in mein Büro.« Ihm war aufgefallen, dass sich Wolfgang seiner Schwägerin Regina gegenüber ungebührlich benahm. Das konnte er nicht dulden. Die feindliche Atmosphäre würde sich auf das Arbeitsklima in der Kanzlei auswirken.

Kapitel 33

Regina kam hinter ihrem Schreibtisch hervor und ging auf die unerwarteten Besucher zu. Co registrierte das Leuchten in den Augen der Rechtsanwältin, als sie ihren Kollegen erblickte.

Die Dame war auffallend hübsch, stellte Co fest. Lange rote Haare fielen in weichen Wellen über ihre Schultern. Das makellose Gesicht mit dem hellen Teint passte zu den grünen, von einem dichten Wimpernkranz umrahmten Augen und dem geschwungenen, dunkelrot angemalten Mund. Ihr Körper war perfekt proportioniert. Die weiblichen Kurven wurden von einem mintgrünen Seidenkleid bedeckt und die Füße steckten in hohen dunkelgrünen Pumps. Ihre Kleidung war eindeutig nicht von der Stange. Die Dame musste über ein gutes Einkommen verfügen.

Mit ausgestreckter Hand ging die Anwältin auf die Kommissare zu. »Herr Nachbar, was verschafft mir die Ehre Ihres Besuches?« Freundlich, aber mit einer gewissen Distanz begrüßte die Anwältin ihre Besucher. »Da ist ja auch der *Blätterwender.*« Sie beugte sich zu Erdmann hinunter, strich ihm über das raue Fell. Der Dackel ließ sich die Berührung gefallen, zog sich aber kaum merklich ein Stück zurück. Ein leises Knurren war zu vernehmen.

»Guten Morgen, Frau Mutzke. Bitte entschuldigen Sie, dass wir Sie so überfallen. Dürfen wir kurz mit Ihnen reden?«

Henne war überraschend freundlich, stellte Co fest. Das passte gar nicht zu seiner sonst so schnodderigen Art, wenn es um eine Befragung ging.

»Ja, aber wirklich nur kurz. Ich bin heute sowieso schon spät dran. Ist etwas passiert?« Dabei blickte sie auf eine teure Uhr an ihrem schmalen Handgelenk.

»Wir kommen in einer ungeklärten Mordsache und hätten da ein paar Fragen an Sie, in der Hoffnung, dass Sie etwas zur Aufklärung beitragen können.« Co hatte das Sprechen übernommen. Ihr Chef war vor offensichtlicher Bewunderung für die Dame nicht in der Lage ein klares Wort hervorzubringen.

»Nehmen Sie doch bitte Platz. Darf ich Ihnen etwas anbieten? Wasser, Kaffee?«

»Nein, danke.«

»Sie können gerne eine von den Pralinen nehmen. Die sind köstlich.« Regina versuchte, ihre Unsicherheit zu verbergen. Was wollte der Kommissar von ihr? Hatte er von dem nächtlichen Vorfall Wind bekommen?

»Danke, später. Kommen wir doch gleich zur Sache«, sprach Co weiter. »Wir sind wegen des Todes von Holger Palme hier.« Sie fixierte die Anwältin.

»Das liegt doch schon zehn Jahre zurück. Warum kommen Sie denn jetzt damit zu mir?« Regina biss sich auf die Unterlippe. Ihre Augen weiteten sich für eine Sekunde. Die Farbe ihres Gesichtes nahm eine blasse Nuance an. Co registrierte die ungewöhnlich heftige Reaktion der Anwältin.

»Kannten Sie Holger Palme näher?«

»Er und seine Frau waren meine Mandanten.«

»Wie darf ich das verstehen?«

»Ich habe den Ehevertrag für die beiden aufgesetzt.«

»Sonst hatten Sie nichts mit dem Paar zu tun?«

»Nur indirekt.«

»Wie meinen Sie das?«

»Ich komme auch aus Usingen. Unsere Familien kennen sich. Unsere Kanzlei hat Frau Schmitts Interessen vertreten, sie rechtlich beraten.«

»Sie auch?«

»Nein, ich bin Familien- und Scheidungsanwältin. Da hatte ich nichts mit Frau Schmitt-Palme zu tun, außer bei der Abfassung des Ehevertrags.«

Regina schob Henne die Kristallschale hin und forderte ihn erneut auf, sich zu bedienen. Ihr waren die sehnsüchtigen Blicke des Kommissars in ihre Richtung nicht entgangen. Sie hätte ihn gern näher kennengelernt, aber nicht auf diese Art und Weise.

Co stupste ihren Kollegen an. »Hallo Henne, wo bist du mit deinen Gedanken?« Henne schrak auf. Erst jetzt merkte er, dass er die Anwältin die ganze Zeit angestarrt hatte.

»Oh, Entschuldigung. Ich habe gerade an etwas anderes gedacht.«

»Das habe ich gemerkt. Hast du noch Fragen an Frau Mutzke?«

»Nein, ich äh ...« Henne lief vor Scham rot an, nahm sich eine Praline, wickelte sie umständlich aus dem Papier und steckte sie in den Mund.

Regina betrachtete ihn schmunzelnd. Seine Verlegenheit machte ihn noch interessanter für sie.

»Wissen Sie denn ...?« Weiter kam Co nicht mit ihrer Frage. Ihr Kollege begann zu husten, nach Luft zu ringen. Er griff sich an den Hals, würgte. Sein Gesicht lief rot an. Sein ganzer Oberkörper schüttelte sich. Co sprang auf, klopfte ihm heftig auf den Rücken und riss ihm die Arme hoch. Erdmann winselte, sprang an Hennes Beinen hoch und kratzte daran. Besorgnis lag in seinen braunen Dackelaugen.

Erschrocken griff die Anwältin nach einem Glas, füllte es mit Wasser aus einer auf dem Schreibtisch stehenden Karaffe.
»Hier nehmen Sie, schnell.« Sie reichte Henne das Glas und sah ihn mitfühlend an. Sofort musste sie an ihren Großvater denken und wie er an einer Brotkrume erstickt war.

Immer noch hustend führte Henne das Glas mit zittrigen Händen zum Mund und trank die klare Flüssigkeit in kleinen Schlucken. Langsam beruhigte er sich. Co hielt ihm ein Papiertaschentuch hin.

»Was ist denn in diesen Pralinen enthalten? Das Zeug ist ja das reinste Gift.« Hennes Stimme klang kratzig. Er wischte sich die Mundwinkel ab.

»Das sind ganz neue Pralinen mit verschiedenen Geschmacksrichtungen, ungewöhnlich, aber sehr gut. Habe ich am Samstag aus Nieder-Weisel mitgebracht«, erklärte die verdutzte Anwältin.

»Ist da auch Chili drin?« Erneut musste der Kommissar husten. Nur langsam wich die Röte aus seinem Gesicht.

»In einigen schon, aber nicht in allen. Es gibt auch andere Geschmacksrichtungen.«

»Dann muss ich wohl eine mit Chili erwischt haben. Ich bin hochgradig allergisch gegen das Zeug.« Ein weiterer Hustenanfall schüttelte ihn. Bei dieser Aussage schoss Regina das Blut ins Gesicht.

»Oh, das tut mir leid. Ich habe die Schale vorhin erst aufgefüllt. Ich bin süchtig nach Pralinen. Nervennahrung, wenn Sie verstehen, was ich meine.«

»Verstehe!«, kam es von Henne, der noch immer vom Husten geplagt wurde.

»Ich denke, wir sollten das Gespräch für heute beenden. Ich lasse Ihnen meine Visitenkarte hier, falls Ihnen noch was einfällt.« Co legte ihre Karte auf den Schreibtisch. Henne rang

sich trotz seines schmerzenden Halses ein Lächeln ab und legte seine daneben.
»Da steht auch meine Privatnummer drauf. Falls mal was ist.«

*

Normalerweise hätte sich Henne eine Zigarette auf der Straße angezündet, doch sein Hals tat ihm weh vom Würgen und Schlucken. Der Hustenreiz quälte ihn immer noch.

»Mit dem Zeug kann man ja einen umbringen.«

»Warum musst du auch immer so gierig sein?«, frotzelte Co.

»Ich bin doch nicht gierig, im Gegenteil, ich wollte nur höflich sein.«

»Dieses Gespräch hat uns auf jeden Fall nicht sehr viel weitergebracht«, maulte Co. »Was sollte das überhaupt? Nur weil die Dame einen Ehevertrag aufgesetzt hat, muss man doch nicht mit ihr sprechen. Du wolltest sie nur kennenlernen. Stimmt's?« Co boxte ihren Kollegen in die Seite. »Ganz schön ausgebufft, mein Lieber.«

Henne, nun wieder ganz der Alte, grinste breit. »Man kann nie wissen, für was das gut ist.«

»Hast du überhaupt gemerkt, wie sie reagiert hat, als ich den Grund unseres Besuchs erwähnt habe? Sie wusste sofort, dass der Mordfall zehn Jahre zurücklag.«

»Na und? Ein gutes Zeitgedächtnis ist doch bei einem Anwalt nichts Außergewöhnliches.«

»Das mag sein. Aber ihre Pupillen haben sich geweitet, sie wurde ganz blass. Das ist nicht normal für jemanden, der das Opfer nur am Rande gekannt haben will. Ich sage dir, die weiß mehr, als sie zugibt.«

»Ach, du mit deinen Verschwörungstheorien.« Henne winkte mit der Hand ab.

»Wieso ich?« Co deutete auf ihre Brust. »Du bist doch immer derjenige, der hinter allem eine Verschwörung wittert.«

»Irgendwie kommen wir in dem Fall jedenfalls nicht weiter. Lass uns zurückfahren und hören, ob Stückchen was bei der Bank in Erfahrung gebracht hat. Das gibt es doch nicht, dass keiner gewusst haben will, mit wem sich der Mann ein halbes Jahr in diesem Hotel getroffen hat.« Henne startete den Motor und drehte die Musik lauter. Elvis Presleys Stimme füllte sofort das Innere seines Dienstfahrzeuges aus. »Falling in Love« erklang.

»Na, das passt ja, wie die Faust aufs Auge«, ließ sich Co süffisant vernehmen.

Kapitel 34

»Was soll ich denn jetzt machen? Wolfgang gibt nicht auf. Er ruft alle fünf Minuten an. Will mit mir sprechen.« Barbaras weinerliche Stimme machte Regina aggressiv. Ihr stieg die Situation langsam über den Kopf. Sie war hundemüde, konnte sich nicht auf ihre Arbeit konzentrieren, die sie sowieso schon viel zu spät begonnen hatte. Sie hatte in der letzten Nacht nicht eine Minute geschlafen. Die Kommissare hatten sie aufgehalten und zusätzlich durcheinandergebracht, und nun auch noch ihre Schwester.

»Barbara, zieh endlich einen Schlussstrich. Rede noch einmal mit ihm und mach ihm klar, dass es endgültig aus ist. Wolfgang wird sich nie ändern. Er wird dich immer wieder betrügen.«

»Und auf so eine brutale Weise, abscheulich.«

»Hat er dich denn auch schon mal geschlagen? Oder war er jemals so brutal zu dir?«

»Er hat vor Jahren mal den Versuch gemacht, also ich meine … eh, was ich sagen will …« Barbara kam nicht weiter.

»Du meinst, er wollte mit dir Sex auf etwas härtere Weise, mit Schlägen und so?«

»Ja«, kam es schluchzend von Barbara. »Aber das wollte ich nicht. Ich konnte ja nicht wissen, dass ihm so viel daran liegt. Das ist doch nicht normal. Oder?«

»Ja, so etwas ist krank.«

»Kein Wunder, dass er in den letzten Jahren kaum noch mit mir schlafen wollte.«

»Aber deshalb musst du dich nicht so behandeln lassen.«

»Und ich dachte schon, nachdem er mich am Samstagabend so umgarnt hat, dass er es ernst meint, dass er wieder eine vertrauensvolle Ehe mit mir führen will.«

»Hast du etwa mit ihm geschlafen?«

»Ja, und es war schön.«

»Barbara, sei mir nicht böse, aber du bist eine dumme Gans. Der wollte dich doch nur einwickeln. Mir wäre gestern bei seiner Vorstellung auf der Party fast schlecht geworden.«

»Ich habe ihm geglaubt. Aber nachdem Lisa mit meinem Handy aufgetaucht ist und ich gesehen habe, was da drauf war, da ist es mir wie Schuppen von den Augen gefallen.«

»Ich könnte dir sagen, wie du ihn ganz schnell loswirst.«

»Wie denn?«, kam es verzweifelt von der betrogenen Ehefrau.

»Lass ihn kommen, sprich mit ihm.« Regina machte eine Pause, um die Spannung etwas zu erhöhen. »Und mach ihn wütend. Reize ihn. Reize ihn so sehr, dass er zuschlägt.«

»Bist du verrückt? Ich lass mich doch nicht freiwillig schlagen.«

»Er muss doch nur einmal zulangen. Die Männer schlagen immer zuerst ins Gesicht. Das reicht schon. Und dann rufst du die Polizei. Die muss ihn in einem Fall von häuslicher Gewalt mitnehmen.«

Es blieb stumm am anderen Ende. Regina wartete.

»Was ist, willst du ihn nun loswerden oder nicht?«

»Na gut, ich mach's unter einer Bedingung: dass du anschließend zu mir kommst.«

»Klar komme ich zu dir. Das macht man als Schwester doch so.«

»Und was ist, wenn Lisa das mitkriegt?«

»Na, umso besser. Die wird zu dir halten. Ist doch klar.«

Regina kannte ihre Nichte nur zu gut. Sie hatte einen ebenso ausgeprägten Gerechtigkeitssinn wie sie selbst. Sie würde ihre Mutter gegen den Vater verteidigen.

*

Nach dem unerfreulichen Gespräch mit Barbara meldete sich Regina bei ihrer Tante Maria in Gambach. Dort hatte sie um ein Uhr in der vergangenen Nacht ihre alte Freundin Doris untergebracht, die nach einer brutalen Vergewaltigung zunächst im Krankenhaus versorgt worden war. Das Angebot von Regina, sie nach der Behandlung zu ihrer Tante nach Gambach zu bringen, wo sie sich eine Weile verstecken und erholen könnte, hatte sie nur zu gern angenommen. Tante Marias Dackelmädchen Biene hatte sich sofort auf Doris gestürzt und ihr die Hände abgeleckt, so als wolle sie sie trösten.

»Hallo Tantchen, was macht Doris? Geht es ihr etwas besser?«

»Die schläft noch. Biene liegt bei ihr. Ich lass sie auch ganz in Ruhe.«

»Der Dackel tut ihr gut. Sie soll ein bisschen mit ihr spazieren gehen. Das wird sie ablenken.« Nach einer kleinen Pause fügte Regina hinzu: »Bitte rede mit ihr. Sie soll ihren Vergewaltiger anzeigen.«

»Warum liegt dir denn so viel daran? Das ist doch ihre Sache.«

»Weil der Typ das sonst immer wieder macht und andere Frauen dadurch gefährdet. Ich kriege das jeden Tag in meiner Kanzlei mit.«

»Da gebe ich dir ja recht, aber man weiß doch, wie das läuft. Wir Frauen kriegen noch unterstellt, selbst daran schuld zu sein.«

»In diesem Fall nicht. Ich melde mich später wieder. Und pass schön auf Doris auf.«

»Mache ich.« Auf ihre Tante war Verlass. Sie war der einzige Mensch, dem Regina rückhaltlos vertraute und der sie verstand. Irgendwann würde sie ihr von ihren Albträumen erzählen. Sie war sicher, dass ihre Tante sie verstehen würde.

Kapitel 35

Stückchen sah von ihrem Schreibtisch auf, als die Kommissare ins Büro zurückkehrten. »Henne, du sollst zu Wortmann kommen.« Sie wies mit dem Kopf auf das Büro nebenan.

»Was gibt es denn, ein neuer Fall?«

»Keine Ahnung. Co, bleib du mal hier. Ich kann dir in der Zwischenzeit was Interessantes im Fall Palme berichten.« Co setzte sich auf die Schreibtischkante, während Erdmann sich mit einem zufriedenen Brummen vor Stückchens Füßen niederließ.

»Also, ich habe jetzt endlich jemanden bei der Bank erreicht, wo dieser Palme gearbeitet hat. Was glaubst du wohl, mit wem ich da gesprochen hab?«

»Jetzt mach's nicht so spannend.«

»Also ...« Wenn Stückchen aufgeregt war, fing sie ihre Sätze immer mit *Also* an. »... nachdem ich mit allen möglichen Leuten gesprochen habe, bin ich endlich im Vorzimmer des Vorstandsvorsitzenden gelandet. Und wer sitzt da?«

»Ich habe keine Ahnung.« Co rollte die Augen und hob die Schultern hoch.

»Meine ehemalige Freundin Gisela aus der Hauptschule. Die hab ich gefühlte hundert Jahre nicht mehr gesehen, geschweige denn gesprochen.«

»Aha, und du wusstest sofort, dass die Dame am anderen Ende der Leitung deine frühere Freundin Gisela ist?«

»Nein, natürlich nicht. Das war eher Zufall. Aber das ist ja jetzt auch egal.« Co konnte sich schon denken, wie das Gespräch abgelaufen war. Stückchen war sehr kommunikativ. »Wie klein doch die Welt ist!«

»Gelle, das find ich auch. Man muss immer aufpassen, mit wem man spricht.«

»Und was wusste nun deine alte Freundin Gisela?«

»Also, Gisela arbeitet schon seit 40 Jahren bei der Bank. Die hat da gelernt und sich hochgearbeitet. Jetzt ist sie Assistentin des Vorstandsvorsitzenden.«

»Ja und? Kannst Du jetzt mal auf den Punkt kommen?«

»Also, ich will doch damit nur sagen, dass die da alles und jeden kennt. Die Frau ist Gold wert.« Co wollte gar nicht wissen, wie lange das Telefonat gedauert hatte. Leicht gereizt warnte sie nun die Sekretärin: »Stückchen, ich würge dich gleich, wenn du mir jetzt nicht sofort sagst, was sie dir verraten hat.«

»Also, dieser Palme hat zu Beginn seiner Tätigkeit bei der Bank mal was mit einer Praktikantin gehabt.«

Co wurde hellhörig. »Und weiter?«

»Also, das Techtelmechtel ging von beiden aus und muss ziemlich heftig gewesen sein, so, dass es alle in der Bank mitbekommen haben.«

»Und was ist dann geschehen?«

»Also, die Praktikantin haben sie ganz schnell aus dem Verkehr gezogen. Der Palme war da ja schon verheiratet gewesen. Der durfte aber bleiben, weil sein Vater dort seit vielen Jahren gearbeitet hat. Danach war Ruhe. Der hat sich nichts mehr zuschulden kommen lassen. War aber immer sehr beliebt bei der Damenwelt. Muss wohl ein richtiger Charmebolzen gewesen sein.«

»Na, das hilft uns auch nicht viel weiter.«

»Wart's doch ab. Weißte, wer die Praktikantin war?«

»Nee, keine Ahnung.«

»Na, die Regina Mutzke, dem Henne seine Angebetete.«

»Das ist allerdings der Hammer.«

»Gelle, sag ich doch.«

»Was ist der Hammer?« Henne stand in der Tür.

»Diese Mutzke hat uns angelogen. Die hat doch behauptet, mit dem Palme nur wegen des Ehevertrages zu tun gehabt zu haben.«

»Ja, und?« Co setzte Henne ins Bild.

»Die hat uns doch nicht angelogen. Du hast sie nur gefragt, ob sie sonst noch was mit dem Ehepaar zu tun hatte. Nach dem Palme hast du sie nicht gefragt.«

Co sah Henne entgeistert an. »An dir ist ein Rechtsverdreher verloren gegangen.«

»Oh weh, den Henne hat's erwischt. Ich sag ja immer, die Männer können besser gucken als denken.« Stückchen schüttelte vor gespielter Entrüstung den Kopf.

»Nee, den Männern rutscht beim Anblick einer schönen Frau der Verstand in die Hose«, trat Co nach.

»Mädels, beruhigt euch wieder. Wir werden schon herausfinden, was die sonst noch vor uns verborgen hat. Wir werden sie später noch einmal aufsuchen. Jetzt müssen wir erst noch mal nach Wernborn. Wortmann hat mich da gerade auf etwas Interessantes hingewiesen.«

»Ich komme nur mit, wenn ich nicht schon wieder Elvis hören muss«, protestierte Co.

»Ich weiß gar nicht, was du willst. Das ist doch schöne Musik.«

»Dieses Mal bleibt Erdmann aber hier. Der war heute noch gar nicht Gassi«, fiel Stückchen den Kommissaren ins Wort.

»Von mir aus. Verwöhn ihn aber nicht zu sehr.«

»Das hat der arme Dackel in Zukunft bestimmt öfter nötig, da du doch jetzt eine Angebetete hast. Da hast du vermutlich nicht mehr so viel Zeit für ihn.« Mitleidig sah Stückchen zu dem kleinen Rauhaardackel zu ihren Füßen.

»So ein Blödsinn. Nur weil ich die Frau interessant finde, muss ich doch nicht gleich was mit ihr anfangen.« Henne schüttelte den Kopf.

»Dein Wort in meinem Gehörgang. Das sah vorhin ganz anders aus.« Co stieß ein künstliches Lachen aus.

»Erzähl mal.« Neugierig sah Stückchen in Cos Richtung.

»Schluss jetzt. Wir gehen.« Henne wurde das Geplänkel seiner Mitarbeiterinnen jetzt zu viel. Er nahm den Schlüssel seines Dienstwagens und verließ das Büro. Co warf Stückchen noch einen verschwörerischen Blick zu und eilte Henne hinterher.

Kapitel 36

Mattgolden leuchtete die Sonne vom sommerlichen Abendhimmel herab. Die Häuser warfen lange Schatten. Von der Hektik des Tages war nichts mehr zu spüren. Der Verkehr auf der Kaiserstraße war abgeebbt, die Lokale links und rechts der Einkaufsmeile gut gefüllt. Gelächter und Gesprächsfetzen drangen durch das offenstehende Fenster von Reginas Büro.

Endlich konnte sie die Akte, die sie den ganzen Tag bearbeitet hatte, zumachen. Sie schloss die Augen und lehnte sich zurück. Sie war so müde. Ihr fehlte der Schlaf der letzten Nacht. Doch ihr Tag war noch nicht vorbei. Im Gegenteil, sie musste damit rechnen, dass ihr auch in dieser Nacht nicht sehr viel Schlaf vergönnt war.

Sie stand auf und zog die Sportkleidung an, die sie in ihrem Büro aufbewahrte. Ihr Handy und den Hausschlüssel verstaute sie in ihrer Bauchtasche. Sie schloss das Fenster und verließ das Büro, lief in Richtung Seewiese. Langsam fiel der Stress des Tages von ihr ab.

Sie rannte nicht direkt nach Hause, sondern machte noch einen Schlenker, um an dem Anwesen ihrer Schwester vorbeizuschauen. Der Wagen ihres Schwagers parkte in der Einfahrt. Aus dem Haus hörte sie laute Geräusche. Schnell entfernte sie sich.

In der Mainzer-Tor-Anlage stieß sie mit ihrem neuen Nachbarn, dem smarten Kommissar, und seinem Rauhaardackel zusammen. Keuchend blieb sie vor ihm stehen. »Hallo Herr Kommissar.« Sie streckte die Hand nach Erdmann aus, doch der wich einen Schritt zurück und setzte sich auf sein Hinterteil.

»Hallo Frau Nachbarin. Lange nicht gesehen«, begrüßte Henne sie freudig.

»Hat sich Ihr Husten wieder beruhigt?« Regina wollte nur höflich sein.

»Ja, alles wieder gut. Das war mir ziemlich peinlich.«

»Muss es nicht. Ist doch ganz menschlich. Sind Sie mit Ihren Ermittlungen weitergekommen?«

»Meine Kollegin und ich haben heute Mittag in Wernborn ein interessantes Gespräch geführt. Das könnte eine neue Spur sein.«

»Ach ja, was denn?«

Henne glaubte, eine leichte Irritation bei seiner Nachbarin zu bemerken. »Das darf ich Ihnen nicht sagen. Aber ich habe da noch mal eine Frage an Sie: Sie haben heute Vormittag gesagt, Sie hätten außer dem Aufsetzen des Ehevertrags nichts mit Holger Palme zu tun gehabt. Ist das richtig?«

»Ja, das habe ich gesagt.« Henne bemerkte, wie sein Gegenüber der Frage geschickt auswich.

Regina ließ sich den Schreck, den ihr die Frage verursachte, nicht anmerken und fuhr von sich aus fort: »Sie haben mich ja gar nicht nach Holger Palme gefragt. Ihre Kollegin hat nur wissen wollen, ob ich mit dem Ehepaar noch weiter zu tun gehabt hätte. Und das habe ich nicht.«

»So hätte ich auf die Frage auch reagiert. Sehr clever, Frau Anwältin. Aber wir haben die Information erhalten, dass Sie und Holger Palme sich schon einmal vor dreißig Jahren in der Bank in Bad Nauheim begegnet sind.« Wie aus der Pistole geschossen, kam Hennes nächste Frage: »Geben Sie das zu?«

»Ich gebe gar nichts zu«, kam es jetzt etwas ungehalten zurück. »Was wird das hier? Ein Verhör auf offener Straße?« Regina blitzte den Kommissar feindselig an.

»Nein, entschuldigen Sie. Das hat mich nur den ganzen Tag beschäftigt.«

»Ich hatte diese Sache verdrängt. Und ganz ehrlich, ich möchte auch nicht mehr daran erinnert werden. Das war eine ziemlich blöde Geschichte damals.«

Nicht nur die, dachte Henne. War die Frau vor ihm unehrlich oder war es ihr einfach nur peinlich zuzugeben, dass sie noch mehr mit Holger Palme zu tun gehabt hatte? Wie dem auch war, er wollte sie nun nicht weiter ausfragen, zumal er seine neue Nachbarin sehr attraktiv fand und er sich zu ihr hingezogen fühlte. Auch deshalb wollte er seine kriminalistische Neugier für eine Weile bremsen.

»Okay, vergessen Sie das Ganze. Lassen Sie uns noch mal von vorne beginnen. Was halten Sie davon, wenn wir uns bei einem Glas Wein näher kennenlernen?«

»Warum nicht? Sagen Sie mir, wann und wo?« Regina war erleichtert darüber, dass der Kommissar nicht weiter nachfragte.

»Wie wäre es mit jetzt? Bei mir. Ich habe einen guten Chardonnay im Haus. Oder mögen Sie lieber Rotwein?«

»Wow, sind Sie immer so spontan?« Regina musste lachen.

»Nee, eigentlich nicht. Aber ich habe was gutzumachen. Das eben war nicht sehr fair von mir.«

»Schon okay. So lange Sie mich in Zukunft damit in Ruhe lassen.« Reginas Handy machte sich durch Vibrieren in ihrer Bauchtasche bemerkbar. »Einen Moment.« Sie kramte das Teil umständlich hervor. Das Display zeigte die Nummer ihrer Schwester an. »Hallo Barbara.«

»Hier ist Lisa. Regina, kannst du kommen? Es ist etwas Schreckliches passiert.« Lisa sprach so laut, dass selbst Henne die Worte vernehmen konnte.

»Was ist denn los, Kind? Du klingst ja grauenhaft.«

»Nicht am Telefon. Komm einfach her.«

»Ja, ich bin gleich da.« Eilig verstaute sie das Handy.

»Tut mir leid, das wird heute leider nichts mehr. Ich muss noch mal weg«, sagte sie an Henne gewandt.

»Kann ich Ihnen helfen?« Henne bemerkte außer Schreck auch Angst und Wut in Reginas Gesicht.

»Nein, nein, Familienangelegenheit.« Damit verschwand Regina in der Hofeinfahrt.

Kapitel 37

Regina hatte Blaulicht und Streifenbeamte vor dem Haus ihrer Schwester vermutet, doch die Straße lag ruhig da. Lisa erwartete sie bereits an der Haustür und führte sie ins Wohnzimmer. Barbara saß vor der Feuerstelle auf dem Boden, die Knie angezogen, den Rücken an den Kaminsims gelehnt, den Kopf auf die Knie gestützt. Sie weinte heftig. Regina ließ sich neben ihrer Schwester nieder, legte den Arm um ihre Schulter.

»He, Schwesterchen, was ist denn los?«

»Dieses Schwein, ich bring ihn um.«

»Was hat er dir angetan? Hat er dich geschlagen?«

Barbara nickte. Das Schluchzen nahm zu.

»Nur geschlagen?«

Barbara antwortete nicht. Stattdessen wurde das Schluchzen noch schlimmer. Regina schaute zu Lisa. Die sah sie verzweifelt an und zuckte mit den Schultern.

»Warst du hier?«

»Ich bin gekommen, als Papa gerade das Haus verließ. Er ist an mir vorbeigerauscht, ohne ein Wort zu sagen, dann ist er mit quietschenden Reifen davongefahren. Mama kauerte auf dem Boden. Hier lag alles kreuz und quer verteilt.«

»Hat sie irgendetwas zu dir gesagt?«

»Nur: *Kein Wort, zu niemandem.*«

»Barbara, schau mich an.«

Langsam hob Barbara den Kopf. Ihr tränenüberströmtes Gesicht wies eindeutig Spuren von Schlägen auf. Jetzt bemerkte Regina auch die unordentliche Kleidung ihrer Schwester. Die Bluse war nur notdürftig über der Brust geschlossen, die Hose nicht richtig hochgezogen.

»Barbara, hat er dich …?« Regina traute sich nicht, ihre Vermutung auszusprechen. Ein Aufheulen, wie von einem geschundenen Tier, bestätigte Regina ihren schrecklichen Verdacht. »Dieses Schwein.« Nach einer Weile sagte sie: »Wir müssen die Polizei verständigen und einen Arzt holen.«

»Nein, keine Polizei. Zu niemandem ein Wort.«

»Aber, Barbara, du kannst doch diesen Mistkerl nicht ungeschoren davonkommen lassen. Hat er dir nicht schon genug angetan?«

Barbara ließ den Kopf erneut auf die Knie sinken.

»Was sollen wir denn jetzt machen?« Lisa sah ihre Tante Hilfe suchend an.

»Keine Ahnung. Aber wenn sie nicht will, dass wir die Polizei verständigen, müssen wir das akzeptieren.«

»Ich verstehe sie. Es ist ihr peinlich. Vom eigenen Mann …«

Lisa schüttelte angewidert den Kopf. »Der kommt hier nicht mehr rein. Morgen lass ich die Türschlösser austauschen.«

*

Regina war die halbe Nacht damit beschäftigt, Barbaras geschundenen Körper zu reinigen und mit Heilsalbe einzureiben. Überall hatte sie blaue Flecke. Die Vergewaltigung hätte durch eine ärztliche Untersuchung bestätigt werden können, doch Barbara lehnte das strikt ab. Regina half ihr, einen Schlafanzug anzuziehen, und legte sich zu ihrer Schwester ins Bett. Beruhigend sprach sie auf sie ein, bis Barbara eingeschlafen war. Ihre Wut auf den Schwager ließ sie sich nicht anmerken.

Kapitel 38

Nach einer unruhigen Nacht verabschiedete sich Regina am nächsten Morgen von ihrer Nichte: »Bleib bei deiner Mutter. Lass sie nicht aus den Augen. Ich muss jetzt an die Arbeit. Wenn etwas ist, ruf mich an. Ich komme heute Abend wieder, und macht nichts Unüberlegtes.«

*

Mit den Worten der Sekretärin wurde Regina in der Kanzlei empfangen: »Sie möchten bitte zu Herrn Kain ins Büro kommen. Ihr Schwager ist auch schon drin.« Was sollte das jetzt? Die drei Anwälte arbeiteten vollkommen unabhängig voneinander.

»Guten Morgen, Manfred.« Betont freundlich betrat Regina das Büro ihres Partners. Wolfgang ignorierte sie.

»Guten Morgen, Regina. Setz dich bitte.« Manfreds Stimme klang frostig und ließ nichts Gutes ahnen.

»Was gibt es so früh am Morgen?« Vollkommen ahnungslos ließ sich Regina auf dem angebotenen Sessel nieder.

»Regina, mir ist in der letzten Zeit aufgefallen, dass du mit Wolfgang nicht besonders gut auskommst.«

»Ja, aber …« Weiter kam Regina nicht. Manfred wehrte ihren Einwand mit erhobener Hand ab.

»Ich kann keinen Unfrieden in der Kanzlei gebrauchen.

Das stört das Arbeitsverhältnis und wirkt sich auch auf unsere Mandanten aus. Bitte halte dich in Zukunft mit weiteren Angriffen gegen Wolfgang zurück und hör auf, dich in sein Eheleben einzumischen.«

Regina war fassungslos. Sie sprang auf und beugte sich über den Schreibtisch ihres Partners. »Jetzt reicht es! Von Angriffen meinerseits kann gar keine Rede sein. Ich mische mich auch nicht ein. Aber wenn meine Schwester mich nachts anruft und um Hilfe bittet, weil ihr feiner Herr Gemahl sie vergewaltigt hat, dann ist es wohl die natürlichste Sache der Welt, dass ich ihr beistehe.«

»Du Lügnerin! Da siehst du jetzt, wie sie mich ständig mies macht.« Wolfgangs Stimme klang brüchig. Seine Selbstsicherheit war wie weggeblasen.

»Ach, *mies machen* nennst du das, wenn ich die Wahrheit darüber sage, dass du deine Frau zusammenschlägst und über sie herfällst«, geiferte Regina.

»Das ist alles erstunken und erlogen«, schrie Wolfgang.

Manfred haute mit der flachen Hand auf den Tisch. »Ruhe jetzt. Wolfgang, verlass bitte den Raum. Ich möchte mit Regina alleine reden.«

Die Unterredung mit ihrem Partner dauerte eine halbe Stunde. Danach wurde Wolfgang in Manfreds Büro zitiert. Eine Minute später verließ Wolfgang wutschnaubend und die Tür knallend die Kanzlei.

»Na warte nur, du Biest. Eine gewonnene Schlacht bedeutet lange noch keinen Sieg«, schrie er beim Verlassen der Kanzlei.

Kapitel 39

Am Ende der Woche war Regina fix und fertig. Sie war ständig zwischen Kanzlei, der Mainzer-Tor-Anlage, dem Haus ihrer Schwester und Gambach hin und her gehetzt. Nach der Arbeit fuhr sie nach Hause, um nach der Post und den Blumen zu sehen.

Anschließend besuchte sie ihre Tante Maria und Doris in Gambach. Anstelle ihrer täglichen Joggingrunde in Friedberg machte sie nun ausgedehnte Spaziergänge mit ihrer alten Freundin und Dackel Biene durch das Gambacher Feld. Biene lief immer, mit der Nase am Boden, ein Stück voraus. Hinter dem putzigen Tier herlaufend, hörte sie Doris geduldig zu. Die milde Luft des Spätsommers tat ihnen gut. Der Anblick der gewaltigen Stauferburg über den Dächern von Münzenberg versöhnte sie, ließ sie die Strapazen des Alltags vergessen. Die wunderschönen, blutroten Sonnenuntergänge, die sie auf dem Rückweg über den Dächern von Gambach erblickten, weckten Erinnerungen an ihre Jugendzeit, in der sie sich abends heimlich im Pommerneck getroffen und sich in der untergehenden Sonne ihre Geheimnisse anvertraut hatten. Die Erinnerungen an ihre Jugend lenkten die beiden etwas von ihrem Kummer ab. Doris ließ sich jedoch trotz der neu gewonnenen Zweisamkeit nicht überreden, ihren Peiniger anzuzeigen.

Das lehnte sie genauso ab wie ihre Schwester Barbara, bei der Regina die Nächte verbrachte. Beide wollten nicht mehr an die Sache erinnert werden, nichts mehr mit Wolfgang zu tun haben.

Barbara hatte mit Reginas Hilfe die Scheidung eingereicht. Die Unterlagen für Wolfgang wurden in der Kanzlei zugestellt, denn Wolfgang war wie vom Erdboden verschluckt. Niemand wusste, wo er sich aufhielt. Nachdem sein Bruder Manfred ihn für eine unbestimmte Zeit beurlaubt hatte, damit er über seine Situation nachdenken konnte, hatte man Wolfgang nicht mehr gesehen. Sein Assistent bearbeitete seine Fälle, so gut es ging.

Den Zugang zu seinem Haus hatte man durch den Austausch der Schlösser verhindert. Barbara hatte sich wieder beruhigt und wollte so schnell wie möglich die Scheidung durchziehen.

Bei Doris war sich Regina jedoch nicht sicher. Ihre äußerlichen Blessuren waren fast verschwunden, der Hass in ihrer Stimme war jedoch unverkennbar und ließ Regina Schlimmes ahnen.

*

Am Freitag erhielt Regina einen Anruf von ihrem Nachbarn. Sie befürchtete schon, dass er sie weiter zu dem Fall Palme befragen wollte, doch mit Erleichterung stellte sie fest, dass er sie stattdessen auf ein Gläschen Wein einlud.

Die Einladung nahm sie mit gemischten Gefühlen an. Zum einen, weil sie im Moment schon genug mit Doris und Barbara zu tun hatte, zum anderen, weil sie sich nicht auf ein Verhältnis mit dem Kommissar einlassen wollte. Ihr war seine Sympathie für sie nicht verborgen geblieben. Sie selbst empfand große Zuneigung für ihn. Doch die Vergangenheit hatte sie gelehrt, dass ihre Verbindungen zum anderen Geschlecht nicht von Dauer waren und immer in einer Tragödie endeten.

Sie gierte nach etwas Normalität in ihrem Leben.

Sie wollte einmal wieder das Gefühl haben, begehrt zu sein, als Frau wahrgenommen zu werden, nicht nur als Schwester, Freundin oder Anwältin. Zu lange schon hatte sie keine Gefühle mehr zugelassen. Deshalb ging sie am Samstagabend dennoch mit beschwingtem Schritt auf die andere Straßenseite zu ihrem Nachbarn Alexander Henneberg.

*

Der Abend wurde unvergesslich schön. Barbara hatte ihr versichert, dass sie ab sofort alleine bleiben könne. Befreit von dieser Last, konnte sich Regina entspannen und den trockenen Weißwein, den ihr Alexander anbot, genießen. Sie unterhielten sich sehr gut, entdeckten gemeinsame Interessen, vor allem die Leidenschaft für die Musik aus den Sechzigern. Der Song von Ben E. King »Stand by me« ließ sie alle Hemmnisse überwinden und ihre Herzen füreinander öffnen. Alexander vergaß seine Ermittlungen im Mordfall Palme, Regina verdrängte die unerfreulichen Ereignisse mit Wolfgang.

Über ihr Mitbringsel – verschiedene Variationen von Pralinen – hatte sich Alexander gefreut. Regina versicherte ihrem Gastgeber schmunzelnd, dass die süßen Köstlichkeiten keinen Chili enthielten und sie nicht vorhabe, einen erneuten Mordversuch zu starten. Irgendwann hatten sie sich das Konfekt, angeregt durch den Wein und die Musik, gegenseitig zwischen die erwartungsvollen Lippen gesteckt. Beide sehnten sich nach etwas Süßem – und nacheinander.

Erdmann hatte sich freiwillig in seinen Korb in der Küche zurückgezogen. Er hatte die Besucherin von Anfang an ignoriert. Alexander, der normalerweise auf die Reaktion seines Gefährten achtete, blieb Erdmanns Verhalten verborgen. Er hatte nur Augen für seine Besucherin, die in ihrem dunkelgrünen, tief ausgeschnittenen Designerkleid zum Anbeißen aussah.

Ob es nun am Genuss des Weißweins lag oder der einfühlsamen Musik von Elvis, zu der sie zu später Stunde mit Alexander auf der großen Terrasse getanzt hatte, vermochte Regina nicht genau zu sagen, doch sie hatte sich ihm hemmungslos hingegeben.

*

Das erste Tageslicht fiel durch den Schlitz in den schweren Fensterläden, als Regina durch ein Geräusch geweckt wurde. Sie lag neben Alexander im Bett. Dicht an ihren Körper gepresst, hatte er einen Arm über sie gelegt. Sein Atem ging ruhig. Er schlief fest. Regina hingegen atmete flach, bemüht Alexander nicht zu wecken. Der letzte Abend war schön gewesen und die Nacht noch viel schöner. Sollte sie mit Alexander endlich den Mann fürs Leben gefunden haben?

Kapitel 40

Andreas Schmid, der Schäfer aus Gambach, verließ seinen Wohnwagen. Er liebte seinen Beruf. Bereits sein Vater und Großvater hatten als Schäfer gearbeitet und die Tiere auf ihrer Suche nach Futter durch die schöne Auenlandschaft der Wetterau begleitet. Er hatte mehrere Grünflächen gepachtet, die seinen Schafen genügend Futter boten und ihm ermöglichten, nicht allzu weit vom heimatlichen Hof seine Herde zu halten. Nur zur Schafschur und zum Schlachten kam er auf den Hof in der Nähe des *Dünnen Waldes* in Gambach zurück. Er dachte mit Freude an seine Familie, die ihn bei seinen Vorhaben unterstützte. Seine Frau hatte ihren Beruf aufgegeben, um ihm auf dem Hof zu helfen. Seine beiden Töchter zeigten jetzt schon großes Interesse an seiner Arbeit, die auch von seinen Eltern unterstützt wurde. Selbst seine Schwiegereltern kamen, wenn er ihre Hilfe brauchte. Die Großeltern standen ihm immer noch mit Rat und Tat zur Seite. Er konnte sich durchaus als glücklichen Menschen bezeichnen. Was gab es Schöneres, als in der freien Natur zu schlafen? Jenseits vom Krach und Lärm der beiden Autobahnen, die am *Gambacher Kreuz* aufeinandertrafen, den Tag zu verbringen. Hier in der *Hölle*, wie die Metz im Volksmund genannt wurde, unweit der mächtigen Stauferburg, wo er sich zurzeit mit seiner Herde aufhielt, konnte er ungestört den Sternenhimmel betrachten, die Route der hoch über ihm kreisenden Flugzeuge verfolgen, die in Frankfurt starteten und landeten.

Die Herde war heute Nacht ungewöhnlich unruhig. Hier und da blökten die Tiere ängstlich. Seine Hütehunde umkreisten die Schafe. Irgendetwas störte die Tiere. Doch es war noch zu dunkel, um festzustellen, was ihnen Angst machte. Sollten sich Raubtiere auf der Suche nach Nahrung hier herumtreiben? In der letzten Zeit waren selbst im benachbarten Taunus mehrfach Wölfe gesichtet worden. Kürzlich war ein ausgewachsenes Exemplar in Nordhessen auf der Autobahn überfahren worden.

Im diffusen Licht der Morgendämmerung konnte Andreas mehrere Schafe in der Mitte der Herde stehen sehen, während alle anderen auf dem Boden lagen. Irgendetwas schien sich in ihrer Mitte zu befinden. Langsam schritt der Schäfer durch die Herde. Die Schafe ließen sich nicht stören. Sie kannten den Eindringling, wussten, dass sie keine Angst vor ihm haben mussten. Die Tiere in der Mitte blökten unaufhörlich, wichen keinen Schritt vor ihm zurück. Mit seiner Taschenlampe leuchtete er zwischen seine Schützlinge. Der Strahl der Lampe fiel auf einen Körper, der inmitten der Schafe am Boden lag. Andreas schubste die Tiere zur Seite und trat näher heran, beugte sich über den Körper. Es war eine Frau, die mit dem Gesicht seitlich im Acker lag. Er rüttelte an ihrer Schulter. »Hallo, ist Ihnen nicht gut? Was machen Sie hier?« Die Frau kippte auf den Rücken. Eine Antwort erhielt er nicht, sodass er stattdessen den Puls der vor ihm liegenden Person fühlte. Vergebens, er war nicht zu spüren. Die Frau war tot. Er ließ das Licht der Taschenlampe über die Leiche gleiten. Ihre Augen waren weit aufgerissen. Die Zunge hing ihr aus dem Mund. Um ihren Hals war ein dünnes Lederband eng zusammengezogen.

Auf ein oder mehrere tote Schafe, die ein Wolf gerissen hatte, war er vorbereitet gewesen, mit einer toten Frau hatte er jedoch nicht im Mindesten gerechnet.

Er ging zum Wohnwagen zurück, holte sein Handy heraus und wählte die Nummer der Polizei.

Kapitel 41

Cosima wurde von lauten Polizeisirenen geweckt. Sie sprang aus dem Bett und eilte zum Fenster. Durch die Bäume entlang der Wetter sah sie Blaulicht aufblitzen. Was war denn da los? Schnell zog sie sich ihre Jeans und ein T-Shirt an, schnappte sich ihre Lederjacke und fuhr mit ihrem Mountainbike in Richtung der blinkenden Lichter.

Ein schmaler Silberstreifen am Horizont kündigte den neuen Tag an und die ersten Vögel begannen zu zwitschern. Feiner Nebel bedeckte den taufeuchten Boden. Der Herbst stand vor der Tür. Das Dorf unterhalb der Burg lag still und friedlich da. Auf dem betonierten Feldweg, der für Autos gesperrt war, war niemand zu sehen. Es war noch zu früh für Radfahrer und Jogger.

Cosima kam nicht weit. Schafe versperrten ihr den Weg. Also fuhr sie durchs Feld direkt auf die Schutzbeamten zu, die bemüht waren, die Tiere auf ein eingezäuntes Stück Wiese zu treiben.

»Lassen Sie das!«, rief ihnen ein Mann zu. »Meine Hütehunde können das viel besser. Sie haben mit ihrem Krach schon für genügend Durcheinander gesorgt.« Der Schäfer pfiff seine Hunde herbei, erteilte ihnen kurze Befehle. Mit gesenkten Köpfen, abwechselndem lautem Gebell und gefährlich klingenden Knurrtönen trieben die Hütehunde die Schafherde innerhalb kürzester Zeit zusammen in den vorbereiteten Pferch.

Cosima verfolgte bewundernd den Herdentrieb. Die Schutzpolizisten standen staunend neben ihrem Einsatzfahrzeug. In diesem Moment näherten sich ein Notarztwagen und ein Sanitätsauto.

»Guten Morgen. Was ist denn hier los?«, fragte Cosima.

»Guten Morgen, Cosima. Was machst du denn schon hier? Wir wissen doch selbst noch nicht, was passiert ist! Wir haben nur die Meldung bekommen, dass hier eine Frau im Feld liegt.« Cosima kannte die beiden Männer von der Butzbacher Polizeistation.

»Ich wohne da drüben in der Mühle.« Cosima zeigte in Richtung Wetter. »Ich habe das Blaulicht gesehen. Außerdem habt ihr einen solchen Krach gemacht, dass dadurch Tote aufgeweckt werden.«

»Na, da bin ich mal gespannt, ob die Tote da im Acker auch aufgewacht ist von dem Lärm.« Der Schäfer deutete mit ausgestrecktem Arm auf einen am Boden liegenden Körper. Notarzt und Sanitäter waren bereits zu der Stelle geeilt, auf die der Schäfer gedeutet hatte.

»Ich bin Kriminaloberkommissarin Cosima von Mittelstedt von der Kripo in Friedberg«, stellte sich die Kommissarin vor. »Wer sind Sie, wenn ich fragen darf?«, richtete Cosima das Wort an den Mann, der den Hunden Befehle erteilt hatte und einen langen Mantel trug.

»Tach, ich bin Andreas Schmid, der Schäfer aus Gambach, und hier mit meiner Herde unterwegs.« Mit ausgestrecktem Arm deutete er auf das Opfer. »Ich habe die Tote dort gefunden und die Polizei benachrichtigt. Durch den Krach sind meine Tiere aufgeschreckt worden und in alle Richtungen davongelaufen. Ich hoffe, dass nun alle wieder bei der Herde sind.«

»Das war beeindruckend, wie Ihre Hunde die Schafe zusammengetrieben haben. Alle Achtung!«

Unaufgefordert hatten die beiden Schutzpolizisten mittlerweile rot-weißes Absperrband um den vermeintlichen Tatort gezogen. Cosima gab den Beamten Anweisungen, die Straße nach beiden Seiten hin abzusperren: »Es könnte sein, dass es hier bald nur so vor Neugierigen wimmelt.« Dann folgte sie dem Schäfer.

»Kommen Sie, ich zeige Ihnen die Tote.« Mit schnellen Schritten eilte ihr Andreas Schmid zu dem abgesperrten Fundort voraus. Der Notarzt kam ihr kopfschüttelnd entgegen. An Cosima gewandt sagte er: »Da kommen wir zu spät. Um diese Dame muss sich die Gerichtsmedizin kümmern«, und entfernte sich.

»Hier habe ich sie gefunden. Sie lag mitten zwischen den Schafen. Ich habe mich schon gewundert, warum die Viecher die ganze Nacht so unruhig waren. Ich hatte einen Wolf in Verdacht, aber dass hier 'ne Tote liegt, das hätte ich im Leben nicht gedacht«, berichtete ihr nun der Schäfer.

»Wieso Wolf?«, fragte Cosima erschrocken. »Gibt es hier Wölfe?«

»Das ist nicht auszuschließen. In letzter Zeit wurden mehrere Wölfe im Taunus und in Nordhessen gesehen.«

»Das ist doch weit weg«, kam es erleichtert von Cosima.

»Für einen Wolf nicht. Der kann locker zweihundert Kilometer zurücklegen. Auf der Suche nach Futter ist das für so ein Tier gar kein Problem.«

»Das klingt ja ziemlich gefährlich. Haben Sie denn gar keine Angst?«

»Mir tut der Wolf nichts. Der ist mehr an meinen Schafen interessiert.«

Cosima beugte sich zu dem toten Körper hinunter. Rund um die Frau war das Gras von der Herde niedergetrampelt. Hier und da lagen Schafknödel herum, die einen widerwärtigen Gestank verbreiteten.

»Haben Sie irgendetwas verändert?«

»Sie lag auf der Seite. Das Gesicht war vom Haar bedeckt. Ich habe sie angestoßen, dabei ist sie auf dem Rücken zum Liegen gekommen.«

»Gute Beschreibung.« Cosima griff zum Handy und informierte die Kripo und die Spurensicherung. Der Einzige, der nicht auf ihren Anruf reagierte, war ihr Kollege Alexander Henneberg.

Kapitel 42

»Hm, Erdmann, lass mich in Ruhe. Ich will noch schlafen«, brummte Alexander.

»Ich bin es.« Regina lachte. »Dein Dackel hat sich noch nicht blicken lassen. Ich glaube, der ist eifersüchtig auf mich.«

Alexander drehte sich zu ihr um und sah sie in dem matten Licht, das durch die Jalousien fiel, liebevoll an.

»Guten Morgen, meine Schöne.« Er zog Regina zu sich, küsste sie zärtlich auf den Mund. »Ich bin es nicht gewohnt, dass jemand außer Erdmann neben mir im Bett liegt«, sagte er zur Entschuldigung. »Wie hast du geschlafen?«

»Wie eine Tote. Ich habe schon lange nicht mehr so gut geschlafen«, schwärmte Regina.

»Das kannst du öfter haben.«

»Piano, mein Lieber. Lass uns nichts überstürzen.«

Mit einem Blick auf seinen Radiowecker fragte er: »Bist du immer so früh wach?«

»Ja, leider. Aber da war ein Geräusch. Es hat sich wie ein Handy angehört.«

»Das ignorieren wir einfach.« Er zog Regina wieder an sich, doch seine Absicht wurde von Erdmann durchkreuzt. Mit dem bimmelnden Handy im Maul sprang der Rauhaardackel auf das Bett, legte das Teil vor ihm ab und sah sein Herrchen mit schief gelegtem Kopf auffordernd an.

»Das hat man nun davon, wenn man den Vierbeinern so viel beibringt«, lachte Henne und widmete sich dem eingegangenen Gespräch.

»Henneberg«, meldete sich der Kommissar. Er hörte kurz zu, dann beendete er das Telefonat mit einem: »Bis gleich.«

»Tut mir leid, meine Schöne, aus unserem gemeinsamen Frühstück wird nichts. Es gibt einen neuen Fall.«

»Oh, wie schade.« Eher beiläufig fragte Regina: »Wo denn?«

»Das verrate ich dir nicht. Und weißt du auch warum?«

»Du wirst es mir sicher gleich sagen.« Regina stupste ihm mit dem Zeigefinger auf die Nase.

»Wir sollten von Anfang an Dienstliches und Privates trennen. Nur so haben wir eine Chance, eine gesunde Beziehung aufzubauen.« Mit einem Satz sprang Alexander aus dem Bett und ging ins Bad. Regina sah ihrem Geliebten sehnsuchtsvoll hinterher. *Was für ein Körper, was für ein Mann!*

Sie folgte ihm ins Bad und glitt zu ihm unter die Dusche. »Und was wird nun aus dem anderen Fall?«

»Der muss erst mal warten. Aber aufgeschoben ist nicht aufgehoben. Den knacke ich noch.«

Kapitel 43

Die Straße von Rockenberg nach Münzenberg war kurvenreich und eng, der Belag holprig. Auf und ab schlängelte sich die schmale Landstraße durch die Felder, die um diese Jahreszeit alle abgeerntet waren.

Nichts hatte sich hier geändert, seitdem Henneberg nach Münzenberg gekommen war. Da wurde für so viele andere Dinge im Land Geld ausgegeben, doch für die Sicherheit der Menschen in der Region blieb offensichtlich nichts übrig. Ständig kam es auf dieser Strecke zu schweren Unfällen wegen nicht angepasster Geschwindigkeit, aber auch wegen Wildwechsel.

Er fragte sich, wieso die ortsansässigen Politiker nichts unternahmen. So früh am Morgen begegnete ihm kein anderes Fahrzeug, sodass er die volle Breite der Straße ausnutzen konnte. Im Begegnungsverkehr wäre er nicht so schnell vorangekommen.

Hinter der nächsten Erhebung erblickte er Münzenberg. Die gewaltige Stauferburg, die dem Ort ihren Namen gegeben hatte, lag friedlich in der aufgehenden Morgensonne da, die rot zwischen den Türmen hervorlugte. Dieser einmalige Anblick versöhnte ihn etwas damit, dass er ausgerechnet am Sonntagmorgen, nach einer leidenschaftlichen Liebesnacht mit Regina, an einen Tatort fahren musste. Irgendwann würde er sie hierher an diesen Ort, auf diese Burg bringen und ihr die wunderschöne Landschaft vom Ostturm aus zeigen.

Ohne etwas zu essen, hatte er sich von Regina verabschiedet. Dabei hätte er sich ein gemeinsames Frühstück mit ihr in seinem gemütlichen, breiten Bett gut vorstellen können. Es wäre die Krönung ihres ersten wundervollen Abends gewesen. Nach anfänglicher Zurückhaltung hatte sich Regina ihm immer mehr geöffnet, mit ihm gelacht und getanzt. So viel Temperament hätte er hinter ihrer kühlen Fassade gar nicht vermutet. Sie hatte ihm deutlich zu verstehen gegeben, was sie mochte, bemüht auch seine intimsten Wünsche zu erfüllen.

»Sweet Caroline«, dröhnte es aus den Lautsprechern. Henne summte mit. Das Lied von Elvis passte zu seiner Stimmung.

Blinkendes Blaulicht links unterhalb der Straße im Feld lenkte ihn von seinen Gedanken ab. Gleich darauf bog er von der Landstraße auf einen betonierten Feldweg ein und folgte ihm bis zur Absperrung. Er stellte den BMW rechts am Feldrand ab, befreite Erdmann vom Rücksitz und eilte vorbei an Kranken- und Notarztwagen zum Tatort, wo bereits ein Leichenwagen mit offener Heckklappe auf seine nächste Fuhre wartete.

Er stapfte über die vom Morgentau feuchte Wiese, bahnte sich seinen Weg durch Schafsknödel, die einen unangenehmen Geruch verbreiteten. Im Hintergrund sah er blökende Schafe innerhalb eines Elektrozauns.

Mehrere Männer in weißen Schutzanzügen suchten bereits nach Spuren am Ort des Geschehens, machten Aufnahmen und sammelten Fundstücke ein, die sie in nummerierte Plastikbeutel steckten.

Seine Kollegin mit ihrem typischen Pferdeschwanz und Frau Dr. Auf der Heide, die Rechtsmedizinerin aus Gießen, waren vor einem rot-weißen Absperrband ins Gespräch vertieft. In der Mitte der abgegrenzten, quadratischen Fläche erkannte er die Umrisse eines auf dem Boden liegenden Menschen, der von einem weißen Tuch verhüllt war. Etwas abseits stand ein einzelner Mann in einem wetterfesten Umhang. Der neben ihm sitzende Hütehund beobachtete neugierig den Neuankömmling.

»Guten Morgen, Ladies. Wo dieses Mal, wenn nicht auf der Heide?« Seit seiner ersten Begegnung mit Frau Dr. Auf der Heide an einem Tatort in Gambach, wo der Tote rücklings im Spargelbeet gelegen hatte, konnte sich Alexander Henneberg diese süffisante Frage nicht verkneifen, wenn er vor einem neuen Mordopfer stand, das bereits von der Rechtsmedizinerin untersucht wurde.

Und das war meist der Fall. Er konnte sich noch so sehr anstrengen, sie war bereits vor Ort, wenn er eintraf. Mittlerweile hatte sich die Rechtsmedizinerin an diesen Witz gewöhnt. Ihr Verhältnis hatte sich im Laufe der letzten Jahre entspannt. Nach einigen Anfangsschwierigkeiten pflegten die Kommissare und die anfangs arrogant wirkende Rechtsmedizinerin einen freundschaftlichen Kontakt, was die Zusammenarbeit wesentlich erleichterte.

Henne hatte es aufgegeben, sich darüber zu ärgern, dass er erst nach Frau Dr. Auf der Heide am Tatort erschien. Anfänglich hatte dieser Umstand ziemlich an seinem Selbstbewusstsein gekratzt. Dafür hatte Frau Dr. Auf der Heide akzeptiert, dass er seinen tierischen Begleiter mitbrachte, der sich jedoch mittlerweile vorbildlich benahm und die Totenruhe der Ermordeten nicht störte.

»Erdmann, du bleibst da!« Henne wies auf einen Platz unter einem Baum. Der Rauhaardackel ließ sich mit einem leisen Knurren nieder, sah ihn beleidigt aus seinen Kulleraugen an.

Co begrüßte ihren Kollegen: »Guten Morgen, Henne.«

»Moin, moin, Alexander«, kam es von Frau Dr. Auf der Heide. Sie lehnte es ab, den Kommissar bei seinem Spitznamen zu nennen. Sie fand ihn unpassend für den smarten, gut aussehenden Kommissar.

Auch die Verballhornung des geflügelten Wortes *Der einzige Hahn im Korb* in *Der einzige Henne im Korb* durch einen ehemaligen Kollegen von Alexander konnte sie nicht nachvollziehen.

»Hallo, Co, moin, Füchsin.« Frau Dr. Auf der Heide hieß mit Vornamen Fähe, ein anderes Wort für Füchsin. Sie entstammte einem Adelsgeschlecht, das große Ländereien und Waldflächen im Norden Deutschlands besaß. Dort wurde die Jagd noch gepflegt. Ihr Großvater hatte ihr diesen ungewöhnlichen Vornamen verpasst. Henne war der Meinung, dass dieser Vorname perfekt zu der schlauen, aufmerksamen Rechtsmedizinerin passte.

»Wer ist der das?« Mit dem Kopf deutete der Kommissar in Richtung des Fremden.

»Das ist Andreas Schmid, der Schäfer. Ihm gehört die Schafherde, in deren Mitte die Tote lag. Er hat sie bei Tagesanbruch dort gefunden«, klärte Co ihn auf.

»Guten Morgen, Herr Schmid«, grüßte Henne den langsam näher tretenden Mann mit erhobener Hand. Der Hütehund folgte seinem Herrn auf dem Fuß.

»Tach, Herr Kommissar.« Freundlich grüßte Andreas Schmid zurück.

»Sie haben die Tote entdeckt? Wann genau?« Ohne weiteres Geplänkel begann Henne seine Ermittlungen.

»Ich bin heute Morgen vom Geblöke meiner Schafe aufgewacht. Die waren ungewöhnlich unruhig. Ich dachte schon, ein Wolf würde sich hier herumtreiben und hab mal nachgesehen.«

»Ein Wolf! Wieso denn das?« Henne sah den Schäfer entgeistert an. »Gibt es die hier überhaupt?«

»Das habe ich schon ihrer Kollegin erklärt. Es wäre durchaus möglich.«

»Und, haben Sie einen gesehen?«

»Nein, die Tiere waren nervös, weil in ihrer Mitte etwas Fremdes lag, die Tote da.« Mit dem Kopf zeigte er in die Richtung des Opfers.

»Ist Ihnen denn irgendetwas Ungewöhnliches aufgefallen?«

»Nein, nichts. Ich habe auch niemanden gesehen, wenn Sie das meinen.«

»Warten Sie bitte hier, Herr Schmid. Ich will erst mal einen Blick auf das Opfer werfen.«

Co hob das rot-weiße Band an und ließ Henne an den Tatort treten. Anschließend zog sie das weiße Tuch zurück. Der Kommissar ging um den am Boden liegenden Körper herum, betrachtete das Mordopfer von allen Seiten. Außer einem Top und einem kurzen Rock trug die Frau keine Kleidung. Ihre bloßen Füße waren von Gras und Schafskot verdreckt.

»Nettes Halsband«, ließ sich Henne beim Anblick des dünnen Lederbandes um den Hals der Toten vernehmen.

»Könnte die Leine von einem kleinen Hund sein«, mutmaßte der Schäfer.

»Und wo ist der dazugehörige Hund?«

»Na, hier ist er nicht. Die Kollegen aus Butzbach haben schon die ganze Umgebung abgesucht«, berichtete Co ihrem Kollegen.

»Vielleicht ist er nach Hause gelaufen?«, mutmaßte die Füchsin.

»Normalerweise bleiben die Tiere in solchen Fällen bei ihren Besitzern und bewachen sie«, erklärte der Schäfer.

»Vielleicht war es gar nicht ihr Hund, sondern der Hund des Mörders, dem die Leine gehört«, sinnierte Henne.

»Wurde sie mit der Leine erdrosselt?«

»Ja, ziemlich eindeutig. Eine andere Todesart können wir, glaube ich, ausschließen.« Die Rechtsmedizinerin wies auf die schwarzblaue Färbung des Halses hin.

»Wisst ihr schon, wer sie ist?«

»Nee, es wurden keine persönlichen Gegenstände bei ihr gefunden. Auch die Schutzbeamten haben nichts entdeckt. Die haben alles großräumig abgesucht.«

»Kennen Sie die Tote?«, wandte sich Henne nun an den Schäfer.

»Nee, noch nie gesehen. Die ist nicht von hier.«

»Kennen Sie alle Leute aus der Gegend?«, fragte Henne ungläubig.

»So ziemlich. Ich bin hier geboren und aufgewachsen. Meine Familie lebt hier schon immer«, belehrte ihn der Schäfer freundlich.

»Dann kennen Sie auch Juliane Landmann?«

»Klar kenne ich die!« Andreas Schmid lachte. »Wer kennt die nicht? Die ist bekannt wie ein bunter Hund.«

Im Befehlston wies Henne seine Kollegin an: »Co, ruf mal Juliane an. Sie soll herkommen.«

»So früh am Morgen. Du spinnst.« Co klopfte sich mit dem Zeigefinger gegen die Stirn.

»Die geht doch morgens immer mit Amiga walken.«

Genervt antwortete Co: »Henne, heute ist Sonntag.«

»Egal, ruf sie an, auf meine Verantwortung.«

Co bedeckte die Tote wieder mit dem Tuch und entfernte sich vom Tatort. Der Schäfer rief ihr zu: »Sagen Sie Juliane, sie soll in die Höll' kommen. Dann weiß sie gleich Bescheid.«

Henne sah den Schäfer irritiert an.

»Füchsin, kannst du ungefähr sagen, wie lange die Frau schon tot ist?«, wandte sich Henne nun an die Rechtsmedizinerin.

»Ich schätze mal seit dem Abend so zwischen zwanzig und

zweiundzwanzig Uhr. Die Leichenflecken sind bereits voll ausgeprägt. Genaueres kann ich dir aber erst nach der Obduktion sagen.«

»Wurde sie vergewaltigt?«

»Auf den ersten Blick würde ich sagen, nein. Dafür ist ihre Kleidung in einem zu ordentlichen Zustand.«

»Hat sie sich gewehrt?«

»Das schon, an ihren Händen und Fingern sind eindeutige Spuren. Ich gehe davon aus, dass die Hautpartikel unter ihren Fingernägeln zu ihrem Mörder gehören.«

»Hat sie ihn gekratzt?«

»Vermutlich. Hier schau, Spuren von Blut.«

Henne hielt einen Moment inne und ließ seinen Blick über die Umgebung wandern. Hinter der Schafherde zog sich die Wiese zu einem Hang hinauf. Die Männer von der Spurensicherung, die sich auf den angrenzenden Ackerflächen bewegten, sahen in ihren weißen Schutzanzügen aus wie Maden auf einem Stück Fleisch. Hinter ihm lag der betonierte Feldweg, der nur für den landwirtschaftlichen Verkehr freigegeben war. Im Anschluss daran zogen sich die Grünflächen bis zu den Büschen und Bäumen, die die Wetter säumten. Ein idyllisches Fleckchen Erde. Es würde nicht mehr lange dauern und die ersten Spaziergänger und Radfahrer würden den Weg entlang kommen.

»Herr Schmid, ist Ihnen zwischen zwanzig und zweiundzwanzig Uhr irgendetwas Außergewöhnliches aufgefallen?«

»Tut mir leid, aber gestern Abend bin ich gegen halb acht nach Gambach gefahren. Da ist grad Kirmes. Ich bin aber gleich nach dem Programm um dreiundzwanzig Uhr hierher zurückgekommen. Ich wollte die Schafe nicht so lange alleine lassen.« Der Schäfer schüttelte den Kopf. »Da ist mir aber nichts aufgefallen.«

Henne pfiff durch die Finger. Die Männer von der Spurensicherung drehten sich zu ihm um. »Kommt mal her!« Murrend kamen die Forensiker seinem Befehl nach.

»Könnt ihr mir sagen, ob der Fundort auch der Tatort ist?«

»Schwer zu sagen, die Schafe haben alles platt getrampelt. Wir konnten keine eindeutigen Fuß- oder Kampfspuren entdecken.«

»So ein Mist.« Henne stemmte die Hände in die Hüften.

»Habt ihr noch was anderes entdecken können?«

»Nur die Schuhe. Einer steckte im Dreck am Rand der Wiese, der andere lag in der Nähe des Baumes dort.« Er deutete auf den Baum, unter dem Erdmann sich niedergelassen hatte. Der Dackel war nicht mehr zu sehen. Doch bevor Henne realisieren konnte, dass sein Vierbeiner mal wieder ausgebüchst war, sprach der Mann von der Spusi weiter: »Die muss die Frau verloren haben. Wahrscheinlich, als sie vor ihrem Mörder davongerannt ist.«

»Okay, ihr könnt dann verschwinden. Die Leiche kann in die Gerichtsmedizin, sobald der Staatsanwalt aufgetaucht ist. Die Schutzleute sollen aber noch hierbleiben und …« Weiter kam der Kommissar nicht.

Wütendes Gebell gemischt mit einem fürchterlichen Jaulen und Quietschen durchbrach die morgendliche Stille.

Erdmann, kam es Henne in den Sinn. Der Platz unter dem Baum war leer. Wo war der Dackel?

»Erdmann, wo steckst du? Komm sofort hierher!« Mit einem erneuten wütenden Bellen antwortete der Gerufene. Das Jaulen verstummte.

Co kam angeflitzt. »Was ist los? Was ist das für ein fürchterliches Gejaule?« Sie folgte Henne in die Wiesen auf der anderen Seite des Weges. Auch die Rechtsmedizinerin und die Schutzbeamten hatten das Gejaule und Bellen vernommen, suchten den Boden in dem niedrigen Gras ab.

»Erdmann!«, rief nun auch Co. Erdmann kam zwischen den Büschen an der *Wetter* herausgeschossen und rannte in Richtung seines Herrchens. In einiger Entfernung blieb er stehen, bellte Henne an, drehte sich um und rannte wieder in Richtung des Flusses davon, verschwand zwischen den Büschen. Erneutes Jaulen war zu hören.

Henne folgte ihm, bog große Äste zur Seite, bahnte sich einen Weg durch das dichte Gebüsch. Endlich fand er ihn. Er saß vor einem kleinen, schwarzen Kurzhaardackel, der im hohen Gras lag, wie der Hase in seinem Nest. Das niedliche Tier sah Henne aus angsterfüllten Augen an. Es atmete stoßweise. Als Henne es berühren wollte, fing es an zu quietschen. Der Dackel musste Schmerzen haben, konnte sich offensichtlich nicht bewegen.

Das Hündchen hatte ein schmales Halsband um, das aus dem gleichen Leder gefertigt war wie die Leine, die der Toten um den Hals gezurrt worden war. Der Mörder musste dem Tier die Leine auf grobe Weise abgenommen und es dabei geschlagen oder getreten haben. Daraufhin hatte das verängstigte Tier im Gebüsch Schutz vor dem Gewalttäter gesucht, überlegte er weiter.

»Co, die Frau Doktor soll mal kommen!«, rief Henne seiner Kollegin auf der anderen Seite der Büsche zu.

Wenig später erschien Frau Dr. Auf der Heide. »Was gibt es, noch einen Toten?«

»Nee, Füchsin, eher aus dem Reich der Lebenden, aber anscheinend verletzt.«

»Ist der niedlich!« Frau Dr. Auf der Heide sah den kleinen Dackel liebevoll an, ging auf die Knie, tastete vorsichtig die Seiten des Tiers ab. Bei der Berührung winselte es.

»Ich bin zwar keine Tierärztin, sondern Pathologin, aber ich würde sagen, der Kleine hat starke Prellungen. Der muss wahnsinnige Schmerzen haben. Wir müssen ihn zu einem Tierarzt bringen. Wie kommt der überhaupt hierher?«, fragte sie.

»Wahrscheinlich ist er dem Mörder in Panik davongelaufen. Ich gehe davon aus, dass er ihn getreten oder geschlagen hat«, äußerte Henne nun seinen eben gefassten Verdacht.

»Armes Kerlchen.« Sachte streichelte die Füchsin dem kleinen Dackel über den Rücken. Er dankte es ihr, indem er mit seiner Zunge über die Hand der Rechtsmedizinerin leckte.

Erdmann jammerte. »Ist ja schon gut, Dicker. Das hast du fein gemacht.« Eigentlich hätte Henne seinen Gefährten wegen des unerlaubten Entfernens ausschimpfen müssen, doch jetzt machte er mal eine Ausnahme. Ohne Erdmanns Neugier hätten sie den Hund wahrscheinlich nie gefunden. Er tätschelte dem Rauhaardackel lobend den Kopf.

*

»Hallo Alexander, hallo Co!« Juliane Landmann stand auf dem asphaltierten Feldweg und beobachtete die Gruppe an der Wetter. Henne kam gerade aus dem Gebüsch, bog die Zweige auseinander, um Frau Dr. Auf der Heide den Durchgang zu ermöglichen. Sie trug den kleinen Dackel auf dem Arm. Erdmann lief bellend neben ihr her, sprang immer wieder an ihr hoch.

Auf der anderen Seite des Weges sah Juliane eine große Schafherde, die in einem mit einem elektrischen Zaun gesicherten Geviert weidete. Davor erblickte sie rot-weiße Bänder. Andreas Schmid, den Juliane bestens kannte, stand in der Nähe. Er winkte Juliane zu.

»Hallo Juliane, schön, dass du kommen konntest.« Henne begrüßte sie mit einem Kuss links und rechts auf die Wangen. Co umarmte die Freundin.

»Was heißt hier *schön*? Ich hätte gern noch ein bisschen geschlafen. Es war gerade mal um acht, als du mich aus dem Bett geschmissen hast. Bei uns in Gambach ist Kirmes. Wir sind erst um zwei Uhr heute Nacht nach Hause gekommen. Ich hoffe, du hast einen triftigen Grund. Ansonsten kündige ich dir die Freundschaft.«

»Wir brauchen einen Tierarzt«, meldete sich jetzt die Rechtsmedizinerin zu Wort.

»Weißt du, wem der kleine Dackel gehört?«, wollte Henne wissen.

»Nee, keine Ahnung. Was hat er denn?«

»Wahrscheinlich Prellungen. Irgendjemand muss ihn getreten oder geschlagen haben.«

»Und wegen des Dackels macht ihr hier so einen Aufstand?« Juliane deutete hinter sich.

»Natürlich nicht. Hat dir Co nicht gesagt, um was es geht?«

»Nee, nur Andeutungen. Also, was ist nun wirklich los?«

»Wir haben eine Tote!«

»Ach nö, nicht schon wieder.« Genervt verdrehte Juliane die Augen.

»Was heißt hier *nicht schon wieder*. Die letzten Toten gab es vor vier Jahren.«

»Kann nicht sein.«

»Doch!«

»Nee!«

»Könnt ihr jetzt mal mit dem Quatsch aufhören.« Frau Dr. Auf der Heide wurde langsam ungeduldig.

»Gerne, aber richtig muss es heißen: Es gab seit vier Jahren keine unnatürlichen Todesfälle mehr in der Stadt. Inzwischen sind jedoch alle möglichen Leute gestorben«, belehrte Juliane die Anwesenden.

»Meine ich doch.« Henne feixte.

»Dann sag's doch auch.«

»Ach, außer dir merkt das doch keine Sau.«

»Schluss jetzt. Wir befinden uns immer noch an einem Tatort.

Wo gibt es hier einen Tierarzt? Wie heißt der und wie können wir den erreichen?« Zum Leidwesen ihrer Mitmenschen mussten sich Henne und Juliane immer gegenseitig aufziehen.

»In Münzenberg gibt es einen Tierarzt. Den kann man auch am Wochenende erreichen. Ich fahre am besten gleich mit Frau Dr. Auf der Heide dorthin.«

»Halt! Erst musst du dir noch ein Bild anschauen.« Henne zog sein Handy aus der Tasche. »Kennst du diese Frau?« Der Kommissar zeigte Juliane das Foto der Toten. Juliane stierte auf das Bild des Mordopfers. Das Gesicht der Frau war durch die aus den Höhlen hervorgetretenen Augen und die heraushängende Zunge entstellt. »Na, Mahlzeit auch. Musste das sein?«

»Kennst du sie, ja oder nein?«

»Nee, kenn ich nicht«, kam es wie aus der Pistole geschossen von Juliane.

Das entsprach jedoch nicht ganz der Wahrheit. Juliane war sich nur nicht sicher, ob die Tote auf dem Foto nicht die gleiche Frau war, mit der sie eine Gambacher Bürgerin kürzlich auf dem Friedhof gesehen hatte, doch das behielt sie lieber für sich. Sie wollte nicht schon wieder die Überbringerin schlechter Nachrichten sein. Hier mussten die Kommissare selbst tätig werden.

Kapitel 44

Wieder lief sie den Feldweg am Rand von Friedberg entlang. Sie fühle sich leicht, fast beschwingt. Eine innere Zufriedenheit machte sich in ihr breit. Ihre Gedanken wanderten zu den Ereignissen der letzten Nacht. Sie war über sich selbst erstaunt. Ihr Misstrauen gegenüber anderen Menschen, die Scheu vor dem männlichen Geschlecht, die Zweifel an ihr selbst, waren einem tiefen Gefühl von Liebe und Glückseligkeit gewichen. Dieses Mal war sie ganz sicher, den Mann fürs Leben getroffen zu haben.

Alexander sah nicht nur ungemein gut aus, er war auch intelligent, aufmerksam und sehr liebevoll. Mit seinem schrägen Humor hatte er sie zum Lachen gebracht. Er hatte sie verwöhnt, ihr zugehört, mit ihr über ihre Lieblingsthemen diskutiert und schließlich mit ihr getanzt. Er war ein guter Tänzer. Mit Leichtigkeit hatte er sie zur Musik aus den Sechzigern und Siebzigern über die Terrasse geführt. Irgendwann in der Nacht hatte sie alle Zweifel abgeschüttelt, sich fallen gelassen. Schließlich hatte sie sich ihm bedingungslos hingegeben.

Sie wollte alles tun, damit die Liebe dieses Mal anhalten und sie nicht wieder enttäuscht werden würde. Zu oft hatten ihr Männer schon wehgetan, sie ausgenutzt, von sich gestoßen. Das hatte sie nicht verdient. Sie sehnte sich so sehr nach Liebe und Geborgenheit, nach Zweisamkeit. Sie hatte das Alleinsein satt.

Die Männer begehrten sie, schauten ihr nach, machten ihr Komplimente. Verehrer hatte sie genug. Aber sie wollten alle nur das Eine: ihren Körper, eine schnelle Nummer, verruchten Sex, um anschließend wieder in das traute Heim zurückzukehren.

Ihr Beruf hatte ihr Respekt bei den Kollegen und Mandanten eingebracht. Die Mitarbeiter im Büro mochten sie. Vor Gericht machte sie eine gute Figur. Die Scheidungsfälle – egal, ob ihr Mandant weiblich oder männlich war – hatte sie alle erfolgreich abgewickelt. Sie verdiente ein kleines Vermögen, konnte sich vieles leisten, wovon andere nur träumten. Sie hatte die ganze Welt bereist, die schönsten Stellen der Erde gesehen. Ihr Schrank hing voll mit eleganten Kleidern, im Safe verwahrte sie Schmuck, der speziell für sie angefertigt worden war.

Doch ihr sicheres Auftreten täuschte über ihre Unsicherheit und Einsamkeit hinweg. Sie hatte es satt, abends alleine vor dem Fernseher oder mit einem Buch vor dem Kamin in ihrer Villa zu sitzen, mit anderen Singles zu verreisen oder mit Freundinnen essen zu gehen.

Sie wollte endlich den Einen, der sie bedingungslos liebte, so wie sie war, der sie tröstete, wenn sie trauerte, der sie aufbaute, wenn sie müde und überarbeitet war, der mit ihr Musik hörte, tanzte und die schönen Dinge des Lebens mit ihr teilte.

*

Alle diese Gedanken trieben sie immer weiter an. Sie lief und lief. Plötzlich begann die Erde zu beben. Der Himmel verdunkelte sich, verdrängte das strahlende Licht der Sonne. Eine große, dunkle Wolke zog über sie hinweg.

In der Ferne sah sie jemanden auf dem Weg stehen. Neugierig rannte sie weiter. Wer war das? Beim Näherkommen stellte sie fest, dass es sich um einen Mann handelte, der ihr den Rücken zuwandte. Er war groß und kräftig, dennoch fühlte sie keine

Bedrohung. Im Gegenteil, der Unbekannte zog sie magisch an. Sie steigerte ihr Tempo, näherte sich der muskulösen Statur. Nur noch wenige Meter trennten sie von der Person, als diese sich umdrehte, die Arme verlangend nach ihr ausstreckte. Sie blickte in ein qualvoll verzerrtes Gesicht. In seinen Augen erkannte sie Angst und Schmerz. Es war ihr Geliebter.

Mit ihm hatte sie ein neues Leben beginnen wollen. Auch er hatte sie getäuscht. Sie hatte ihn gehen lassen. Wieder war sie allein zurückgeblieben. Jetzt war er tot. Was sie sah, war ein Dämon. Die Vergangenheit holte sie wieder ein, wie so viele Male zuvor. Die Erde unter ihren Füßen schwankte. Sie hatte Mühe, sich aufrecht zu halten.

*

Das Klingeln ihres Handys holte sie in die Gegenwart zurück. Sie stand mitten auf dem Feldweg, ganz allein. Ein Schwall von Eindrücken stürzte auf sie ein: Ihr war schwindlig. Sie fröstelte. Ihr Herz raste in ihrer Brust. Es fiel ihr schwer zu atmen.

Sie war nicht fähig, das Telefon zu bedienen. Auf einem großen Stein am Wegrand ließ sie sich nieder, wartete, bis sich ihr Herz beruhigte, sich ihr Atem normalisierte. Währenddessen verstummte das Klingeln.

Nach einer Weile sah sie auf das Display. Die Nummer ihrer Tante Maria erschien. Sie drückte die Rückruftaste.

»Hallo Regina, wo bist du? Ich habe es schon bei dir zu Hause versucht.« Die Stimme ihrer Tante klang besorgniserregend.

»Hallo Tante Maria. Ich bin beim Joggen. Was gibt es denn?«

»Doris ist verschwunden.«

»Vielleicht ist sie wieder nach Hause zurückgefahren.«

»Nein, nein, das kann nicht sein. Sie ist gestern Abend gegen sieben Uhr mit Biene zu einem Spaziergang aus dem Haus gegangen und nicht wieder zurückgekommen.

Sie war heute Nacht nicht in ihrem Bett. Biene ist auch weg.«

»Hast du denn nicht gemerkt, dass sie nicht zurückgekehrt sind?«

»Hier ist Kirmes. Ich bin mit den Nachbarn beizeiten ins Zelt gegangen. Du weißt doch, wie das ist. Wenn man nicht früh genug da oben ist, kriegt man keinen gescheiten Platz. Bin erst ziemlich spät nach Hause gekommen. Da hab ich auch nicht mehr nach ihr geguckt.«

»Jetzt beruhige dich wieder. Vielleicht hat sie jemanden getroffen. Du weißt doch, wie sie ist.«

»Aber dann hätte sie doch wenigstens Biene zurückbringen können.«

»Biene wird schon nichts passiert sein. Jetzt warte noch. Ich muss erst mal duschen, dann komme ich zu dir. Wenn die Zwei dann immer noch nicht zurück sind, werde ich sie suchen.«

Regina drückte gleich darauf eine Kurzwahltaste, wartete einen Moment. Der Teilnehmer meldete sich jedoch nicht.

Kapitel 45

Henne war noch am Tatort. Inzwischen war auch der Staatsanwalt erschienen, hatte kurz auf den Leichnam geschaut und ihn dann zum Abtransport freigegeben. Er bat um Verständnis, dass er nicht lange Zeit habe. Es sei schließlich Sonntag und seine Familie warte auf ihn. Mit den Worten: »Wir sehen uns morgen bei der Dienstbesprechung«, verabschiedete er sich von Henne.

In diesem Moment hasste Henne seinen Beruf. Er, der sonst nie an Freizeit und sein privates Vergnügen dachte, wäre heute auch gern zu Hause geblieben, hätte den Tag lieber mit Regina verbracht. Bei den Worten des Staatsanwaltes kam er sich verarscht vor. Wut stieg in ihm auf, ein Gefühl, das ihn nur selten bemächtigte. Um sich zu beruhigen, streifte er am Flusslauf entlang, in der Hoffnung noch etwas von den persönlichen Sachen der Toten zu finden. Ein Angler, der sich weiter vorne am Fluss niedergelassen hatte, bot ihm seine Hilfe an. Er watete in kniehohen Gummistiefeln durch das niedrige Wasser der Wetter, den Blick auf den Grund des Flusses gerichtet. Doch auch der Petrijünger konnte nichts Ungewöhnliches entdecken.

Die anschließende Unterhaltung mit dem Schäfer hatte nichts Neues zutage gebracht. Die Männer von der Spurensicherung hatten ihre Arbeit beendet, der Leichnam war auf dem Weg in die Gerichtsmedizin nach Gießen. Co war nach Hause gefahren, um zu duschen und frische Kleider anzuziehen. Sie sollte auf Alexanders Anruf warten.

Es war mittlerweile Mittag. Für Henne gab es nichts mehr zu tun. Inzwischen kamen Radfahrer und Wanderer an der Stelle vorbei. Neugierig blieben sie stehen und blickten auf das Quadrat mit dem rot-weißen Absperrband. Die Streifenbeamten unterhielten sich mit den Vorbeikommenden und befragten sie nach ungewöhnlichen Vorkommnissen.

*

»Alexander, ich weiß, wem das Dackelchen gehört«, überfiel ihn Juliane, als er ihren wenig später eingehenden Anruf beantwortete.

»Mach's nicht so spannend. Wem ist das niedliche Tierchen?«

»Das *niedliche Tierchen* heißt Biene und gehört einer Frau Maria Eisenhut aus Gambach. Sie war erst letzte Woche mit dem Hund zum Impfen beim Tierarzt.« Sie gab dem Kommissar die Adresse der Besitzerin. »Biene hat starke Prellungen. Der Arzt behält sie jetzt erst mal bei sich, bis geklärt wurde, was mit Frau Eisenhut ist.«

»Ist das die Tote?«

»Nee, das kann ich mit Sicherheit ausschließen. Die Tote muss jemand anderes sein. Frau Eisenhut ist eine nette, ältere Dame.«

»Okay, was weißt du über diese Frau Eisenhut? Hat sie eine Tochter? Könnte die das sein?«

»Nee, die hat keine Kinder. Lebt allein. Soweit ich weiß, war sie auch nie verheiratet.«

»Sonst noch was?«

»Hat lange Zeit für die Amerikaner in Kirch-Göns gearbeitet.« Juliane lachte. »Sie ist die Tante einer meiner vielen Schulfreundinnen.« Henne musste grinsen. Bei Juliane waren immer alle Leute Schulfreunde. Julianes Mann Walter hatte ihm einmal dieses Phänomen erklärt: Seine Frau war auf sechs verschiedenen Schulen gewesen, inklusive der Berufsschule und einer Wirtschaftsfachschule. Daher kannte sie unzählige Menschen – zumal alle in den Klassen unter und über ihr zu ihren Schulfreunden zählten.

»Kann es diese Schulfreundin sein?«

»Nee, die sieht ganz anders aus.«

»Danke, Juliane. Dann werde ich mich mal nach Gambach begeben.«

*

Henne informierte seine Kollegin. Als Treffpunkt nannte er ihr die Anschrift von Frau Eisenhut. Dort wollten sie sich fünfzehn Minuten später treffen. Langsam fuhr er durchs Feld nach Gambach. Der größte der Münzenberger Stadtteile lag ruhig in der Mittagssonne. Seit vier Jahren – damals waren zwei Menschen auf seltsame Weise verschwunden – kam Henne immer wieder mal in das kleine, historisch geprägte Städtchen Münzenberg. Juliane besuchte er ab und zu in Gambach, Co lud ihn öfter zum Grillen nach Ober-Hörgern in die alte Mühle ein und sein Sonntagsausflug führte ihn hin und wieder auf die mächtige Stauferburg in Münzenberg und im Anschluss in das wunderschöne Gartenlokal unterhalb der Ruine. Nur in den kleinen Stadtteil Trais zu den *Partisanen*, wie die Münzenberger die Einwohner ihm unbegreiflicherweise nannten, war er seit den mysteriösen Vorfällen im Jahr 2006 nicht mehr gekommen.

Als er an der genannten Adresse ausstieg und sich eine Zigarette anzündete, schlug es vom Kirchturm gerade zwölf mal. Erdmann wackelte vor ihm auf dem Bürgersteig entlang, beschnüffelte ausgiebig die Grenzsteine, die er anschließend mit einem gezielten Strahl markierte. Frau Eisenhut lebte in einem schmalen Fachwerkhaus in gut erhaltenem Zustand. Die Flächen zwischen den Fachwerken waren weiß verputzt, die Farbe des Holzes wies ein intensives braun auf. Vor den Sprossenfenstern blühten dunkelrote Geranien.

Ein Tor gab es nicht, wie es sonst bei den Hofreiten in den Ortschaften üblich war. Man konnte direkt in den mit alten Kopfsteinen gepflasterten Hof gehen, der einem Blütenmeer glich. Zwischen Blumenkübeln mit Fuchsien und Geranien standen große Oleanderbüsche. In Hängeampeln wuchsen Fleißige Lieschen und Petunien, Begonien rankten sich dem Boden entgegen. Frau Eisenhut musste einen grünen Daumen haben. Es duftete verführerisch.

Hier und da stand eine Bank oder ein Stuhl mit einem kleinen Tischchen. Auf dem Boden befanden sich Tiere aus Keramik, die dekorativ zwischen den Pflanzenbottichen platziert waren.

Ein gemütliches Anwesen, dachte Henne. Hier konnte man sich wohlfühlen. Es lud zum Verweilen ein.

Man musste die Eindringlinge bemerkt haben. Eine schwere Holztür, die direkt auf den Hof führte, öffnete sich. Im Rahmen erschien eine gepflegte, gut aussehende Frau. Sie war schick angezogen, wie Henne feststellte. Das konnte nicht Frau Eisenhut sein. Juliane hatte von einer netten, älteren Dame gesprochen. Wahrscheinlich war es ihre Nichte, eine von Julianes vielen Schulfreundinnen. Umso besser. Sicher würde die alte Dame erschrecken, wenn man ihr berichtete, dass man ihren Dackel in der Nähe einer Toten gefunden hatte, deren Hals mit aller Wahrscheinlichkeit die Leine ihres kleinen Lieblings zierte. Da konnte die Anwesenheit der Nichte durchaus hilfreich sein. Die Unbekannte blickte ihm freundlich entgegen, verfolgte dann Erdmanns Lauf, ohne ein Wort dazu zu sagen.

»Ja bitte?« Die sympathische Stimme passte zu der Dame.

»Guten Tag, bitte entschuldigen Sie, dass wir hier einfach so eindringen. Ist Frau Eisenhut zu sprechen?«, fragte Henne.

»Das bin ich. Um was geht es denn?« Fragend sah die Frau ihn an.

»Ich muss mit Ihrer Tante sprechen. Ist sie zu Hause?«

»Meine Tante?«, wiederholte die Angesprochene erstaunt. »Die ist schon lange tot.« Henne war perplex.

»Sind Sie Frau Eisenhut, Maria Eisenhut?«

»Wenn es recht ist, ja.«

»Entschuldigen Sie, ich habe eine ältere Dame erwartet.«

Frau Eisenhut lachte. »Ich bin 67, aber alt fühle ich mich nicht.« Wieder erklang ein helles, angenehmes Lachen. Die Stimme und das Lachen der Frau erzeugten ein vertrautes Gefühl in Henne, ohne dass er es sich erklären konnte.

Sie kam die Treppe herunter und reichte dem Kommissar die Hand. »Was wollen Sie denn von mir?«

»Ich bin Alexander Henneberg, Kriminalhauptkommissar Henneberg vom K 10 in Friedberg.« Der Kommissar zog seinen Ausweis aus der linken Brusttasche und hielt ihn Frau Eisenhut hin.

»Und?« Henne erkannte Angst im Blick der Frau.

»Frau Eisenhut, können wir noch einen Moment warten? Meine Kollegin, Kriminaloberkommissarin von Mittelstedt, muss jeden Augenblick da sein. Wir müssen mit Ihnen sprechen.«

»Darf ich mich setzen?« Henne bemerkte die feuchten Augen seines Gegenüber. Ihr Gesicht hatte eine blasse Farbe angenommen. Vorsichtig setzte sie sich auf die Kante eines Stuhls. Ahnte die Frau, weswegen er gekommen war?

»Hallo«, kam es von der Straße.

»Wir sind hier. Komm in den Hof«, rief Henne seiner Kollegin zu. Erdmann begrüßte Co mit einem freudigen Bellen und lief der Kommissarin entgegen. Durch einen kurzen Pfiff zitierte Henne ihn zu sich.

»Guten Tag. Ich bin Cosima von Mittelstedt, die Kollegin von Herrn Henneberg.« Sie streckte der vor ihr Sitzenden die Hand zum Gruß hin. Die Frau reagierte nicht. Co sah Alexander fragend an. Hatte er der Frau schon etwas gesagt?

»Frau Eisenhut, ist Ihnen nicht gut?«, fragte Henne besorgt.

»Doch, doch«, kam es stockend zurück.

»Können wir vielleicht reingehen?« Co blickte Henne auffordernd an. »Ich finde es hier etwas unpassend.« Frau Eisenhut nickte, erhob sich und ging ins Haus. Henne und Co folgten ihr.

In einem gemütlich eingerichteten Zimmer mit einer niedrigen Decke, die von schweren Balken gestützt wurde, bot Frau Eisenhut den Kommissaren einen Platz in hellen Sitzmöbeln an.

»Was wollen Sie denn von mir?«, fragte sie verunsichert.

»Nehmen Sie doch erst mal Platz.« Die Frau machte einen total konfusen Eindruck auf die Kommissare, obwohl sie noch gar nichts gesagt hatten.

»Besitzen Sie einen kleinen Kurzhaardackel?«

»Ja, haben Sie ihn gefunden?« Ein kurzes Leuchten erhellte ihr Gesicht.

»Wir haben ihn bei Ober-Hörgern in einem Gebüsch an der *Wetter* entdeckt.«

»Ist er …?« Sie konnte nicht weitersprechen.

»Nein, dem Hund geht es den Umständen entsprechend gut. Wir haben ihn zum Tierarzt nach Münzenberg bringen lassen. Der behandelt ihn. Das Tier hat starke Prellungen.« Beruhigend sprach Co auf die Hundebesitzerin ein. »Setzen Sie sich doch bitte«, fügte sie nun etwas eindringlicher hinzu.

Frau Eisenhut ließ sich in ein tiefes Polster gegenüber den Kommissaren fallen. Erdmann sprang unaufgefordert auf ihren Schoß. »Gehst du da runter, Erdmann!«, zischte Henne.

»Lassen Sie ihn nur. Ich bin das gewohnt. Es stört mich nicht.« Mechanisch begann die Frau, dem Dackel über die rauen Borsten am Rücken zu streicheln. »Aber Sie sind doch nicht nur wegen Biene gekommen.«

»Heißt Ihre Hündin so?«, zeigte sich Co interessiert.

»Ich habe sie so genannt, weil unser erster Dackel so hieß. Meine Nichte hat sie mir vor einiger Zeit geschenkt, damit ich nicht immer so alleine bin. Der Dackel ist meine ganze Freude.«

»Das ist ja nett.« Co versuchte, der Dame die Unsicherheit und Angst zu nehmen. Henne kannte ihre Taktik schon.

»Mit wem war denn der Dackel unterwegs? Er ist doch sicher nicht alleine an die *Wetter* gelaufen.« Co wollte nicht gleich mit der Tür ins Haus fallen.

»Ich hatte Besuch von einer Bekannten. Die ist gestern Abend mit Biene zum Spaziergang aufgebrochen.«

»Haben Sie denn Ihre Bekannte und den Hund noch nicht vermisst?« Jetzt mischte sich Henne ein, dem das Ganze zu langsam voranging.

»Mir ist erst vorhin aufgefallen, dass Doris, also meine Bekannte, und der Hund nicht da sind. Ich habe mich gewundert, warum die beiden nicht aufstehen und habe nachgeschaut. Da habe ich erst festgestellt, dass Doris heute Nacht gar nicht in ihrem Bett geschlafen hat. Und Biene war auch nicht da. Ich habe schon meine Nichte angerufen. Sie muss jeden Moment kommen. Sie wollte nach den beiden suchen.«

»Ah, so«, murmelte Henne. »Wie heißt Ihre Bekannte?«

»Doris Fleischhauer. Sie ist eine Freundin meiner Nichte und wohnt in Friedberg, genauer gesagt in der Altstadt von Friedberg, ganz in der Nähe der Burg.«

»Wie lange ist denn Frau Fleischhauer schon bei Ihnen?«

»Seit vergangenen Sonntag. Seitdem war Biene ständig um sie herum. Ich habe sie gelassen. Doris ging es nicht gut. Der Hund hat sie von ihren Sorgen abgelenkt.«

»Das kenne ich«, fiel ihr Henne völlig unpassend ins Wort. »Mich kann nichts so gut ablenken wie Erdmann.« Co blickte Henne erstaunt an. Was sollte das jetzt werden? Henne grinste leicht verlegen zurück. Er räusperte sich und übernahm nun wieder die Gesprächsführung: »Frau Eisenhut, wir haben heute Morgen die Leiche einer Frau in den Wiesen bei Ober-Hörgern gefunden. Und ganz in der Nähe sind wir auf Ihren kleinen Liebling gestoßen.«

»Um Gottes willen! Ist es Doris?«, entfuhr es Frau Eisenhut.

»Wir sind hier, um herauszufinden, um wen es sich handelt. Der einzige Anhaltspunkt ist Ihr Dackel. Die Tote hatte keinerlei Papiere oder persönliche Gegenstände bei sich«, bemerkte Henne.

»Dann kann sie es nicht sein. Doris hatte ihre Umhängetasche dabei, als sie das Haus verließ. Sie ist nie ohne ihre Tasche weggegangen. Das kann ich beschwören.« Diese Aussage klang erleichtert, so als würde die Tatsache, dass die Tote keine Tasche bei sich hatte, bedeuten, dass es nicht Doris sein konnte.

»Können Sie uns sagen, was Ihre Bekannte gestern Abend anhatte, als sie das Haus verließ?«

»Sie trug einen kurzen Rock, ein Top mit Spaghettiträgern und Pumps. Es war ja gestern Abend für die Jahreszeit noch ungewöhnlich warm.« Henne und Co sahen sich kurz an und nickten. Die Beschreibung der Kleidung entsprach genau den Kleidungsstücken der aufgefundenen Frau.

Henne griff in seine Jackentasche, holte sein Handy heraus. Er bediente die Tastatur, wollte das Teil gerade Frau Eisenhut zeigen, als Co ihn stoppte. Das fehlte noch, dass ihr Kollege der armen Frau das Bild der Toten vor die Nase hielt.

»Wie sieht denn diese Doris aus? Können Sie sie uns beschreiben?«

»Sie ist circa 1,60 groß, hat eine frauliche Figur, lockiges, blond gefärbtes Haar, große, dunkle Augen, volle Lippen. Das Auffallendste an ihr ist ihr großer Busen.«

Henne und Co schwiegen. Sie dachten beide das Gleiche. Der Beschreibung nach musste die Tote die vermisste Bekannte von Frau Eisenhut sein. »Frau Eisenhut, wir haben Grund zu der Annahme, dass es sich bei der Toten um ihre Bekannte, Doris Fleischhauer, handelt«, sagte Henne, der eine leicht eintretende Blässe in Frau Eisenhuts Gesicht bemerkte.

»Hat Doris eine Familie? Wen können wir denn benachrichtigen?«, hakte Co nach.

»Doris war alleinstehend.« Frau Eisenhut schüttelte den Kopf. Tränen standen in ihren Augen.

»Ihre Beschreibung passt zu der aufgefundenen Person. Um ganz sicher zu sein, müsste sie aber noch jemand identifizieren. Wer könnte das übernehmen, wenn sie keine Verwandten hat?«

»Meine Nichte, sie wird sich darum kümmern. Wo ist Doris denn jetzt?« Henne wunderte sich, dass Frau Eisenhut nicht nach der Todesursache fragte. Das wäre doch eigentlich das Naheliegendste gewesen. Co schien seine Gedanken zu teilen, denn sie fragte: »Wollen Sie denn gar nicht wissen, wie Ihre Bekannte ums Leben gekommen ist?«

»Es können keine normalen Umstände gewesen sein. Das ist mir schon klar«, kam es nun etwas abfällig von Frau Eisenhut.

»Wie meinen Sie das?«

»Doris hat nicht gerade in den besten Kreisen verkehrt. Als junges Mädchen hat sie Drogen konsumiert. Ihre Lehre hat sie geschmissen. Solange ich denken kann, trinkt sie zu viel.«

»Von was lebte Doris denn? Was hat sie gearbeitet?«

»Sie hat sich immer nur von der Hand im Mund ernährt.«

»Was meinen Sie damit?«

»Sie hat Aushilfsjobs angenommen, meistens als Kellnerin oder Putzfrau. Ab und zu hatte sie auch mal einen Mann, der sie ausgehalten hat. Ich will nicht ausschließen, dass sie auch anderweitig gearbeitet hat.«

»Sie meinen als Prostituierte?«

Frau Eisenhut nickte. Eine einzelne Träne lief ihr über die Wange. Sie drückte Erdmann fest an sich, der sich die unerwartete Nähe der Dame nur allzu gern gefallen ließ.

»Meine Nichte kann Ihnen mehr dazu sagen. Die beiden haben sich nähergestanden. Sie kannten sich seit ihrer Kindheit. Obwohl sie so unterschiedlich wie Tag und Nacht sind, haben sie immer Kontakt gehalten.«

»Wie lange wollte Doris denn noch bei Ihnen bleiben?«

Frau Eisenhut zuckte mit den Schultern. Tränen flossen nun über ihr schönes Gesicht. Co sah ein, dass es im Moment keinen Zweck hatte weiterzufragen. Vielleicht sollten sie besser auf die Nichte der Dame warten.

»Frau Eisenhut, dürfen wir mal das Zimmer sehen, in dem Doris in der letzten Woche gewohnt hat?«

Schluchzend nickte die Angesprochene. »Oben, links neben der Treppe.«

Henne und Co gingen nach oben. Sie hatten noch so viele Fragen, sahen aber ein, dass es im Moment keinen Sinn ergab, die Frau weiterzuquälen. Sie untersuchten stattdessen gründlich das Gästezimmer. Außer ein paar Kleidungsstücken und Kosmetikartikeln fanden sie nichts, keine Tasche, kein Handy, keine Wohnungsschlüssel, nichts, was ihnen weitergeholfen hätte. Co entdeckte ein Buch auf dem Nachttisch. Sie nahm es auf. Es war ein Horror-Roman eines der bekanntesten und erfolgreichsten Schriftstellers Amerikas. Auf dem Cover war das verzerrte Gesicht eines Clowns abgebildet. Sie zeigte Henne den Einband des Buches. »Das entspricht nicht gerade meinem Geschmack«, erwiderte er trocken.

*

Das Klingeln eines Telefons war zu hören. Sie hielten kurz inne. Henne öffnete die Tür zum Gang und lauschte. Maria Eisenhut unterhielt sich mit jemandem. Worum es ging, konnte Henne nicht verstehen. Sie begaben sich wieder nach unten. Frau Eisenhut erwartete sie bereits, bot ihnen aber keinen Platz mehr an, sondern bat sie zu gehen. Sie könne nichts mehr zu der Sache sagen. Ihre Nichte würde sich baldmöglichst mit den Kommissaren in Verbindung setzen und alles Weitere regeln. Die Frage nach einem Schlüssel zu der Wohnung von Doris Fleischhauer verneinte sie. Henne ließ seine Visitenkarte zurück. »Ihre Nichte soll mich auf dem Handy anrufen.«

Kapitel 46

Um zwanzig nach zwölf bog Regina an der Pizzeria in die Gambacher Bahnhofstraße ein. Schon von Weitem sah sie ein schwarzes Fahrzeug am rechten Fahrbahnrand stehen, genau auf dem Platz, auf dem sie normalerweise ihr Auto abstellte. Beim Näherkommen erkannte sie den Wagen von Alexander. Was machte der denn hier? Wollte er sie überraschen?

Regina fuhr an dem Fahrzeug vorbei, lenkte ihr Auto in die nächste Seitenstraße und rief ihre Tante vom Handy aus an.

Maria meldete sich erst nach dem zehnten Klingelton. Ungewöhnlich für ihre Tante, die eingehende Anrufe sonst umgehend annahm. Tante Maria war der Meinung, wenn sie jemand zu erreichen versuchte, musste es etwas Wichtiges sein. Niemand rief an, nur um mit ihr zu plaudern.

»Regina, die Polizei ist im Haus. Doris ist tot.«

»Was ist denn passiert?«, fragte die Nichte erschrocken.

»Keine Ahnung, sie haben sie heute Morgen tot bei Ober-Hörgern gefunden«, schluchzte Maria.

»Aber wieso denn tot? Was ist denn passiert?«

»Das weiß ich nicht. Ich habe nicht gefragt. Wann kommst du?«, fragte die Tante ungeduldig.

»Es dauert noch. Ich bin von einer Mandantin aufgehalten worden«, benutzte sie als Ausrede. Sie wollte unter keinen Umständen mit Alexander im Haus ihrer Tante zusammentreffen.

Das wäre die schlechtmöglichste Fortsetzung einer gerade begonnenen Liebesbeziehung, die man sich vorstellen kann.

»Du musst Doris identifizieren. Das machst du doch, oder?«

»Ja. Lass dir sagen, wo ich mich melden soll. Ich komme dann später bei dir vorbei. Bitte halte dich mit irgendwelchen Äußerungen über Doris zurück. Erzähl der Polizei nicht so viel. Wir müssen uns erst mal beraten«, warnte Regina die Tante.

»Aber warum denn? Ich verstehe das alles nicht, erst diese schreckliche Vergewaltigung und jetzt ist Doris tot.«

»Mach einfach, was ich dir sage. Ich erkläre es dir später. Ich muss jetzt. Ruf mich an, wenn die Polizei aus dem Haus ist.« Damit beendete sie das Gespräch. Um ihre Tante musste sie sich keine Sorgen machen. Auf die konnte sie sich verlassen.

Aber was war mit Doris passiert? War sie das Opfer eines Zufallstäters geworden oder hatte Wolfgang seine Finger im Spiel gehabt?

Seit einer Woche war er nicht mehr aufgetaucht, hatte sich weder bei Barbara noch in der Kanzlei gemeldet. Doris hatte zwischendurch eine komische Bemerkung über Wolfgangs Fernbleiben gemacht. Hoffentlich hatte sie sich nicht zu irgendeiner dummen Handlung hinreißen lassen.

Kapitel 47

»Sollen wir nicht lieber warten, bis die Nichte von Frau Eisenhut auftaucht?«, fragte Co ihren Kollegen auf dem Bürgersteig vor dem Haus, während Henne sich die unvermeidliche Zigarette anzündete.

»Nee, du hast doch gehört, dass die auch keinen Schlüssel hat. Auf was sollen wir also warten?«

»Zum Beispiel auf einen Durchsuchungsbeschluss.« Co grinste süffisant. Sie wusste genau, dass Henne sich nicht von einem fehlenden Stück Papier abhalten ließ, um in die Wohnung der Toten zu gehen.

»Co, heute ist Sonntag. Wer weiß, wann wir den ehrenwerten Richter erreichen.« Henne nahm einen weiteren tiefen Zug von seiner Zigarette. »Merkst du denn nicht, dass hier eindeutig Gefahr im Verzug ist?« Henne bemühte sich, ein ernstes Gesicht zu machen. Co grinste ihn wissend an.

»Soll ich schon mal den Schlüsseldienst und die Spurensicherung bestellen?«

»Weder das eine noch das andere. Ich vermute, dass uns einer der Nachbarn die Tür öffnen kann. Falls nicht, kannst du immer noch den Schlüsseldienst beauftragen. Und die Spurensicherung brauchen wir vorerst nicht.«

»Haben wir noch Zeit für ’ne Pizza? Ich habe einen Riesenhunger.« Co verspürte leichte Kopfschmerzen.

Eine bleierne Müdigkeit hatte Besitz von ihr ergriffen. Jetzt fiel ihr ein, dass sie heute noch nichts gegessen hatte.

»Du immer mit deiner Mafiatorte! Von mir aus.« Henne stimmte ohne weitere Diskussion zu, denn er wusste, dass seine Kollegin unausstehlich werden konnte, wenn sie Hunger hatte. Dann ging man ihr besser aus dem Weg.

»So viel Zeit muss sein.«

»Lass dein Auto hier stehen. Ich bring dich nachher wieder zurück. Ich möchte noch mal an den Tatort.«

*

Henne fuhr die Straße entlang. In Höhe des Gasthauses »Zum Adler« bog er links in die Talstraße ab. Am Ende der Straße bemerkte er ein weißes BMW-Cabriolet. Die Frau am Steuer senkte den Kopf. Sie erinnerte ihn an irgendjemanden. Als er seinen Wagen rückwärts auf die Bahnhofstraße setzte, war der Gedanke bereits verflogen.

Wenig später stellte er seinen BMW auf dem letzten freien Parkplatz vor der Pizzeria ab. Co liebte dieses Lokal. Wann immer sie konnte, kehrte sie dort ein. Sie schwor Stein und Bein, dass es hier die beste Pizza weit und breit gab. Sie nahm sich öfter abends auf dem Rückweg von der Arbeit etwas zum Essen mit nach Hause. Henne glaubte allerdings, dass der gut aussehende Kellner mit den flotten Sprüchen der Grund für Cos Vorliebe für italienische Speisen war. Bevor sie ihr Essen bestellten, verabredeten sie, anschließend in die Friedberger Altstadt zu fahren.

*

Dort wartete eine Überraschung auf die Kommissare. Henne drückte mit der flachen Hand auf die Klingelleiste. Gleich darauf surrte es. Er öffnete die Haustür und betrat ein dunkles Treppenhaus. Beim ersten Schritt in den Raum ging der

Bewegungsmelder an. Über eine schmale Treppe gelangten sie in das erste Stockwerk. Die Wohnungstür des Opfers war nicht verschlossen, sondern nur angelehnt. Henne legte den Zeigefinger an seine Lippen, bedeutete Co leise zu sein. Er zog seine Dienstwaffe aus dem Halfter, drückte die Tür vorsichtig mit dem Fuß auf. So leise wie möglich betrat er die Diele, ging langsam von Zimmer zu Zimmer. Die Wohnung war in einem chaotischen Zustand. Im Schlafzimmer lagen Kleidungsstücke auf dem flauschigen Teppich. Schubladen waren herausgerissen, der Schrank stand offen. Das breite Bett in der Mitte war zerwühlt. Die feine Bettwäsche zerknittert, so als wäre sie nach dem letzten Benutzen nicht glatt gezogen worden. Es roch muffig. Die abgestandene Luft verlangte danach, dass die Fenster aufgerissen wurden, um die Räume zu lüften. Der Boden im Wohnraum war übersät mit Papieren. Auf einem Glastisch standen eine Flasche Cognac vom Feinsten und zwei Schwenker aus Kristallglas sowie ein überquellender Aschenbecher. Eine Ledergarnitur von hochwertiger Qualität gruppierte sich um die niedrige Abstellfläche. Auch in diesem Raum war die Luft abgestanden. Die schweren Vorhänge ließen nur spärliches Licht herein.

Abgesehen von der Unordnung, die in der Wohnung herrschte, waren die Räume geschmackvoll eingerichtet, zeugten von einer Spur Luxus, die Henne in dem Altbau nicht erwartet hätte. An den Wänden hingen schöne Bilder mit Landschaftsmotiven, Berge und Seen, weitläufige Ländereien mit Zypressen, Strand und Meer. Ein Geräusch ließ Henne zusammenfahren. Es kam aus dem angrenzenden Raum. Durch einen Rundbogen in der Wand konnte Henne in die Küche sehen. Eine untersetzte Frau mit schwarz gefärbten Haaren erschien plötzlich vor ihm in dem Rahmen und blickte ihn erschrocken aus verquollenen Augen an. Ihre herabhängenden Mundwinkel zuckten.

Bevor sie anfangen konnte zu schreien, redete Henne auf sie ein: »Wir sind von der Polizei. Bleiben Sie ganz ruhig.«

Die unbekannte Frau wich einen Schritt zurück. Sie zeigte auf die Waffe in Hennes Hand. »Könne Sie das Ding da runner nemme? Ich bin unbewaffnet.«

Henne ließ die Hand mit der Pistole sinken. »Wer sind Sie? Was machen Sie hier?«

»Ich bin die Nachbarin von de Doris.« Sie sagte das in einem Ton, als müsse der Kommissar wissen, wer vor ihm stand.

»Ja und? Was haben Sie hier zu suchen? Haben Sie dieses Chaos angerichtet?«

»Naa, ich doch net. Ich wollt nur mal gucke, ob alles in Ordnung is. Heute Nacht warn hier so komische Geräusche.«

»Was denn für Geräusche?«

»Halt so'n Poltern.«

»Warum haben Sie dann nicht gleich nachgeschaut?«

»Wollt ich doch. Aber als ich die Wohnungsdür aufgemacht hab, da is grad so'n Kerl aus de Doris ihrer Wohnung gekomme und da hab ich gedacht, des wär en Freier und bin schnell widder verschwunne.«

»Sie kennen Doris also näher?«

»Klar, mir wohne schon seit übber zwanzisch Jahr nebeeinanner.«

»Wussten Sie denn nicht, dass Ihre Nachbarin verreist ist?«

»Die un verreist? Im Lebe net. Die Doris muss immer ihrn Kirchturm sehn. Die is noch nie verreist. Was glabe Se, warum die hier so viele Bilder von schöne Landschafte hänge hat?« Henne ging auf die Äußerung der Frau nicht ein.

»Wann haben Sie denn Doris das letzte Mal gesehen?«

Die Nachbarin überlegte angestrengt. »Hm, jetzt wo Se sache, des iss schon e Weil her. Ich glab, des war letzt Woch irgendwann.«

»Wissen Sie, ob hier etwas fehlt? Ist Ihnen etwas aufgefallen?«

»Ich bin mer net ganz sicher, aber ich glab de Computer is weg. Des is so en flaches Ding, das me zuklappe kann.« Bei diesen Worten sah Henne erstaunt auf.

»Wie sind Sie überhaupt in die Wohnung gekommen?«

»Ei, ich hab doch en Schlüssel. Für alle Fäll. Die Doris hat ach en Schlüssel von meiner Wohnung. Des macht me halt so unner Nachbarn, wenn Se verstehn, was ich main.«

»Um wie viel Uhr haben Sie denn die Geräusche gestern Nacht gehört?«

»Das war so gege elf Uhr.«

»Sie meinen dreiundzwanzig Uhr?«

»Ei, sach ich doch. Elf Uhr.«

»Können Sie den Mann beschreiben, der aus Doris' Wohnung kam? Haben Sie den vielleicht vorher schon mal gesehen?«

»Wenn ich ehrlich bin, ich hab 'n nur durch den Spion gesehn. Die Doris mag's net, wenn ich so neugierig bin.«

»Scheint wohl Ihre Spezialität zu sein, wie?«

Die Frau antwortete nicht auf seine Frage, stattdessen wollte sie wissen: »Was mache Se eigentlich hier? Wieso komme Se mit er Pistol in de Hand in a fremd Wohnung?«

»Ich stell hier die Fragen. Sie gehen jetzt mal nach nebenan und bleiben da, falls wir Sie noch brauchen.« An Co gewandt, die die ganze Zeit hinter ihm gestanden hatte, sagte er: »Begleite die Dame in ihre Wohnung und lass dir ihre Personalien geben.«

»Okay, was ist mit der Spurensicherung? Soll ich die rufen?«

»Nee, warte noch. Ich will mich hier in Ruhe umsehen, bevor die Kollegen anfangen, alles auf den Kopf zu stellen.«

*

Henne ließ sich Zeit, betrachtete die Wohnung in aller Ruhe. In der Einbauküche aus weißem Schleiflack stand dreckiges Geschirr. Die Spülmaschine war halb voll, der Mülleimer hätte dringend geleert werden müssen. Sein Inhalt sorgte für einen unangenehmen Geruch.

In den Hängeschränken stand ordentlich aufgereiht weißes Porzellan. Der Kühlschrank war gefüllt mit Köstlichkeiten: Lachs, Kaviar, Champagner. Einige der darin enthaltenen Lebensmittel näherten sich jedoch ganz deutlich ihrem Verfallsdatum.

Im Wohnzimmer betrachtete Henne den Inhalt eines maßgefertigten Regals aus Teakholz, das sich über die ganze Wand zog. Das obere Bord war gefüllt mit Taschenbüchern. Beim genaueren Hinsehen erkannte Henne, dass es sich um Romane des gleichen Schriftstellers handelte wie der, dessen Buch Co in Gambach entdeckt hatte.

Neben zahlreichen Porzellanfiguren standen weitere Kristallgläser. Auf der unteren Ebene war eine teure Stereoanlage aufgebaut. Die dazugehörigen CDs der verschiedenen Musikrichtungen, unter anderem auch jede Menge Songs von Elvis Presley, lagen vor der Schrankwand. Unter einem großen Flachbildfernseher fand er, ebenfalls auf dem Boden verstreut, DVDs, die aus ihren Hüllen gezerrt worden waren.

Zwischen den Papieren auf dem Boden entdeckte er Bankauszüge. Ein Blick genügte, um festzustellen, dass die Besitzerin der Wohnung offensichtlich ziemlich pleite war. Interessant fand Henne einen Betrag in Höhe von 1500 Euro, der jeden Monat dem Konto der Verstorbenen gutgeschrieben wurde. Das mussten die Kollegen recherchieren.

Im Schlafzimmer hingen neben Blusen von namhaften Designern teure Dessous in allen Farben.

Der Inhalt des Badezimmerschranks bewies, dass Doris ein

aufregendes Sexualleben haben musste. Außer Kondomen in allen Farben und Geschmacksrichtungen fand er Gleitcremes, Dosen mit wohl duftenden Lotionen und Sprays mit angeblich stimulierenden Essenzen, eben die ganze Bandbreite an Arbeitsmaterial für eine Dame des horizontalen Gewerbes. Die Ablage vor dem Spiegel stand voll mit echten Parfüms. Allein der Preis für die Düfte machte mindestens ein Drittel seines Monatsgehaltes aus. Das Waschbecken und die Dusche waren schon länger nicht gereinigt worden. Auch hier hätte der Abfalleimer dringend geleert werden müssen.

*

»Henne?« Co kehrte in die Wohnung zurück. »Wo steckst du?«

Henne verließ das Badezimmer. »Hier muss jemand etwas gesucht haben«, sagte er zu seiner Kollegin in der Diele.

»Ach nee, da wäre ich jetzt nicht drauf gekommen.«

»Nicht nur das. Alles weist auf einen plötzlichen Aufbruch von Frau Fleischhauer hin, das dreckige Geschirr in der Küche, die Gläser auf dem Wohnzimmertisch, das ungeputzte Bad.« Henne hielt für einen Moment inne. »Die Unordnung passt nicht zu der schicken Wohnung und der eleganten Kleidung der Dame«, sagte er abschließend.

»Bist du jetzt fertig hier? Hast du deine Neugierde befriedigt?« Co wollte raus aus der Wohnung. Der Geruch und die abgestandene Luft in den Räumen verursachten ihr Übelkeit.

»Fürs Erste ja. Wir versiegeln die Wohnung. Morgen sollen die Kollegen von der Spusi hierherkommen. Ich wette, die finden hier eine Menge aufschlussreicher Spuren. Die ganzen Papiere müssen gesichtet werden. Die Bankauszüge weisen interessante Beträge auf. Da soll sich der Eberstädter drum kümmern.«

Der Eberstädter war ein Kollege aus dem K 10. Henne betraute ihn vorzugsweise mit kniffligen Recherchen.

Sein kriminaltechnisches Gespür war dem des Kommissars ähnlich. Den Namen »Eberstädter« hatte ihm Henne vor vier Jahren verpasst, als der Mitarbeiter, der aus dem Licher Stadtteil Eberstadt kam, bei den Ermittlungen in einem Fall von Kindesmissbrauch einen entscheidenden Hinweis auf einen der Täter gegeben hatte.

»Wo warst du eigentlich so lange?«, wollte Henne von Co wissen, die mindestens eine halbe Stunde verschwunden gewesen war. Das entsprach nicht der üblichen Vorgehensweise. Eigentlich sollten immer zwei Kollegen vor Ort sein.

»Die Nachbarin hat mir ihre ganze Lebensgeschichte erzählt und die von der Toten gleich dazu. Ich habe mir die Namen aller Hausbewohner notiert und die der Besucher in der kleinen Bar nebenan ebenfalls. Dort waren die beiden regelmäßig. Ich kann dir nur sagen, hier tun sich echte Abgründe auf, mein Lieber.« Co verdrehte die Augen.

»Kannst du mir gleich bei einem Kaffee erzählen. Ich muss hier raus. Die Luft hier ist echt ekelhaft! Die Befragung der Nachbarn sollen Morgen die Kollegen vornehmen.«

»Das sehe ich anders. Wir sollten im Erdgeschoss bei Dieter Kremp vorbeischauen. Mit dem war die Tote laut Aussage ihrer Nachbarin enger befreundet.«

Auf das Klingeln reagierte jedoch niemand. In der Wohnung von Dieter Kremp blieb es still.

»Der wird in der Kneipe sein, hier um die Ecke. Da treffen sich immer alle. Meint zumindest die Nachbarin.«

»Später. Jetzt brauch ich erst mal einen Cappuccino und frische Luft.«

Kapitel 48

Eine halbe Stunde später saßen die Kommissare in Hennes Lieblingscafé am Elvis-Presley-Platz. Sie hatten einen freien Tisch in der Sonne gefunden. Die blonde Bedienung begrüßte den Kommissar ausgesprochen freundlich. Dem Dackel stellte sie eine Schüssel mit Wasser vor die Nase.

»Na, Erdmann.« Sie streichelte ihm über das raue Fell.

»Hallo Herr Kommissar, was verschafft uns die Ehre?« Die junge Frau strahlte Henne an.

»Hallo Linda, meine Kollegin und ich sind beruflich hier in der Gegend«, erklärte der Angesprochene bereitwillig. »Bring mir bitte einen Cappuccino und einen Pflaumenkuchen mit viel Streusel und noch mehr Sahne.«

»Und was darf ich Ihnen bringen?«, wandte sich die Blonde, nur noch halb so freundlich, an Co.

»Ich nehme das Gleiche.« Co war perplex. Egal, wo ihr Kollege hinkam, er wurde immer als Erster angesprochen und bedient. Sie empfand das als ziemlich unhöflich.

»Wow, auf die musst du ja großen Eindruck machen«, frotzelte sie.

»Nur kein Neid, meine Liebe. Ich komme seit Jahren jeden Samstag nach dem Einkauf auf dem Markt hierher. Linda ist die Tochter des Hauses. Am Wochenende hilft sie immer aus. Ich habe sie schon als kleines Kind gekannt.«

»Das erklärt natürlich alles.«

»Bist du mal wieder eifersüchtig?«

»Ich, nee. Wo denkst du hin? Ich dachte nur, es handele sich um eine weitere Verehrerin von dir.« Co spielte auf die Rechtsanwältin an.

»Das geht dich gar nichts an.« Henne hatte nicht vor, seine Kollegin jetzt schon in sein Verhältnis zu Regina einzuweihen. Erst wollte er selbst ganz sicher sein, dass aus der anfänglichen Verliebtheit wirklich Liebe werden könnte. Er streckte sein Gesicht in die Sonne, zum Zeichen, dass er eine Weile seine Ruhe haben wollte. Co verstand die Geste und schwieg. Sie sinnierte über das Gespräch mit der Nachbarin von Doris Fleischhauer.

Henne hingegen dachte an Regina. Ob sie dem Druck gewachsen war, den sein Beruf mit sich brachte? Zu oft war er schon enttäuscht worden. Seine Freundinnen hatten seinen unsteten Lebenswandel als Kommissar nie lange ausgehalten. Dieses Mal wollte er es besser machen, wollte sich von Anfang an genügend Zeit für seine neue Liebe nehmen.

Die Ruhe war ihm nicht lange gegönnt. Sein Handy bimmelte und holte ihn in die Gegenwart zurück.

»Hallo Füchsin, was gibt es? Hast du schon erste Ergebnisse?« Henne lauschte gespannt und beendete wenig später das Gespräch. »Dann bis morgen. Ich erwarte dich um neun Uhr zur Besprechung im Präsidium.«

Co sah ihren Kollegen fragend an.

»Frau Eisenhuts Nichte hat die Leiche identifiziert. Es ist tatsächlich Doris Fleischhauer. Mehr wollte sie mir aber nicht sagen.«

»Das wussten wir ja schon. Und sonst nichts?«

»Sie wollte sich wie üblich nicht festlegen. Schick mal 'ne SMS an Stückchen. Sie soll morgen früh für neun Uhr eine Besprechung einberufen. Die übliche Besetzung.«

Während sie weiter auf ihre Bestellung warteten, schrieb Co an die Sekretärin des K 10, Henne eine SMS an Regina: »Können wir uns heute Abend sehen?« Bei dem Gedanken an Regina wurde ihm warm ums Herz. Gegen eine Wiederholung der vergangenen Nacht hätte er nichts einzuwenden.

Die Antwort blieb jedoch aus. Stattdessen glaubte er in einiger Entfernung eine Frau zu sehen, die ihn an Regina erinnerte. Er konnte nicht genau sagen, warum, doch irgendetwas an ihrer Bewegung ließ ihn an sie denken. Sie hatte einen großen Hut auf. Eine dunkle Sonnenbrille verdeckte das halbe Gesicht. Nervös kramte sie in ihrer Tasche, bog dann zügig in die Gasse ein, aus der die Kommissare gerade gekommen waren. Das war schon das zweite Mal heute, dass er glaubte, Regina zu sehen. Henne lächelte. Wahrscheinlich war der Wunsch, Regina endlich wieder zu begegnen, der Vater seiner Gedanken.

Co grinste ihn an. »Hast du eine Erscheinung gehabt?« Eine Antwort blieb ihm erspart, denn in diesem Moment stellte die Bedienung zwei dampfende Tassen und Teller mit Kuchen vor ihnen auf dem runden Bistrotisch ab.

Kapitel 49

Die Sonne stand schon tief am Himmel, als sie nach Gambach fuhren. Sie wollten noch einmal an den Tatort zurückkehren.

Unterwegs erzählte Co ihrem Kollegen, was sie von der Nachbarin über Doris Fleischhauers Lebensgewohnheiten und deren Bekanntenkreis erfahren hatte.

»Na, klingt ja nicht so prickelnd«, meinte Henne lapidar.

»Ich frage mich, wem so eine Frau gefährlich werden kann«, rätselte Co.

»Vielleicht einem Freier?« Für Henne war das nach dem Bericht von Co das Naheliegendste.

»Hm, könnte sein. Irgendetwas muss sie gewusst haben …«

»Oder bei sich gehabt haben«, vervollständigte Henne den Satz.

»Eben, genau das hat der Täter heute Nacht bei ihr gesucht.« Co schnipste mit den Fingern. Das tat sie immer, wenn sie eine Erleuchtung hatte. »Der muss sich mit dem Schlüssel von Doris Zugang zu der Wohnung verschafft haben.«

»Die Nachbarin hat doch das Notebook erwähnt, das verschwunden ist. Da muss etwas drauf gewesen sein, das dem Täter hätte gefährlich werden können«, mutmaßte Henne.

»Scheiße …«, entfuhr es Co wenig damenhaft. »Jetzt weiß ich, was mich heute Mittag bei Frau Eisenhut gestört hat. Mir ist es nur die ganze Zeit nicht eingefallen.« Wieder schnipste sie mit den Fingern.

»Was denn? Co, strapaziere doch nicht immer so meine Nerven.« Hennes Ungeduld und seine niemals endende Neugierde waren mit seine größten Fehler und Tugenden zugleich.

»Als wir in dem Wohnzimmer saßen, ist mir auf dem Esstisch ein Notebook aufgefallen. Irgendwie hat das nicht zu der Einrichtung und schon gar nicht zu Frau Eisenhut gepasst.«

»Was willst du damit sagen?«

»Als wir wieder in das Wohnzimmer zurückgekehrt sind, war der Tisch leer.«

»Na, vielleicht hat Frau Eisenhut das Teil einfach nur weggeräumt.«

»Überleg doch mal, die Frau hat telefoniert, wollte uns danach auch keine Auskunft mehr geben ...« Co machte eine Pause. »... und das Notebook war verschwunden.«

»Hm … Du meinst, sie hat das Notebook absichtlich verschwinden lassen?«

»Weil es das Notebook von Doris Fleischhauer war, das da stand.«

»Wie soll das denn da hingekommen sein?«

»Na, die wird es mitgebracht haben. Oder aber – das wäre auch eine Möglichkeit – sie hat es geholt.«

»Hat die eigentlich ein Auto?«, fiel Henne nun ein.

»Keine Ahnung, Frau Eisenhut erwähnte nur, dass ihre Nichte sie Sonntagnacht gebracht hätte.«

»Wir sollten der Dame noch mal einen Besuch abstatten, bevor wir nach Ober-Hörgern fahren.«

*

Frau Eisenhut fing die Kommissare an der Tür ab, bat sie nicht ins Haus, sondern blieb demonstrativ mit verschränkten Armen auf der steinernen Treppe stehen. Von oben blickte sie abweisend auf Henne und Co herab.

Irgendetwas an dem Auftreten und dem Aussehen der Frau kam Henne bekannt vor. Was war es nur?

»Was wollen Sie denn noch? Ich sagte Ihnen doch schon, dass Sie alles Weitere von meiner Nichte erfahren. Sie wird sich noch heute bei Ihnen melden.« Schroff wies Frau Eisenhut die Beamten zurück.

»Wir haben aber noch Fragen an Sie«, antwortete Henne nun genauso unfreundlich, aber bestimmt.

»Besaß Ihre Bekannte ein Auto?«, kam schon die erste Frage über Hennes Lippen.

»Ich sagte Ihnen doch schon, dass meine Nichte sie hierher gebracht hat.«

»War ihre Bekannte diese Woche noch einmal in Friedberg in Ihrer Wohnung?«, wollte nun Co wissen.

»Keine Ahnung, sie war immer mit meiner Nichte und Biene unterwegs. Ich bin davon ausgegangen, dass sie spazieren gegangen sind«, antwortete sie ausweichend.

»Was ist eigentlich mit Biene? Ist sie wieder bei Ihnen?«, hakte Co nach.

Nun sprach Frau Eisenhut etwas zugänglicher zu den Kommissaren: »Nein, der Tierarzt will sie zur Beobachtung noch eine Weile bei sich behalten.«

»Dürfen wir mal das Notebook von Frau Fleischhauer sehen?« Co wusste natürlich nicht mit Sicherheit, dass das Gerät der Toten gehörte, doch sie wollte Frau Eisenhut mit dieser Frage überrumpeln.

»Welches Notebook? Frau Fleischhauer hatte kein Notebook«, stellte sich die Befragte unwissend.

»Ich meine das Teil, das heute Mittag auf ihrem Esstisch stand«, belehrte sie Co.

»Da müssen Sie sich irren, da stand nichts«, erwiderte Frau Eisenhut energisch.

»Dürfen wir noch mal kurz reinkommen und selbst nachsehen?«, fragte Henne höflich.

»Haben Sie einen Durchsuchungsbeschluss?« Die Stimme der Frau bebte. Ihr ablehnendes Verhalten bestätigte den Kommissaren, dass sie log. Aber warum?

Unverrichteter Dinge verließen sie den Hof.

»Bitte sagen Sie Ihrer Nichte, dass sie sich bei mir melden soll«, rief ihr Henne beim Hinausgehen noch zu.

*

»Die lügt«, konstatierte Henne, als sie auf dem Bürgersteig vor dem Haus standen. Er holte eine Zigarette hervor.

»Und ob. Die weiß mehr, als sie zugeben will.« Co stampfte wütend mit dem Fuß auf und sah Henne zu, wie er sich den Glimmstengel zwischen die Lippen schob und anzündete.

»Ich bin sicher, die hat heute Mittag mit ihrer Nichte telefoniert, während wir im Obergeschoss waren. Die hat ihr dann gesagt, dass sie schweigen soll.« Henne blies den blauen Qualm stoßweise aus.

»Jede Wette«, pflichtete Co ihm bei.

»Und wer geht schon mit Pumps spazieren?« Hennes Stimme klang höhnisch. »Das ist doch Quatsch. Diese Doris wurde wahrscheinlich von ihrem Mörder in Gambach abgeholt. Er ist dann mit ihr ins Feld gefahren und hat sie dort getötet«, mutmaßte er.

»Ich nehme an, die haben sich aus einem bestimmten Grund getroffen, haben Streit bekommen und der Mörder hat sie dann im Affekt umgebracht«, mutmaßte nun Co.

»Oder der Mörder hat ihr aufgelauert und sie im Feld erwischt«, sinnierte Henne.

»Könnte auch sein, halte ich aber trotzdem für abwegig. Keine Frau läuft zwei oder drei Kilometer mit Pumps durchs Feld. Und schon gar nicht im Dunkeln.« Dabei tippte sich Co gegen die Stirn.

»Okay, lass uns heimfahren. Wir kommen heute nicht sehr viel weiter.« Enttäuscht ging Henne auf seinen Wagen zu.

Kapitel 50

Henne war langsam in der untergehenden Abendsonne durch das Wettertal nach Friedberg zurückgekehrt. Die Musik von Elvis versöhnte ihn etwas. Erdmann lag auf dem Beifahrersitz, gab keinen Mucks von sich.

Das gelbe Schild mit dem Hinweis auf die Abbiegespur von der B3 zur Stadthalle in der Höhe von Friedberg war in Sicht, als sein Handy klingelte. Henne drehte die Musik leiser und bediente die Freisprechanlage. »Henneberg.«

»Alexander, ich bin es, Regina«, kam es zaghaft aus dem Lautsprecher. Hennes Herz machte einen Sprung. Er hatte schon befürchtet, den Abend alleine verbringen zu müssen.

»Regina, ich freue mich, deine Stimme zu hören. Können wir uns heute Abend sehen?«

»Ja, ich muss mit dir sprechen. Kannst du zu mir kommen?«

»Das ist schlecht. Ich warte noch auf einen Anruf, den ich lieber bei mir zu Hause entgegennehmen würde. Kannst du nicht rüberkommen? Ich habe auch noch von diesem köstlichen Chardonnay und leckeren Käse vom Markt«, versuchte er, seine Angebetete zu überreden.

»Ich muss mit dir etwas bereden, was ich eigentlich lieber bei mir machen möchte.« Reginas Stimme klang bedrückt.

»Aber warum denn? Das verstehe ich nicht.«

»Glaube mir, ich möchte dich nicht unnötig belasten.«

»Ich kapiere zwar nicht, was du meinst, aber von mir aus. Dann komme ich halt zu dir. Du darfst aber nicht sauer sein, wenn ich zwischendurch mal telefonieren muss.«

»Ich glaube, das Telefonat hat sich danach erledigt.«

»Ich verstehe nur noch Bahnhof!«

Regina lachte. »Bis gleich. Du kannst auch gerne Erdmann mitbringen.« Das Knacken in der Leitung machte ihm klar, dass Regina das Gespräch beendet hatte.

»Na, mein Dicker, wollen wir die *Dame* gegenüber besuchen?« Henne kraulte den Nacken seines Gefährten. »Du musst dich aber benehmen, sonst gehst du wieder heim. Ist das klar?« Ein tiefes Seufzen entrang sich Erdmanns Kehle, so als wollte er sagen: *Wenn es denn sein muss, von mir aus.*

*

Regina drückte die Austaste. Sie wollte keine weiteren Erklärungen abgeben, schließlich hatte sie einen guten Grund, warum sie Alexander zu sich bestellte. Außerdem wollte sie heute Abend nicht ausgehen. Sie befürchtete, dass jemand in ihr Haus eindringen könnte.

Sie ging nach oben in ihr Schlafzimmer, zog ein frisches Kleid an und bürstete ihre langen, roten Haare. Ihr Gesicht war ungewöhnlich blass, die smaragdgrünen Augen wirkten darin wie zwei Fremdkörper. Langsam kullerte eine Träne über ihre Wange. Ihre Gedanken waren bei der toten Freundin. Dieses Mal war sie zu weit gegangen. Das konnte sie nicht wiedergutmachen. Sie musste mit Alexander reden, aber wie weit durfte sie sich ihm anvertrauen?

Kapitel 51

Erdmann folgte ihm nur widerwillig über die Straße. Henne wunderte sich über sein ungewöhnliches Verhalten. Normalerweise war er der Erste, der das Haus verließ, sobald die Haustür aufging. Als Regina ihnen öffnete und ihre Gäste hereinbat, wollte der Dackel ihm nicht folgen. Henne vernahm ein leises Brummen. Ihm fielen die Worte seines Vaters ein, wenn sie mit anderen Menschen zusammentrafen: »Achte auf den Dackel. An seiner Reaktion merkst du, ob es dein Gegenüber ehrlich mit dir meint.«

Henne war jedoch davon überzeugt, dass Eifersucht der Grund für Erdmanns sonderbares Benehmen war. Seit dem Tod seiner Mutter vor vier Jahren waren sie nun ununterbrochen zusammen, hatten sogar das Bett miteinander geteilt. Erdmann hatte jeden seiner Schritte verfolgt, ohne dass ihn jemand davon abgehalten hätte.

Co und Stückchen hatte er sofort akzeptiert. Aber ein Mensch, der mehr als kollegiale Zusammenarbeit von seinem Herrchen wollte, hatte es schwer, sein Herz zu erobern. Schon in der letzten Nacht hatte er sich freiwillig in sein Körbchen, das unbenutzt in der Küche stand, zurückgezogen. Jetzt weigerte er sich, weiter als bis in den Flur zu gehen, legte sich auf der Matte vor der Haustür ab.

Henne ließ ihn gewähren, wollte sich lieber um seine hübsche Nachbarin kümmern, die allerdings keinen besonders glücklichen Eindruck auf ihn machte. Ihre Wangen waren eingefallen, die Haut blass. Die großen, grünen Augen, deren Farbe an einen Kratersee erinnerte, lagen tief in ihren Höhlen. Obwohl sie einen traurigen Eindruck machte, hatte ihr Gesicht nichts an Schönheit verloren.

»Hallo Regina, da bin ich.« Er wollte sie an sich drücken, doch sie wich einen Schritt zurück, legte ihm die Hände abwehrend auf die Brust.

»Nicht, warte erst ab, was ich dir zu erzählen habe, und entscheide dann, ob du dich weiter mit mir treffen willst.«

»Was ist denn nur los?« Henne war verunsichert. Sollte die neu entflammte Liebe zu seiner Nachbarin schon wieder im Keim erstickt werden?

»Komm rein.« Seine Gastgeberin führte ihn in einen salonähnlichen Wohnraum. Die Diele mit dem glänzenden, roséfarbenen Marmorboden, dem großen Kristallspiegel und den verspielt wirkenden Wandlampen beeindruckte ihn. Seine Angebetete hatte Geschmack.

Im Salon setzte sich der Marmorboden fort. Ein großer Kristalllüster in der Mitte des Raums erzeugte ein warmes, schimmerndes Licht, das sich in den Messing- und Chromteilen mehrerer großer und kleiner Tische, platziert zwischen gemütlichen Polstermöbeln aus champagnerfarbenem Leder, spiegelte. Auf den Polstern lagen Kissen mit ausgefallenen Applikationen. Die Wände changierten in einem leicht glänzenden Apricot. Henne ging über einen flauschigen Teppich auf die Sitzgruppe zu und ließ sich in einem schweren Sessel nieder. Die Kommoden aus schwarzem Schleiflack bildeten einen interessanten Kontrast.

Auf der Glasplatte des Couchtisches standen eine Silberschale mit Pralinen und eine Flasche Cognac. Dazu zwei bauchige Schwenker. Das Etikett kam ihm bekannt vor. Es war das gleiche wie das in der Wohnung der Toten. Was für ein sonderbarer Zufall, kam es Henne in den Sinn. »Ich bin beeindruckt. So viel Eleganz habe ich nicht erwartet.«

»Dann solltest du dir noch den Rest des Hauses ansehen. Es wird dir gefallen.« Regina bedachte ihn mit einem vielsagenden Blick.

»Später. Willst du mich jetzt nicht mal aufklären?« Er legte sein iPhone auf dem Beistelltisch neben seinem Sessel ab.

Regina setzte sich auf die andere Seite des Tisches. »Möchtest du einen Cognac?« Ohne die Antwort abzuwarten, befüllte sie die Gläser. Das Getränk schimmerte wie flüssiges Gold in den Gefäßen.

»Was ich dir jetzt zu sagen habe, wird dir nicht gefallen, aber du wirst nachvollziehen können, warum ich es dir hier erzählen wollte und nicht in deinem Haus. Selbstverständlich bin ich bereit, morgen alles zu Protokoll zu geben.« Sie sah Henne aus ihren seltsam grünen Augen lange an. Henne schwieg und wartete. Er war gespannt, was ihm seine Angebetete beichten wollte.

»Ich bin die Nichte von Maria Eisenhut. Die Tote, Doris Fleischhauer, ist eine Freundin von mir.« Es fiel Henne wie Schuppen von den Augen. Jetzt wusste er, an wen ihn Frau Eisenhut erinnerte. Es war ihre Nichte Regina, das Aussehen, die Stimme, die Art, wie sie sich bewegte, alles passte.

Dann hatte er sich auch nicht getäuscht, als er glaubte, Regina in Gambach und auf der Kaiserstraße in Friedberg gesehen zu haben. Aber warum war sie ihm aus dem Weg gegangen?

Als könne sie seine Gedanken lesen, berichtete Regina: »Ich wollte nicht mit dir in Gegenwart meiner Tante und deiner Kollegin zusammentreffen. Ich wollte dir alles in Ruhe erklären.

Verstehst du das?«

Henne nickte stumm. Er war sprachlos.

*

Es wurde eine lange Nacht. Regina erzählte ihm ausgiebig von ihrer Freundin, die so ganz anders war als sie selbst und die doch eines mit ihr gemeinsam hatte, die traurige Kindheit. Die Ablehnung ihrer Mitmenschen in ihrem Geburtsort hatte sie zusammengeschweißt. Regina, die als kleines Mädchen sehr schüchtern gewesen war, war von der resoluten Doris verteidigt worden. Ihr Beschützerinstinkt ging mitunter so weit, dass sie sich für sie mit anderen Kindern prügelte. Bis zu ihrer Konfirmation waren die beiden Mädchen unzertrennlich.

Dann zog Doris mit ihrer Mutter nach Friedberg. Die Mutter fand Arbeit in einer Bar unweit ihrer Wohnung in der Friedberger Altstadt. Dort verkehrten viele Amerikaner, von denen sich die Mutter aushalten ließ.

Die Freundinnen hielten Kontakt bis zu dem Zeitpunkt, als Doris anfing, Drogen zu nehmen und schließlich an der Nadel hing.

Regina hatte einmal erlebt, wie ihre Freundin auf Turkey war. Doris hatte in einen Spiegel gestarrt, minutenlang. Dann fing sie an zu schreien. Sie hatte sich selbst im Spiegel als Skelett gesehen.

Alles Zureden half nichts, Doris kam von dem Zeug nicht los. Daraufhin distanzierte sich Regina von der Freundin. Es war die Lebensphase, als sie in Gießen studierte und einen Freund hatte, der ihr keine Zeit für die Probleme anderer Leute ließ.

Erst viele Jahre später begegneten sich die Freundinnen wieder in Friedberg. Kurz zuvor hatte Regina einen schmerzlichen Verlust erlitten. Darauf ging sie jedoch nicht näher ein, ließ die Aussage einfach so im Raum stehen. Obwohl ihr beider Leben bis zu dem erneuten Zusammentreffen so unterschiedlich verlaufen war, vertieften sie ihre Freundschaft aufs Neue.

Regina überredete Doris, in eine Suchtklinik zu gehen. Doris blieb lange weg. Danach war sie clean, zumindest, was die Drogen betraf. Als ihre Mutter an Leberzirrhose erkrankte und langsam dahinsiechte, fing Doris an zu trinken. Mit dem Tod ihrer Mutter verlor sie jeglichen Halt, schien erneut im Dreck zu versinken. Auch dieses Mal war es Regina, die sie rettete und auf die Spur zurückbrachte. Seitdem hatte sie sich immer wieder um Doris gekümmert, ihr aus der Patsche geholfen, sie vor Haftstrafen bewahrt.

Während Regina durch die ständige Zurückweisung in ihrer Kindheit und Jugend gelernt hatte, dass man nur durch eine gute Ausbildung und Erfolg im Beruf eine gewisse Achtung erlangen konnte, hatte die einstmals so resolute Doris sich aufgegeben, war im Selbstmitleid versunken. Ihre Ausbildung hatte sie nicht beendet und von Aushilfsjobs gelebt oder sich von Männern aushalten lassen.

Für Geld machte sie fast alles, ließ sich von den Männern schlagen und erfüllte ihnen ihre abartigen Wünsche.

Regina schickte sie zu einem Psychologen. Mithilfe der Therapie und entsprechenden Medikamenten schien sich ihr Zustand zu bessern. Regina war zuversichtlich, dass ihre Freundin auch diese Abnormalität überwinden würde.

Ein Freund aus dem Haus versuchte, ihr dabei zu helfen.

Henne hatte Regina bis dahin schweigend zugehört. Jetzt unterbrach er sie. »Was ist das für ein Freund? Ist das dieser Dieter Kremp aus dem Erdgeschoss?«

»Ja, genau der. Den solltest du unbedingt befragen. Er kann dir sicher noch weitere interessante Geschichten berichten.«

»Morgen wollen wir mit den anderen Hausbewohnern reden.

Diesen Dieter Kremp werden wir uns zuerst vornehmen. Aber ich sehe jetzt immer noch keinen Zusammenhang zwischen dem verkorksten Leben von Doris und ihrem Tod.«

»Doris wurde vor einer Woche vergewaltigt. Sie hat mich spät nachts aus dem Krankenhaus in Bad Nauheim angerufen. Eine Anzeige wollte sie nicht erstatten, obwohl sie wusste, wer ihr das angetan hat. Sie hatte Angst, fühlte sich bedroht. Ich habe sie zu meiner Tante gebracht, weil sie da niemand vermutete.«

»Und du glaubst, die Vergewaltigung und ihre Ermordung hängen zusammen?«

»Da bin ich mir ziemlich sicher. Aber sie wollte mir trotz allem Zureden nicht verraten, wer der Mann ist, der sie so misshandelt hat.«

»Und du hast auch keine Idee, wer das sein könnte?«, hakte Henne nach.

Regina schüttelte den Kopf. Ihr roter Schopf glänzte im Licht.

Sie ist wunderschön, dachte Henne.

»Vielleicht ein Kunde.«

»Wir haben den Verdacht, dass Doris irgendetwas wusste, mit dem sie ihrem Mörder hätte schaden können.«

»Wie kommst du darauf?« Regina sah ihn mit großen Augen an.

»Ihre Handtasche samt Inhalt ist weg, kein Handy. In ihre Wohnung wurde eingebrochen, alles durchwühlt, so als ob jemand etwas gesucht hat.«

»Meinst du, sie hat jemanden erpresst?«

»Könnte möglich sein.«

»Davon weiß ich nichts. Ich war letzte Woche jeden Abend bei ihr. Wir haben lange Spaziergänge gemacht. Haben viel geredet. Aber so etwas hat sie nicht einmal angedeutet.«

»Hat sie beim Spazierengehen immer Pumps getragen?«

»Nein, wieso?«, beantwortete Regina seine Frage mit einer

Gegenfrage. »Sie ist in Turnschuhen gelaufen. Die hat ihr Tante Maria geliehen.«

»Weil sie am Samstagabend das Haus in Pumps verlassen hat. Das ist doch ungewöhnlich, dass eine Frau in Pumps den Hund Gassi führt.«

»Allerdings, zumal Biene – so klein sie ist – ganz schön wild sein kann.«

»Also wäre es doch logisch, dass sie jemand abgeholt hat, mit ihr ins Feld gefahren ist und sie dort getötet hat.«

»Meinst du, ihr Mörder ist schon mit dem Vorsatz zu ihr gekommen, sie umzubringen?«

»Nicht unbedingt, vielleicht wollte er nur mit ihr reden und dann ist die ganze Sache aus dem Ruder gelaufen.«

»Das arme Ding hat doch niemandem etwas getan.«

Henne wechselte unvermittelt das Thema:

»Besaß Doris ein Notebook?«

»Nicht dass ich wüsste.« Regina blinzelte auffällig mit den Augen. »Wieso?«

»Ach, nur so.« Henne überlegte eine Weile, kam dann aber zu dem Entschluss, nichts von dem zu erwähnen, was sowohl Doris Nachbarin als auch Co von einem Notebook berichtet hatten.

»Kennst Du Doris' Handynummer?«

Regina sah ihn ungläubig an. »Doris besaß gar kein Handy.«

»Wie bitte? Das ist ja ungewöhnlich. Heute hat doch jeder so ein Teil.« Henne war irritiert über diese Aussage. Die Nachbarin hatte davon gesprochen, dass sie versucht habe, Doris auf dem Handy zu erreichen.

»Bist du ganz sicher? Vielleicht wusstest du nur nichts davon.«

»Da bin ich ganz sicher. Sie hätte sich gar nicht getraut, einen Vertrag abzuschließen. Sie hatte einen Eintrag bei der Schufa.«

»Wieso hatte sie denn einen Eintrag bei der Schufa?«

»Sie hat jahrelang Bestellungen bei Versandhäusern aufgegeben und die bestellte Ware nicht bezahlt.«

»Sie hätte doch auch ein Prepaid-Handy kaufen können«, bohrte Henne weiter.

»Hat sie aber nicht. Sie wollte sich nicht von so einem Ding abhängig machen.« Reginas Antwort klang wenig überzeugend für Henne.

»Ganz schön verrückt, die Dame. Ich wundere mich, dass du dich mit ihr abgegeben hast.«

»Das ist meine soziale Ader. Ich habe sozusagen ein Helfersyndrom«, versuchte Regina, sich zu rechtfertigen.

»Scheint mir auch so.«

»Verstehst du jetzt, warum ich dir das in meinem Haus erzählen wollte?« Regina sah ihn um Verständnis bittend an.

»Ich kann es mir vorstellen.«

»Können wir uns jetzt nicht mehr sehen?« Ihre Stimme klang traurig.

»Nein, warum denn?«

»Na ja, weil ich doch die Tote kannte.«

»Aber du stehst doch nicht unter Mordverdacht. Das kann ich eindeutig ausschließen«, versuchte er, sie zu beruhigen. »Für die Tatzeit hast du ein wasserdichtes Alibi«, setzte er etwas anzüglich hinzu.

Regina seufzte erleichtert. »Kannst du heute Nacht bei mir bleiben? Ich möchte nicht allein sein.« Regina wollte ihrem Liebhaber nicht die ganze Wahrheit beichten. Zum einen wollte sie gern seine Nähe spüren, zum anderen hatte sie Angst, dass der Mörder von Doris auch sie heimsuchen könnte. Sie wusste, wer ihrer Freundin das angetan hatte. Doch noch weigerte sie sich, Henne alles anzuvertrauen. Erst musste sie feststellen, was es unter Umständen für sie bedeutete.

Kapitel 52

Wütendes Gebell riss Henne aus tiefem Schlaf. Er hatte einige Probleme, sich zu orientieren. Das Bellen kam aus dem Erdgeschoss. Es fiel ihm wieder ein, Erdmann lag auf der Fußmatte unten in der Diele. Ein Kratzen und Winseln war zu vernehmen. Wahrscheinlich musste der Dackel raus. Er war seit dem Moment, als sie Reginas Haus betreten hatten, nicht mehr vor der Tür gewesen.

Henne erhob sich schwerfällig. Sein Kopf dröhnte. Die vielen Cognacs hatten ihre Spuren hinterlassen. Regina schlief noch. Von ihrer Seite kam ein leises Schnarchen. Sie hatte ihn angefleht, die Nacht bei ihm zu verbringen, wollte nicht alleine sein, suchte Trost in seinen Armen.

Er zog sich hastig an und eilte nach unten. Ein missmutiger Blick aus den braunen Augen seines Vierbeiners strafte ihn. Er öffnete Erdmann die Tür. Der Dackel flitzte in einem Affentempo auf die Straße. Quietschende Bremsen und lautes Hupen waren die Folge. Der Fahrer eines schwarzen Audis ließ die Scheibe herunter und beschimpfte Henne, der nachsehen wollte, wo Erdmann abgeblieben war. Zu seiner Erleichterung stellte er fest, dass sein Dackel nicht unter dem Auto lag, sondern bereits das Gras in seinem Vorgarten düngte.

*

Eine halbe Stunde später verließen sie das Haus, um in den Grünen Weg zu fahren. Heute kam er zu spät. Das war das erste Mal in all den Jahren seiner Tätigkeit, dass er das Kommissariat nach den Kollegen betrat. Mit lautem Gespött wurde er aus den offen stehenden Türen der Büros empfangen.

»Guten Morgen, Stückchen.«

»Guten Morgen, Henne. Was ist denn los? Warum kommt ihr so spät? Ich habe mir schon Sorgen gemacht«, wurde er von seiner Perle empfangen.

»Völlig unnötig. Kannst du mir mal einen starken Kaffee machen und vielleicht was zum Frühstück besorgen? Hatte noch keine Zeit. Und nimm den Dackel mit zu dir.«

»Oh je, da hat es einen ja ganz schön erwischt.« Co, die gerade ins Büro kam, lachte. Stückchen grinste sie an und verschwand. Erdmann trabte hinter ihr her.

»Du kannst dir deine blöden Witze sparen. Ich habe bereits ermittelt. Und nur, weil du einmal vor mir im Büro bist, musst du nicht so die Klappe aufreißen«, fauchte er seine Kollegin an.

»Hast du heute schlechte Laune?«

»Hab ich nicht, aber ich krieg gleich welche.«

»War schon beim Chef, habe ihm kurz berichtet, was Sache ist. Wir treffen uns gleich um neun Uhr zur Dienstbesprechung. Was hast du ermittelt in der Zwischenzeit?«

»Die Nichte von Frau Eisenhut hat sich bei mir gemeldet. Sie hat mir 'ne ähnliche Story von der Toten erzählt wie die Nachbarin. Aber jetzt kommt es.« Henne hielt einen Moment inne. »Doris wurde vor einer Woche vergewaltigt. Nach ihrer Aussage kannte das Opfer ihren Peiniger, wollte ihn aber nicht anzeigen.«

»Das ist ja der Hammer!«

»Eben. Was mir allerdings sehr merkwürdig vorkommt, Frau Eisenhuts Nichte behauptet, dass diese Doris weder ein Notebook noch ein Handy besessen hat.«

»Das kann ich mir nicht vorstellen. Warum sollte denn die Nachbarin lügen?«

»Der Sache sollten wir als Erstes nachgehen.«

»Die haben was zu verheimlichen.« Das befürchtete der Kommissar mittlerweile auch.

»Ich muss dir noch etwas sagen. Aber du musst mir versprechen, es vorerst für dich zu behalten. Ich weiß noch nicht, wie ich damit umgehen soll.« Hennes Ton klang verschwörerisch.

»Schieß los, ich bin ganz Ohr.«

»Die Nichte von Frau Eisenhut heißt Regina Mutzke. Es ist die Anwältin, die wir letzte Woche zum Fall Holger Palme befragt haben.«

Co grinste breit. »Na, so ein Zufall.«

»Ja, nicht wahr?« Henne schaute verlegen.

»Und, was hat das zu bedeuten?«

»Wir haben uns inzwischen näher kennengelernt.«

»Oh, oh! Das könnte kompliziert werden.«

»Nicht wirklich. Mit dem Tod dieser Doris kann sie nichts zu tun haben, sie hat ein wasserdichtes Alibi.«

»Du willst mir doch nicht sagen, dass du am Samstag mit dieser Anwältin zusammen warst?«, fragte Co ungläubig.

»Doch, genau das will ich dir sagen. Aber ich möchte nicht, dass das gleich jeder hier erfährt. Wie ich schon sagte, wir haben uns gerade erst kennengelernt.«

»Zu deiner eigenen Sicherheit würde ich das dem Chef sagen.«

»Du hast recht. Ich geh mal rüber.«

»Und was ist mit dem Kaffee und dem Kuchen?« Stückchen stellte ihm gerade das Gewünschte auf den Schreibtisch.

»Muss leider warten.«

Kapitel 53

Das Gespräch mit dem Polizeidirektor dauerte nicht lange. Er hatte volles Verständnis für Hennes Situation. Sie fanden eine gute Lösung, die vertretbar war und die in der folgenden Dienstbesprechung den anderen Ermittlern geschickt präsentiert wurde.

In dem rechteckigen Besprechungsraum standen zwei Tischreihen gegenüber. In der Mitte waren Kaffee und belegte Brötchen bereitgestellt. Auf Hennes Platz wartete ein Glas Wasser mit einem Aspirin. Stückchen grinste ihn über den Tisch hinweg an. Bevor Henne etwas zu sich nehmen konnte, berichtete er den Kollegen, was am Vortag geschehen war und wer das Opfer war.

Zum Schluss sagte er: »Ich gehe davon aus, dass der Täter die Frau am Samstagabend in Gambach abgeholt hat, um mit ihr zu sprechen. Ich stelle mir das so vor: Täter und Opfer fahren gemeinsam ins Feld. Geraten in Streit. Der Täter bedroht die Frau. Das Opfer bekommt Angst, verlässt das Auto, versucht zu fliehen, rennt in Richtung Schafherde davon. Dabei verliert sie ihre Schuhe. Der Mörder eilt ihr hinterher. Tritt den Dackel, nimmt ihm die Leine ab und erdrosselt Frau Fleischhauer damit.«

»Klingt einleuchtend.« Zustimmendes Gemurmel.

»Ich vermute, es war eine spontane Tat«, setzte Co hinzu.

»Cosima, du befragst heute die Mitbewohner im Haus, die Nachbarn, die Leute aus der Bar. Zuallererst wendest du dich aber an diesen Dieter Kremp aus dem Erdgeschoss. Der muss mehr wissen. Nimm den Jüngling mit.«

Cosima blickte EKHK Wortmann groß an. Normalerweise war sie mit Henne unterwegs. Die Anweisung war offenbar das Ergebnis der Unterredung zwischen Henne und dem Polizeidirektor.

»Eberstädter, du kümmerst dich um die ganzen Papiere, die Bankauszüge. Falls sie kein Prepaid-Handy hatte, finde raus, wo sie einen Handyvertrag abgeschlossen hat, wie die Nummer lautet. Wir brauchen einen Verbindungsnachweis vom Provider. Das gilt auch für den Festnetzanschluss.« Henne verteilte die Aufgaben, sagte aber nichts davon, dass laut Aussage von Regina Mutzke kein Handyvertrag existierte.

»Stückchen, du rufst die Spusi an. Ich brauche schnellstmöglich den Bericht vom Tatort. Außerdem will ich wissen, ob sie Blutspuren in der Wohnung gefunden haben, Haare, vielleicht auch Sperma und so was.«

»Und was machst du?«, fragte Co entrüstet in Hennes Richtung.

Anstelle des Kriminalhauptkommissars antwortete der EKHK: »Henne wird euch in allem unterstützen. Die Fäden laufen bei ihm zusammen. Ihr könnt ihn jederzeit beratend hinzuziehen. Er wird zunächst aber im Fall Palme weiterermitteln. Wir sind da am Freitag auf neue Erkenntnisse gestoßen, denen er nachgehen soll. Es könnte sein, dass wir hier doch noch einen Täter zu fassen kriegen.«

Kriminaloberkommissarin von Mittelstedt war klar, dass die Einbindung von Henne in diesem Fall und die Nähe zu Frau Mutzke unter Umständen zu Komplikationen führen könnten. Sie musste wohl die bittere Pille schlucken und Jüngling mitnehmen.

Stefan Jüngling hatte bisher nur vom Schreibtisch aus gearbeitet. Er sollte seine Chance kriegen, vor Ort zu ermitteln. Als Cosima ihn aufmunternd ansah, errötete er. Er konnte sein Glück kaum fassen. Auf diese Gelegenheit, mit der Kommissarin enger zusammenzuarbeiten, hatte er schon gewartet. Er mochte die zierliche, blonde Frau.

*

Als Henne ins Büro zurückkam, stürzten sich Co und Stückchen sofort auf ihn: »Welche neuen Erkenntnisse gibt es denn im Fall Palme?«

»Halt, eins nach dem anderen. Stückchen, ruf mal diese Petra Palme an. Die ist doch gerade bei ihrer Tochter in Wernborn. Die soll ihren Hintern hierherbewegen, und zwar pronto.«

»Also, was gibt es Neues?« Co ließ nicht locker.

»Die Kollegen haben noch einmal einige der Frauen überprüft, mit denen Palme näher zu tun hatte. Und was glaubst du wohl, auf was sie da gestoßen sind?«

»Ja, was denn?«, fragte Co ungeduldig.

»EKHK Wortmann hat mir berichtet, dass Petra Palme zum Todeszeitpunkt ihres Ex-Mannes hier in Deutschland war.«

»Die hat doch gesagt, sie wäre im Ausland gewesen. Die hat uns angelogen. So ein Biest«, entrüstete sich Co.

»Nicht ganz. Ich erinnere mich, dass sie gesagt hat, sie wäre zu dem Zeitpunkt nicht in Wernborn gewesen.«

»Ja, und da sind wir davon ausgegangen, dass sie nicht in Deutschland gewesen sei«, folgerte Cosima.

»Genau so.« Henne deutete mit dem Zeigefinger auf Co. »Das Gleiche ist uns letzte Woche mit Frau Mutzke passiert. Erinnerst du dich, Co?«

»Stimmt. Sie hat gesagt, sie hätte mit dem Ehepaar Schmitt-Palme außer dem Vertragsabschluss weiter nichts zu tun gehabt.

Mit Holger Palme hatte sie jedoch sehr wohl schon zu tun gehabt. Sie hat ihn bei seiner Scheidung von seiner ersten Frau vertreten.«

»Immer diese Spitzfindigkeiten.« Stückchen schüttelte den Kopf, als sie das Büro erneut betrat. »Frau Palme kann erst um 14.00 Uhr hier sein. Sie hat kein Auto.«

»Dann fahr ich halt zu ihr.« Henne rollte die Augen. »Ruf sie noch mal an und sag ihr, dass ich in einer knappen halben Stunde in Wernborn bin.« Er wandte sich an Co.

»Übrigens, gute Arbeit von deinem Jüngling«, lenkte Henne nun ab.

»Das ist nicht mein Jüngling«, zischte Co, die grundsätzlich sauer wurde, wenn ein Mann ungefragt mit ihr in Verbindung gebracht wurde. »Was meinst du mit ›gute Arbeit‹?«, kam es daraufhin etwas freundlicher.

»Der hat herausgefunden, dass Petra Palme am Todestag ihres ersten Mannes in Deutschland war und nicht in Portugal, wo sie zu dem Zeitpunkt gearbeitet hat. Er hat nur noch nicht festgestellt, wo sie sich tagsüber aufgehalten hat.«

»Wie hat er das denn gemacht?«

»Aus einem mir unerfindlichen Grund hat er sich die Passagierlisten von allen Flügen Portugal-Deutschland der Lufthansa und Thomas Cook von den letzten Tagen davor bis zum Sterbedatum geben lassen. Und siehe da, er ist fündig geworden. Die Dame war exakt am Todestag auf einen Flug von Faro nach Frankfurt gebucht. Und zwar auf den ersten Flug morgens um sieben.«

»Schlaues Bürschchen. Das heißt, Petra Palme hätte genügend Zeit gehabt, ihren Mann um die Ecke zu bringen.«

»Ja, sie ist bereits am Abend des gleichen Tages wieder abgereist. Das stinkt doch zum Himmel.«

»Wieso ist das denn niemandem aufgefallen? Familie, Freunden?«

»Weil sie vermutlich nicht in Wernborn war und niemand davon wusste, dass sie sich zu dem Zeitpunkt in Deutschland aufgehalten hat«, belehrte sie Henne.

»Das ergibt natürlich eine vollkommen neue Situation.«

»Eben.« Henne sang das Wort fast. »Und damit werde ich mich nun befassen und die Dame noch mal in Wernborn besuchen.«

»Was machen wir denn nun mit dem Notebook von Doris Fleischhauer? Meinst du nicht, wir sollten einen Durchsuchungsbeschluss für Frau Eisenhuts Haus beantragen?«

»Wenn da einer war, hat sie ihn vermutlich schon weggeschafft.« Henne gab seine Vermutung, dass er bei Regina sein könnte, nicht preis.

»Ich bin sicher, da hätten wir was drauf gefunden.«

Das Telefon auf Hennes Schreibtisch klingelte. Er gab Co ein Zeichen, innezuhalten und meldete sich: »Henneberg.«

»Auf der Heide«, kam es knapp zurück, »guten Morgen, Alexander.«

»Guten Morgen, Füchsin, sag bloß, du hast schon Ergebnisse.« Er drückte die Taste mit dem Lautsprechersymbol.

»Worauf du Gift nehmen kannst.«

»Bei mir reicht schon Chili, um mich umzubringen.« Henne zwinkerte Co zu, die mithörte.

»Das verstehe ich nicht.«

»Musst du auch nicht. Erkläre ich dir ein andermal. Was hast du? Erzähl.«

»Könnt ihr nicht vorbeikommen? Es gibt Einiges, was euch interessieren wird.« Henne schaute auf seine Uhr.

»Wenn, dann nur ich. Co muss anderweitig recherchieren.«

»Arbeitet ihr nicht mehr zusammen? Was um Himmels willen ist denn passiert?«, kam es schockiert zurück.

»Nein, nein, alles gut. Auch das erkläre ich dir später. Ich komme im Laufe des Vormittags vorbei.«

Sie verabschiedeten sich. Henne nahm erneut das Gespräch mit Co auf. Sie besprachen noch einmal kurz die Vorgehensweise und trennten sich dann. »Ruf mich an, sobald es etwas Neues gibt, klar?«

Co nahm ihre Jacke und verschwand, um Stefan Jüngling abzuholen. »Dito.«

»Erdmann, auf geht's, an die Arbeit.« Der Dackel zu Stückchens Füßen rührte sich nicht. Nur ein tiefes Brummen, einem Donnergrollen gleich, war unter dem Schreibtisch zu hören.

»Auweia, hast du ihn geärgert?«, fragte Stückchen besorgt.

»Noch nicht. Aber das kann sich jederzeit ändern«, drohte Henne. »Kann er bei dir bleiben?«

Stückchen nickte freudestrahlend und warf Henne einen Handkuss zu.

Kapitel 54

Der Mann rüttelte am Bett. Seine Hände und Füße waren an den Pfosten mit Seilen festgezurrt. Über seinem Mund klebte ein breites Pflaster. Er atmete schwer durch die Nase. Immer wieder hob er den Kopf und schaute in ihre Richtung. Seine Augen flehten sie an, ihn loszubinden.

Ruhig saß sie auf dem Stuhl in der Ecke und beobachtete ihn. Noch vor ein paar Minuten war er in Ekstase entbrannt, als sie seinen muskulösen Körper mit einer langen Feder gestreichelt und liebkost, seine Männlichkeit in Erregung versetzt hatte, bis er sich explosionsartig entlud. Sein lustvolles Stöhnen klang noch in ihren Ohren. Danach hatte sie sich schnell über ihn gebeugt, ihm das Pflaster über die Lippen geklebt. An seinem gierigen Blick hatte sie erkannt, dass er es zunächst für ein neues Spiel hielt. Doch nachdem mehrere Minuten vergangen waren und sie noch immer kein Wort zu ihm gesprochen hatte, überkam ihn eine panische Hektik. Eine nie gekannte Angst machte sich in ihm breit. Er begann am ganzen Körper zu zittern. Tränen liefen aus seinen Augen.

»Ich werde dich nun erlösen, mein Schatz. Das hast du dir verdient. Du warst so gut zu mir. Wir waren so ein wunderbares Paar«, sagte sie mit sanfter Stimme.

Heftig nickte er mit dem Kopf. Der salzige Angstschweiß, der sich auf seiner breiten Stirn gebildet hatte, rann in seine Augen.

Sie beugte sich erneut über ihn, zeigte ihm ein weiteres Pflaster. »Warum hast du mir das angetan?«, fragte sie ihn. Trauer lag in ihrer Stimme.

*

Das Telefon klingelte. Regina erwachte aus ihrem Albtraum. Schweiß klebte an ihrem Körper. Erschrocken warf sie einen Blick auf den Radiowecker auf dem Nachtschränkchen neben ihrem Bett. Es war bereits 8.00 Uhr. Sie hatte verschlafen. Wenn sie pünktlich zu ihrer ersten Besprechung um neun Uhr im Büro sein wollte, musste sie sich beeilen. Sie tastete die andere Seite des Bettes ab. Alexander war nicht da. Er musste bereits aufgestanden sein. Eigentlich hatte sie keine Zeit zum Telefonieren, aber vielleicht war es ja Alexander, der ihr einen guten Morgen wünschen wollte.

Sie nahm den Hörer von der Station. »Hallo«, meldete sie sich.

»Hallo Regina, gibt es dich auch noch? Wo steckst du denn? Warum meldest du dich nicht? Du wolltest mir doch beistehen.« Es war ihre Schwester Barbara, die sie mit Vorwürfen überhäufte.

»Hallo Babs, tut mir leid. Es ist in der Zwischenzeit so viel passiert. Ich hätte dich heute noch angerufen.«

»Da musst du mir schon einen guten Grund nennen, sonst bin ich echt sauer.« Barbaras Stimme klang beleidigt.

»Ist Mord ein ausreichend guter Grund?«

»Ach, du meine Güte. Wurde einer deiner Klienten umgebracht?«

»Eine ehemalige Klientin, ja. Ich bin seit Samstagnacht auf den Beinen.« Regina verschwieg ihrer Stiefschwester, dass es sich um eine alte Freundin von ihr handelte. Barbara hatte Doris nicht gekannt. Sie wäre für Barbara nicht gesellschaftsfähig gewesen. Obwohl sie sich selten einig waren, teilte Barbara die

Ansicht ihres Mannes, erst der Akademiker verdiene die Bezeichnung Mensch.

»Oh, das tut mir leid. Das ist natürlich etwas anderes. Aber sag mal, habt ihr in der Zwischenzeit von Wolfgang gehört?«

»Ich nicht«, verneinte Regina die Frage. »Bei seinem Bruder hat er sich letzte Woche auch nicht gemeldet. Manfred hat ihn auf unbestimmte Zeit beurlaubt, aber irgendwann müsste er ja mal wieder ins Büro kommen.«

»Ich kann kaum glauben, dass er so einfach klein beigibt.«

»Freu dich doch. Du wolltest schließlich deine Ruhe haben.«

»Ja, das wollte ich auch. Aber sein Verhalten ist ungewöhnlich. Das macht mir etwas Angst.«

»Babs, ich möchte nicht unhöflich erscheinen, aber ich muss aufhören. Ich habe verschlafen und bin eh schon zu spät dran. Ich melde mich später bei dir. Dann weiß ich vielleicht auch mehr von Wolfgang.«

»Tschüss«, kam es weinerlich von Barbara zurück.

Es war immer das Gleiche, dachte Regina. Erst konnten die betrogenen Frauen ihre Männer nicht schnell genug loswerden, und wenn sie es endlich geschafft hatten, heulten sie ihnen hinterher. Da bildete Barbara keine Ausnahme.

Regina machte sich fürs Büro fertig. Sie war gespannt darauf, ob ihr Schwager auftauchen würde. Gleichzeitig machte sich Unbehagen bemerkbar. Wie würde er sich ihr gegenüber verhalten?

Kapitel 55

»It's now or never, please hold me tight, it's now or never, be mine tonight …«

Henne summte laut vor sich hin. Er dachte an die letzte Nacht mit Regina. Sie hatten beide etwas zu viel getrunken. Der Sex, der auf das intensive Gespräch folgte, war kurz, aber heftig gewesen. Regina hatte sich ihm in einer Art und Weise dargeboten, die er nicht von ihr erwartet hätte. Wahrscheinlich lag es an ihrem Kummer, den sie verdrängen wollte.

Es war ein herrlicher Spätsommertag. Die Sonne schien vom blauen Himmel. Er fuhr schneller als erlaubt, schnitt die Kurven. Auf dem Weg durchs Usatal nach Wernborn war alles frei. Der Berufsverkehr war vorbei. Er bog rechts von der Bundesstraße ab, folgte der Straße den Berg hinauf in das Örtchen Wernborn, das links oberhalb des Weges lag. Von hier oben hatte man einen herrlichen Ausblick über grüne Wiesen und Felder. Kein Windrad störte die Aussicht auf die unberührte Natur, ein seltener Anblick im Großraum Frankfurt.

Petra Palme empfing ihn an der Tür. »Was wollen Sie denn noch von mir?«, fragte sie distanziert.

»Guten Morgen, Frau Palme«, grüßte Henne höflich. »Darf ich einen Moment reinkommen? Ich hätte da noch ein paar Fragen an Sie.« Die Frau machte die Tür ganz auf und ließ ihn mit einem Kopfnicken eintreten.

»Was wollen Sie denn noch?«, wiederholte sie im selben Tonfall wie zuvor.

»Zum Beispiel, eines Ihrer Haare.« Henne hielt ihr ein Plastiktütchen hin. »Wenn Sie bitte so freundlich sein wollen.«

»Wieso das denn? Was soll das?«

»Das frage ich Sie«, sagte Henne nun bestimmt. »Warum haben Sie uns verschwiegen, dass Sie am Todestag Ihres Mannes in Deutschland waren?«

Erschrocken blickte die Befragte den Kommissar an. Ihre Gesichtsfarbe wechselte zu einer unnatürlichen Blässe. Ihre Augenlider flatterten. Sie gab keine Antwort.

»Ich warte, Frau Palme«, sagte Henne nach gefühlten zwei Minuten. »Überlegen Sie sich gut, was Sie sagen.«

»Ja, ich war an dem Tag in Deutschland. Aber ich habe meinen Mann nicht gesehen.«

»Was haben Sie denn hier gemacht?« Henne hielt immer noch den Beutel in der Hand.

»Ich war bei meinem Arbeitgeber in Frankfurt. Das können Sie gern nachprüfen.«

»Den ganzen Tag?«

»Nein, nur von 10.00 bis 12.00 Uhr. Dann habe ich mich mit einer ehemaligen Arbeitskollegin zum Essen getroffen.«

»Was haben Sie danach gemacht? Ihr Rückflug ging doch erst um 19.00 Uhr.«

»Ich hatte noch was bei meiner Bank zu erledigen und danach war ich shoppen.«

»Haben Sie dafür einen Beweis?«

»Nein, wie sollte ich? Das ist zehn Jahre her. Glauben Sie, da hätte ich noch eine Quittung?« Ihre Augen verengten sich zu Schlitzen.

»Haben Sie bar oder mit Karte bezahlt?«

»Das weiß ich doch jetzt nicht mehr.«

»In welchen Läden haben Sie denn eingekauft?«

»In einem Bekleidungs- und einem Schuhgeschäft auf der Zeil.«

»Können Sie mir die Namen der Geschäfte und die der Personen sagen, mit denen Sie sich getroffen haben?«, forderte Henne sein Gegenüber auf. »Und vergessen Sie nicht das Haar.« Erneut hielt er Frau Palme das Plastiktütchen hin. Sie rupfte ein Haar aus und verwahrte es in dem Beutel.

»Was wollen Sie denn damit?«

»Es mit dem einzigen Haar vergleichen, das wir auf der Jacke Ihres Exmannes gefunden haben und das wir bisher nicht zuordnen konnten.«

»Ich schwöre Ihnen, ich habe mit dem Tod meines Ex' nichts zu tun.«

»Warum haben Sie uns dann angelogen?«

»Ich wollte mich nicht verdächtig machen.«

»Bitte bleiben Sie hier in Wernborn, bis wir das überprüft haben.«

»Aber ich muss zurück. Ich habe schließlich eine Arbeit.«

»Der DNA-Abgleich wird zügig vorgenommen. So lange dürfen Sie Deutschland allerdings nicht verlassen.«

»Wollen Sie damit sagen, dass Sie mich verdächtigen?«

»Ich will gar nichts sagen. Aber ich muss jeder Spur nachgehen.«

»Wie lange kann das in etwa dauern?«

»Ich kann Ihnen nicht genau sagen, wie lange die Kriminaltechniker für einen Vergleich brauchen. Aber ich verspreche Ihnen, dass wir uns schnellstmöglich darum kümmern. Wann hatten Sie denn Ihren Rückflug geplant?«

»Morgen«, kam es nun verzweifelt von Frau Palme.

»Daraus wird nichts. Buchen Sie Ihren Flug auf Ende der Woche um. Wenn bis dahin nichts gegen Sie vorliegt, können Sie nach Portugal zurückkehren.«

»Das darf doch alles nicht wahr sein«, empörte sich Frau Palme.

»Hätten Sie von Anfang an mit offenen Karten gespielt, wäre das nicht notwendig gewesen«, belehrte sie Henne.

»Sie werden mir nichts anhängen können«, sagte Frau Palme zum Abschluss.

*

Henne überlegte auf dem Weg nach Gießen, was sie mit ihren letzten Worten wohl gemeint haben könnte. Sollte die Frau in den Mord ihres Mannes verstrickt sein? War es unter Umständen eine Aktion von mehreren Personen gewesen? Womöglich hatten die Kollegen damals einige Hinweise falsch gedeutet und in eine völlig falsche Richtung ermittelt.

*

Gemütlich fuhr er über Maibach, Münster und Hoch-Weisel nach Butzbach und nahm die B3 in Richtung Gießen. Als er kurz vor Pohl-Göns war, überlegte er es sich anders, bog ins Dorf ab und fuhr hinter dem Ort auf den Gambacher Wald zu. Er wollte die Gelegenheit nutzen und noch einmal Frau Eisenhut aufsuchen. Es gab da noch einiges, was sie ihm erklären musste.

Das Städtchen lag verlassen da. Kein Mensch war auf der Straße zu sehen. Henne hielt vor dem Haus von Frau Eisenhut. Auf sein Klingeln reagierte niemand. Er rief ihren Namen zum Fenster hinauf. Keine Reaktion.

Als er zu seinem Auto zurückkehrte, öffnete sich das Fenster am Haus gegenüber. Eine alte Frau rief ihm zu: »Däi wird uff de Kirmes soi. Haut wärn se kaan häi anträffe.« Alexander verstand nur Bahnhof. Das einzige Wort, das er heraushören konnte, war *Kirmes*.

Jetzt erinnerte er sich wieder an die Aussagen des Schäfers, auch Juliane hatte von der Gambacher Kirmes gesprochen und Co hatte den sensationellen Frühschoppen erwähnt, an dem sie wieder nicht teilnehmen konnte.

Er fand es allerdings ziemlich geschmacklos, dass Frau Eisenhut auf einen Frühschoppen ging, nachdem ein ihr nahestehender Mensch ermordet worden war.

»Können Sie mir sagen, wie ich auf diese Kirmes komme?«, fragte er die alte Frau, die ihm ein zahnloses Lächeln schenkte.

»Da misse se häi anuff fohrn und dann rächts in däi Stroaß abbäige un immer geroadaus fohrn. Dann finne se es scho.« Henne hatte nichts verstanden, aber anhand der Handbewegungen der Frau konnte er sich vorstellen, in welche Richtung er fahren musste.

Kapitel 56

Regina kam mit Verspätung ins Büro. Ihre Mandantin saß schon vor dem Schreibtisch. Die Dame wirkte sehr ungehalten, hörte sich ihre Entschuldigung an, ohne sie zu kommentieren.

Doch Regina war Profi genug, um das Anliegen der Dame herauszufinden und sie entsprechend zu beraten. Nach einer Stunde verließ ihre neue Klientin das Büro in der Gewissheit, dass die Scheidung zu ihren Gunsten verlaufen würde.

Regina stand auf und ging zu der Sekretärin am Empfang. »Ist Herr Kain da?«

»Welchen von beiden meinen Sie?«

»Wolfgang.«

»Bedaure, er ist bis jetzt nicht erschienen und hat auch keine Nachricht hinterlassen. Sein Bruder hat auch schon nach ihm gefragt.«

»Ist er da?« Regina deutete auf die Tür von Manfred Kain.

»Ja, gehen Sie hinein. Es ist im Moment niemand bei ihm.«

*

Nach einem kurzen »Herein« öffnete Regina die Tür zum Büro ihres Partners. »Guten Morgen, Manfred. Hast du in den letzten Tagen etwas von Wolfgang gehört?«

»Guten Morgen, Regina. Setz dich doch. Nein, kein Wort. Es ist mir ein Rätsel, wo mein Bruder steckt.

Ich habe schon mehrfach versucht, ihn auf dem Handy zu erreichen. Aber das Ding ist offenbar ausgeschaltet. Ich kriege immer nur die Meldung, dass der Teilnehmer im Moment nicht erreichbar ist.«

Regina überlegte, ob sie ihrem Partner etwas von dem Mord an ihrer Freundin erzählen sollte, entschied sich aber, es zu diesem Zeitpunkt nicht zu tun.

»Barbara hat auch nichts mehr von ihm gehört. Die Scheidungsunterlagen wurden letzte Woche in der Kanzlei zugestellt, wie du weißt. Ich frage mich, was Wolfgang sich eigentlich denkt.«

»Der denkt sich gar nichts. Der war schon immer so, mein lieber Herr Bruder.«

»Was machen wir jetzt? Sollten wir nicht eine Vermisstenanzeige aufgeben?«

»Warum? Ich habe ihn beurlaubt, auf unbestimmte Zeit. Sein Mitarbeiter vertritt ihn, so gut er kann. Offiziell ist Wolfgang krank.«

»Wolfgang mag ja sein, wie er will, aber er hat sich immer um seine Arbeit gekümmert. Seine Klienten konnten sich auf ihn verlassen. Es passt so gar nicht zu ihm, dass er nicht einmal in die Kanzlei kommt.«

»Das ist mir ehrlich gesagt egal. Von mir aus kann er bleiben, wo der Pfeffer wächst. Ich habe von seinen amourösen Abenteuern genug. Und was er mit seiner Frau gemacht hat, geht ja gar nicht. Wir können uns keinen solchen Skandal leisten.« Manfred Kain war wütend. Und wenn er wütend war, kannte er kein Pardon.

Kapitel 57

Dieter Kremp war nicht zu Hause. Hinter der Wohnungstür blieb es still. Co und ihr neuer Kollege nahmen sich die anderen Mitbewohner von Doris Fleischhauer in dem Mehrfamilienhaus in der Friedberger Altstadt vor. Die Befragung verlief jedoch unbefriedigend. Keiner der anderen Nachbarn von Doris Fleischhauer wollte in den letzten Tagen etwas gesehen oder gehört haben. Doris schilderten sie als nette Mitbewohnerin, die leider etwas zu viel trank und zu zahlreiche Männerbekanntschaften hatte. Angeblich störte sich jedoch niemand daran.

Es hätte auch keiner das Recht dazu gehabt. Die Hausbewohner machten nicht gerade einen guten Eindruck auf die Kommissarin und ihren Begleiter. Die Wohnungen der Mieter waren heruntergekommen, ihre Kleidung einfach und ihr Auftreten peinlich. Ausnahmslos alle schienen ein Alkoholproblem zu haben und gingen keiner geregelten Arbeit nach.

Schockiert über den plötzlichen und tragischen Tod von Doris waren sie jedoch alle. Das hätte sie nicht verdient, bedauerten sie. Aber keiner konnte sich erklären, wer für so eine schreckliche Tat infrage kommen könnte. Die Männer, die bei Doris ein und ausgegangen seien, hätten sie nicht gekannt. Freier eben.

»Leben und leben lassen«, schien das Motto der Hausbewohner zu sein, sinnierte Co.

Sie war sich mit Jüngling einig, dass die Leute mehr wussten, aber nichts preisgeben wollten. Sie wollten in Ruhe gelassen werden, keine Unannehmlichkeiten haben. Zum jetzigen Zeitpunkt ergab es keinen Sinn, die Befragten unter Druck zu setzen.

Auffallend jedoch war die Aussage von Doris' Mitbewohnerin von nebenan, die sie am Vortag in der Küche der Toten mit einer Flasche Champagner in der Hand erwischt hatten und die Co so bereitwillig und ausführlich von Doris' Leben erzählt hatte. Als Co sie nach der Handynummer von Doris fragte, bekam sie die Antwort, dass sie die dummerweise verlegt hätte. Auch das Notebook, das nach ihrer Aussage aus der Wohnung der Toten verschwunden war, konnte sie nicht beschreiben. Sie war sich nicht einmal mehr sicher, ob es überhaupt ein Notebook gewesen war.

»Sie müssen wissen, ich bin technisch nicht so versiert«, sagte sie zu Co.

*

Zum Abschluss versuchten sie es erneut bei Dieter Kremp. Er öffnete erst nach mehrmaligem Klingeln die Wohnungstür, blieb im Rahmen stehen und sah die Kommissare missbilligend an. Co erschrak, als sie den Mann erblickte. Er war zum Skelett abgemagert, die unrasierten Wangen wurden von tiefen Falten durchzogen, das Weiß der Augen gelblich verfärbt. Kremp lehnte es ab, mit Co und Jüngling zu reden. Er wollte mit Kommissar Henneberg persönlich sprechen, mit niemandem sonst. »Sie verstehen, das muss auf Augenhöhe geschehen«, kam es arrogant als Begründung.

»Das können Sie haben. Seien Sie morgen früh um neun auf dem Kommissariat im Grünen Weg. Pünktlich!«, zischte Co wütend. »Sollten Sie nicht erscheinen, lassen wir Sie von Streifenbeamten abholen. Ist das klar, Herr Kremp?«

Statt einer Antwort wurde ihr die Tür vor der Nase zugeschlagen. Aus dem Inneren der Wohnung war ein lautes »Leck mich!« zu hören. Co hätte vor lauter Zorn am liebsten die Tür eingetreten.

»Was ist hier eigentlich los?!«, fragte sie ihren Kollegen, der sie mit großen Augen lächelnd ansah. Sein jungenhaftes Gesicht strahlte.

Nicht auch noch das!, dachte Co. Einen verliebten Kollegen, der sie anschmachtete, konnte sie gar nicht gebrauchen. Sie ging auf die Straße und machte ihrem Zorn Luft: »Ist ja mal wieder typisch. Ich bin ja nur eine Frau. Der muss man ja nicht antworten. Uns nimmt man ja gar nicht ernst. Wenn Henne jetzt dabei wäre, hätte sich keiner getraut, so mit mir zu reden.« Zornig stampfte sie mit dem Fuß auf. »Sie sind mir leider keine große Hilfe, Jüngling.« Was mochte der junge Mitarbeiter von ihr denken? Sie sollte ihm was beibringen, ein Vorbild für ihn sein. Stattdessen bekam sie eine Abfuhr von den Befragten erteilt und schob ihm dann auch noch die Schuld zu. Sie benahm sich wie eine Anfängerin.

»Sie sehen auch nicht gerade wie eine Kommissarin aus, eher wie eine Studentin«, kam es nun schüchtern von Jüngling, der auf Cosimas Outfit anspielte. Ihre zierliche Figur steckte in hautengen Jeans und einer eng anliegenden Bluse. Die abgewetzte Lederjacke hing ihr lose über die Schultern. Ihre Haare waren zu einem Pferdeschwanz zusammengebunden, der bei jeder Bewegung hin und her wippte und der Kommissarin ein mädchenhaftes Aussehen verlieh.

»Ich nehme das mal als Kompliment«, konterte Co.

»So war es auch gemeint!« Jüngling grinste verlegen.

»Kommen Sie mir jetzt ja nicht mit der Nummer: *Für Ihr Alter sehen sie aber noch sehr gut aus*«, fauchte Co.

»Ich widersetze mich Ihnen nur ungern, aber genauso ist es. Und wegen der Leute da im Haus sollten Sie sich nicht so aufregen. Beruhigen Sie sich wieder.« Jüngling hatte seinen ganzen Mut zusammengenommen, um seine Kollegin zu beruhigen.

»Ich bin die Ruhe selbst. Wenn ich noch ruhiger werde, können Sie einen Krankenwagen rufen.« Co eilte zu ihrem Auto, ohne ein weiteres Wort mit Jüngling zu wechseln.

Kapitel 58

Hennes Handy vibrierte in der Hosentasche. Er meldete sich kurz und bat den Anrufer einen Moment zu warten. Bei dem Lärm war es unmöglich, ein Gespräch zu führen. Er schob sich durch die Menschenmenge, die in das große Festzelt drängte. Eigentlich war es schon bis auf den letzten Platz besetzt. Obwohl *besetzt* nicht der richtige Ausdruck war: Die Gäste standen vielmehr, mit Vorliebe auf den Bänken, einige sogar auf den Tischen, und schunkelten zur Musik. Eine bayrische Blaskapelle heizte dem Publikum im Zelt mit ihren fetzigen Liedern ein.

Bierdunst und Zigarettenqualm vermischten sich mit Schweißgeruch. Die unerträgliche Hitze und das Geschunkel brachten die Leute in Wallung. So etwas hatte er noch nicht erlebt, schon gar nicht an einem hellen Montagvormittag. Hier waren alle außer Rand und Band, ob jung oder alt, jeder machte mit. Das Freibier floss in Strömen. Junge Männer, die zu dem ausführenden Verein der Gambacher Kirmes gehörten, wie der Aufdruck auf ihren T-Shirts bewies, kamen mit dem Ausschank des Biers nicht hinterher. Den Kellnern wurden die Gläser aus den Trägern gerissen.

Endlich war Henne im Freien angekommen. »Stückchen, was gibt es?«, schrie er ins Telefon.

»Brüll doch nicht so. Ich bin doch nicht taub. Wo treibst du dich denn rum? Was war das für ein Spektakel eben?«

Henne zog seine Zigarettenpackung aus der Jackentasche und fingerte umständlich einen Glimmstengel hervor. Eine junge Frau gab ihm im Vorbeigehen Feuer, kicherte und blinzelte ihn verführerisch an. Henne sah ihr hinterher.

Die spinnen hier alle, dachte er. »Ich bin in Gambach auf dem Frühschoppen. Hier ist die Hölle los. So was hab ich noch nicht gesehen.«

»Ich dachte, du arbeitest«, antwortete ihm Stückchen entrüstet.

»Tue ich ja auch. Was glaubst du wohl, was das für eine Arbeit ist, mir die Weiber vom Hals zu halten?« Henne lachte. »Jetzt mal im Ernst. Was willst du? Gibt es was Neues?«

»Nur so viel: Also, der Eberstädter hat mir eben die Anrufliste für den Festnetzanschluss von Doris Fleischhauer auf den Tisch gelegt. Da taucht immer wieder eine Nummer auf. Und rate mal, zu wem die gehört?«

»Spann mich nicht so auf die Folter.«

»Also, die gehört zum Rechtsanwaltsbüro Kain und Partner in Friedberg.« Henne verdrehte genervt die Augen. Irgendwann würde er Stückchen wegen des *Also* den Hals umdrehen.

»Das ist allerdings interessant. Lässt sich wahrscheinlich dadurch erklären, dass Frau Mutzke aus der Kanzlei mit dem Opfer befreundet war«, stellte Henne fest. »Sag Co Bescheid, sie soll Frau Mutzke danach fragen.«

»Ist möglich.« Henne bemerkte die Enttäuschung in Stückchens Stimme.

»Habt ihr schon die Handynummer rausgefunden?«

»Nee, Co hat mich angerufen. Merkwürdigerweise hat keiner der Hausbewohner eine Nummer und die Nachbarin von gestern hat sie angeblich *verlegt*. Ist doch sonderbar, oder?«

»Kann man wohl sagen. Dann müsst ihr eben alle Provider abfragen.«

»Der Eberstädter ist dran. Den richterlichen Beschluss habe ich schon beantragt. Kann aber noch dauern.«

»Okay, ich werde jetzt mal dieses Sodom und Gomorrha hier verlassen und nach Gießen in die Gerichtsmedizin fahren.«

»Halt, ich muss dir noch was sagen …«, plärrte Stückchen.

Jemand tippte ihm auf die Schulter. Henne drehte sich erschrocken um. Er sah in das Gesicht eines grobschlächtigen Mannes, breit, rot und aufgedunsen. Die Haare hingen in fettigen Strähnen herab. Henne ließ seine Blick über den Rest seines Gegenübers wandern. Ein gigantischer Bierbauch saß wie eine Trommel auf zwei dünnen Beinen. Die verknitterte Kleidung des Mannes war voller Flecken. Seit Atem roch nach Bier und Schnaps.

»Stückchen, ich sehe gerade eine Fata Morgana. Ich melde mich später wieder.« Verzweifelt drückte der Kommissar die Aus-Taste. Ihm blieb wirklich nichts erspart. Vor ihm stand ausgerechnet Martin Weiss-Alles.

Kapitel 59

Der Türöffner summte. Co drückte die schwere Tür nach innen. Eine helle Eingangshalle empfing die Kommissare. Die breite Marmortreppe in der Mitte führte direkt in die Räume der Kanzlei Kain und Partner. Dort wurden sie von einer adrett gestylten Empfangsdame distanziert begrüßt und nach ihrem Anliegen befragt.

»Wir müssen mit Frau Mutzke sprechen. Ist sie da?« Obwohl Co bereits in der Woche zuvor der Frau hinter dem Tresen ihren Dienstausweis gezeigt hatte, forderte die Empfangsdame die Legitimation erneut. Co kannte die Spielchen der Empfangsdamen, die nur zu gern demonstrierten, dass es allein von ihrem guten Willen abhing, wer vorgelassen wurde.

»Nehmen Sie doch bitte einen Moment Platz.« Sie wies auf eine Sitzgruppe am anderen Ende des Raums.

»Ich hätte da erst noch eine Frage an Sie. Nehmen Sie alle eingehenden Telefonate für die Anwälte hier an und stellen Sie auch Verbindungen für ausgehende Telefonate her?«

Die Empfangsdame schaute sie an, als ob die Kommissarin ihr einen unsittlichen Antrag gemacht hätte. »Ich weiß nicht, ob ich befugt bin, Ihnen diese Auskunft zu erteilen. Da müssen Sie meine Vorgesetzten fragen«, antwortete die Frau kühl. »Warten Sie bitte dort hinten, bis Sie aufgerufen werden.« Sie wies hochnäsig auf die Sitzgruppe aus rotem Leder.

Missmutig ließ sich Co auf der schicken Designercouch nieder. Jüngling folgte ihr. Es dauerte eine ganze Weile, bis sie endlich in das Büro von Frau Mutzke gebeten wurden.

»Guten Morgen, Frau Kommissarin. Wo haben Sie denn Ihren Kollegen Henneberg gelassen?« Die Anwältin kam hinter ihrem Schreibtisch hervor und reichte den Kommissaren die Hand.

»Guten Morgen, Frau Mutzke. Darf ich Ihnen meinen Kollegen Stefan Jüngling vorstellen? Herr Henneberg ist verhindert.« Co hatte nicht vor zu erklären, warum sie einen anderen Mitarbeiter an ihrer Seite hatte. Das konnte sich die Anwältin selbst denken und Jüngling ging es nichts an.

»Arbeitet er an dem Fall Holger Palme?« Für einen kurzen Moment veränderte sich der Gesichtsausdruck von Frau Mutzke. Co erkannte Angst und Verunsicherung in ihren Zügen.

»Genau an dem. Wir haben neue Erkenntnisse gewonnen und stehen kurz vor der Aufklärung.« Warum sie das sagte, wusste Co selbst nicht. Von einer Aufklärung waren sie weit entfernt. Jüngling warf ihr einen fragenden Blick zu.

»Was kann ich nun für Sie tun? Wollen Sie sich nicht setzen?«, bot Frau Mutzke an.

Co und Jüngling nahmen auf den Sesseln vor dem Schreibtisch Platz, auf dem immer noch eine Kristallschale mit verlockend aussehenden Pralinen stand. Frau Mutzke hatte ihren gierigen Blick gesehen. Lächelnd schob sie ihr die Schale entgegen. »Bitte bedienen sich.«

»Nein, danke.« Abwehrend hob Co die Hände.

»Vielleicht möchte ihr junger Kollege etwas von dem Konfekt.«

»Nein, danke, der möchte auch nichts von diesem Teufelszeug.« Co schob die Hand von Jüngling, die sich gerade den Köstlichkeiten näherte, zurück. Irritiert sah er Co an. Die Kommissarin ignorierte seinen Blick.

»Frau Mutzke, zunächst mein Beileid zum Tod Ihrer Freundin. Wir benötigen da noch ein paar Angaben von Ihnen.«

»Das ist wirklich tragisch. Die arme Doris.«

Darauf ging die Kommissarin nicht ein. Sie mochte die Anwältin nicht. Es war keine bloße Antipathie, eher ein merkwürdiges Unbehagen, das sie in Gegenwart der Frau verspürte.

»Sie haben Ihre Freundin identifiziert. Können Sie sich denken, wer Frau Fleischhauer das angetan haben könnte? Hatte Ihre Freundin Feinde? Wurde Sie von jemandem bedroht? Warum war sie überhaupt bei Ihrer Tante in Gambach?« Staccatoartig kamen die Fragen aus dem Mund der Kommissarin.

»Das sind ganz schön viele Fragen auf einmal.« Die Stimme von Frau Mutzke klang weinerlich. Schweigen beherrschte den Raum für eine Weile. Co wartete ungeduldig, trommelte mit den Fingerspitzen auf der Sessellehne. Jüngling sah in ihre Richtung, zog die Augenbrauen hoch.

»Keine Ahnung, wer Doris das angetan hat. Sie war ein guter Mensch. Ich kann mir auch nicht vorstellen, dass sie Feinde hatte. Aber die ganze Sache hat eine Vorgeschichte.« Stockend sprach die Anwältin weiter. »Doris wurde vor einer Woche von einem ihrer Freier brutal vergewaltigt. Seitdem hatte sie Angst. Ja, sie fühlte sich bedroht.«

»Hat sie sich nach der Vergewaltigung an Sie gewandt oder woher wussten Sie davon?«

»Sie hat mich in der Nacht angerufen und um Hilfe gebeten. Ich konnte mich aber nicht gleich um sie kümmern und habe eine Anwaltskollegin gefragt, ob sie Doris ins Krankenhaus bringen kann. Doris wollte aber nicht dort bleiben. Ich habe sie daraufhin abgeholt und zu meiner Tante gebracht.«

»Hat Sie Ihnen anvertraut, wer der Freier war?«

»Nein, das wollte sie nicht.«

»Wo ist das passiert?«

»Sie hat den Mann in ihrer Wohnung empfangen. Dort hat er sie auch misshandelt.«

»Wissen Sie denn, ob der Mann sie vorher schon mal misshandelt hat?«

»Nein, ich habe wirklich keine Ahnung. Doris wollte mir nichts sagen. Ich habe versucht, sie zu einer Anzeige zu überreden, aber sie hat das abgelehnt.«

»Ist es möglich, dass Sie sich Ihrer Tante anvertraut hat oder jemand anderem?«

»Das glaube ich nicht. Wir standen uns sehr nahe. Wenn nicht mir, wem sollte sie dann davon erzählen?«

»Frau Mutzke, wir bräuchten die Handynummer Ihrer Freundin. Können Sie mir die geben?«

»Soweit ich weiß, hatte Doris keines.«

Co glaubte ihr nicht. Die Augen ihres Gegenübers blinzelten auffällig. Ein Zeichen dafür, dass die Befragte die Unwahrheit sagte.

»Was ist mit ihrem Notebook, wissen Sie, wo das abgeblieben ist?«

»Sie hatte auch kein Notebook. Ich glaube, da überschätzen Sie Doris etwas. Mit so einem technischen Gerät hätte sie gar nicht umgehen können.« Was für eine schwache Ausrede, kam es Co in den Sinn.

»Wie kommt es, dass einige Tage vor der Vergewaltigung von Frau Fleischhauer mehrfach aus Ihrer Kanzlei auf ihrem Festnetzanschluss angerufen wurde?«

Viel zu schnell kam die Antwort: »Ich habe sie angerufen. Doris hat bei mir zu Hause geputzt. Ich war gerade erst umgezogen und da gab es noch einiges im Haus zu tun. Das habe ich mit ihr besprochen.«

»Gut, das war es fürs Erste. Wenn Ihnen doch noch etwas einfällt, melden Sie sich bitte bei mir.« Co legte ihre Visitenkarte auf den Schreibtisch und erhob sich.

»Darf ich Sie noch etwas Persönliches fragen?«, meldete sich nun Jüngling zu Wort. Co blitzte ihn wütend an. »Warum waren Sie mit Doris Fleischhauer befreundet?«

»Was ist das denn für eine sonderbare Frage?«

»Na ja, Sie sind eine erfolgreiche Anwältin, wie man unschwer erkennen kann, und Frau Fleischhauer war eine ...« Jüngling hielt kurz inne. »... Nutte. Wie passt das zusammen?«

»Das ist wirklich sehr persönlich und geht Sie eigentlich nichts an, aber ich beantworte Ihnen trotzdem die Frage. Das Wort *Nutte* gefällt mir jedoch nicht. Es gibt viele Männer, die zu solchen Frauen gehen, aus allen sozialen Schichten. Sie finden bei diesen Frauen das, was ihnen die eigene Frau nicht bereit ist zu geben, außergewöhnliche Sexpraktiken. Es ist doch besser, die Männer wenden sich an solch eine *Nutte,* wie Sie die *Dame* beschreiben, und bezahlen Geld dafür, als Frauen zu überfallen und sie zu vergewaltigen. Oder finden Sie nicht?«

Die Augen der Anwältin funkelten zornig. »Ich respektiere diese Frauen. Für mich sind sie so eine Art Therapeutinnen.« Regina Mutzke redete sich in Rage.

»Ich kannte Doris Fleischhauer seit dem Kindergarten. Sie war eine mutige Person, hasste Ungerechtigkeit. Sie hätte ihr Leben für mich geopfert, mir ihr letztes Hemd gegeben. Und ich hätte umgekehrt genauso gehandelt. Uns verbindet etwas ganz Besonderes. Aber das können Sie nicht verstehen.«

Die Anwältin stand auf und kam hinter ihrem Schreibtisch hervor, blieb vor Jüngling stehen und schaute ihn von oben herab an.

Zynisch sagte sie: »Sie hatte halt nicht das Glück, in einer intakten Familie aufzuwachsen. Aber sie ist nie jemandem zur Last gefallen.

Für so jemanden habe ich mehr Bewunderung übrig als für diese vielen Faulenzer, die sich ihr Geld beim Sozialamt holen.« Jüngling war baff. Eine solche Ansicht hätte er von einer Anwältin nicht erwartet. Irritiert stand er auf und verabschiedete sich.

Als sich die Tür hinter den Kommissaren geschlossen hatte, griff Regina blitzartig zum Telefon.

*

»Was sollte das eben, Jüngling?« Co stand auf der Kaiserstraße und beobachtete den vorbeifließenden Verkehr.

»Ist doch wahr. So eine Freundschaft ist doch nicht normal. Die Frau lügt doch.«

»Das können Sie doch gar nicht beurteilen. Es gibt mehr sonderbare Dinge zwischen Himmel und Erde, als Sie denken. Wenn Sie lange genug bei der Truppe sind, werden Sie das schon merken«, belehrte Co ihren Kollegen ärgerlich.

»Warum sind Sie eigentlich so grantig zu mir, Frau von Mittelstedt? Habe ich Ihnen irgendetwas getan? Ich kann nichts dafür, dass man mich Ihnen zugewiesen hat. Aber ehrlich gesagt, war es immer mein Wunsch, mit Ihnen zusammenzuarbeiten und jetzt behandeln Sie mich wie ein Stück Dreck. Ist das Ihre Auffassung von guter Teamarbeit?«

Co blickte Jüngling erschrocken an. »Entschuldigen Sie bitte, Jüngling. Es ist nicht persönlich gemeint. Es ist nur … Ach, vergessen Sie es. Es wird nicht wieder vorkommen und wenn doch, treten Sie mir in den Hintern.«

Jüngling gab sich fürs Erste mit dieser Antwort zufrieden. »Also, was machen wir jetzt?«

Co schnipste mit den Fingern. »Wir fahren jetzt zu Frau Eisenhut nach Gambach.«

Kapitel 60

»Henne hier. Co, wo bist du?«

»Auf dem Weg nach Gambach. Ich will noch mal zu Frau Eisenhut«, klärte Co ihren Kollegen auf.

»Das trifft sich gut. Ich bin auch in Gambach und brauche eine Mitfahrgelegenheit«, kam es etwas kleinlaut von Henne.

»Was machst du denn in Gambach? Ich denke, du ermittelst im Fall Palme. Und wieso brauchst du eine Mitfahrgelegenheit?«

»Erklär ich dir gleich. Wir treffen uns bei Frau Eisenhut.«

»Okay, aber du hältst dich zurück. Ich stelle die Fragen«, bestimmte Co energisch.

*

Co bot Henne einen Kaugummi an. Ihr Kollege roch nach Rauch und Bier. »Wo hast du dich denn herumgetrieben?« Vorwurfsvoll sah sie ihren Kollegen an.

»Du klingst wie ein altes Eheweib«, frotzelte Henne. »Du wirst es nicht glauben: Ich war auf dem legendären Gambacher Frühschoppen.«

»Nee, ich glaub's wirklich nicht. Ich durfte heute nicht freinehmen, um mit Juliane dort hinzugehen, und du treibst dich heimlich da herum. Das ist unfair«, entrüstete sich Co und boxte Henne vor die Brust.

»Das hätte dir sowieso nicht gefallen. Die sind alle verrückt hier. Die haben auf den Bänken und Tischen getanzt. Da oben ist keiner mehr alleine.«

»Das will ich aber selbst feststellen, ob es mir gefällt oder nicht.«

»Reg dich ab. Du hättest dir vor Wut ins Knie gebissen. Weißt du, wer mir da über den Weg gelaufen ist?«

»Juliane?«

»Die auch.«

»Heinz Willi?«

»Auch der.«

»Jetzt sag schon.«

Jüngling beobachtete die beiden verwundert.

»Martin Weiss-Alles.« Henne stieß die Botschaft aus, als wäre ihm der Teufel persönlich erschienen.

»Was, den gibt es noch? Ich dachte, der hätte längst das Zeitliche gesegnet«, sagte sie ungläubig. Jüngling erklärte sie nebenbei: »Martin Weiss-Alles war ein wichtiger Zeuge in einem Vermisstenfall 2006. Er hat uns damals einige Nerven gekostet.«

»So wie der aussieht, lebt der auch nicht mehr lange. Aber er hat mir was Wichtiges erzählt, vorausgesetzt, man kann das glauben, was er mir im Suff lallend anvertraut hat. Er hat Samstagnacht gegen 20.45 Uhr einen dunklen Geländewagen der Luxusklasse mit erhöhter Geschwindigkeit auf dem Betonweg von Ober-Hörgern kommen sehen. Er war gerade an der Tankstelle am Kreisel, als ihm das Fahrzeug aufgefallen ist«, berichtete Henne.

»Hat er auch das Nummernschild erkennen können?«, fragte Jüngling.

»Nein, leider nicht. Es ging alles so schnell. Aber das könnte ein entscheidender Hinweis sein.«

»Was hat er denn mit einem Fahrzeug der Luxusklasse gemeint?«, mischte sich Jüngling erneut ein.

»Er meinte nur, dass es sich um einen sehr großen SUV gehandelt habe, metallisch glänzend.«

»Das ist doch ein Angeber. Der will sich wahrscheinlich nur wieder wichtig machen«, winkte Co ab.

»Das glaube ich nicht. Er hat freiwillig angeboten, morgen früh um neun Uhr nach Friedberg zu kommen und alles zu Protokoll zu geben.«

»Um neun Uhr kommt auch Dieter Kremp. Der feine Herr wollte nur mit dir reden, auf *Augenhöhe*, wenn du verstehst, was ich meine.« Co klang grantig.

»Hat man dich mal wieder diskriminiert, du armes kleines Frauchen?«

»Blödmann, lass uns jetzt zu Frau Eisenhut gehen.«

*

Zu dritt erschienen sie bei Carola Eisenhut. Henne hielt sich, wie abgemacht, zurück. Co setzte Frau Eisenhut gleich zu Beginn ziemlich scharf zu: »Wir möchten das Notebook von Frau Fleischhauer mitnehmen und erzählen Sie uns nicht wieder, sie hätte keines gehabt. Ich habe das Teil hier auf ihrem Esstisch stehen sehen.«

»Da müssen Sie sich irren. Doris hatte kein Notebook.«

»Frau Eisenhut, das kriegen wir auch so raus, ob Frau Fleischhauer eines besessen hat«, mischte sich Jüngling ein. Co ließ ihn gewähren.

»Wir müssen davon ausgehen, dass Frau Fleischhauer ihren Mörder gekannt hat. Haben Sie mitbekommen, mit wem sie sich verabredet hat, wann und wo?«

»Nein, habe ich nicht.«

»Sind Sie ganz sicher, dass niemand hier für sie angerufen hat?«

»Nein, das bin ich nicht. Ich war ja mal weg, auf dem Friedhof oder einkaufen.«

»Dürfen wir mal Ihr Telefon sehen?«

»Da in der Ecke.« Jüngling nahm das Gerät in die Hand. Ein älteres Modell. Hier war weder eine Anrufliste für eingegangene noch für ausgegangene Telefonate gespeichert.

Jüngling legte das Teil enttäuscht auf die Ladestation zurück. »Bringt uns im Moment nicht weiter. Wir brauchen einen Verbindungsnachweis«, wandte er sich an Co.

»Frau Eisenhut, ich bin mir sicher, Sie wissen mehr, als Sie zugeben. Warum wollen Sie uns nicht helfen? Sie möchten doch bestimmt auch, dass der Mörder von Frau Fleischhauer gefunden wird«, insistierte Co erneut.

»Ich sage gar nichts mehr. Ich rede nur noch in Gegenwart meiner Anwältin mit Ihnen, in diesem Fall mit meiner Nichte. Kommen Sie wieder, wenn sie da ist.«

»Sie haben wohl zu viele Krimis gesehen«, konnte Henne sich jetzt nicht mehr verkneifen.

»Das scheint mir auch so.« Im Befehlston wies Co die Befragte an: »Sie kommen morgen früh aufs Kommissariat. Bringen Sie von mir aus Ihre Nichte mit. Da werden Sie uns Rede und Antwort stehen.« Ohne einen Abschiedsgruß eilte Co aus dem Haus. Was war hier nur los?

Kapitel 61

Das Institut für Rechtsmedizin der Universitätsklinik Gießen/Marburg an der Frankfurter Straße in Gießen war ein großes unscheinbares Gebäude. Mit mehrstündiger Verspätung traf Henne endlich ein. Das war ungewöhnlich für ihn. Frau Dr. Auf der Heide hatte ihn eigentlich am späten Vormittag erwartet. Umso überraschter war sie, als Alexander Henneberg im Schlepptau von Cosima und einem ihr unbekannten jungen Mann im Keller des Instituts auftauchte. Es war kühl hier unten. Der Geruch von Chlor und Ethanol hing schwer in der Luft. Auf einem blanken Metalltisch lag die Leiche von Doris Fleischhauer, bedeckt mit einem weißen Tuch. »Hallo Füchsin, da bin ich. Muss mich entschuldigen, ich bin aufgehalten worden. Wir haben einen neuen Mitarbeiter. Stefan Jüngling unterstützt uns ab sofort.«

Jüngling nickte der Rechtsmedizinerin zu. »Willkommen in den Katakomben des Todes, Herr Jüngling. Sind Sie das erste Mal in der Gerichtsmedizin?«

»Ja«, kam es kleinlaut zurück.

»Du hast eine Fahne, Alexander«, wandte sich Frau Dr. Auf der Heide nun an Henne.

»Hatte einen schwierigen Job zu erledigen.«

»Na, da bin ich gespannt.« Sie verschränkte die Arme vor der Brust, sah Henne wartend an.

»Ich war auf der berühmt berüchtigten Gambacher Kirmes, genauer gesagt auf dem Frühschoppen. Die haben gefeiert, als wäre es der letzte Tag in ihrem Leben.

Aber alle haben von dem Mord geredet. Und stellt euch vor, als ich in das riesige Zelt kam und die Leute mich gesehen haben, ist es für einen Moment still geworden. Alle haben mich angestarrt, so als hätte ich die Frau persönlich umgebracht. Richtig unheimlich war das.«

»Geschieht dir recht. Warum musst du dich auch immer herumtreiben?« Co konnte sich einer gewissen Schadenfreude nicht erwehren.

»Können wir jetzt mal zum Thema kommen?« Die Rechtsmedizinerin hob ohne Vorwarnung das weiße Leichentuch an, zog es bis zur Hüfte der Toten herunter. Henne und Co betrachteten interessiert den gesäuberten Körper. Von beiden Schlüsselbeinen bis zum Brustbein zog sich ein ypsilonförmiger Schnitt. Jüngling blickte entsetzt weg. Bisher hatte er Leichen nur am Tatort gesehen. Die Erfahrung, ein Opfer nackt und aufgeschnitten zu sehen, war neu und erschreckend für ihn.

»Falls Ihnen schlecht wird, gehen Sie da zur Tür hinaus. Aber kotzen Sie mir hier bloß nicht den Boden voll.« Frau Dr. Auf der Heide deutete auf die Tür im Hintergrund. Jüngling nickte und begab sich eilig in Richtung Ausgang. Co und Henne sahen sich an und grinsten. Sie kannten diese Situation. Auch Ihnen war es anfangs schwergefallen, in die Rechtsmedizin zu kommen. Manche Kollegen hatten sich bis heute nicht an den Anblick der Leichen gewöhnt. »Wie ist sie denn nun genau umgekommen?«, wollte Henne wissen.

»Todesursache war eindeutig Erdrosselung. Und zwar mit dieser hübschen Hundeleine hier.« Sie überreichte Henne eine Plastiktüte mit dem Tatwerkzeug. »Todeszeitpunkt müsste gegen 20.30 Uhr gewesen sein.«

»Gibt es fremde DNA?«

»Sie hat Hautpartikel unter den Fingernägeln. Sie muss ihren Mörder gekratzt haben, als sie sich gewehrt hat, sehr wahrscheinlich an den Händen.«

»Gut, lass die DNA abgleichen. Vielleicht finden wir ja da einen Hinweis auf den Täter.«

»Ist schon veranlasst. Aber ich glaube, hier handelt es sich um eine Beziehungstat im Affekt und nicht um die Tat eines Vorbestraften«, belehrte ihn Frau Dr. Auf der Heide.

»Wahrscheinlich hast du recht. Aber wir sollten alle Möglichkeiten in Betracht ziehen.«

»Was hast du uns sonst noch zu bieten?«

Frau Dr. Auf der Heide zog das weiße Tuch weiter herunter.

»Die Dame hat in der letzten Zeit einiges mitgemacht. Seht ihr die Flecken? Hämatome.« Die Rechtsmedizinerin wies auf das Gesicht und verschiedene Stellen am Körper. »Die Frau muss vor nicht allzu langer Zeit verprügelt worden sein. Ich gehe davon aus, dass sie auch vergewaltigt wurde. Seht ihr die Spuren im Schambereich und an den Oberschenkeln?«

»Du meinst, in der Nacht, als sie umgebracht wurde?«

»Nein, die Spuren sind älteren Datums. In der Mordnacht hatte sie keinen Geschlechtsverkehr.«

»Dann könnte theoretisch der Vergewaltiger auch ihr Mörder sein?«, überlegte Henne laut.

»Du könntest recht haben. Und das Opfer hat ihren Peiniger damit erpresst«, folgerte Co.

»Vielleicht wurde die Vergewaltigung ja gefilmt oder fotografiert«, tönte eine Stimme aus dem Hintergrund. Jüngling war zurückgekehrt. Co schnipste mit den Fingern. »Und deshalb sind das Handy und das Notebook verschwunden. Darauf sind die Beweise.« Henne und Jüngling stimmten ihrer Überlegung zu. »Ihre Organe sind in einem ziemlich schlechten Zustand. Die Ursache sind vermutlich Drogen- und Alkoholkonsum. Wollt ihr die Leber sehen?«, fuhr die Rechtsmedizinerin nun fort.

»Nein danke.«

»Ihre Haut ist total schlaff und faltig. Alles an ihr erscheint älter, als ihr biologisches Alter vermuten ließe.

Sie hat am ganzen Körper alte Narben von Bisswunden, ausgedrückten Zigarettenkippen und ähnliche Verletzungen.«

»Gibt es Spuren von Betäubungsmitteln?«

»Keine. Im Magen hatte sie nur Rotwein und etwas Käse. Eine üppige Mahlzeit mit einem Verehrer könnt ihr ausschließen.«

»Sonst irgendwelche Auffälligkeiten?«

»Keine Operationen. Sie hatte sogar noch ihren Blinddarm. Aber was ihr vielleicht noch wissen solltet: Ein Elternteil hatte eine schwarze Hautfarbe.«

»Wieso? Die ist doch weiß«, fragte Co ungläubig.

»Schau dir die Frau genau an. Die Haare sind nur blond gefärbt und mit einem Glätteisen bearbeitet. Ihre Naturhaarfarbe ist schwarz, die Haare naturkraus. Die dunklen Augen, die etwas breite Nase und die vollen Lippen sowie die leichte Tönung der Haut weisen eindeutig auf ein Elternteil mit einer dunklen Hautfarbe hin.«

»Also war sie ein Mischlingskind?«

»Ich vermute, ihr Vater war ein Farbiger und als Soldat hier in der Armee stationiert.«

»Aber warum ist sie dann weiß? Ich dachte immer, die Mischlingskinder hätten eine dunklere Hautfarbe.«

»Nicht unbedingt, manchmal setzt sich die Farbe erst in der nächsten Generation durch.«

»Du meinst, sie hätte ein schwarzes Kind zur Welt bringen können?«

»Ja, das hat es schon öfter gegeben, dass weiße Eltern ein schwarzes Kind bekommen haben.« Die Kommissare schwiegen für eine Weile und starrten auf den Leichnam.

Mit einem Räuspern unterbrach Frau Dr. Auf der Heide die Stille und sagte in einem verschwörerischen Tonfall: »Aber da ist noch etwas Interessantes. Und das könnte der Schlüssel zu dem Ganzen sein …«

Kapitel 62

»Wer kommt noch auf einen Absacker mit in diese Altstadt-Kneipe?« Henne blickte fragend in die Runde seiner Kollegen. Er erntete nur Kopfschütteln.

Nachdem sie das Institut für Rechtsmedizin in Gießen verlassen hatten, hatten sie den Wagen von Henne in Gambach abgeholt und waren nach Friedberg in den Grünen Weg zurückgekehrt.

Erdmann konnte sich gar nicht beruhigen, als sein Herrchen das Büro betrat. Er quietschte und winselte in einem fort, leckte Henne die Hände ab, bis der ihn hochnahm und fest an sich drückte. »Ist ja gut, mein Dicker, ich komme doch immer wieder.«

In der anschließenden kurzen Dienstbesprechung werteten sie die Ermittlungsergebnisse des derzeitigen Tages aus, legten die Aufgaben für den nächsten fest und verteilten sie.

Um 19.00 Uhr verließen Henne und Erdmann endlich das Polizeipräsidium und machten sich auf den Weg in die Friedberger Altstadt. Co und Jüngling hatten es vorgezogen, nach Hause zu fahren. Eberstädter hatte sich angeboten, Henne zu begleiten. Zu Hause sei dicke Luft. Er bräuchte mal eine Auszeit. Henne nahm sein Angebot nur zu gern an. Er wollte nicht alleine sein. Die Gedanken, die sich in seinem Kopf wie ein Karussell drehten, hätten ihn aufgefressen.

Er brauchte Ablenkung, aber nicht durch Regina. Die wollte er heute Abend nicht sehen. Nach dem, was er im Laufe des Tages alles erfahren hatte, musste er annehmen, dass sie irgendwie in die Sache verwickelt war. Er wurde nicht schlau aus ihrem Verhalten. Auf der einen Seite hatte sie ihm freiwillig von Doris erzählt, auf der anderen Seite hielt sie offensichtlich wichtige Informationen zurück. Mit einer kurzen SMS hatte er ihr mitgeteilt, dass er noch zu tun hätte.

*

Stimmengewirr drang nach draußen auf die enge Straße in der Friedberger Altstadt. Der Geruch von Zigarettenqualm zog Henne in die Nase. Hier durfte geraucht werden. Das gefiel ihm. Er öffnete die Wirtshaustür und trat vor. Im Türrahmen blieb er stehen, versuchte in dem abgedunkelten, mit Rauch geschwängerten Raum etwas zu erkennen. Die Gespräche verstummten schlagartig. Alle Augen richteten sich auf ihn und Erdmann. Eberstädter blieb hinter ihnen.

»Ach, die Staatsgewalt gibt sich die Ehre!«, vernahm Henne eine tiefe Stimme aus dem Hintergrund.

Erdmann quittierte die ungewohnte Begrüßung mit lautem Gebell. »Erdmann, aus, benimm dich.«

»Darf der Kleine auch schon rauchen?« Wieder war die tiefe Stimme zu vernehmen. Sie triefte vor Spott.

»Auch einen wunderschönen Guten Abend«, sagte Eberstädter, der Henne zur Seite schob und den Gastraum betrat. »Reden Sie ruhig weiter, meine Herrschaften. Wir sind ganz privat hier, wollen genau wie sie nach Feierabend ein Bierchen trinken.« Eberstädter ließ sich auf einem freien Hocker an der Bar nieder. Henne tat es ihm nach.

»Erdmann, leg dich hin und sei brav.« Der Dackel gehorchte.

»Woher wissen die, dass wir von der Polizei sind? Kannst du

mir das sagen? Sieht man uns das an?«, fragte Henne seinen Kollegen entrüstet.

»Dich erkennt man sofort als Bullen«, sagte die tiefe Stimme hinter ihm. Henne drehte sich zu der Stimme um.

»Ich bin kein Bulle. Bullen stehen auf der Weide. Ich bin ein einfacher Kriminalhauptkommissar«, antwortete er dem hageren Mann, dessen unrasiertes Gesicht von tiefen Falten durchzogen war. Irgendwie kam sein Gegenüber ihm bekannt vor.

»Was wollen Sie von mir? Kann man nicht mal in Ruhe ein Bier trinken?«

»Dieter, lass den Mann in Ruhe, verzieh dich.« Der Wirt machte eine Handbewegung, als wolle er eine lästige Fliege verscheuchen. Gleich darauf stellte er den Beamten ein Bier vor die Nase. »Geht aufs Haus. Will der Dackel auch ein Bier oder lieber ein Wasser?«

»Wasser reicht.« Henne nahm eine Schüssel entgegen, die ihm der Wirt grinsend hinhielt.

»Womit haben wir das verdient?«, wollte Eberstädter von dem kräftigen Mann hinter der Theke wissen, der selbst sein bester Kunde zu sein schien.

»Sie sollen es sich noch verdienen. Es könnte noch mehr von dem Gesöff folgen, wenn Sie rauskriegen, wer das unserer Doris angetan hat.«

»Wissen hier alle Bescheid?« Henne schaute in die Runde.

»Klar, das sind alles Mitbewohner aus dem Haus von unsrer Doris, Freunde aus der Nachbarschaft und die versoffene Kreatur hinter ihnen ist Dieter Kremp, Doris' bester Freund. Ihr Tod hat ihn schwer getroffen. Sehen Sie es ihm also nach.«

Henne drehte sich wieder um und blickte in glasige Augen, die ihn traurig ansahen. »Herr Kremp, schön Sie zu sehen. Man sagte mir, dass Sie mit mir sprechen wollen.«

»Ich dachte, ich soll morgen ins Präsidium kommen.«

»Dachte ich auch. Ich konnte ja nicht ahnen, Sie hier anzutreffen.« Henne log perfekt. Obwohl er den Mann gern gefragt hätte, ob er etwas von dem wusste, was die Rechtsmedizinerin entdeckt und ihm heute Mittag mitgeteilt hatte, sagte er stattdessen: »Aber wir müssen nicht über Ihre Freundin reden. Sie können mir auch morgen noch erzählen, was Sie wissen.«

»Wer weiß, ob ich da noch lebe.« Kremp ließ sich auf dem freien Barhocker neben dem Kommissar nieder.

Kapitel 63

Sie war stinkwütend, rannte unkontrolliert durchs Haus. Die eine oder andere Kristallschale war schon zu Bruch gegangen. In ihrem Zorn warf sie alles gegen die Wand, was ihr gerade in die Hände fiel.

Es war so perfekt gewesen, so durchdacht eingefädelt. Kurz vor dem Ziel musste sie hilflos zusehen, wie ihr Plan durchkreuzt wurde, die Front bröckelte. Sie hatte eine Ehe zerstört. Ihre Freundin musste ihr Leben lassen. Tante Maria war verärgert und die Mieter aus dem Haus in der Altstadt, denen sie die Miete schon das eine oder andere Mal aus finanziellen Nöten erlassen hatte, ließen sich auch nicht mehr einschüchtern. Und derjenige, dem sie diese neue Entwicklung zu verdanken hatte, war abgetaucht.

Das Schlimmste war jedoch, dass sie ihre neue Liebe darüber verlieren würde. Wenn er erfuhr, was sie getan hatte, würde er sich von ihr abwenden. Gerade hatte sie die Liebe neu entdeckt, ein Gefühl, dass sich lange nicht mehr in ihr geregt hatte. Wie oft war sie schon darum betrogen worden? Immer wieder hatten sich die Männer von ihr abgewandt, sie zurückgewiesen, sie verletzt. Auch dieses Mal würde der Mann, den sie begehrte, sie verlassen. Er würde sich nicht nur von ihr abwenden, er würde auch dafür sorgen, dass sie nie wieder die Chance kriegen würde, sich zu verlieben, ein Leben zu zweit in Harmonie zu verbringen.

Warum hatte ihre Mutter sie nur zur Welt gebracht? Hatte sie denn nicht ahnen können, was sie mit der Geburt eines unerwünschten Kindes anrichten würde? Wie lange sollte sie noch für die Dummheit ihrer Mutter büßen?

Kapitel 64

Das Taxi hielt vor der Villa in der Mainzer Tor Anlage. Die hintere Tür öffnete sich langsam. Erdmann hüpfte auf den Bürgersteig und entleerte seine Blase am nächsten Baum. Die beiden Ermittler stiegen nacheinander aus dem Wagen. Der späten Stunde und den zahlreich konsumierten Drinks geschuldet, bewegten sie sich recht schwerfällig.

Henne sah automatisch zum Haus seiner Nachbarin. Alle Fenster waren hell erleuchtet. Was machte sie denn noch um ein Uhr morgens? Warum schlief sie nicht? Er nahm sein Handy aus der Seitentasche seiner Lederjacke. Auf der Anrufliste waren 50 Anrufe in Abwesenheit vermerkt. Alle von der gleichen Nummer. Doch um diese Zeit und in seinem Zustand wollte er nicht zurückrufen. Er ging mit Eberstädter ins Haus, zeigte ihm das Gästezimmer und wünschte ihm eine gute Nacht. Sein Kollege wollte in seiner Verfassung nicht nach Hause fahren. Deshalb hatte er ihm angeboten, diese Nacht bei ihm in Friedberg zu verbringen. In voller Montur ließ sich Henne auf sein breites Bett fallen. Er war hundemüde, sein Kopf dröhnte von den vielen Asbach-Cola, die sie den Abend über heruntergekippt hatten. Erdmann sprang zu ihm auf die Matratze und kuschelte sich dankbar an ihn. »Du armer Dackel. Musst ganz schön viel mitmachen, mit deinem Herrchen.« Noch während er Erdmann tröstend über das borstige Fell strich, schlief er ein. Das Vibrieren seines Handys bemerkte er nicht.

Eberstädter hingegen konnte nicht schlafen. Ihm ging das Gespräch mit Dieter Kremp in der Bar durch den Kopf. Der Mann hatte ihnen einige Hinweise gegeben, die sie in dem Mordfall Fleischhauer weiterbringen würden. Gleich morgen würden sie sich damit befassen. Es waren aber nicht nur die Hinweise, die Eberstädter beschäftigten, sondern auch die Geschichte des Mannes, die mehr als beeindruckend war. Er ließ den Abend noch einmal Revue passieren.

*

»Ihr habt doch alle keine Ahnung, ihr Bullen«, lallte der hagere Mann neben Henne.

»Wenn Sie mich noch einmal als Bullen bezeichnen, lass ich Sie einsperren. Geht das in Ihren versoffenen Schädel?«, motzte Henne den neben ihm Sitzenden an.

»Hochnäsiges Gesindel«, kam es zurück, begleitet vom Geruch einer mächtigen Alkoholfahne.

»Was wollen Sie von mir, Mann?«

»Dieter, lass den Kommissar in Ruhe. Geh heim und schlaf dich aus, damit du morgen fit bist für die Vernehmung.«

»Die machen doch sowieso nichts. Diese Großkotze kommen doch immer ungeschoren davon.«

Eberstädter rutschte von seinem Hocker, baute sich hinter Kremp auf, drehte ihn mit einer schnellen Bewegung zu sich um. »Wenn du noch einmal meinen Kollegen beleidigst, kriegst du es mit mir zu tun. Ist das klar?«

»Schon gut, Eberstädter. Setz dich wieder hin.« Henne wandte sich wieder Kremp zu. »Was haben Sie damit gemeint: *Die Großkotze kommen ungeschoren davon*?«

»Na, dieser feine Pinkel, der Doris das angetan hat.« Aufs Höchste alarmiert fragte Henne: »Welcher feine Pinkel? Und was hat er Ihrer Freundin angetan?«

»Der hat sie doch vergewaltigt und krankenhausreif geschlagen, dieser Dreckskerl, dieser elendige. Aber Doris konnte ja nicht von ihm lassen. Die hat ja geglaubt, der macht sich was aus ihr. Dabei hat er sie doch nur ausgenutzt. Seine üblen Spielchen mit ihr getrieben.«

»Was denn für Spielchen?« Eberstädter rutschte wieder vom Stuhl und setzte sich auf die andere Seite von Dieter Kremp. Obwohl mittlerweile Totenstille in der Kneipe eingekehrt war, wollte er nicht ein Wort von dem versäumen, was der Mann zu berichten hatte. Er gab dem Wirt ein Zeichen, Kremp ein neues Bier hinzustellen.

»Der war doch abartig veranlagt. Mit Schlägen und Bissen hat der Doris drangsaliert. Zigarettenkippen auf ihr ausgedrückt. Sie immer wieder vergewaltigt.«

»Das ist aber von Spielchen weit entfernt«, rief einer der Gäste aus der Kneipe.

»Ihr habt doch alle gewusst, was vor sich ging, und habt geschwiegen vor lauter Angst«, kam es anklagend von Kremp zurück. Eberstädter und Henne tauschten einen erstaunten Blick.

»Dabei hab ich sie so geliebt. Ich hätte alles für sie getan, wär mit ihr weggegangen, noch mal komplett neu angefangen. Aber ich war ja nur ihr Freund. Und ich Idiot hab auch immer noch schön mitgemacht.« Kremp fing an zu weinen. »Genau wie ihr, ihr Bagage«, schrie er jetzt wütend die Gäste an.

»Dieter, geh heim. Du bist besoffen«, ermahnte ihn der Wirt erneut.

»Besoffene und kleine Kinder sagen bekanntlich die Wahrheit«, sagte Henne. »Können Sie uns das näher erklären, Herr Kremp? Ich werde nicht ganz schlau aus dem, was sie bisher gesagt haben. Wobei haben Sie denn mitgemacht?« Henne bot dem Mann eine Zigarette an. Mit zittrigen Händen nahm Kremp sie entgegen.

»Nur, wenn ich einen Asbach-Cola kriege.« Eberstädter bestellte drei. »Der Typ ist jahrelang zu Doris gekommen. Ein feiner Herr war das. Ich weiß gar nicht, wo sie den kennengelernt hat. Der wollte immer so tun, als wenn er die Doris gar nicht kennt und er sie zufällig trifft und sie dann vergewaltigt. Das hat dem besonders viel Spaß gemacht. Sie musste in den Park kommen oder in den Wald, wie es ihm gerade eingefallen ist. Aber das letzte Mal hat er die Sache übertrieben.«

»Woher wissen Sie das alles?«

»Das war ja nicht zu überhören. Das hat gerumpelt über mir wie blöd und Schreie hat's gegeben. Ich wusste ja von Doris, dass da wieder was läuft, aber das war mir zu viel. Da bin ich rauf. Die kleine Gewalt von nebenan stand auch schon vor der Tür und all die anderen hier hingen am Treppengeländer. Meinen Sie, da wäre mal einer auf die Idee gekommen, Doris zu helfen?«

»Ja und? Was haben Sie dann gemacht?«

»Ich hab die Tür aufgeschlossen. Ich hab ja einen Schlüssel zur Wohnung.«

»Dann haben Sie hoffentlich die Polizei geholt!«, stellte Eberstädter fest.

»Nein, eben nicht. Das wollte Doris nicht. Wir mussten das Dreckschwein gehen lassen.«

»Aber warum hat sie das denn zugelassen?«

»Sie war dem hörig. Außerdem hat er sie für die Schweinereien bezahlt, die er mit ihr gemacht hat. Doris hat das Geld gebraucht. Aber da muss noch etwas anderes gewesen sein.«

»Was denn?«

»Das weiß ich nicht. Aber ihre Freundin, diese Tussi von der Kaiserstraße, die müsste das wissen.« Er schwieg eine Weile, schien zu überlegen. Dann fuhr er in einem traurigen Ton fort: »Sonst hat sie mir auch immer alles erzählt, aber sie muss mir was verschwiegen haben.«

»Meinen Sie mit dieser Tussi Frau Mutzke?«, unterbrach ihn Eberstädter.

»Genau die.«

»Sie erwähnten vorhin so etwas wie: *und ich hab da auch noch mitgemacht.* Was haben Sie damit sagen wollen?«, fragte Henne.

Kremp druckste verlegen. »Na ja, wie soll ich Ihnen das sagen?« Er kratzte sich am Kopf. Eberstädter hob die Hand in Richtung Wirt und spreizte drei Finger. Gleich darauf standen drei weitere Asbach-Cola vor ihm auf der Theke.

»Hier, trinken Sie noch einen Schluck, dann fällt es ihnen bestimmt leichter.« Er schob Kremp ein volles Glas hin und wartete.

»Doris wollte, dass ich so eine Vergewaltigung filme.« Er schielte Henne von der Seite an. »Ich weiß, das klingt merkwürdig, aber es war so.«

»Sie waren dabei, als er die Frau vergewaltigt hat, und haben das auch noch gefilmt?« Henne und Eberstädter waren schockiert.

»Ich habe schon ganz andere Sachen gefilmt. Glauben Sie mir, da war das noch harmlos.«

Eberstädter hätte den Mann am liebsten an der Gurgel gepackt. »Was soll das heißen: *Sie haben schon ganz andere Sachen gefilmt*?!«

»Sie wissen wohl nicht, mit wem Sie da reden«, mischte sich nun der Wirt ein. »Das da ist Dieter Kemper.«

»Dieter Kemper?« Henne sah den Mann verblüfft an. »Der Dieter Kemper von *Bilder aus aller Welt*?« Henne schlug sich mit der flachen Hand vor die Stirn. Jetzt wusste er auch, wieso der Mann ihm so bekannt vorkam.

»Genau der steht vor Ihnen«, bestätigte der Wirt.

»Ist das der Typ aus der Sendung, die jahrelang Sonntag nachmittags im Ersten lief?«, warf nun der Eberstädter ein.

Der Mann nickte.

»Wieso nennen Sie sich dann Dieter Kremp? Vor allem, was machen Sie hier in Friedberg?« Henne wollte alles wissen.

»Ich habe meinen Namen geändert. Ich wollte nicht, dass jeder weiß, wer ich bin.« Kremp zögerte. »Wer ich war, müsste ich besser sagen.«

»Mann, was waren das für tolle Bilder.« Henne geriet ins Schwärmen.

»Ja, und die Kameraführung, sensationell«, gab ihm Eberstädter recht. Kurzzeitig vergaßen die Männer den Grund ihres Hierseins.

»Ich habe es immer bedauert, dass die Sendung plötzlich abgesetzt wurde. Was ist denn eigentlich passiert?« Henne sah, wie sich die Gesichtszüge von Dieter Kremp veränderten. Verzweiflung war darin zu erkennen.

»Das ist eine blöde Geschichte.«

»Ich würde sie gerne hören«, ermunterte ihn Henne.

»Ja, ich auch«, pflichtete ihm Eberstädter bei. Die anderen Gäste standen auf, stellten sich neugierig hinter die drei Männer auf den Barhockern. Kein Ton war zu hören. Nach einer Weile begann Kremp alias Kemper, zu erzählen.

»Mein Leben war ein einziges Abenteuer. Ich bin um die ganze Welt gereist, habe die tollsten Länder gesehen, Gegenden erforscht, in die sonst keiner kommt, bin Menschen begegnet, die abseits der Zivilisation leben. Ich habe Prominente getroffen, vom Politiker über Wirtschaftsmagnaten bis hin zu den bekanntesten Schauspielern. Ich habe sie in ihrer Glitzerwelt erlebt. Aber ich habe auch in Abgründe geschaut, auf den Kriegsschauplätzen dieser Welt, habe zwischen zerfetzten Körpern im Blut gestanden. Musste mit ansehen, wie Verbrecher gesteinigt oder geköpft wurden, wie man Dieben die Hand abgehackt hat.« Er stockte. »Und noch viel Schlimmeres. Ich wusste nicht, dass Menschen so brutal sein können.« Alle hörten gebannt zu.

»Und? Was ist dann passiert, Dieter? Warum hast du aufgehört?«, machte sich nun der Wirt bemerkbar.

»Es war eine aufregende Zeit. Ich bin mit interessanten Menschen zusammengekommen, wurde überallhin eingeladen, die Partys häuften sich, Alkohol gab es in Hülle und Fülle. Und auch Drogen. Irgendwann habe ich den Überblick verloren. Der Stress war zu groß. Heute hier, morgen dort. Meine Familie habe ich kaum noch gesehen. Ohne Alkohol und Aufputschmittel konnte ich das alles nicht mehr ertragen.« Wieder stockte er. »Irgendwann begannen meine Reportagen darunter zu leiden. Der Fernsehsender war nicht mehr mit der Qualität meiner Filme zufrieden.« Er hob theatralisch die Hände. »Ja, und dann wurde ich entlassen. Die Abfindung war nicht schlecht, aber für den luxuriösen Lebenswandel, den meine liebe Familie gewohnt war, reichte das Geld nicht lange. Und da verließ mich auch meine Frau.« Kremp seufzte. »Ein ehemaliger Kollege aus dem Sender konnte meiner Frau mehr bieten als ich. Die Kinder nahm sie mit. Ich trank immer mehr, verlor jeglichen Halt.«

»Mensch Dieter, das wussten wir ja gar nicht, dass du so eine Type bist«, meldete sich einer der Gäste aus dem Hintergrund. »Erzähl mal weiter. Jetzt wollen wir alles wissen.«

»Meine Frau ließ sich von mir scheiden. Ich musste das Haus verkaufen und sie auszahlen. Durch Zufall habe ich einen Job als Fotograf bei den Amerikanern hier in Friedberg bekommen. Es war bei Weitem nicht so aufregend wie mein vorheriger Job, aber er sicherte mir ein regelmäßiges Einkommen und ich trank nicht mehr so viel.«

»Und weiter?« Die Stimme aus dem Hintergrund meldete sich wieder.

»Bei den Amerikanern habe ich Doris' Mutter kennengelernt.

Zu der Zeit hat sie dort im PX gearbeitet. Wir haben uns immer unterhalten, wenn ich dort einkaufen ging. Als sie krank wurde, habe ich sie mal im Krankenhaus besucht. Ja, und da bin ich Doris begegnet. Sie war ein ganz schöner Feger, aber lustig und keineswegs dumm.«

»Wir dachten, du wärst so ein Harzer, der zu faul ist zum Schaffen«, rief einer der Gäste dazwischen.

»Nee, wirklich nicht. Ich habe, weiß Gott, bessere Zeiten gesehen, aber ich hab's vermasselt.«

»Wieso denn? Sie hatten doch wieder Arbeit«, unterbrach ihn Henne.

»Ja, bis die Amis weg sind. Danach habe ich mich nur noch mit Gelegenheitsjobs über Wasser gehalten. Meinen Sie, einer meiner alten Freunde hätte mir mal geholfen? Nee, die wollten mich auf einmal alle nicht mehr kennen. Und jetzt, sehen Sie mich doch an, bin ich nur noch ein Wrack«, stöhnte er.

Betroffenes Schweigen machte sich breit. Kremp kippte das nächste Glas Cola-Asbach herunter. Er legte seinen Kopf auf die Theke und weinte.

»Leute, letzte Runde. Dann ist Schluss für heute.« Der Wirt zapfte noch ein paar Pils.

Henne und Eberstädter verabschiedeten sich, ohne etwas zahlen zu müssen.

»Geht alles aufs Haus.« Der Wirt weigerte sich, Geld von den Beamten zu nehmen.

Henne berührte Kremp sacht an der Schulter. »Herr Kremp, bitte kommen Sie morgen früh ins Kommissariat am Grünen Weg. Wir müssen uns dringend unterhalten.« Ein lautes Schnarchen verriet, dass Kremp eingeschlafen war.

Kapitel 65

Jemand rüttelte an seiner Schulter. »Eberstädter, steh auf. Wir sind spät dran.« Henne stand mit einer Tasse Kaffee in der Hand vor ihm.

Eberstädter blinzelte verschlafen. Sein Kopf dröhnte. »Wie viel Uhr ist es denn?«

»Viertel vor acht. Los, wir haben heute eine Menge zu tun.«

»Geh weg mit dem Kaffee. Gib mir lieber ein Aspirin.«

»Mit euch jungen Kerlen ist auch nichts mehr los«, frotzelte Henne. Er dachte an den vorherigen Tag, als es ihm auch nicht besser ergangen war. Auch heute war er nicht wirklich fit, die vielen Asbach-Cola machten sich bemerkbar, aber sein Jagdinstinkt ließ keine Schwäche zu. Er musste raus, seine Gedanken ordnen und alles wieder wie ein Puzzle zusammensetzen. Dafür waren die weiteren Aussagen von Dieter Kremp entscheidend. Er musste wissen, um wen es sich bei diesem feinen Pinkel handelte, von dem Kremp immer wieder gesprochen hatte. Henne war sicher, dass er nicht nur der Mörder, sondern auch der Vater von Doris' Kind war. Zu ihrer aller Verblüffung hatte die Rechtsmedizinerin ihnen die Information über Doris' Schwangerschaft gestern zum Abschluss des Gesprächs in dem Institut für Rechtsmedizin gegeben.

*

Zudem bereitete ihm Regina Sorgen. Sie hatte in der letzten Nacht 50 Mal auf seinem Handy angerufen. Das fand er sehr sonderbar. In der Kneipe hatte er das Vibrieren des Telefons, das in der Seitentasche seiner über dem Barhocker hängenden Lederjacke steckte, nicht bemerkt. Wie sollte er sich ihr gegenüber verhalten? Warum war sie nicht ehrlich zu ihm, vertraute ihm nicht? Er mochte sie, aber so konnte er eine Beziehung mit ihr nicht fortführen.

*

Fünfzehn Minuten später stand er im Büro von EKHK Wortmann. »Was gibt es, Henne? Seid ihr gestern weitergekommen?«

»Im Fall Holger Palme nicht wirklich. Ich habe die erste Frau von ihm verhört und mir ein Haar für einen DNA-Test geben lassen. Es ist schon in der KTU. Ich glaube aber nicht, dass das Haar vom Tatort von ihr stammt, beziehungsweise dass sie ihren Mann umgebracht hat.«

»Und was willst du dann von mir?«

»Lass mich bitte weiter im Fall Fleischhauer ermitteln.«

Wortmann seufzte und haute mit der flachen Hand auf den Schreibtisch: »Du weißt auch nicht, was du willst, Henne. Gestern hast du mir noch erzählt, dass es besser wäre, wenn du dich aus dem Fall heraushältst. Heute willst du auf einmal weitermachen. Was denn nun?«

»Es hat sich eine neue Situation ergeben. Eberstädter und ich haben gestern Abend mit einem wichtigen Zeugen gesprochen. So wie es aussieht, stehen wir kurz vor der Aufklärung. Wenn du mich lässt, rede ich gleich noch mal mit dem Zeugen.« Henne sprach mit einer Ernsthaftigkeit zu seinem Chef, die keine Zweifel offen ließ.

»Okay, von mir aus. Aber was diese Dame betrifft, überlässt du bitte Co die Befragung. Ist das klar, Henne?«, brummte

Wortmann und strich sich über seine Haare.

»Du musst keine Angst haben, dass ich befangen bin. Ich glaube, die Sache hat sich bereits erledigt.«

»Nanu?« Interessiert sah Wortmann seinen besten Ermittler an.

Der winkte nur ab: »Erzähl ich dir ein andermal. Vertrau mir einfach.«

»Vertrauen ist gut, Kontrolle ist besser.« Altes hessisches Sprichwort. Wortmann grinste Henne an. »Co macht die Befragung. Du kannst von mir aus dabei sein. Du weißt genau, dass es sonst Komplikationen geben könnte. Haben wir uns verstanden, Henne?«

»Bleibt mir ja wohl nichts anderes übrig.«

*

»Jüngling, du übernimmst diesen Weiss-Alles. Wenn der kommt, versuche rauszukriegen, um was für ein Fahrzeug es sich handeln könnte. Wenn der sich nicht gerade im Alkoholrausch befindet, fällt dem vielleicht mit deiner Hilfe noch was ein. Aber gib acht, der Mann ist ein Wichtigtuer und er versteht es, Leute zu manipulieren.« Im Vorbeigehen hatte Henne in das Büro des jungen Mitarbeiters geschaut und ihn im Eifer des Gefechts geduzt. Er bemerkte seinen Fehler sofort, ließ es aber so stehen. Jüngling war ein aufgeweckter, junger Mann, der gut ins Team passte.

Wenig später sagte er zu Co: »Wir zwei Hübschen werden uns jetzt erst um diesen Kremp kümmern. Der müsste gleich hier sein. Danach nehmen wir uns Frau Eisenhut und ihre Nichte vor. Der Eberstädter kümmert sich derweil um die Telefonverbindungen und die Bankauszüge. Jüngling habe ich den Weiss-Alles aufs Auge gedrückt. Den kann ich heute nicht ertragen.«

Bei der Erwähnung des Namens Weiss-Alles fing Erdmann an zu bellen. »Ist schon gut, Dicker, ich weiß ja, dass du den nicht riechen kannst.«

»Komm zu mir, Erdmann«, kam es aus Stückchens Richtung. Henne folgte dem Dackel in das Nachbarbüro. »Stückchen, sei so gut, besorge die entsprechenden Beschlüsse bei dem ehrenwerten Richter, du weißt ja Bescheid.«

*

Henne schaute ungeduldig auf die große Uhr über der Tür. Es war bereits zehn. Dieter Kremp war noch nicht im Kommissariat erschienen. Dafür war ausnahmsweise Martin Weiss-Alles aus Gambach pünktlich eingetroffen. Jüngling befasste sich gerade mit dem Mann.

Interessiert hatte Henne die Presseberichte über die Tote in der Höll zwischen Gambach und Rockenberg gelesen. Nicht nur die lokalen Blätter, sondern auch die Ausgaben der großen Frankfurter Zeitungen hatten in den letzten beiden Tagen über den Mord in den Wetterwiesen bei Münzenberg berichtet.

Juliane Landmann, die mittlerweile für mehrere Zeitungen im Landkreis schrieb, hatte es mal wieder verstanden, einen neutralen und wahrheitsgemäßen Bericht über die Todesumstände der Frau aus Friedberg zu schreiben. Auf einer der Lokalzeitungen prangte die Überschrift »Tod im Schatten der Burg« auf der ersten Seite. Dafür konnte nur Heinz-Willi Kuserow, ihr Chef von der Butzbacher Lokalzeitung, verantwortlich sein. Er liebte reißerische Schlagzeilen.

Henne griff zum Hörer und rief Juliane in der Redaktion an. Gestern hatten sie kurz auf dem Gambacher Frühschoppen miteinander gesprochen. Obwohl auch sie tüchtig mitgefeiert hatte, hatte sie ihren Job nicht vernachlässigt.

»Hallo Juliane, bist du schon wieder nüchtern?«, überfiel er sie gleich.

»Was heißt hier *nüchtern*? Ich bin um 14.00 Uhr kerzengerade aus dem Zelt gegangen. Da hatte ich genug.«

»Ihr Gambacher seid schon ein verrücktes Volk. So eine irre Feier habe ich noch nicht erlebt.«

»Ja, da kannst du mal sehen, mein Lieber, bei uns ist immer was los.«

»Wie geht es Heinz-Willi?« Julianes Chef hielt sich gern in ihrer Gegenwart auf.

»Totalausfall. Mein Mann hat ihn gestern Abend aus dem Zelt geholt und nach Hause gebracht. Der Gute weiß einfach nicht, wann es genug ist. Heute hat er sich noch nicht gemeldet.« Juliane lachte. »Gibt es was Neues in dem Mordfall? Oder warum rufst du mich an?«

»Wollte nur mal deine Stimme hören, mir war eben einfach danach.« Henne hatte schon immer ein Faible für die Lokalredakteurin gehabt. Schweren Herzens hatte er akzeptieren müssen, dass es sich nur um eine platonische Freundschaft handeln konnte. Juliane war seit vielen Jahren verheiratet, hatte drei Töchter und ein intaktes Familienleben. In den letzten Jahren hatten sie sich miteinander angefreundet, telefonierten öfter miteinander und trafen sich ab und zu im Café Pia in Butzbach. Obwohl sich Henne auch mit Julianes Mann Walter sehr gut verstand, akzeptierte der die Freundschaft seiner Frau mit dem Kommissar nur mit einem gewissen Argwohn.

Henne bewunderte Juliane für ihren ausgefeilten Schreibstil und die faire Berichterstattung. Sie wiederum war Henne dankbar für die Informationen, die sie immer zuerst von ihm erhielt. Der Kommissar hatte dem Polizeidirektor kürzlich vorgeschlagen, nach dem Ausscheiden von Pressesprecher Weiß Juliane zu seiner Nachfolgerin zu machen.

Begeistert hatte der dem Vorschlag zugestimmt. Juliane hatte sich noch nicht entschieden.

»Lass mich wissen, falls es etwas Neues gibt.«

»Bevor ich es vergesse, dein Artikel über das Auffinden der Leiche war wieder mal genial, Juliane. Kurz und prägnant, sehr sachlich. Du solltest wirklich zu unserer Truppe stoßen.«

Juliane lachte. »Danke, für das Lob, Henne. Ich überlege es mir. Mach's gut.«

»Tschüss, Juliane.«

Juliane wäre die ideale Frau für ihn gewesen. Das hatte er schon vor vier Jahren gedacht, als er das erste Mal in Münzenberg wegen mehrerer Vermisstenfälle ermittelt und dadurch die Redakteurin kennengelernt hatte. Seitdem hatte er keine Frau mehr getroffen, die ihn so brennend interessierte, bis zu dem Zeitpunkt, als Regina in sein Leben . Sie war eine faszinierende Frau. Doch er bezweifelte, dass es dem zarten Pflänzchen der ersten Verliebtheit vergönnt sein würde, weiter zu wachsen.

*

Wieder schaute Henne auf die Uhr. »Co, ich habe ein ganz schlechtes Gefühl, was aufs Höchste alarmiert. Kremp hat da gestern Abend so was Seltsames gesagt.«

»Was meinst du?«

»Er hat wortwörtlich geäußert, wer weiß, ob ich Morgen noch am Leben bin.«

»Hm, das ist auf jeden Fall sonderbar.« Co kratzte sich nachdenklich am Kopf.

»Lass uns in die Altstadt fahren und diesen Kremp aufsuchen. Bis die Eisenhut und ihre Nichte kommen, haben wir noch genügend Zeit.« Er nahm seine Lederjacke vom Stuhl und eilte zur Tür hinaus. »Stückchen, Erdmann bleibt hier. Falls Frau

Eisenhut und Frau Mutzke sich die Ehre geben, sollen sie warten.«

Co schluckte den letzten Bissen ihres Frühstücks herunter, wischte sich die Finger an ihrer Jeans ab und folgte ihrem Kollegen.

»Warum rufst du ihn nicht einfach an oder schickst eine Streife hin?«, wollte Co wissen.

»Kann ich dir auch nicht erklären. Die Äußerung von Kremp lässt mir einfach keine Ruhe. Ich habe da so eine ungute Ahnung. Komm einfach mit.« Co folgte ihrem Kollegen bereitwillig. Es wäre nicht das erste Mal, dass Henne recht behielt. Er schien einen sechsten Sinn zu besitzen.

*

Wenig später wurde Hennes ungutes Gefühl auf das Schlimmste bestätigt. Auf das Klingeln und Klopfen der Kommissare reagierte Dieter Kremp nicht.

»Hier ist Gefahr im Verzug, Co. Das siehst du doch auch so, oder?« Henne wartete gar nicht ihre Antwort ab, sondern trat gegen die Wohnungstür. Das Schloss brach berstend aus dem Rahmen, Holz splitterte. Schwungvoll flog die altersschwache Tür gegen die Wand. Mit gezückter Waffe ging Henne durch den Flur, spähte links und rechts in die Zimmer. Die Kommissarin folgte ihm. Am Ende des Ganges stieß er auf eine geschlossene Tür. Er klopfte dagegen. Keine Reaktion. Sachte drückte er die Klinke herunter. »Herr Kremp, sind Sie da?« Der Raum lag im Dunklen. Es war heiß und stickig, die Luft alkoholgeschwängert.

Henne tastete nach dem Lichtschalter. Als sich das Zimmer erhellte, erkannte er Dieter Kremp auf dem Bett. Der Mann lag auf dem Rücken. Es sah aus, als ob er schliefe. Doch Henne ahnte bereits, dass Dieter Kremp aus diesem Schlaf nicht mehr erwachen würde. Vorsichtig näherte er sich dem Bett.

»Herr Kremp, hallo«, versuchte er es noch einmal. Nichts. Es blieb still im Zimmer. Henne berührte den Hals des Mannes, fühlte den Puls. Vergebens.

»Scheiße, Scheiße, Scheiße«, fluchte Henne. »So ein Mist.« Er konnte sich gar nicht beruhigen. Co hatte bereits ihr Handy am Ohr, um den Polizeiapparat in Gang zu setzen.

»Hallo, wer ist denn da?«, hörte Henne eine Stimme vom Gang.

Er verließ das Schlafzimmer des Toten. Doris' Nachbarin, die *kleine Gewalt,* wie Dieter Kremp sie bezeichnet hatte, trat ihm entgegen. »Herr Kommissar, was machen Sie denn hier? Wurde bei Dieter eingebrochen?«

»Nein, das war ich. Dieter Kremp ist tot.«

*

Fassungslos vernahmen die Hausbewohner die Nachricht vom plötzlichen Tod ihres Mitbewohners. Frau Dr. Auf der Heide bestätigte die Vermutung des Notarztes, plötzlicher Herztod. »Wir nehmen ihn aber mit, um auszuschließen, dass da nicht nachgeholfen wurde.«

»Vielleicht der Schock oder er wollte auch nicht mehr leben, vielleicht hat er einfach keinen Sinn mehr gesehen«, mutmaßte Co.

»Vielleicht, vielleicht, vielleicht …« Henne war stinkwütend.

»Was hat Kremp damit gemeint, dass hier alle davon gewusst hätten, was *vor sich ging*? Vor wem haben die Leute Angst? Warum sagen Sie uns nicht, was Sie wissen?«, wollte Henne von Doris' Nachbarin erfahren.

»Wir haben natürlich mitgekriegt, was Doris hier trieb. Es war ja nicht zu überhören. Das war auch der Grund, warum sich niemand um sie gekümmert hat, als es letzten Sonntag so laut wurde. Ich will nicht gerade sagen, dass es an der Tagesordnung war, aber es war uns auch nicht fremd.«

»Und wer ist der *feine Pinkel*, von dem Kremp gestern Abend immer wieder gesprochen hat? Das müssen Sie doch auch gehört haben. Sie waren doch dabei.«

»Keine Ahnung, ich kenn den Mann nicht. Wirklich nicht«, behauptete die Nachbarin, vermied es aber den Kommissar anzusehen. Auch die anderen Mieter wollten den Mann nicht gekannt haben, der bei Doris ein und aus gegangen war.

»Das gibt es doch nicht. Die verarschen uns«, brüllte Henne. »Co, bestell die alle ein. Die drehen wir einzeln durch die Mangel«, befahl er seiner Kollegin.

*

Henne rief Stückchen an. »Sind die Frauen schon da?«

»Nein, du sollst zu Frau Eisenhut kommen. Sie möchte ohne ihre Nichte mit dir sprechen.«

»Was soll das denn jetzt?«, fragte Henne unwirsch.

»Das hat sie mir nicht sagen wollen. Sie besteht aber darauf, dass du persönlich kommst. Sie will mit niemand anderem sprechen.«

»Okay, ich fahr mit Co nach Gambach. Gibt es sonst was Neues?«

»Jüngling meint, dass das Fahrzeug ein Porsche Cayenne gewesen sein könnte. Er hat dem Weiss-Alles Fotos gezeigt.«

»Davon gibt es eine ganze Reihe im Wetteraukreis. Hat er denn kein Nummernschild erkannt?«

»Nein, das nicht. Aber auf der Heckscheibe klebte irgendein Abzeichen.«

»Konnte er das beschreiben?«

»Fehlanzeige. Dafür ging alles zu schnell. Der Fahrer muss ziemlich gerast sein, ist dann Richtung Ober-Hörgern davongefahren.«

»Krieg doch mal raus, ob der vielleicht geblitzt wurde. In Ober-Hörgern steht doch so eine feste Radaranlage. Wenn der so gerast ist, könnte es doch sein, dass es ein nettes Souvenir von seiner Fahrt gibt.«

»Okay, mache ich. Falls nicht, soll ich mir eine Liste mit allen im Kreis angemeldeten Porsche Cayenne geben lassen?«

»Wir wissen ja nicht einmal, ob der hier aus der Gegend war. Der kann genauso gut aus einem anderen Landkreis kommen. Versuch's erst mal mit der ersten Variante.«

»Okay, mache ich. Der Eberstädter hat übrigens keinen Provider finden können. Die Fleischhauer hatte wohl keinen Handyvertrag.«

»Dann kann sie nur ein Prepaid-Handy gehabt haben.«

»Oder das Handy von einer dritten Person.«

»Da hast du recht. Du bist gar nicht so dumm, Stückchen«, zog er nun die Sekretärin auf. Seine schlechte Laune verflüchtigte sich langsam wieder.

Kapitel 66

Ein kleines, schwarzes Wollknäuel kam zur Tür herausgeschossen. Freudig wedelte es mit dem Schwanz, bellte erregt. »Ist der niedlich!« Co beugte sich zu dem kleinen Dackel hinunter.

»Biene, komm wieder rein.« Frau Eisenhut erschien im Türrahmen.

»Da ist ja Ihr kleiner Liebling. Geht es ihm wieder besser?« Henne schmunzelte. Der Dackel sah eher aus wie ein lebendig gewordenes Steifftier als ein lebendes Wesen. Henne wartete die Antwort gar nicht ab. »Frau Eisenhut, Sie wollten ohne Ihre Nichte mit mir sprechen. Wie kommt es zu ihrer plötzlichen Meinungsänderung?«

»Ich muss mich entschuldigen, Herr Kommissar. Ich bin eine dumme, alte Frau.«

»Na, das hab ich jetzt aber überhört!« Henne reagierte gespielt übertrieben empört. »Sie sind eine aparte Frau im besten Alter, überaus sympathisch.« Co verdrehte die Augen. Henne verstand es, die Frauen um den Finger zu wickeln. Meistens hatte er damit Erfolg.

Eine leichte Röte überzog Frau Eisenhuts Gesicht. »Sie sind ein Charmeur, Herr Kommissar. Dennoch bleibe ich dabei, dass ich eine dumme Frau bin. Ich hätte Ihnen von Anfang an die vollständige Geschichte erzählen sollen.«

»Was hat Sie denn daran gehindert?«, hakte Co nach.

»Meine Nichte wollte, dass ich mich zurückhalte und nicht zu viel verrate.«

»Wie geht es eigentlich Ihrer Nichte?« Henne nutzte schamlos die Situation aus. Möglicherweise würde er auf diesem Wege etwas über Reginas sonderbares Verhalten herausfinden.

»Nicht so gut. Sie macht sich schwere Vorwürfe wegen Doris. Sie glaubt, dass sie ihren Tod hätte verhindern können.«

»Wie das?« Henne sah sie verständnislos an.

»Sie war letzte Woche jeden Abend bei Doris, nur am Samstag nicht. Da hatte sie etwas anderes vor. Und nun glaubt sie, dass Doris noch am Leben wäre, wenn sie sich auch am Samstagabend um sie gekümmert hätte.«

»Ihre Nichte sollte sich deswegen nicht grämen. Wenn Doris' Mörder nicht im Affekt, sondern mit Absicht gehandelt hat, hätte er sie an einem anderen Tag umgebracht«, versuchte Co die Frau zu beruhigen.

Frau Eisenhut machte einen gequälten Eindruck auf die Ermittler. »Herr Kommissar, eigentlich wollte ich mit Ihnen alleine reden«, sagte sie mit einem Seitenblick auf Co.

»Gnädige Frau, meine Kollegin verdient mein volles Vertrauen. Sie wird das, was Sie mir erzählen, mit Sicherheit nicht weitersagen. Also, was wollten Sie mir nun so Wichtiges berichten?«

Frau Eisenhut zögerte einen Moment. »Doris war nicht nur eine Freundin meiner Nichte.«

Co zog die Augenbrauen hoch.

»Sie war auch die Tochter meiner Cousine und damit Reginas Großcousine.«

»Das ist ja interessant! Wieso haben Sie uns das verschwiegen?« Henne war verblüfft.

»Meine Nichte wollte es so.«

»Können Sie sich erklären, warum?« Co schaute die Frau aufmunternd an.

»Ich kann es nur vermuten. Ich glaube, sie ist frisch verliebt. Vermutlich ist es ihr peinlich, dass sie mit Doris, beziehungsweise mit dem Mord an ihr, in Verbindung gebracht wird.« Henne überfiel eine plötzliche Traurigkeit. Er schaute Co verzweifelt an. Sie hatte verstanden und gab ihm ein Zeichen. Ab jetzt würde sie die Befragung übernehmen.

»Das ist ja eine überraschende Eröffnung.«

»Sie müssen wissen, Regina hat nicht so viel Glück mit Männern«, fuhr sie mit trauriger Stimme fort. »Die Männer verlassen sie immer wieder.«

»Ihre Nichte ist doch eine gut aussehende Frau, wohlsituiert, gebildet. Das verstehe ich nicht.« Co fiel es schwer, Sympathie für Frau Eisenhuts Nichte zu heucheln.

»Sie hatte so tolle Freunde. Und alle haben sich wieder von ihr getrennt, haben eine andere geheiratet. Sie hat es immer mit Fassung getragen.« Tränen schimmerten in den Augen von Frau Eisenhut. »Ja, sie hat es, weiß Gott, nicht leicht mit den Männern. Hat es noch nie leicht gehabt.«

Henne nickte unmerklich. Obwohl Co nicht als seelischer Mülleimer missbraucht werden wollte, ließ sie Frau Eisenhut gewähren. Henne wollte es offensichtlich so.

»Erzählen Sie ruhig. Wir haben Zeit.«

»Ach, was interessiert Sie das Geschwätz einer alten Frau?«, winkte die Dame ab.

»Nein, nein, Frau Eisenhut. Das ist schon in Ordnung.« Henne lächelte aufmunternd. Co strafte ihn dafür mit einem bösen Blick.

Frau Eisenhut erzählte den Kommissaren von Reginas unglücklicher Kindheit, von dem ablehnenden Großvater und den Kindern, die sie unentwegt gehänselt hatten.

»Natürlich wusste jeder hier im Dorf, wer ihr richtiger Vater war. Und Kinder können so bösartig sein. Sie plappern das nach, was sie zu Hause hören«, seufzte Frau Eisenhut am Ende ihres traurigen Berichts.

Henne ging die Geschichte an die Nieren. Er sah, dass auch Co nicht ganz unberührt davon blieb. »Man ließ Regina nicht mitspielen, ärgerte sie, schlug sie. Man warf sogar mit Steinen nach ihr. Irgendwann wollte sie nicht mehr in den Kindergarten gehen. Wir mussten sie täglich dorthin begleiten. Nur Doris hielt zu ihr, verteidigte sie, prügelte sich sogar ihretwegen.«

Co unterbrach Frau Eisenhut: »Kann es sein, dass auch Doris gehänselt wurde?«

»Ja, die Kleine hatte es auch nicht leicht. Sie war ebenfalls unehelich zur Welt gekommen. Meine Cousine hatte eine Vorliebe für schwarze Amerikaner. Einer hat sie geschwängert. Als sie ihre Schwangerschaft bemerkte, war der Vater des Kindes bereits in die Staaten zurückgekehrt. Sie hatte keine Adresse, wusste nicht, wie sie ihn erreichen sollte.«

Merkwürdig, wie sich die Dinge wiederholen, dachte Henne. Doris Fleischhauer war schwanger. Es war anzunehmen, dass dem *feinen Pinkel*, wie Dieter Kremp den brutalen Lover von Doris bezeichnet hatte, die ganze Sache höchst unangenehm gewesen war. Wahrscheinlich war die Nachricht von der Schwangerschaft gleichzeitig auch ihr Todesurteil gewesen.

»Da gab es bestimmt einen Aufstand, oder?« Co ermunterte die Frau weiterzureden.

»Das können Sie aber glauben. 1960 war es noch eine absolute Schande, ein Kind unehelich und dann noch von einem Neger zur Welt zu bringen.« Erschrocken hielt sie die Hand vor den Mund. »Das darf man ja heute nicht mehr sagen.«

»Ist schon okay. Damals war das halt so. Ich kann mich noch erinnern, dass mein Vater immer sagte: *Mach die Negermusik aus*, wenn ich den amerikanischen Sender AFN hörte«, gab Co zu. »Erzählen Sie doch weiter.«

»Die Leute im Dorf haben sich das Maul zerrissen. Am schlimmsten waren die, die jeden Sonntag in die Kirche gerannt sind, sich als gute Christen bezeichnet haben. Man legte meiner Cousine nahe, das Kind nicht taufen zu lassen. Dabei liebte sie ihr Kind über alles«, schwärmte Frau Eisenhut. »Mein Vater war auch nicht besser. Wir sollten nicht mit ihr und ihrem *Bastard* verkehren. Aber wir haben uns nicht daran gehalten und Mutter und Kind unterstützt.« Frau Eisenhut sah einen Moment ins Leere. »Dabei war Doris so ein süßes kleines Ding mit ihren schwarzen Locken und den großen dunklen Augen. Aber sie war eben ein Mischling.«

»Und diese Besonderheiten haben die beiden kleinen Mädchen zusammengeschweißt?«

»Kann man so sagen. Doris war die einzige Freundin, die Regina im Kindergarten und der Grundschule hatte«

»Aber wieso hatte Regina immer Pech mit Männern, wie Sie vorhin sagten?«

»Sie hat alle auf tragische Weise verloren, den Großvater, den Bruder, ihren Ziehvater und auch ihre Freunde.«

»Was war mit ihren Freunden?«, konnte sich Henne nun nicht verkneifen zu fragen.

»Regina studierte in Gießen Jura, zog mit ihrem damaligen Freund zusammen. So weit, so gut. Ihr Freund beendete sein Studium vor ihr, ging zurück in seine Heimatstadt und lernte eine andere Frau kennen, die er bald darauf heiratete. Das war die erste große Enttäuschung. Regina ist lange nicht darüber hinweggekommen. Viele Jahre vergingen, bis sie einen Mann kennenlernte, mit dem sie glaubte, glücklich zu werden.« Wieder sah die Frau ins Leere.

»Erzählen Sie weiter«, ermunterte Co sie.

»Auch der Mann hat eine andere geheiratet. Das Schlimmste jedoch war, dass sie mit ihm noch liiert war, als der bereits Hochzeitspläne mit der anderen schmiedete. Sie ist durch einen dummen Zufall dahintergekommen. Das hat sie damals total aus der Bahn geworfen. Sie ist daraufhin aus Usingen weggezogen und hat sich in Friedberg niedergelassen.«

Co unterbrach die Erzählung der Frau. Ihre Ausführungen hatten nichts mit dem Mord zu tun.

»Ich habe eine andere Frage, Frau Eisenhut. War Doris in der letzten Woche noch einmal in Friedberg?«

»Nein, ganz bestimmt nicht.«

»Gnädige Frau, ich finde es gut, dass Sie jetzt so ehrlich zu uns sind. Aber bitte sagen Sie uns jetzt auch wahrheitsgemäß, wo das Notebook abgeblieben ist, das am Sonntag auf Ihrem Esstisch stand.«

Peinlich berührt blickte die Befragte auf den Boden. »Regina hat es mitgenommen.«

»Warum diese Heimlichtuerei?«

»Ich weiß es nicht. Sie benimmt sich seit Sonntag sonderbar.«

»Inwiefern?«

»Ich glaube, dass sie Angst hat.«

»Wovor denn oder vor wem?«, fragte Co.

»Vielleicht dem Mörder?«, hakte Henne nach.

»Wenn ich das wüsste …« Sie schien einen Moment zu überlegen. »Sie macht sich zudem noch Sorgen um ihre Stiefschwester. Um die muss sie sich im Moment auch noch kümmern.«

»Ist sie krank?«

»Nein, ihr Mann hat sie verlassen. Die Arme ist völlig verzweifelt.«

Hennes Handy meldete sich. Er gab Co ein Zeichen und ging nach draußen. »Stückchen, was gibt es?«

»Henne, ich habe eine gute und eine schlechte Nachricht.«

»Die gute zuerst.«

»Die DNA vom einzigen Haar, das damals an der Jacke von diesem Holger Palme gefunden wurde, und die von Haaren aus Doris' Wohnung sind identisch.«

»Das ist ja der Hammer. Ist es ein Haar von Doris?«

»Das wird gerade untersucht. Von der Struktur her eher unwahrscheinlich. Eins ist aber sicher: Zu der Exfrau von dem Palme passt es nicht.«

»Dann ruf Frau Palme an und sag ihr, dass sie abreisen kann. Hat der Eberstädter noch was herausgefunden?«

»Ja, aber das will er dir selbst sagen.«

*

»Mein Vater hat die Amerikaner gehasst«, hörte Henne Frau Eisenhut sagen, als er in das Wohnzimmer zurückkam. »Die haben nicht nur Kaugummis, Schokolade und Nylonstrümpfe mitgebracht, sondern auch so manches Verderben. Nach dem Krieg müssen die teilweise ganz schön übel hier gehaust haben. Später hat sich alles normalisiert. Wenn sich da ein GI was hat zuschulden kommen lassen, wurde er sofort eingesperrt.«

Co gab Henne ein Zeichen, noch einen Moment zu warten.

»Meine Cousine und ich waren viel mit Amerikanern zusammen. Die meisten sahen ja auch umwerfend aus, so groß und durchtrainiert. Besonders schick waren sie in ihren Ausgehuniformen.« Frau Eisenhut geriet ins Schwärmen. »Na ja, die waren ja auch fern der Heimat, ohne Frau oder Familie. Die waren einsam, die Jungs. Da ist es doch verständlich, dass sie sich deutsche Mädels gesucht haben. Viele Frauen sind ihnen ja auch nach Amerika gefolgt. Etliche sind schnell wieder zurückgekommen. Aber ich habe heute noch Kontakt zu Freundinnen, die in den Staaten geblieben sind.«

»Ja, das waren noch andere Zeiten. Ich kann mich gut an die Amerikaner erinnern. Vor allem die Musik, die sie mitgebracht haben, war toll«, sagte nun Henne.

»Ich hab sogar mal den Elvis Presley gesehen. Das war ein Mann zum Anbeißen. Und was haben wir getanzt …« Frau Eisenhuts Augen leuchteten.

Mit einem Blick auf seine Uhr unterbrach Henne die Schwärmerei von Frau Eisenhut: »Gnädige Frau, wir müssen leider gehen. Wir haben noch zu tun. Aber ich hätte noch eine letzte Frage. Hatte Doris ein Handy?«

»Ja klar. Wer hat heute nicht so ein Ding?«

»Haben Sie mitbekommen, mit wem Doris telefoniert hat?«, fragte Co nun.

»Ja, da hat einer immer wieder angerufen.«

Henne und Co ließen sich den Inhalt der Gespräche schildern, soweit Frau Eisenhut diese mitbekommen hatte.

Kapitel 67

Henne blieb vor dem Haus stehen, nestelte wie üblich eine Zigarette aus der Packung und zündete sie an. Er dachte über das nach, was Frau Eisenhut ihnen gerade über die Telefonate berichtet hatte. Co schien sich ebenfalls Gedanken über die Aussage zu machen. Ausnahmsweise plapperte sie nicht gleich drauflos.

Nach mehreren tiefen Zügen berichtete Henne seiner Kollegin von den Neuigkeiten, die ihm Stückchen mitgeteilt hatte.

»Das ist ja ein dolles Ding!«, rief sie aus. »Das würde ja bedeuten, dass der Fall Holger Palme und der Tod von Doris Fleischhauer miteinander zu tun haben.«

»So sehe ich das auch.« Henne blies blauen Qualm in die Luft.

»Eine Besonderheit haben die Fälle ja gemeinsam«, stellte Co fest.

»Welche soll das sein?«

»Na, die außergewöhnlichen Varianten von Sex. Der eine lässt sich fesseln, der andere liebt es brutal. Klingelt da was bei dir?«

»Du meinst, Doris hatte was mit Holger Palme?«

Co nickte. »Womöglich kommen wir jetzt nach zehn Jahren der Mörderin von Holger Palme auf die Spur.« Co schnipste mit den Fingern, eine Angewohnheit, die Henne manchmal zur Raserei brachte.

»Glaubst du, Frau Fleischhauer ist die Täterin?«

»Könnte sein. Das Blöde ist nur, wir können sie nicht mehr dazu befragen.« Henne warf die Kippe achtlos in die Gosse und öffnete die Autotür. Er hatte jedoch noch eine andere Vermutung, die er erst mal für sich behalten wollte.

»Genaueres wissen wir erst nach der Haaranalyse.«

»Lass uns jetzt zu Frau Mutzke fahren!«

»Wahrscheinlich kennt sie den Mann, der Frau Fleischhauer das angetan hat. Auf dem Notebook befinden sich mit Sicherheit Hinweise«, sinnierte Co.

»Ich vermute, wir werden dort den Film finden, von dem Dieter Kremp gesprochen hat.«

»Den muss ich mir aber nicht ansehen, oder?«

»Erst müssen wir das Ding mal haben. Falls sich Frau Mutzke nicht kooperativ verhält, brauchen wir schnellstmöglich einen Durchsuchungsbeschluss für ihr Haus und die Kanzlei.«

Henne drückte auf die Taste des CD-Players. Wie nicht anders zu erwarten, ertönte Musik von Elvis Presley. Schweigend lauschten die Kommissare dem Text.

Kapitel 68

Zwei Stufen auf einmal nehmend eilte Henne die Treppe zur Kanzlei Kain und Partner hoch. Co folgte ihm atemlos.

»Eh, wir sind doch nicht auf der Flucht«, rief sie Henne hinterher. Unbeirrt stürmte er in den Empfangsbereich und ging, die Empfangsdame völlig ignorierend, auf die Tür von Regina Mutzke zu.

»Halt.« Die Sekretärin kam hinter ihrem Schreibtisch hervor und stellte sich Henne in den Weg. »Was machen Sie denn? Sie können doch nicht einfach hier hereinschneien und, ohne sich anzumelden, zu Frau Mutzke gehen.«

»Sag ich doch«, keuchte Co hinter ihnen.

In diesem Moment öffnete sich die Tür von Manfred Kains Büro.

»Mach's gut, Barbara.« Er reichte einer Frau die Hand. »Wenn du was von Wolfgang hörst, melde dich bitte.«

»Ja, mache ich, und danke für dein Verständnis.« Die Frau wandte sich dem Ausgang zu.

»Was ist denn hier los?« Manfred Kain hatte die Kommissare entdeckt. »Wer sind Sie und was wollen Sie hier?«

»Die Herrschaften sind von der Polizei und wollten zu Frau Mutzke«, sagte die Sekretärin, ohne die Antwort der Kommissare abzuwarten.

»Wieso das? Was will denn die Polizei schon wieder von Regina?«, fragte der Anwalt verwundert. Die Frau, die der Anwalt mit *Barbara* angesprochen hatte, blieb stehen und sah die Kommissare ängstlich an.

»Darf ich mich vorstellen, ich bin Kriminalhauptkommissar Alexander Henneberg und das da ...« Er deutete auf Co, die noch immer schwer atmete. »... ist meine Kollegin, Frau Kriminaloberkommissarin Cosima von Mittelstedt. Ihre Mitarbeiterin war so freundlich, uns hereinzulassen«, trickste Henne. Er wollte die Sekretärin nicht in Bedrängnis bringen. Dafür erhielt er einen dankbaren Blick von ihr.

»Und was wollen Sie von Frau Mutzke?«

»Das würden wir ihr gern selbst sagen.«

»Frau Mutzke ist gar nicht im Büro. Sie hat heute einen ganztägigen Termin am Gericht«, sagte die Empfangsdame.

»Das ist schlecht. Wir müssen sie dringend sprechen.«

»Vielleicht kann ich Ihnen ja doch helfen. Geht es um einen Fall, den sie gerade behandelt?«

»Nein, nein. Es geht um die Tote aus Münzenberg. Sicher haben Sie schon davon gehört, nicht wahr?«

»Was, eine Tote aus Münzenberg?«, fragte Barbara erschrocken und ging auf die Kommissare zu. »Da kommt Regina doch her. Hatte sie was mit der Ermordeten zu tun?«

»Wer sind Sie, wenn ich fragen darf?«, wandte sich Henne an die Frau.

»Ich bin Barbara Kain, die Stiefschwester von Regina Mutzke.«

»Die Frau, deren Mann verschwunden ist?« Co reagierte blitzartig.

»Woher wissen Sie das?«, fragte Barbara Kain erstaunt.

»Das tut nichts zur Sache und geht uns auch nichts an. Was jedoch die Tote betrifft, handelt es sich um eine Verwandte von

Frau Mutzke«, erklärte Henne der Stiefschwester.

»Doch nicht etwa Frau Eisenhut?« Barbaras Gesichtsfarbe wechselte zu einer auffälligen Blässe.

»Nein, Frau Eisenhut ist nicht die Tote. Die erfreut sich bester Gesundheit.«

Barbara seufzte erleichtert. »Aber wer denn dann? Ich kenne gar keine anderen Verwandten von Regina in Gambach.«

»Doris Fleischhauer, sagt Ihnen der Name etwas?«

»Gehört habe ich den schon mal, aber die Dame habe ich nie kennengelernt. Regina hat nicht viel von Gambach und ihrer Verwandtschaft erzählt, außer von Maria natürlich, ich meine, Frau Eisenhut.«

»Diese Frau Fleischhauer hat doch mal bei uns geputzt, Herr Kain!«, meldete sich nun die Empfangsdame zu Wort.

»Kenne ich nicht. Wenn ich mir jetzt auch noch die Namen unserer Putzfrauen merken soll, hätte ich viel zu tun.« Die Stimme des Anwalts strotzte nur so von Arroganz.

»Frau Mutzke hat sich um die Einstellungen der Reinigungshilfen gekümmert. Frau Fleischhauer hat ab und zu mal im Krankheitsfall Vertretung gemacht«, erklärte die Empfangsdame den Kommissaren.

»Kannten Sie Frau Fleischhauer?«, fragte er die Empfangsdame, die nun etwas zugänglicher wurde.

»Nur flüchtig. Sie kam ja meistens erst nach acht Uhr abends, wenn die Kanzlei geschlossen hatte.«

»Und Sie, Herr Kain, sind sicher, dass Sie Frau Fleischhauer nicht kannten?«, wandte sich der Kommissar nun an den Anwalt.

»Kann sein, dass ich sie mal gesehen habe, aber gesprochen habe ich mit ihr sicherlich nicht.«

»Das kann ich mir vorstellen, das ist sicher unter Ihrer Würde mit einer Putzfrau zu sprechen.« Co konnte sich nicht beherrschen. Die Arroganz dieses Mannes widerte sie an.

Kain winkte ab. »Brauchen Sie mich noch? Ich habe zu tun.«

»Was ist denn mit Ihrem Partner? Kannte der Frau Fleischhauer?«, fragte Henne den Anwalt.

»Mein Mann kannte die mit Sicherheit nicht«, mischte sich nun Barbara Kain ein. »Er hätte sich doch nicht mit einer Putzfrau befasst.« Sie schlug entsetzt die Hände zusammen. »Die Herren hier haben Wichtigeres zu tun, als sich mit Aushilfen zu beschäftigen.« Damit rauschte sie hoch erhobenen Hauptes zur Tür hinaus.

»Was ist eigentlich mit dem Mann von Frau Kain?« Co hatte nun die Nase voll, von all den Ausflüchten. »Wo steckt er denn?«

»Das ist eine Familienangelegenheit und geht Sie gar nichts an. Gehen Sie jetzt bitte! Lassen Sie sich einen Termin bei Frau Mutzke geben«, kanzelte der Anwalt die Kommissare ab, drehte sich um und verschwand in seinem Büro.

»Wo können wir Frau Mutzke erreichen?«, wandte sich Henne nun an die Empfangsdame.

»Wie schon gesagt, Frau Mutzke hat heute einen ganztägigen Termin am Amtsgericht. Da können Sie sie schlecht aufsuchen. Ich kann nachschauen, ob sie morgen Zeit für Sie hat, Herr Kommissar.« Die Sekretärin zeigte sich nun überaus freundlich und hilfsbereit.

Es geschehen noch Zeichen und Wunder, dachte Henne. Co grinste. Henne hatte es mal wieder geschafft, die holde Weiblichkeit für sich einzunehmen.

»Sagen Sie mal, gnädige Frau, können Sie mir sagen, wo der Partner von Herrn Kain ist?« Henne warf der Angesprochenen einen schmachtenden Blick zu.

»Keine Ahnung, er war jetzt seit einer Woche nicht mehr im Büro.«

»Ist das normal, dass er einfach so wegbleibt?«, wollte Co wissen.

»Eigentlich nicht. Normalerweise war er immer der Erste morgens. Er ist für seine Zuverlässigkeit bekannt. Mir wurde gesagt, er sei im Urlaub.«

»Und was wollte dann seine Frau hier? Die sah recht besorgt aus«, nahm sich Co nun wieder der Sache an.

»Auch das kann ich Ihnen leider nicht sagen. Wir reden hier nie über private Dinge, müssen Sie wissen.«

»Auch nicht mit Frau Mutzke, so von Frau zu Frau, meine ich?«, machte Co einen weiteren Versuch, etwas aus der Mitarbeiterin herauszukriegen.

»Nein, Frau Mutzke ist immer freundlich und zuvorkommend, aber über so etwas reden wir nie. Das ist hier nicht erwünscht. Das hat man mir schon bei meiner Einstellung zu verstehen gegeben.«

»Wie lange sind Sie denn schon hier?« Co gab nicht auf.

»Seit Gründung der Kanzlei vor zwanzig Jahren.« Ein gewisser Stolz schwang in der Stimme der Sekretärin mit.

Henne trat an eines der großen Fenster und sah auf die Kaiserstraße. »Wirklich eine schöne Kanzlei«, murmelte er. »Hervorragende Lage.« Auf der Straße unter ihm herrschte viel Verkehr. Er beobachtete, wie ein schwarzer Porsche Carrera versuchte aus einer Parklücke auszuscheren. Die vorbeifahrenden Autos hielten jedoch nicht an. Als sich endlich eine Lücke in der Blechlawine auftat, schoss der Wagen rückwärts auf die Straße. Am Steuer erkannte Henne Barbara Kain.

Kapitel 69

»Mann, hab ich einen Hunger. Können wir nicht mal ’ne Pause einlegen?«, sagte Co vor der Tür und beobachtete Henne, der sich eine Zigarette ansteckte. Dieses Bild kannte sie von Anbeginn ihrer gemeinsamen Ermittlungsarbeit. Manchmal ging es ihr tierisch auf den Nerv, wenn sie tatenlos herumstehen und darauf warten musste, dass Henne endlich den Glimmstängel aufgeraucht hatte.

»Ich sehe schon die Gewitterwolken auf deiner Stirn.« Henne fürchtete diese Momente, wenn Co hungrig wurde, mehr als einen Verkehrsstau auf der A5.

»Was hältst du von einem Viertel warme Fleischwurst geschnitten am Stück? Da drüben gibt es eine gute Metzgerei.« Henne lachte über seinen Witz.

»Klingt gut.«

*

Die Fleischwurst war schmackhaft, fest und gut gewürzt. Dazu aßen sie frische Brötchen, tranken Cola. Zwischen zwei Bissen sagte Henne: »Frau Kain fährt einen Porsche.«

Co sah ihren Partner verständnislos an. »Ja und?«, fragte sie kauend. »Woher weißt du das?«

»Hab ich gerade aus dem Fenster beobachtet. Überleg doch mal, Dieter Kremp hat von einem *feinen Pinkel* gesprochen, der

Doris Fleischhauer ständig besucht hat. Dieser Martin Weiss-Alles hat einen Porsche Cayenne beobachtet. Das ist doch ein merkwürdiger Zufall. Wir sollten mal rauskriegen, was die Herren Anwälte für Autos fahren.«

»Du glaubst doch nicht ernsthaft, dass dieser Kain oder sein Bruder etwas mit Doris Fleischhauer hatten? Wie dieser Typ sich schon zu der Putzfrau geäußert hat, war ja das Allerletzte.«

In diesem Moment klingelte Hennes Telefon. »Eberstädter, musst du mich immer beim Essen stören?«, schmatzte Henne absichtlich.

»Wie, Essen? Das ist doch reiner Luxus in unserem Beruf.«

»Was gibt es? Hast du was Neues in Erfahrung gebracht?«

»Ich wollte nur mal deine Stimme hören«, frotzelte Eberstädter. »Natürlich habe ich was Neues.«

»Schieß los!«

»Ich habe die Kontoauszüge und den ganzen Papierkram von der Fleischhauer gesichtet. Die kriegt jeden Monat einen Betrag von 1500 Euro überwiesen.«

»Woher kommt das Geld?«

»Von einem Anwaltsbüro Kain und Partner hier aus Friedberg. Außerdem hat sie in der letzten Zeit mehrfach größere Beträge auf ihr Konto eingezahlt.«

»Wie viel?«

»Zweimal fünftausend und einmal zehntausend. Der größere Betrag wurde erst vorletzte Woche ihrem Konto gutgeschrieben.«

»Was hast du sonst noch ausfindig gemacht?«

Die Antwort kam prompt: »Nur die üblichen Abbuchungen, wie Strom, Gas, Versicherungen. Was allerdings sonderbar ist, ich habe keine Abbuchung für die Miete entdecken können.«

»Was ist mit einem Mobilfunkanbieter?«

»Niente. Die scheint wirklich kein Handy zu besitzen.«

»Was hast du bei den Papieren gefunden?«

»Nur Rechnungen und Unterlagen von Versicherungen. Nichts, was uns weiterhelfen könnte.«

»Keine Rechnung von einem Notebook?«

»Nee, nichts.«

»Richte bitte dem Jüngling aus, er soll herausfinden, welche Autos auf die Kanzlei Kain und Partner zugelassen sind.«

»Mach ich, Alter.«

Kapitel 70

Vor dem Amtsgericht an der Homburger Straße war wie üblich kein Parkplatz frei. Henne stellte sich auf die freie Fläche, die für den Amtsgerichtsdirektor reserviert war.

»Hier können Sie aber nicht stehen bleiben, junger Mann.« Ein Mann in einem blauen Kittel deutete auf das Hinweisschild am Ende der Parkfläche.

»Und ob ich kann!« Henne zeigte dem Blaukittel seinen Dienstausweis. »Und mit wem habe ich das Vergnügen?«, fragte er ironisch.

»Ich bin der Hausmeister.«

»Sie sind wohl neu hier, was?« Henne ließ den Mann einfach stehen und ging in das Gebäude. Co zuckte nur mit den Schultern.

»Herr Henneberg, schön, Sie mal wiederzusehen«, wurde der Kommissar von dem diensthabenden Justizvollzugsbeamten am Eingang empfangen, der beflissen die Tür von innen öffnete. Co winkte er freundlich zu.

»Wo finden wir Frau Mutzke? Sie hat heute einen Termin hier. Scheidungssache.« Henne nickte dem Beamten hinter der Glasscheibe zu.

»Saal 1. Das kann aber noch dauern.«

»Bestens!« Henne tippte sich zum Dank an die Schläfe. Co nickte freundlich zurück.

»Da können wir schlecht stören, Alexander«, sagte Co nach einem Blick auf das Schild neben der Tür zum Gerichtssaal.

»Das ist mir doch egal. Warum müssen sich die Leute auch immer wieder scheiden lassen?« Er öffnete die Tür zu dem Saal, steckte den Kopf durch die Tür. Der Familienrichter schaute Henne fragend an. Die beiden Parteien saßen sich gegenüber, jeder im Beisein eines Anwaltes. Links neben dem Eingang entdeckte er Regina.

Kapitel 71

Nachdem Henne dem Richter erklärt hatte, dass es sich um eine Angelegenheit auf Leben und Tod handelte, unterbrach dieser die Verhandlung für fünfzehn Minuten. Im Besprechungsraum neben dem Gerichtssaal, den der Richter den Beamten großzügig überließ, trafen sich die Kommissare mit der Anwältin.

»Hätte das nicht noch Zeit bis nach der Verhandlung gehabt?«, fragte sie die beiden Polizisten völlig neutral, vermied es jedoch Henne anzusehen.

»Tut uns leid, Frau Mutzke«, richtete Co das Wort an sie, »aber es ist inzwischen so vieles passiert, dass die Sache leider keinen Aufschub duldet.«

Reginas smaragdgrüne Augen wurden noch eine Spur dunkler. »Was genau ist denn passiert?«

»Dieter Kremp ist tot.«

Regina griff sich erschrocken an den Hals. »Du meine Güte. Wurde er auch …?« Sie war nicht fähig weiterzusprechen.

»Das wissen wir noch nicht. Wir haben ihn heute Morgen tot in seinem Bett aufgefunden. Die Obduktion läuft noch.«

Henne bemerkte einen feinen Schweißfilm auf Reginas Stirn.

»Das tut mir leid.« Ihre Augen nahmen einen feuchten Schimmer an. »Dann sind sie wenigstens im Tod vereint.«

»Wie meinen Sie das?« Co sah ihr Gegenüber irritiert an.

»Dieter Kremp hat Doris geliebt. Er hätte alles für sie getan.«

»Wie zum Beispiel, sie bei einer Vergewaltigung zu filmen?«, mischte sich Henne nun doch ein, obwohl die Ermittler auf der Hinfahrt vereinbart hatten, dass nur Co die Fragen stellen würde.

»Was meinst du?« Sie sah Henne kühl an. »Oder muss ich *Sie* sagen, Herr Kommissar?« Ihre Stimme enthielt einen zynischen Unterton.

»Lass den Quatsch. Natürlich können wir uns duzen. Du stehst ja nicht unter Verdacht. Aber du solltest schon etwas kooperativer sein.«

»Warum meldest du dich nicht? Gehst nicht ans Telefon, rufst nicht zurück. Findest du das kooperativ?« Regina wusste, dass es ein ungeeigneter Moment war, solche Fragen zu stellen. Aber sie fühlte sich wegen Hennes ablehnender Haltung so tief verletzt, dass sie sich nicht beherrschen konnte.

»Frau Mutzke, das sollten Sie unter vier Augen mit Herrn Henneberg besprechen«, forderte Co. »Im Moment haben wir andere Sorgen.«

Henne nickte zustimmend. »Entschuldige, Regina, ich habe mich dumm verhalten, aber ich bin in Sachen Beziehung etwas ungeübt. Das ist mir halt noch nie passiert, dass ich mich in die Angehörige eines Mordopfers verliebt habe.« Jetzt war es raus. Was er sich die ganze Zeit nicht hatte eingestehen wollen, war nun in einem Satz gesagt. »Lass uns heute Abend darüber sprechen. Ich komme später zu dir.«

»Nein, das geht nicht«, antwortete Regina hastig. »Ich komme zu dir. Es ist auch für Erdmann besser, wenn er in seiner gewohnten Umgebung bleibt.« Sie schenkte Henne ein schüchternes Lächeln. Er erwiderte es mit einem innigen Blick.

»Schluss jetzt. Können wir bitte zum Wesentlichen zurückkehren?«, unterbrach Co das Geplänkel.

»Entschuldigen Sie, Frau von Mittelstedt. Ab sofort werde ich Ihnen alle Fragen beantworten.«

»Sie haben uns verschwiegen, dass Doris Fleischhauer eine Verwandte von Ihnen war«, stellte Co sachlich fest.

»Ja, das ist richtig. Sie war meine Großcousine.« Betreten schaute Regina unter sich.

»Wir haben herausgefunden, dass auf das Konto von Frau Fleischhauer jeden Monat 1500 Euro von Ihrer Anwaltskanzlei überwiesen wurden. Können Sie uns das erklären?«

»Ich sagte Ihnen doch schon, dass Doris bei mir geputzt hat.«

»Dafür zahlt man doch keine 1500 Euro, oder?«, fragte Co ungläubig.

»Sie hat auch sonst vieles für mich erledigt. Sie ging einkaufen, hat für mich gebügelt und einiges mehr.«

»Hat Sie auch in der Kanzlei geputzt?«

»Wenn unsere Putzfrau Urlaub hatte oder mal krank war, ist Doris eingesprungen.«

»Auf dem Konto von Frau Fleischhauer sind in der jüngsten Vergangenheit größere Geldbeträge eingezahlt worden. Haben Sie eine Ahnung, woher Sie das Geld hatte?« Henne schwieg, hörte aber interessiert dem Dialog zu. Auf diese Frage reagierte Regina mit Verzögerung.

»Nein, das weiß ich nicht.«

»Wir haben zudem festgestellt, dass Frau Fleischhauer keine Miete gezahlt hat, zumindest wurde nichts überwiesen.«

»Das kann ich Ihnen erklären. Das Haus, in dem Doris wohnte, gehört mir. Meine Großcousine musste keine Miete an mich zahlen.«

»Das ist aber sehr großzügig von Ihnen. Sie haben ihr 1500 Euro jeden Monat überwiesen und haben ihr noch die Miete erlassen. Das nenn ich mal ’ne gute Bezahlung für eine Reinigungskraft.«

»Hören Sie, ich habe keine Familie, außer meiner Tante und Doris. Keine Kinder, denen ich mein Geld vererben kann. Ich kann mein Vermögen gar nicht alleine ausgeben. Warum sollte ich also nicht meiner Verwandten helfen? Ich habe Ihnen ja schon mal erzählt, dass es die Arme nicht immer so gut hatte.«

Nach einer kurzen Unterbrechung fügte sie hinzu: »Und bevor ich es Leuten vererbe, die eh schon Geld im Überfluss haben, gebe ich es doch lieber jemandem wie ihr.«

»Regina, ich muss dich aber jetzt noch mal fragen: Hast du gewusst, dass Dieter Kremp deine Großcousine bei einer Vergewaltigung gefilmt hat, und wenn ja, zu welchem Zweck er das getan hat?«, mischte sich Henne erneut ein.

»Nein, das wusste ich nicht. Das ist ja schrecklich! Wie kann er so etwas nur tun?«, entrüstete sie sich.

»Das fragen wir uns auch«, antwortete Co lakonisch. »Die Vermutung liegt nahe, dass Ihre liebe Verwandte jemandem mit diesen Filmen erpresst hat. Das würde auch den Eingang der Geldbeträge erklären.«

»Das kann ich nicht glauben. Doris war zwar etwas leichtfertig, aber kriminell war sie nicht«, nahm Regina ihre Großcousine in Schutz.

»Dieter Kremp hat immer wieder von einem *feinen Pinkel* gesprochen, der zu Doris kam und sich gewisse Liebesdienste erkauft hat. Können Sie uns dazu etwas sagen?«

»Ich weiß, dass Doris ihren Körper verkauft hat. Sie hat mir mal erzählt, dass ihre Kunden die abartigsten Dinge verlangen. Aber ich wollte das gar nicht so genau wissen.«

»Und zu diesem *feinen Pinkel* fällt Ihnen auch nichts ein?«

»Da war wohl einer, der immer wieder zu ihr kam. Aber welche Dinge sie mit ihm getrieben hat und wer das war, das weiß ich nicht.«

»Frau Mutzke, Doris Fleischhauer war schwanger. Wussten Sie davon?« Co zog ihren letzten Trumpf aus der Tasche.

Mit offenem Mund starrte Regina Mutzke die Kommissarin an, unfähig etwas zu sagen. Betroffen schwieg sie eine ganze Weile.

»Wussten Sie davon?«, wiederholte Co ihre Frage.

Regina schüttelte den Kopf. Eine Träne löste sich aus ihrem Auge. »Nein. Das ist ja entsetzlich! Dann ist ja mit Doris auch ihr Kind gestorben.«

»Sozusagen«, bestätigte Co die Äußerung.

»Regina, bitte überlege noch mal, ob dir dazu nichts einfällt. Es wäre doch möglich, dass der Vater des Kindes Doris' Lover war, den sie unter Umständen damit erpresst oder unter Druck gesetzt hat«, redete Henne nun behutsam auf seine Angebetete ein.

»Da wäre noch etwas.« Gequält sah Regina die Kommissarin an. »Wir hätten gern das Notebook von Frau Fleischhauer. Das Teil, das am Sonntag plötzlich vom Esstisch Ihrer Tante verschwunden ist.« Co nahm immer noch an, dass es sich bei dem gesuchten Objekt um das Eigentum der Getöteten handelte, doch das sollte sich zunächst als Irrtum herausstellen.

»Das war mein Notebook. Ich hatte meine Tante gebeten, das Gerät wegzutun. Ich kann Ihnen das Ding gern zur Verfügung stellen. Sie werden aber nur Daten von meinen Mandanten finden, nichts davon hat mit Doris zu tun.«

»Und warum machen Sie dann so ein Geheimnis daraus?«, fragte Co abschließend.

Regina zuckte nur mit den Schultern.

Kapitel 72

Auf dem Weg ins Polizeipräsidium sagte Co: »Ich glaube ihr nicht. Sie weiß mehr, als sie zugibt. Ich bin sicher, sie kennt den Geliebten ihrer Großcousine.«

»Das glaube ich nicht. Warum sollte sie uns dann seinen Namen verheimlichen? Sie will doch auch wissen, wer ihrer Verwandten das angetan hat.«

»Da muss noch was anderes sein. Es hat bestimmt mit diesem Film zu tun, den der Kremp gedreht hat.«

»Offensichtlich wusste sie aber nichts von dem Kind. Ich habe sie genau beobachtet. Sie war total überrascht und geschockt.«

»Alexander.« Co hob den Zeigefinger der rechten Hand. »Ich glaube, du bist nicht mehr neutral. Was ist denn, wenn sie uns das alles nur vorspielt?«

»Das kann ich mir nicht vorstellen. Nenn mir einen Grund!«

»Bis jetzt kann ich nur Vermutungen anstellen, aber ich kriege es raus. Das verspreche ich dir.« Dieses Mal war sie es, die Witterung aufgenommen hatte. Henne war vor lauter Zuneigung zu der Anwältin offensichtlich so blind, dass er die untrüglichen Zeichen nicht erkannte.

*

In der Dienststelle wurden sie gleich mit mehreren wichtigen Informationen versorgt. »Wo bleibt ihr denn so lange?

Ich wollte schon längst zu Hause sein. Ich bin jetzt nur wegen Erdmann geblieben«, moserte Stückchen.

»Das tut uns leid, Stückchen. Du hast was gut bei mir«, versuchte Henne sie zu beruhigen.

»Ja, ja, das kenne ich schon. Das hast du ganz schnell wieder vergessen.«

»Könnt ihr mal aufhören zu streiten? Stückchen, informier uns lieber, was unsere geschätzten Kollegen in Erfahrung gebracht haben.«

Nachdem auch Erdmann sich endlich beruhigt hatte und Henne in Ruhe ließ, eröffnete Stückchen mit dem unvermeidlichen »Also« ihren Bericht: »Die Haare aus der Wohnung von Doris Fleischhauer sind nicht identisch mit dem Haar an der Jacke von Holger Palme. Da muss noch eine andere Person im Spiel gewesen sein.«

»Mist, jetzt stehen wir wieder am Anfang«, fluchte Henne.

»Von Jüngling soll ich euch ausrichten, dass unter anderem ein Porsche Cayenne auf die Kanzlei Kain und Partner zugelassen ist.«

»Wer ist als Fahrer eingetragen?«

»Wolfgang Kain, Anwalt für Steuer- und Wirtschaftsrecht«, sagte Stückchen völlig emotionslos.

»Das ist doch der Anwalt, der nicht aus dem Urlaub zurückgekehrt ist, der Mann von dieser Barbara, die heute Morgen in der Kanzlei war, die wiederum die Stiefschwester von Regina Mutzke ist«, erklärte Co der Sekretärin.

»Das ist ja sehr interessant.« Henne machte sich eine Notiz.

»Was den Toten von heute Morgen betrifft – der ist an seiner Leberzirrhose gestorben.«

»So sah er auch aus«, stellte Co fest.

»Ihr sollt euch morgen bei Frau Dr. Auf der Heide melden. Sie hat noch was Interessantes herausgefunden.«

Kapitel 73

Regina überquerte die dunkle Straße. Unterm Arm trug sie ihr Notebook. Für September war es noch ungewöhnlich warm. Sie trug ein eng anliegendes Kleid, das die Formen ihrer weiblichen Figur besonders betonte. Sie sah verführerisch aus und das war auch ihre Absicht.

Alexander Henneberg öffnete unverzüglich die Haustür. Erdmann war nicht zu sehen. Er hatte sich freiwillig in seinen Korb zurückgezogen.

Noch bevor ihr Gastgeber etwas sagen konnte, überreichte Regina ihm das Notebook. »Hier, ich stelle es dir gern zur Verfügung. Aber bitte behandele die Daten absolut vertraulich.«

Er nahm das Gerät entgegen und legte es auf einer Truhe ab, nahm ohne Worte ihr Gesicht in seine Hände und küsste sie zärtlich auf den Mund. Er war verrückt nach ihr. Es fiel ihm schwer, sich zu beherrschen. Er zog sie eng an sich, drückte seine Lippen in ihr Haar, das wunderbar duftete. Regina schmiegte sich an Alexanders Brust und legte die Arme um seinen Hals. So verharrten sie eine ganze Weile.

»Ich war dumm. Es tut mir so leid. Ich wollte dich nicht kränken«, flüsterte er.

»Du hast mir sehr wehgetan«, sagte sie leise.

»Ich kann mich nur entschuldigen. Ich werde alles wiedergutmachen. Lass uns heute Abend nicht mehr darüber reden, sondern das Zusammensein genießen. Alles andere besprichst du morgen mit meiner Kollegin.«

Dankbar sah sie Alexander an. Ihre smaragdgrünen Augen glänzten.

*

Wie ein kleines, Schutz suchendes Kind drückte sie sich eng an ihren Liebhaber. Er war eingeschlafen, atmete ruhig und gleichmäßig.

Sie konnte keinen Schlaf finden. Die Gedanken an ihre Vergangenheit quälten sie. Wieder sah sie die verzerrten Gesichter vor sich, die ausgestreckten Hände, hörte die Hilferufe, das Flehen nach Gnade. In diesen letzten Minuten, als ihre Peiniger auf der Schwelle des Todes gestanden hatten, hatte sie keinen Triumph empfunden, sondern nur eine unendliche Traurigkeit. Nachdem sie endlich in das Reich der Toten hinübergeglitten waren, glaubte sie erlöst worden zu sein. Doch die Jahre danach hatten sie gelehrt, dass sie mit dem Tod dieser Menschen keinen Frieden gefunden hatte.

Im Gegenteil. In den letzten Tagen war alles noch schlimmer geworden. Sie hatte Menschen ins Verderben gezogen, die ihr nichts getan hatten. Sie mussten für ihren Hass büßen. Mit diesen Gedanken lag sie noch lange wach. Würde es ihr gelingen, mit Alexander ein neues Leben zu beginnen, endlich ihren Frieden finden? Oder würde er hinter ihr dunkles Geheimnis kommen und damit ihr größter Wunsch nach einem glücklichen Leben zerplatzen wie eine Seifenblase?

Kapitel 74

Henne kam beschwingt ins Besprechungszimmer. Alle anderen waren schon da, einschließlich EKHK Wortmann, und blickten erwartungsvoll in seine Richtung. Triumphierend stellte er das Notebook, das ihm Regina überlassen hatte, auf den großen Tisch in der Mitte.

»Das ist nicht das Teil, das ich bei Frau Eisenhut gesehen habe«, kam es prompt von Co.

»Bist du ganz sicher? Wie kannst du das so genau wissen, wenn du es nur für Bruchteile von Sekunden gesehen hast?«, erkundigte sich Henne.

»Weil es unverkennbar silberfarben war und das hier ist schwarz. Ich bin doch nicht blind.« Sie tippte mit den Fingerspitzen auf die Tischplatte.

»Ich kümmere mich drum. Wenn das so ist, wie du sagst, finde ich das Teil. Verlass dich drauf«, entgegnete Henne.

Er schluckte. Was sollte er jetzt davon halten? Freiwillig hatte Regina ihm ihr Notebook zur Verfügung gestellt. Er war so glücklich gewesen. Hatte geglaubt, dass nun alle Hindernisse zwischen ihnen beseitigt seien. Die letzte Nacht war himmlisch gewesen. Er hatte so gut wie schon lange nicht mehr geschlafen. Nach einer gemeinsamen Tasse Kaffee in seiner Küche waren sie auseinandergegangen, mit dem gegenseitigen Versprechen sich abends wieder zu treffen.

»Jüngling, du siehst dir das Ding trotzdem mal an«, befahl er dem Ermittler.

»Um was zu finden? Daten von ihren Mandanten?«, kam es sarkastisch von Co. Henne ignorierte sie.

»Du befragst außerdem die Nachbarin, welche Farbe das Notebook von Doris hatte, das aus ihrer Wohnung verschwunden ist.« Ohne Unterbrechung fuhr er fort:

»Eberstädter, du fährst zu der Frau von dem Anwalt. Kriege raus, was da los ist, wo der Typ Urlaub macht, wo das Auto ist und ob auf der Luxuskarre ein Aufkleber ist. Dann kümmerst du dich um die Telefonanlage in der Kanzlei. Frag nach, ob die ein Protokoll der ausgehenden und eingehenden Anrufe hat. Falls ja, brauchen wir die Liste schnellstmöglich. Ich muss wissen, ob einer der Anwälte mit Frau Fleischhauer telefoniert hat.«

»Dann aber bitte mit richterlicher Anordnung«, machte sich EKHK Wortmann bemerkbar. »Ich will keinen Ärger mit den Anwälten.«

»Ist doch klar, Chef.« Eberstädter zwinkerte lächelnd.

Die Tür ging auf. Stückchen kam herein. »Die Stadtverwaltung von Münzenberg hat gerade angerufen. Das Radargerät war in der fraglichen Nacht nicht in Betrieb. Außerdem blitzt es nur die Fahrzeuge, die aus Richtung Eberstadt kommen und nicht die aus Richtung Gambach.«

»Ja, ja, die Eberstädter. Scheint ein gefährliches Völkchen zu sein, wenn man die blitzen muss«, warf Co in die Runde. Eberstädter verzog spöttisch die Nase.

»Danke, Stückchen.« Henne wandte sich wieder den Kollegen zu. »Trotzdem verfolgen wir die Spur mit dem Porsche Cayenne weiter. Es würde mich nicht wundern, wenn der Fahrer dieses Wagens identisch mit dem *feinen Pinkel* ist.« Mit den Fingern setzte er die Bezeichnung *feiner Pinkel* in Anführungszeichen.

»Was machen wir zwei?«, fragte Co ungeduldig.

»Eins nach dem anderen«, stoppte Henne seine Kollegin barsch. »Ich habe vorhin mit Frau Dr. Auf der Heide gesprochen. Sie hat mir mitgeteilt, dass Frau Fleischhauer in der Nacht, als sie vergewaltigt wurde, von ihrer Schwangerschaft erfahren hat. Die Gynäkologin aus dem Hochwaldkrankenhaus hat es bei der Untersuchung festgestellt.«

»Na, das ist doch mal ein Grund für einen Mord«, fuhr Co dazwischen. Zustimmendes Nicken der Kollegen bestätigte ihre Aussage.

»Wir drei Hübschen fahren nach Wernborn und Usingen.« Henne zeigte in Cos Richtung.

»Seit wann sprichst du von mir in der Mehrzahl?«, witzelte die Angesprochene.

»Natürlich meinte ich dich, Erdmann und mich«, belehrte sie Henne.

»Dann sind wir schon zu viert. Du hast Elvis vergessen.« Lachend erhoben sich die Beamten und kehrten in ihre Büros zurück.

Kapitel 75

»Was ist eigentlich heute mit dir los? Hat dich ein Frosch geküsst oder warum bist du so überaus witzig?«, fuhr Henne seine Kollegin auf dem Parkplatz an.

»Ich hab einfach nur gute Laune. Seit wann stört dich das? Und wieso bist du so grantig?«, sagte sie über das Dach von Hennes BMW hinweg.

»Weil du mich vor den Kollegen blamiert hast. Hättest du mir das mit dem Notebook nicht unter vier Augen sagen können? Wie stehe ich denn jetzt da?«

»Wie ein Idiot!«, sagte Co wahrheitsgemäß. Sie nahm Erdmann auf den Schoß und kraulte ihn. »Mein Dicker, ist dein Herrchen zu dir auch so böse?« Erdmann gab ein tiefes Brummen von sich und leckte Co über die Hand.

»Ich bin nicht böse, ich bin verunsichert. Regina Mutzke hat mir das Teil von sich aus gegeben. Ich bin davon ausgegangen, dass es das ist, das du am Sonntag auf dem Tisch gesehen hast. Ich weiß gar nicht, was ich davon halten soll.« Henne machte ein unglückliches Gesicht.

»Ja, ja, Liebe macht blind.« Co grinste frech.

»Was meinst du damit?«

»Sei mir nicht böse, Henne, aber ich glaube, dass dich die Dame an der Nase herumführt. Hoffentlich hat sie nicht irgendetwas mit dem Mord zu tun.«

»Quatsch, kann sie gar nicht. Sie war in der fraglichen Nacht die ganze Zeit bei mir.«

»Na und? Das hat gar nichts zu heißen. Bei euch Männern ist es immer das Gleiche: Sobald eine gut aussehende Frau auftaucht, rutscht euer Verstand in die Hose.«

Henne antwortete nicht. Zu viele Gedanken gingen ihm durch den Kopf. Selbst für die Musik von Elvis war er heute nicht aufgelegt.

*

Henne stieg die Treppe zu »Carolines Haarstudio« in Wernborn hinauf, gefolgt von Co, die Erdmann auf dem Arm trug. »Der arme Dackel kann doch nicht die steilen Stufen hochlaufen. Der kriegt's ja im Kreuz«, empörte sich Co.

»Guten Tag, Herr Kommissar, hallo Frau von Mittelstedt«, wurden die beiden von Carolin Dait, der Inhaberin des Salons, herzlich empfangen. »Kommen Sie zum Haare schneiden?« Sie lachte verschmitzt.

Henne nickte ihr freundlich zu. »Nein, wir haben noch ein paar Fragen an Sie.«

»Soll ich meine Schwester rufen?«

»Lassen Sie mal, vielleicht können Sie uns ja auch weiterhelfen«, winkte Co ab.

Carolin setzte eine ältere Dame unter eine Trockenhaube und wandte sich dann den Ermittlern zu. »Dann schießen Sie mal los!«

»Sagt Ihnen der Name Doris Fleischhauer etwas?«

Carolin überlegte angestrengt. »Nein, tut mir leid. Das sagt mir gar nichts. Aber es könnte sein, dass Britta die Dame kennt. Nicht alle Kunden, die bei meiner Schwester in Behandlung sind, kommen auch zu mir oder umgekehrt.«

»Dann hat es sich schon erledigt und wir müssten dann doch noch mal mit Ihrer Schwester sprechen.« Henne machte auf dem Absatz kehrt.

*

Auf der gegenüberliegenden Hofseite führte eine Treppe zu dem Kosmetikstudio. Eine junge Frau öffnete die Tür von innen und bat die Kommissare herein. »Britta kommt gleich. Sie hat noch eine Behandlung.« Co sah sich interessiert in dem Salon um. Hier glänzte und blitzte es überall. Beim Anblick der Cremes und Kosmetikartikel in der Auslage fiel ihr ein, dass sie sich schon längere Zeit keinen Behandlungstermin mehr gegönnt hatte.

»Lass es sein, Co. Dieses Zeug hilft nur einem, nämlich dem Hersteller«, sagte Henne spöttisch.

»Ach, was weißt du denn schon?«, giftete sie zurück.

»Hallo, schön, Sie wiederzusehen.« Die Kosmetikerin stand in einem leuchtend weißen Kittel vor ihnen. Wie schon beim ersten Mal sah sie sehr gepflegt aus. Co beneidete sie um ihre tolle Ausstrahlung. »Der Hund muss eigentlich draußen bleiben«, sagte sie mit einem Blick auf Erdmann.

»Ich verschwinde ja schon.« Henne verließ mit erhobenen Händen blitzartig den Raum und nahm Erdmann mit.

»Gibt es was Neues?«, fragte Britta die Kommissarin.

»Nicht wirklich«, antwortete Co. »Kennen Sie eine Doris Fleischhauer?« Sie kam gleich zur Sache.

»Die Doris, na klar kenn ich die. Was ist denn mit der?«

»Frau Fleischhauer wurde ermordet.«

»Ach, du meine Güte.« Britta schlug die Hände vors Gesicht. »Ist das die Tote aus Münzenberg?« Sie war geschockt.

»Genau die.«

»Aber die Doris wohnt doch in Friedberg. Was macht die denn in Münzenberg?«, fragte Britta erstaunt.

»Das ist wieder eine andere Geschichte. Woher kennen Sie denn Frau Fleischhauer?«

»Die war jahrelang meine Kundin.«

»Wieso *war*?«

»Na ja, nachdem sie den Führerschein wegen Alkohol am Steuer zum wiederholten Male verloren hatte, fehlte ihr die Möglichkeit zu ihrer Arbeit nach Usingen und auch zu mir zu kommen. Hier fahren nicht so viele Busse.«

»Was hat jetzt die Behandlung bei Ihnen mit der Arbeit von Frau Fleischhauer in Usingen zu tun?«

»Ganz einfach. Die Chefin von Frau Fleischhauer hatte ihr zu jedem Geburtstag, Ostern und Weihnachten Kosmetikgutscheine geschenkt.«

»Wer war denn ihre Chefin?«

»Frau Mutzke, die Anwältin aus Usingen.«

»Das ist ja interessant! Was hat sie denn bei dieser Frau Mutzke gearbeitet?« Co gab sich unwissend.

»Sie hat dort in der Kanzlei und bei Frau Mutzke zu Hause geputzt.«

»Haben Sie eine Ahnung, ob Frau Fleischhauer auch Herrn Palme kannte?«

»Glauben Sie, die hat was mit dem Mord an dem zu tun?«

»Glauben tuc ich gar nichts. Aber wir verfolgen da im Moment eine gewisse Spur.«

»Wissen Sie, die Doris hat nie viel über sich gesprochen. Über ihr Privatleben weiß ich nicht sehr viel.«

»Na gut, das war es schon. Vielen Dank.« Co nahm eine Visitenkarte von dem kleinen Stapel auf der Verkaufstheke und hielt sie in die Höhe. »Wenn ich mal wieder Zeit habe, lass ich mich mal behandeln.«

Kapitel 76

Nach einem Abstecher zum Mittagessen in die Kneipe in Neu-Anspach klingelte Co um 14.30 Uhr an der Villa in Usingen. Die Hausdame öffnete die Tür. »Bitte kommen Sie herein. Frau Schmitt-Palme erwartet Sie bereits.« Sie ging voraus ins Wohnzimmer. Die Hausherrin saß in einem bequemen Sessel am Fenster und schaute in den Park hinaus.

»Bitte entschuldigen Sie, wenn ich nicht aufstehe. Aber mir geht es nicht gut. Ihr Anruf vorhin hat mir einen Schrecken eingejagt. Auf der einen Seite möchte ich endlich wissen, wer meinem Mann das angetan hat, auf der anderen Seite habe ich Angst davor, dieser Person gegenübertreten zu müssen. Was haben Sie herausgefunden?« Henne und Co ließen sich auf der großen Couch nieder, die dem Panoramafenster gegenüberstand. Die Hausdame servierte Kaffee und Gebäck.

»Bis jetzt noch nichts. Es könnte jedoch sein, dass die Spur, die wir verfolgen, zu der Mörderin Ihres Mannes führt«, sagte Co selbstsicher. Frau Schmitt-Palme sah sie aus großen Augen an. Sie machte einen zerbrechlichen Eindruck auf Henne und Co.

»Am Wochenende wurde in Münzenberg eine Frau tot aufgefunden. In der Wohnung der Frau haben wir Haare entdeckt, die mit dem Haar, das sich an der Jacke ihres Mannes befand, identisch sind. Wir dachten, dass das Haar an der Jacke vielleicht zu der Ermordeten passt. Das ist aber leider nicht der Fall. Es gibt da trotzdem eine Übereinstimmung und deswegen sind wir nun hier.«

»Was denn für eine Übereinstimmung?«, kam es schwach von der anderen Seite des Zimmers.

»Es tut mir leid, Ihnen das sagen zu müssen, aber die Tote von Münzenberg hat ihren Körper für wilde Sexspiele verkauft.«

»Ach, und jetzt meinen Sie, dass mein Mann diese Nutte für seine Fesselspiele engagiert hat, die sie ihm dauernd unterstellen wollen?«, kam es trotzig von der Witwe.

»Wir unterstellen Ihrem Mann gar nichts, Frau Schmitt-Palme«, entgegnete Henne. »Aber das kann alles kein Zufall sein.«

»Wer ist denn diese Tote?«, erkundigte sich die Witwe nun mit einem zynischen Unterton.

»Doris Fleischhauer aus Friedberg.« Co sah, wie die Frau am Fenster erschrak.

»Frau Fleischhauer?«, sagte sie traurig. »Ja, die kannte ich. Sie hat vor vielen Jahren mal bei mir geputzt.«

Henne und Co schwiegen eine Weile, ließen der Frau Zeit, die Nachricht zu verdauen.

»Was ist denn mit ihr passiert? Wurde Sie auch ermordet?«

»Lesen Sie keine Zeitung?«, fragte Henne. »Es war in den letzten Tagen in allen Lokalblättern zu finden.«

»Schon, aber ich konzentriere mich auf Politik und Wirtschaft. Über Mord und Totschlag möchte ich nichts lesen.«

»Das ist verständlich«, pflichtete Co ihr bei.

»Wann hatte Frau Fleischhauer denn die Putzstelle in Ihrem Haus? Können Sie das etwas genauer sagen?«, ergriff Henne das Wort.

»Natürlich. Sie war fünf Jahre bei mir. Vor ungefähr 10 Jahren hat sie aufgehört. Sie kam einmal die Woche und ging der Hausdame zur Hand. Sie war sehr ordentlich, machte ihre Arbeit gut.«

»Vor zehn Jahren, sagen Sie. Ist das zeitgleich mit dem Tod Ihres Mannes gewesen?«, hakte Co nach.

»Nein, das war ungefähr ein halbes Jahr, bevor mein zweiter Mann zu mir gezogen ist. Sie hat damals ihren Führerschein verloren und konnte nicht mehr hierherkommen. Mit dem Bus wäre das zu umständlich gewesen. Ich wusste ja, dass sie ein Alkoholproblem hatte, aber ihre Arbeit hat sie nie vernachlässigt.«

»Wie sind Sie denn an die Frau gekommen?«, erkundigte sich Henne.

»Meine Anwältin hat mich gebeten, ihr eine Putzstelle zu geben. Sie hat sich wohl um Frau Fleischhauer gekümmert.«

»Meinen Sie die Anwältin, die auch Ihren Ehevertrag aufgesetzt hat?«, bohrte Co weiter.

»Ja, Frau Mutzke.«

Henne wurde es heiß und kalt. So viele Zufälle konnte es doch gar nicht geben. Er schwieg betreten, traute sich nicht, seine Kollegin anzusehen. In welch eine komplizierte Situation war er da nur hineingeraten? »Frau Schmitt-Palme, hat Ihr Mann Holger Ihre Putzfrau gekannt?«, versuchte Co mit leisen Worten das Thema erneut aufzugreifen.

»Möglich, dass er sie mal hier gesehen hat, aber von *kennen* kann man da nicht reden.« Sie schüttelte den Kopf.

»Sind Sie ganz sicher?«, insistierte Co erneut.

»Sie glauben doch nicht etwa, dass mein Mann mit einer Putzfrau ins Bett gegangen ist!«, empörte sich Frau Schmitt-Palme.

»Wie schon gesagt, wir glauben gar nichts. Wir stützen unsere Ermittlungen auf Fakten.«

»Dann nehmen Sie bitte zur Kenntnis, dass mein Mann mit dieser Frau nichts weiter zu tun hatte. Und jetzt möchte ich Sie bitten zu gehen und erst dann wiederzukommen, wenn Sie mir definitiv den oder die Mörderin meines Mannes präsentieren können.«

*

»Sag mal, geht aus der Akte Palme hervor, ob Doris Fleischhauer damals auch befragt wurde?«, fragte Co ihren Kollegen, als sie zum wiederholten Male an diesem Tage darauf wartete, dass er endlich mit dem Rauchen fertig wurde.

»Mit Sicherheit nicht. An diesen Namen hätte ich mich sofort erinnert«, erwiderte Henne.

»Ich frage mich, wie das alles zusammenpasst. Zu wem gehört das Haar an der Jacke?«

»Wir müssen herausfinden, wer bei Frau Fleischhauer sonst noch ein und aus gegangen ist. Wir brauchen Haare der Hausbewohner und der Freunde aus der Kneipe. Ich bin sicher, dass uns das Haar zu der Mörderin führt.«

»Henne, ich will dir ja nicht zu nahe treten, aber theoretisch müssten wir auch die Haare von Regina und Frau Eisenhut untersuchen.« Co malte mit den Zehenspitzen unsichtbare Figuren auf den Bordstein.

»Regina hat doch rote Haare und das Haar an der Jacke war blond.«

»Haare kann man färben«, belehrte Co ihn.

»Das stimmt, aber in den letzten Wochen hatte Regina mit Sicherheit keine blonden Haare. Und ich kann mir nicht vorstellen, dass die Haare da länger gelegen haben. Also können die Haare in der Wohnung nicht von ihr stammen.«

»Da hast du auch wieder recht«, seufzte Co. »Die Sache ist irgendwie total verkorkst und ich frage mich, was die beiden Fälle miteinander zu tun haben.«

*

Als Henne die Tür seines BMWs öffnete, traf ihn der Schlag. Auf seinem Sitz lagen die Einzelteile seiner Tankkarte und seines Zugangschips zum Parkplatz am Polizeipräsidium, die er auf der Mittelkonsole aufbewahrt hatte. Erdmann hatte sie zerbissen.

»Oh je, da ist aber einer sauer«, verhöhnte Co ihren geschädigten Kollegen, als sie in das Wageninnere sah.

»Der ist eifersüchtig. Das ist alles«, kam es sichtlich genervt von Henne.

Kapitel 77

»Alle zu mir«, rief Henne in die offenstehenden Bürotüren.

»Stückchen, was liegt an?«, fragte Henne, als er das Vorzimmer zu seinem Büro betrat.

»Wir haben endlich Kontakt zu den Kindern von Dieter Kremp. Stell dir vor, die haben jahrelang nichts mehr von ihrem Vater gehört. Ist das nicht traurig?«

»Soll vorkommen«, sagte Henne knapp. »Kannst du bitte Kaffee für uns machen? Und kümmere dich um dieses Raubtier hier.« Er deutete auf seinen tierischen Begleiter.

»Ist schon fertig.« Die Sekretärin schmunzelte.

»Hallo Henne.« Nacheinander kamen Eberstädter und Jüngling in das Zimmer von Henne und Co.

»Jüngling.« Henne sah den Kollegen auffordernd an.

»Die Daten auf dem Notebook haben nur mit den Mandanten von Frau Mutzke zu tun. Da ist nichts, mit dem wir was anfangen können, keinerlei Hinweise zu Frau Fleischhauer. Was die Farbe des umstrittenen Teils betrifft, muss ich Cosima

recht geben. Die Nachbarin hat mir bestätigt, dass es sich um ein silberfarbenes Gehäuse handelt, wahrscheinlich einen Apple-Computer. Sie sagte, auf dem Deckel sei ein angebissener Apfel zu sehen gewesen.« Cosima war sehr aufmerksam, dachte er und lächelte anerkennend in ihre Richtung. Er fand den Namen seiner Kollegin viel zu schön, um ihn abzukürzen.

»Ha!«, triumphierte Co. »Hab ich doch richtig geguckt.«

Henne sah sie böse an, so als wollte er sagen: *Sei still.*

»Eberstädter, was höre ich von dir?«

»Diese Frau Kain war sichtlich geknickt. Ihr Mann ist vor über einer Woche verschwunden. Ihr Schwager, Manfred Kain, hat seinen Bruder auf unbestimmte Zeit beurlaubt. Den Grund für seine Beurlaubung wollte sie mir nicht nennen. Trotzdem fand sie es höchst merkwürdig, dass er so ohne Weiteres wegbleibt. Er hat sich bis jetzt weder in der Kanzlei noch bei ihr oder einem der Verwandten gemeldet. Sie hat bereits überall herumtelefoniert. Auch die Freunde haben keine Ahnung, wo er sein könnte. Was das Auto betrifft, wissen wir ja schon, dass er einen schwarzen Porsche Cayenne fährt. Auf der Heckscheibe befindet sich tatsächlich ein Aufkleber. Es ist eine Justitia. Das Beste kommt zum Schluss«, sagte er ironisch. »Die Dame war so verzweifelt, dass sie sich bei mir ausgeheult hat. Ihr Mann geht wohl öfter fremd. Aber das ist noch nicht alles. Er hat sie kürzlich verprügelt. Die Hämatome waren noch ansatzweise zu erkennen. Aber sie hat mir versichert, dass er das vorher noch nie getan hat«, beendete Eberstädter seinen Bericht.

»Was ist mit dem Verbindungsnachweis der Telefonate aus der Kanzlei?«, fragte Henne.

»Stellt euch vor, dieser Manfred Kain, also der Bruder von Wolfgang, hat uns freiwillig das Protokoll der Anlage überlassen. Ihm sei sehr daran gelegen, dass die ganze Sache ohne viel Aufhebens aufgeklärt werde, hat er gesagt. Und was glaubt ihr, wer da eifrig mit dieser Doris telefoniert hat?«

»Frau Mutzke«, lenkte Co ein.

»Falsch, von dem Apparat des Anwaltes wurde mehrfach bei Doris Fleischhauer angerufen und umgekehrt. Diese Doris muss auch ihn in seinem Büro kontaktiert haben.«

»Dann könnte Wolfgang Kain der Mörder von Doris sein oder wie seht ihr das?« Co blickte in die Runde.

»Sieht ganz so aus. Die Beweise deuten auf ihn. Das könnte für eine Anklage reichen«, bestätigte Eberstädter.

Jüngling nickte zustimmend. »Das sehe ich auch so. Warum sonst sollte der verschwunden sein?«

»Ich würde mir trotzdem noch gerne das Notebook von Doris ansehen. Das beschaffe ich mir.« Henne sah etwas verzweifelt aus. »Sollte der Typ bis morgen früh nicht aufgetaucht sein, geben wir eine Fahndung raus.«

»Warum nicht gleich, Henne?«, fragte Co besorgt.

»Bitte vertraut mir. Ich rede jetzt mal mit Wortmann. Gute Arbeit, Leute!«, sagte er beim Verlassen des Raums.

*

Die Unterredung mit Wortmann war wie immer kurz. Der Kommissar teilte seinem Chef die Ermittlungsergebnisse mit. »Aufgrund der Beweislage könnte dieser Anwalt, Wolfgang Kain, der Mörder von Frau Fleischhauer sein.«

Henne bat ihn um Aufschub in der Sache bis zum nächsten Morgen. »Ich möchte noch mal mit Frau Mutzke reden. Sie weiß mehr, da bin ich sicher. Vielleicht verrät sie mir, wo der Verdächtige steckt. Außerdem will ich mir das Notebook ansehen, um letzte Zweifel auszuräumen. Ich bin sicher, dass es bei Frau Mutzke ist.«

»Alexander, du weißt, dass das nicht okay ist. Aber ich vertraue dir. Du hast eine untrügliche Intuition. Die hat dich bisher nie im Stich gelassen. Nur bitte, lass deine privaten Gefühle da raus. Wenn diese Frau Mutzke etwas damit zu tun hat, darfst du sie nicht verschonen. Ich gebe dir Zeit bis morgen früh um acht Uhr. Dann wird die Fahndung eingeleitet.«

Mit dem Versprechen, sich nicht von seinen Gefühlen für Regina Mutzke in die Irre leiten zu lassen und alles zu tun, den Fall schnellstmöglich und zu aller Zufriedenheit zu lösen, verließ Henne das Büro von EKHK Wortmann.

*

Auf dem Gang war lautes Geschrei zu hören. Die Mitarbeiter stürzten aus ihren Büros, um dem Quell des Lärmes nachzugehen.

»Was ist denn hier schon wieder los?«, fragte Henne nervös. Seine Nerven lagen blank. Dieser Fall forderte seine ganze Energie.

Er ging auf das Ende des Ganges zu. Dort standen seine Kollegen im Kreis, blickten auf etwas, das am Boden lag. Henne befürchtete Schlimmes.

»Dein liebes Hündchen hat die ganzen Broschüren zerfetzt«, klagte Stückchen. »Die habe ich vorhin erst aufgefüllt.«

Auf dem Boden lagen die Reste von Flyern und Hochglanzbroschüren. Erdmann saß mit Unschuldsmiene in dem Papiersalat, den er unzweifelhaft angerichtet hatte. Er ließ sich, mit der Schnauze am Boden, von dem Tumult nicht stören.

»Erdmann, du bist unmöglich!«, schimpfte Henne. Erdmann ließ ein verächtliches Schnauben hören.

»Du solltest dich mehr um ihn kümmern«, kommentierte Stückchen den Vorfall.

Kapitel 78

Erdmann rannte wie ein Besessener auf dem Bürgersteig voraus. Freudig bellte er die entgegenkommenden Passanten an. Henne hatte alle Mühe mitzukommen. Ihm war klar, dass Erdmann in den letzten Tagen der Auslauf gefehlt hatte. Dem Dackel zuliebe ließ er sein Auto im Grünen Weg stehen und machte sich zu Fuß auf den Heimweg. Er würde seinen Wagen heute hoffentlich nicht mehr benötigen.

In Höhe von Reginas Haus blieb er stehen, zweifelnd, was er tun sollte. An ihrer Tür klingeln oder warten, bis sich Regina später bei ihm meldete? Sie hatten sich ja für den Abend verabredet.

Die Entscheidung wurde ihm von Erdmann abgenommen, der wie ein Irrer über Reginas Hof in den Garten der Villa rannte. »Erdmann, komm zurück. Wir wollen doch nach Hause«, rief er hinter dem Frechdachs her. Keine Reaktion. Erdmann blieb auch nach mehrmaligem Rufen verschwunden.

Henne klingelte an Reginas Haustür. Er wollte nicht einfach ihren Garten betreten, um nach Erdmann zu suchen. Es dauerte eine Weile, bis die Hausherrin erschien. Regina sah ihn unsicher an.

»Hallo Regina, mein Dackel ist in deinem Garten. Kann ich reinkommen?« Henne lachte seine Angebetete freundlich an.

»Hallo Alexander, das ist jetzt etwas ungünstig«, stotterte sie.

»Ich bin noch am Arbeiten. Ich wollte mich später bei dir melden.«

»Das ist schon okay. Ich will nur Erdmann aus deinem Garten holen, bevor der die ganzen Blumen ausgräbt.«

»Geh doch über den Hof nach hinten. Ich komme gleich zu dir raus.« Schnell verschloss sie die Tür. Reginas Verhalten kam ihm merkwürdig vor.

Er fand seinen Vierbeiner auf der gefliesten Terrasse unter dem Tisch, seinen Kopf in einer großen Tasche versenkt. »Himmel noch mal, Erdmann. Was machst du denn da schon wieder?«

Er packte den Dackel am Schwanz, zog heftig an ihm. Böses Knurren war die Folge, doch Erdmann ließ seine Beute los. Die Tasche, in der er soeben noch seinen Kopf versenkt hatte, fiel um. Ein silberfarbenes Notebook rutschte Henne entgegen.

Kapitel 79

Es war abnehmender Mond. Dennoch hatte das Himmelsgestirn genügend Leuchtkraft, um die Wiesen vor den Toren Münzenbergs in ein mattes Licht zu tauchen. Die Wipfel der Bäume und die Umrisse der Büsche verliehen den Wiesen ein mystisches Aussehen. Eine friedliche Stille hatte sich wie ein Tuch über die Auenlandschaft gebreitet.

Andreas Schmid umrundete seine Schafherde mit großen Schritten. Ab und zu blieb er stehen, um die hoch am Himmel kreisenden Flugzeuge zu beobachten. Viele der ankommenden Maschinen zogen ihre Warteschleifen über der Wetterau, bis sie eine freie Landebahn auf dem Frankfurt Rhein-Main-Airport zugewiesen bekamen.

Über den Bäumen, dort wo das Blattwerk endete, sah er im Osten die beleuchtete Ruine der mächtigen Stauferburg Münzenberg. Dieser einmalige Anblick entschädigte ihn für die Stunden, die er sonst mit seiner Familie auf dem Hof am *Dünnen Wald* in Gambach verbracht hätte.

Die Stille wurde von einem Geräusch unterbrochen. Im Gebüsch raschelte es. Gespannt lauschte er in die Richtung, aus der der störende Laut kam.

Kurz darauf vernahm er ein weiteres Rascheln. Äste bewegten sich in der Hecke vor ihm.

Sollte sich ein Wolf hier herumtreiben? Außer seinen Tieren waren hier in der Gegend viele Rehe, Hasen und Füchse unterwegs, die eine leichte Beute darstellten. Mit der rechten Hand umklammerte er fest seinen Hirtenstab.

Doch da war noch etwas anderes, weiter weg. Er hielt den Atem an, konzentrierte sich. Da war es wieder. Ein ihm bekannter Laut drang nun aus großer Entfernung an sein Ohr, ein lang gezogenes »Mäh«, das Klagen eines verloren gegangenen Schafes, das seine Herde vermisste.

Er suchte sich einen Weg durch die Hecke vor ihm, trat auf einen großen, dahinter liegenden Platz, der von hohen Büschen und Bäumen umgeben war.

Dieses Gelände war für ihn und seine Schafe tabu. Die Grasfläche wurde von einem ortsansässigen Landwirt gepflegt. Am oberen Ende befanden sich die Überreste des einstmaligen Galgens, ein Relikt aus den vergangenen Jahrhunderten. In früheren Zeiten waren hier die Verbrecher vor den Augen der Dorfbewohner hingerichtet worden.

Anlässlich eines Theaterstückes war im Sommer zwischen den beiden Stützen der einstigen Hinrichtungsstätte ein Holzgerüst errichtet worden, das im Rahmen eines Schauspiels als Galgen dienen sollte. Vielen Besuchern aus nah und fern hatte sich hier unter freiem Himmel mit Blick auf die Burg ein prächtiges Schauspiel geboten. Man fühlte sich zurückversetzt ins Mittelalter. Auch Andreas war mit seiner Familie gekommen, um die vielen Laienschauspieler in ihren historischen Kostümen, die Pferde und die Kutschen zu bewundern.

Die von einem Zimmermann gefertigte Holzkonstruktion war immer noch auf dem Platz vorhanden. Bei Tag hatte er sich das aufwendige Bauwerk einmal genauer angesehen. Er interessierte sich grundsätzlich für Zimmerarbeiten.

Wieder hörte er ein lang gezogenes »Mäh«. Das Tier musste sich ganz in der Nähe des Galgens befinden. Langsamen Schrittes ging er den Hang hinauf. Mit seiner Stablampe leuchtete er links und rechts ins Gebüsch.

Plötzlich tauchte vor ihm in der Dunkelheit etwas Großes, Schwarzes auf. Andreas erschrak. Er richtete den Lichtstrahl geradeaus. Vor ihm stand ein Geländewagen. Die Beifahrertür war geöffnet. Er schaute ins Wageninnere. Außer einer Damenhandtasche, die auf dem Beifahrersitz lag, konnte er nichts Außergewöhnliches entdecken.

Sollte nicht ein Wolf das Störgeräusch verursacht haben, sondern ein Liebespaar, das sich zu einem Schäferstündchen hier verabredet hatte?

Passend in der Nähe einer Schafherde, unpassend in der Nähe eines Galgens, ging es ihm durch den Kopf.

»Mäh«, schrillte es durch die Nacht. Andreas hätte am liebsten »Hallo« gerufen, um das Liebespaar auf sich aufmerksam zu machen. Aber er wollte das Schaf nicht erschrecken. Er ging immer weiter den Hügel hinauf, leuchtete links und rechts um sich herum. Nicht mehr weit entfernt sah er jetzt die Umrisse des riesigen Holzgerüstes. Je näher er kam, desto deutlicher konnte er die einzelnen Bestandteile der Hinrichtungsstätte erkennen.

Das Schaf musste hier irgendwo sein. Er beleuchtete das Gras vor sich, aber da war nichts. Er schaute unter die Konstruktion. Vielleicht hatte es sich zwischen den Holzbalken eingeklemmt. Nichts. Doch wieder war das »Mäh« zu hören. Es war ganz dicht an seinem Kopf. Er hob seinen Arm und bewegte den Lichtkegel über den Holzboden. An der linken Stütze lehnte eine Leiter. Er ließ den Lichtstrahl über die Sprossen klettern, richtete ihn über seinen Kopf.

Was er dort sah, ließ ihn erschauern. Sein Atem stockte. Ihm wurde abwechselnd heiß und kalt. Die Nackenhaare stellten sich auf. Seine Augen weiteten sich unnatürlich. Sein Bewusstsein weigerte sich zu akzeptieren, was seine Augen sahen.

Kapitel 80

Er war entsetzt. So etwas Abscheuliches hatte er noch nie gesehen. Er wusste, dass Menschen gemein und brutal sein konnten. Aber so etwas Abartiges hatte er nicht erwartet. Selbst Tiere benahmen sich gegenüber ihren Artgenossen nicht so niederträchtig. Für die widerwärtige Szene, die sich ihm hier bot, hatte er keine Worte. Henne sah Regina über den Deckel des Notebooks an. Zuerst war sie wütend auf den Dackel gewesen, doch dann hatte sich ein Ausdruck der Erleichterung auf ihrem Gesicht breitgemacht. »Hast du das Ding deshalb nicht rausrücken wollen?«, bezog er seine Frage auf das Video, das er sich gerade angesehen hatte. Mitleid lag in seinem Blick.

Sie nickte stumm. Tränen schimmerten nun in ihren smaragdgrünen Augen. Sie wirkte plötzlich wie ein Häufchen Elend. Selbst in ihrem Kummer sah sie noch umwerfend aus. Am liebsten hätte er seine Arme tröstend um sie gelegt, doch jetzt musste er erst der Wahrheit auf die Spur kommen. Alles andere musste noch warten.

»Das kann ich verstehen. Ich muss das Ding hier trotzdem mitnehmen. Es ist ein Beweisstück. Das verstehst du doch, nicht wahr?«, erwiderte er.

Wieder nickte sie. »Ich wollte nicht, dass jemand das sieht. Niemand sollte Doris deswegen verurteilen. Ich selbst hatte keine Ahnung davon. Wie konnte sie nur so etwas zulassen?«

»Ich verstehe auch nicht, wie man sich so etwas freiwillig antun kann. Wer ist der Mann in dem Video?«

Hennes Vermutung wurde bestätigt. »Mein Schwager und Partner in der Anwaltskanzlei, Wolfgang Kain.«

»Der *feine Pinkel* also, wie ihn Dieter Kremp bezeichnet hat.«

»So ist es. Ich wusste ja, dass Wolfgang fremdging, aber dass er was mit Doris hatte, das war mir nicht bekannt«, sagte Regina kopfschüttelnd.

»Ganz ehrlich, ich finde es auch etwas merkwürdig, dass sich ein Anwalt mit ...« Henne stockte, er fand nicht die richtigen Worte.

»Du meinst, mit so einer wie Doris einlässt?«, vervollständigte sie seinen Satz. »Doris war nicht dumm und für ihr Alter sah sie noch verdammt gut aus. Sie konnte einen Mann durchaus für sich interessieren. Das sieht man ja an Dieter.«

»Na ja, der war ja nur noch ein Wrack«, stellte Henne fest.

»Als Doris ihn vor Jahren kennengelernt hat, war er richtig attraktiv. Er hat erst in der letzten Zeit wieder so viel getrunken und sich gehen lassen«, erklärte Regina.

»Wahrscheinlich war er unglücklich. Ich habe ihn so verstanden, dass er Doris geliebt und sie seine Liebe nicht erwidert hat. Dass er für sie nur ein guter Freund war.«

»Nein, da war schon mehr. Aber Doris hat es auch nicht so genau genommen und sich eben mit mehreren Männern gleichzeitig eingelassen. Da waren ja auch noch ihre Freier.«

»Warum hat Dieter Kremp sie denn nicht beschützt? Stattdessen hat er diesen Dreck auch noch gefilmt.« Angewidert schüttelte Henne den Kopf. »Verstehe einer die Menschheit.«

»Wahrscheinlich wollte er ihr damit seine Liebe beweisen«, mutmaßte Regina.

»Ich frage mich, warum sich Frauen freiwillig so misshandeln lassen.«

»Da musst du mal deine Psychologin fragen«, sagte Regina. »Frau von Mittelstedt kann dir das bestimmt erklären.

»Eigentlich will ich das gar nicht wissen. Was mich viel mehr interessiert: Wo steckt der Typ? Hast du keine Ahnung?«

»Nein, nicht die geringste. Meine Schwester Barbara hat schon überall herumtelefoniert. Selbst bei Freunden im Ausland hat sie nachgeforscht. Wolfgang ist wie vom Erdboden verschwunden.«

»Das wäre ich auch, wenn ich eine Frau getötet hätte.«

»Glaubst du wirklich, dass Wolfgang als Täter infrage kommt?«, zweifelte Regina Hennes Worte an.

»Das ist so sicher wie das Amen in der Kirche. Wir haben heute festgestellt, dass Wolfgang Kain mehrfach auf ihrem Festnetz angerufen hat und umgekehrt. Außerdem hat sie, wie du ja schon weißt, in der letzten Zeit mehrere größere Beträge auf ihrem Konto eingezahlt. Von wem soll sie das Geld haben, wenn nicht von ihm? So wie es aussieht, hat sie ihn mit diesem Film erpresst.«

»Ich hab ihr doch gesagt …« Regina hielt erschrocken inne, sprach ihren Gedanken nicht zu Ende.

»Was hast du ihr gesagt?«, fragte Henne hellhörig.

»Nichts, schon gut. Das war dumm von mir.«

»Regina, wenn du noch etwas weißt, musst du es mir sagen.«

»Vergiss es einfach wieder.« Sie machte mit der rechten Hand eine wegwerfende Bewegung. Henne war verwundert über ihre Reaktion, die sich in seine Gedanken bohrte wie ein spitzer Pfeil.

»Da wäre dann noch die Schwangerschaft, von der sie während ihrer Untersuchung nach der Vergewaltigung erfahren hat. Ich vermute, dass sich Doris am Samstagabend mit deinem Schwager getroffen hat. Bei der Gelegenheit hat sie ihm die Schwangerschaft gestanden. Vielleicht hat sie ihn damit unter Druck gesetzt. Und dann ist er ausgerastet.«

»Das könnte ich mir auch vorstellen. Wie schrecklich!«, sagte Regina traurig. Zusammengesunken saß sie ihm gegenüber. Der Tisch zwischen ihnen hinderte ihn daran, sie in seine Arme zu ziehen.

»Wie geht es nun weiter?«

»Wir werden morgen früh die Fahndung nach ihm einleiten. Das kann ich leider nicht verhindern.«

»Seine Familie wird ausflippen. Meine Schwester und meine Nichte tun mir leid. Für die Kanzlei ist das auch nicht gerade das beste Renommee. Manfred wird vor Scham im Erdboden versinken. Und dann die Leute hier in Friedberg, die Mandanten – nicht auszudenken, was das für einen Skandal gibt.« Regina wiegte ihren Oberkörper hin und her.

Henne beobachtete sein Gegenüber. »Hast du auch aus diesem Grund das Notebook zurückgehalten?«

»Ja, auch deswegen. Bitte entschuldige. Ich wollte dir keine Unannehmlichkeiten bereiten.«

»Dir ist schon klar, dass du unsere Ermittlungen behindert hast, oder?«

»Ja, und ich bin bereit, die Strafe auf mich zu nehmen.«

»Immer langsam mit den jungen Pferden. Ich werde schon eine Lösung finden.«

Henne stand auf, ging um den Tisch herum zu Regina und zog sie an sich. Ihr Körper fühlte sich weich an. Ihr Haar roch nach Rosen. Regina seufzte und schmiegte sich ganz eng an ihn.

Erdmann sprang von seinem Platz unter dem Gartentisch auf, stellte sich vor das Liebespaar und begann wütend zu bellen.

»Erdmann, halt die Klappe. An diesen Anblick wirst du dich in Zukunft gewöhnen müssen.« Henne sah zu seinem Dackel, der sich wie wild gebärdete.

»Gehen wir rein?« Henne hob Reginas Kopf an und sah ihr erwartungsvoll in die Augen.

Kapitel 81

Henne raste wie ein Irrer durch die Nacht. Der Schäfer hatte ihm erklärt, wie er an den Tatort gelangen würde, dennoch fand er den beschriebenen Weg nicht sofort. Im Dunkeln irrte er nun durchs Feld. Hinter einer Kurve entdeckte er endlich die blinkenden Lampen der Polizeiwagen. Eilig folgte er dem Blaulicht.

Regina hatte fast erleichtert gewirkt, als sich sein Handy bemerkbar gemacht hatte und er sie loslassen musste.

»Ich muss leider noch mal weg«, hatte er kurz darauf gesagt. »So ist das halt, wenn du dich mit einem Kriminalkommissar einlässt.« Er lächelte sie an und streichelte ihr liebevoll über die Wange.

»Ist etwas passiert?«, fragte sie neugierig.

»Leider ja. Ich erzähle es dir morgen. Heute werde ich sicherlich nicht mehr zurückkommen.« Henne wollte ihr nicht sagen, dass ein Toter in der Nähe von Münzenberg aufgefunden worden war. Er hatte nach Andreas Schmids Schilderung bereits eine Vermutung. Es könnte sich um Wolfgang Kain handeln.

*

Das Gelände war hell erleuchtet. Die Streifenbeamten hatten rund um den Tatort große Scheinwerfer aufgestellt. Das Erste, was Henne sah, war der Körper, der am Galgen hing.

Der Wind bewegte den Toten leicht hin und her. Sein wandernder Schatten erzeugte eine gespenstische Szenerie.

»Hallo Henne.« Co verließ die Gruppe von Personen, die sich vor der Holzkonstruktion unterhalten hatte. »Kein schöner Anblick, was?«

»Kann man wohl sagen. Wisst ihr schon, wer der Tote ist?«

»Sehr wahrscheinlich Wolfgang Kain. Sein Wagen steht weiter unten auf der Wiese. Die Beifahrertür stand auf. In seiner Jacke haben wir Ausweis und Führerschein gefunden.«

»Wo ist der Schäfer?«

»Der sucht ein Schaf. Wird schon wieder auftauchen.«

»Hat der jetzt nichts Besseres zu tun?«

»Sei froh, dass er das sucht. Dadurch ist er auf den da gestoßen.« Co drehte sich zu dem Erhängten um.

»Sind die anderen schon informiert?«

»Müssten alle gleich hier antanzen. Frau Dr. Auf der Heide ist auch schon unterwegs. Der Staatsanwalt unterbricht sogar seinen Bridge-Abend für den Toten.«

»Komisch, dass die alle in deiner Nähe umkommen. Hast du das bestellt?«, witzelte Henne.

»Klar, dann habe ich es nicht so weit zur Arbeit«, entgegnete Co verschmitzt. Ihr Humor war oftmals die einzige Chance, ihren Beruf leichter zu ertragen. Für Außenstehende war der Wortwitz der Kommissare im Angesicht des Todes jedoch oft schwer zu begreifen.

Henne ging näher an den Galgen heran. Im Licht der grellen Scheinwerfer sah das Gesicht des Toten verzerrt aus.

»Wer holt den da runter?« Henne nickte mit dem Kopf in Richtung Galgen.

»Das macht die Spurensicherung mithilfe der Feuerwehr. Wir brauchen ja Leitern.«

»Die armen Jungs. Die können bestimmt auch was Besseres

mit ihrer Nacht anfangen«, bedauerte Henne die Einsatzkräfte.

»Guten Abend, Herr Kommissar.« Andreas Schmid tauchte aus der Dunkelheit auf.

»Guten Abend, Herr Schmid. Na, was haben Sie denn verbrochen, dass Sie innerhalb weniger Tage gleich zwei Leichen hier finden?«

»Das möchte ich auch mal wissen. Ich kann mir was Schöneres vorstellen.«

»Haben Sie wenigstens Ihr Schaf zurück?«

»Nein, ich denke mal, dass es durch den Trubel erschreckt wurde und jetzt irgendwo da draußen rumirrt. Das arme Ding.«

»Was ist denn mit Ihren Hütehunden? Können die nicht die Heidschnucke suchen?«

»Die müssen bei der Herde bleiben. Die Schafe sind durch den Krach ebenfalls aufgeschreckt worden. Ich kann nicht riskieren, sie dort abzuziehen.«

»Ist Ihnen denn hier irgendetwas Ungewöhnliches aufgefallen in den letzten Stunden?«

»Gar nichts. Es war alles so schön friedlich heute Abend. Ich bin vorhin fast aus den Latschen gekippt, als ich den da habe hängen sehen. Entsetzlich, kann ich Ihnen nur sagen.«

»Und in den letzten Tagen, also seit Sonntag? Ist Ihnen da irgendetwas seltsam vorgekommen? Haben Sie den Wagen des Toten vielleicht schon mal gesehen?«

»Vorgestern fuhr da unten auf dem Betonweg mehrfach ein schwarzer Geländewagen entlang. Aber das ist ja nichts Ungewöhnliches. Die Leute fahren hier ständig durchs Feld, obwohl der Weg nur für den landwirtschaftlichen Verkehr freigegeben ist.«

»Sie können zu dem Wagen also keine näheren Angaben machen?«

»Na ja, der ist halt nicht so schnell gefahren. Aber das sollte man hier auch nicht, mit Rücksicht auf die Störche.«

»Verstehe«, murmelte Henne.

Mittlerweile waren die Leute von der Spurensicherung eingetroffen. Geschäftiges Treiben erfolgte. Blitzlichter flammten auf.

»Was ist mit dem Toten? Können wir den da runterholen?«, fragte Henne die Kollegen von der Spusi.

»Kannst du dich bitte noch etwas gedulden? Der ist noch länger tot«, antwortete der weiß Bekleidete.

»Sehe ich auch so«, machte sich Frau Dr. Auf der Heide nun bemerkbar. »Guten Abend, Kollegen.«

»Hallo Füchsin«, begrüßte Henne die Rechtsmedizinerin.

»Was meinst du, Mord oder Selbstmord?«, wollte sie wissen.

»Tippe auf Selbstmord«, antwortete Co. »Ich vermute, der ist die Leiter hoch und hat den Strick dort befestigt.«

»Wie kommt überhaupt diese Leiter hierher?«

»Keine Ahnung, aber mitgebracht hat er die nicht. Zu groß für sein Auto«, stellte Co fest.

»Dann muss sie ihm entweder jemand hierhin gelegt haben oder die lag hier schon«, überlegte Henne.

»Wer ist denn so doof und lässt einfach so eine Leiter hier liegen?« Co brachte es mal wieder auf den Punkt.

»Die hat zu dem Theaterstück gehört, das vor Kurzem hier aufgeführt wurde. Dafür ist der Galgen extra angefertigt worden«, klärte der Schäfer die Kommissare nun auf.

»Wieso kommt der Anwalt dann ausgerechnet hierher, um sich aufzuhängen? Woher wusste er denn von diesem Galgen?«

»Weil er vielleicht auch bei dem Theaterstück war?«, stellte Schmid die Gegenfrage. »Oder aus den Zeitungen?«

»Co, wieso weiß ich nichts von diesem Schauspiel?«

»Langsam, Henne! Ich habe dir davon erzählt. Du hast

wortwörtlich gesagt, *mit Toten hättest du genug in deinem Job zu tun.*«

»Kann ich mich gar nicht dran erinnern.« Henne kratzte sich am Kopf. »Hast du das Stück gesehen?«

»Nein. Ich habe vergessen, mich bei Juliane zu melden. Der Stress …« Co zuckte mit den Achseln.

»Wer kann uns denn etwas über dieses Gelände und die Leiter hier sagen, Herr Schmid?«

»Ich kann mal den Landwirt anrufen. Der wohnt da hinten.« Mit dem Daumen deutete er auf eine Stelle hinter sich in der Dunkelheit.

»Nee, lassen Sie mal. Den können wir morgen noch befragen.«

Der obligatorische Leichenwagen fuhr auf den Platz, gefolgt von dem Mercedes des Staatsanwaltes. Henne und Co informierten ihn kurz, erklärten die Zusammenhänge zu dem Mordfall vom Sonntag.

»So wie es aussieht, hat er sich aus Scham oder Verzweiflung das Leben genommen.« Co schnipste mit den Fingern.

»Mord ausgeschlossen?« Der Staatsanwalt fasste sich ans Kinn.

»Eher unwahrscheinlich. Aber das wird uns unsere schlaue Füchsin gleich beantworten können.« Henne wandte sich in Richtung der Rechtsmedizinerin, die schon begierig auf ihren neuen *Kunden* wartete.

*

Die ersten Vögel begannen bereits zu zwitschern, als die Bestatter den Deckel auf den Zinksarg mit dem Toten legten. Die Leute von der Feuerwehr hatten sich bereits verabschiedet. Die Kollegen von der Spurensicherung suchten nach wie vor nach Beweisstücken auf der Wiese und rund um den Galgen.

Henne hatte immer noch den Geruch von Tod und Verwesung in der Nase. Das Bild von der aus dem Mund hängenden, schwarzblau verfärbten Zunge würde er nicht so schnell vergessen. Das Schlimmste jedoch waren die leeren Augenhöhlen und die Spuren von spitzen Schnäbeln im Gesicht. »Krähen«, hatte der Schäfer gesagt, »die machen so was.«

Anhand des Fotos im Ausweis und im Führerschein konnten sie den Toten identifizieren. Es handelte sich zweifelsfrei um Wolfgang Kain, den Anwalt aus Friedberg.

»Tod durch Ersticken, würde ich sagen«, hatte die Rechtsmedizinerin dem Staatsanwalt und den Kommissaren erklärt.

»Iiihhh, das ist ja schrecklich. Das hat doch ewig gedauert«, sagte der in unmittelbarer Nähe verweilende Schäfer entsetzt.

»Das hat der Arme gar nicht mehr mitgekriegt. Nach einigen Sekunden ist der bewusstlos geworden, weil der Strang ihm den Sauerstoff und die Blutzufuhr gekappt hat. Aber bis zum Eintritt des Todes kann die ganze Sache schon zehn bis fünfzehn Minuten gedauert haben«, beruhigte ihn die Rechtsmedizinerin.

»Wie lange hängt der schon hier?«, wollte Henne wissen.

»Schätze mal zwei Tage. Der Prozess der Verwesung ist schon relativ weit fortgeschritten. Das kommt aber daher, dass er an der freien Luft hing und die Temperaturen für diese Jahreszeit noch ungewöhnlich hoch sind. Außerdem steht hier einen Großteil des Tages die Sonne auf dem Hang.« Frau Dr. Auf der Heide blickte zum Himmel.

»Kannst du schon feststellen, ob er selbst Hand angelegt hat?«

»Ich denke, es war Selbstmord. Ich kann keine Spuren erkennen, dass er sich gegen jemanden gewehrt haben sollte, keine Hämatome, keine Hautfetzen unter den Fingernägeln. Aber mehr dazu später.«

»Co, kannst du bitte auf den Abschleppdienst warten? Die

sollen den Porsche zur KTU bringen. Und nimm bitte die Handtasche vom Beifahrersitz an dich. Ich werde jetzt zu Frau Kain fahren und ihr die traurige Nachricht überbringen.«

»Alles klar! Wir sehen uns später im Büro. Henne, vergiss bitte nicht das Notebook mitzubringen. Und lass dir eine gute Erklärung einfallen, wo du das Ding auf einmal herhast.«

Henne hatte seiner Kollegin im Laufe der Nacht von dem Notebook erzählt. Er hatte allerdings verschwiegen, dass Erdmann das Gerät durch Zufall entdeckt hatte. Wem nützte es jetzt noch, wenn er Regina damit belastete? Co hatte ihm geglaubt, dass Regina ihm das Teil freiwillig ausgehändigt hatte, mit dem Hinweis, dass sie es nur wegen des abscheulichen Videos so lange versteckt gehalten hatte. »Kann ich verstehen«, hatte Co erklärt. Damit war die Angelegenheit für sie erledigt.

*

»He, Dicker, aufstehen.« Henne rüttelte an Erdmann, der tief und fest auf dem Beifahrersitz schlief. »Komm, wir gehen 'ne Runde Gassi.« Mittlerweile kündigte ein Silberstreif am Horizont den neuen Tag an. Das Gezwitscher der Vögel nahm von Minute zu Minute zu. Die Luft war angenehm warm. Ein herrlicher Morgen, um einen ausgiebigen Spaziergang mit Erdmann zu machen.

Der Dackel hatte sich die ganze Nacht still verhalten. Ausnahmsweise hatte er weder Sitze noch sonstige Dinge im Inneren von Hennes BMW beschädigt, wie er es in den letzten Tagen mehrfach getan hatte. Das Tier bewegte sich schwerfällig von dem Sitz herunter. Brummend landete er auf seinen vier Beinen. Vor dem Auto streckte er sich ausgiebig und gähnte herzhaft. Langsam nahm er seine gewohnte Tätigkeit auf. Er lief, mit der Nase am Boden schnüffelnd, am Feldrand entlang. Mehrfach setzte er eine Markierung.

Henne folgte ihm in einigem Abstand, rauchte genüsslich eine Zigarette.

Jetzt fehlt nur noch ein Becher mit heiß dampfendem Kaffee, dachte er.

Er beobachtete die aufgehende Sonne bei den Türmen der Münzenburg. Glutrot lugte sie zwischen den beiden Bergfrieden empor. Was für ein wunderschöner Morgen. Für einen Moment durchströmte ihn ein Gefühl der Glückseligkeit.

Er wusste jedoch, dass der Tag nicht so schön bleiben würde. Er hatte noch eine schwere Aufgabe vor sich, die ihm Unbehagen verursachte und der er am liebsten aus dem Weg gegangen wäre.

Wütendes Gebell riss ihn aus seinen Gedanken.

»Erdmann, wo steckst du?« Das Bellen kam aus dem Maisfeld rechts neben ihm. Henne bog die Maiskolben auseinander und bahnte sich einen Weg in Richtung des Gekläffes.

Mitten im Feld entdeckte Henne ein am Boden liegendes Schaf. Es musste das verloren gegangene Tier von Andreas Schmid sein. Wahrscheinlich hatte es sich in der Dunkelheit verirrt und den Weg zurück zur Herde nicht gefunden. Traurig und müde sah es ihn von unten herauf an.

»Na, du blödes Schaf. Hast du dich verlaufen?« Mit seiner ganzen Kraft packte Henne es unter dem Körper und brachte es zurück zur Herde.

»Dafür haben Sie was gut bei mir«, bedankte sich der Schäfer. »Nach dem nächsten Schlachten kriegen Sie gutes Lammfleisch und leckere Wurst.«

Henne machte ein betretenes Gesicht. »Sie sind mir nichts schuldig, Herr Schmid. Ich wüsste allerdings was, womit Sie mir eine Freude machen könnten.«

Kapitel 82

Das Liegen bereitete ihr Mühe. Sie bekam kaum Luft. Der Druck auf ihrer Brust nahm zu. Sie wusste, dass diese Reaktion vom psychischen Stress kam. Die Gedanken an die vielen Toten quälten sie, zerrten an ihren Nerven. Ihr Herz klopfte wild. Sie konnte den Schlag hören, den zu schnellen Puls spüren.

Es gab nur ein Mittel, gegen die Panik, die sich erneut in ihr ausbreiten wollte, anzukämpfen: Sie musste aufstehen und arbeiten, sich ablenken.

Doch eine unbestimmte Kraft zog sie magisch in den Nebenraum. Durch eine in die Wand eingelassene Tür, die für Außenstehende nicht sichtbar war, gelangte sie in den kleinen, fensterlosen Raum.

Das Deckenlicht erhellte das Räumchen, das ursprünglich als Ankleide gedacht gewesen war. Hier bewahrte sie alle Erinnerungen an die Toten auf. Bilder, Zeitungsartikel, Geschenke und Kleidungsstücke, an denen sie immer noch den Geruch des jeweiligen Besitzers wahrzunehmen glaubte. Gegenstände, die sie ihren Opfern entwendet hatte, um sie als Erinnerungsstücke auf ihrem Altar aufzubewahren.

Sie betrachtete die Zeugnisse ihrer Vergangenheit, die fein säuberlich an die Wände gepinnt waren und in den Regalen lagen.

Niemand außer ihr wusste von diesem Raum, durfte dieses Heiligtum betreten. Hier vermischten sich Vergangenheit und Gegenwart. Es hätte ihre wahre Identität verraten, sie als Mörderin entlarvt.

Kapitel 83

Pünktlich um sieben Uhr dreißig läutete es. Regina öffnete dem Raumausstatter im Morgenmantel die Tür. Sie hatte sich länger als vorgesehen in ihrem Refugium aufgehalten.

»Guten Morgen, Frau Mutzke. Da sind wir. Ich habe zwei meiner besten Leute mitgebracht. Die können die Sache heute in Ordnung bringen.«

»Das ist sehr nett von Ihnen. Ich muss allerdings nachher ins Büro.«

»Das ist kein Problem. Meine Jungs sind vertrauenswürdig. Sie werden sich nur im Erdgeschoss aufhalten.« Er winkte zwei jungen Männern zu, die mit Handwerkszeug näherkamen.

*

Regina ging wieder ins Obergeschoss, um sich zu duschen und anzukleiden. Bevor sie das Haus verließ, öffnete sie noch einmal die Geheimtür. Sie hatte noch irgendetwas erledigen wollen, aber ihr fiel nicht ein, was es war. Ratlos stand sie in der Enge der kleinen Stube. Die Wände schienen sich auf sie zu zuzubewegen, sie einzuengen, zu erdrücken. Es war die Last der Verbrechen, die das Gefühl der Beklemmung in ihr hervorrief.

*

Henne parkte seinen BMW auf dem Bürgersteig vor Reginas Haus. »Erdmann, du bleibst hier. Ich bin gleich zurück.« Er ging auf die Villa zu. In der Einfahrt stand ein weißer Kastenwagen mit der Aufschrift eines Raumausstatters aus Friedberg. Die Eingangstür stand offen. Ein junger Mann kam ihm entgegen.

»Guten Morgen«, sagte er freundlich.

»Guten Morgen«, antwortete Henne ebenso freundlich und betrat die Diele. »Regina, bist du hier?«, rief er.

Keine Antwort. Er sah sich staunend um. Der schöne Kristallspiegel in der Eingangshalle war verschwunden. Im Wohnzimmer waren die Wände verschmutzt, einige Lampen zerbrochen. Ein zweiter Mann war gerade damit beschäftigt, die beschädigten Teile abzumontieren. »Was ist hier los? Wurde hier eingebrochen?«, fragte Henne verwundert.

»Wer sind Sie denn?«, fragte der Angesprochene argwöhnisch.

»Ich bin ein Freund von Frau Mutzke. Wo steckt sie?«, antwortete Henne geistesgegenwärtig.

»Frau Mutzke ist oben. Haben Sie diesen Mist hier angerichtet?«

»Ich verstehe nicht ganz. Was soll ich angerichtet haben?« Henne war verdutzt.

»Frau Mutzke hat uns gesagt, dass ihr Verehrer hier aus Wut alles kurz und klein geschlagen hätte. Deswegen sind wir hier.«

Henne gab dem Mann keine Antwort, machte auf dem Absatz kehrt und stürmte ins Obergeschoss.

»Regina«, rief er erneut, als er den breiten Flur in der ersten Etage betrat. Hier war alles an seinem Platz, keine Verwüstung wie im Untergeschoss war zu sehen. Er warf einen Blick ins Schlafzimmer. Es war leer. Das Bett war zerwühlt. Ein Badetuch lag vor dem Bett. Auf dem Frisiertisch nahm er einen Ständer mit einer blonden Perücke wahr.

Er klopfte gegen die geschlossene Badezimmertür. Keine Antwort. »Regina«, probierte er es noch einmal.

»Hallo Alexander, was machst du denn hier?«

Erschrocken drehte sich Henne um. Unbemerkt war Regina hinter ihn getreten.

»Wo kommst du auf einmal her?«

Die Antwort blieb sie ihm schuldig, stattdessen küsste sie ihn auf den Mund. »Kommst du jetzt erst vom Tatort?«

»Ja, leider. Ich muss mit dir reden. Wo können wir uns ungestört unterhalten? Was machen überhaupt diese Raumausstatter bei dir?«

»Komm mit nach unten. Ich mach uns einen Kaffee.« Ohne ihm auf die zweite Frage zu antworten, ging sie vor ihm die Treppe hinunter in die Küche.

Während sie geschäftig den Kaffee zubereitete, beobachtete Henne sie aufmerksam. Regina erinnerte ihn an eine Katze. Auf der einen Seite war sie anschmiegsam und liebevoll, auf der anderen Seite zeigte sie ihm die Krallen, zog sich in unangenehmen Situationen sofort zurück, ließ ihn nicht mehr an sich heran. Sie war genauso eigenwillig wie ein Stubentiger.

»Was willst du nun mit mir besprechen, Alexander?« Regina schob ihm eine Tasse heißen Kaffees entgegen.

»Wir haben Wolfgang Kain gefunden«, sagte er leise.

»Ist er der Tote von heute Nacht?«, fragte sie betroffen.

Henne nickte stumm, sah ihr in die Augen, die sich sogleich mit Tränen füllten.

»Was ist passiert?«

»Er hat sich im Feld bei Münzenberg erhängt.«

»Oh Gott.« Regina bedeckte mit der flachen Hand ihren Mund. Nach der ersten Schrecksekunde sagte sie: »Dieses feige Arschloch.«

Henne ging auf diesen Gefühlsausbruch nicht ein.

»Ich muss deiner Schwester diese traurige Nachricht überbringen. Könntest du mich begleiten?«

»Ja, natürlich. Aber kannst du die Sache mit Doris erst noch mal für dich behalten?« Regina sah ihn flehend an.

»Wolfgangs Frau weiß doch von Doris' Tod. Das hat sie doch schon gestern in der Kanzlei von uns gehört.«

»Ich meinte jetzt den Verdacht, dass Wolfgang mit ihrem Tod zu tun haben könnte.« Regina hielt für einen Moment inne. »Und natürlich von dem abscheulichen Video.«

»Hast du denn mit deiner Schwester nicht über Doris gesprochen?« Henne wunderte sich immer mehr über Reginas Verhalten. Nach ihren Erzählungen hatte er angenommen, dass sich die beiden Schwestern sehr nahestanden.

»Nein, ich wollte sie nicht damit belasten. Sie hatte wegen ihres Mannes schon genug Sorgen. Außerdem hat sie Doris nicht persönlich gekannt. Ich habe sie ihr nie vorgestellt. Barbara hätte sie nicht akzeptiert.«

»Vorerst muss sie es nicht wissen. Aber sie wird es erfahren, so oder so.«

Kapitel 84

Barbara Kain nahm die Nachricht vom Tod ihres Mannes relativ gefasst auf. »Verschonen Sie mich mit weiteren Einzelheiten. Ich will das alles gar nicht wissen. Informieren Sie mich bitte nur, wann wir meinen Mann beisetzen können.« Damit verwies sie den Kommissar des Hauses. Henne war über die Abgebrühtheit der Frau erstaunt. Aber es war durchaus nicht ungewöhnlich, dass er nach dem Überbringen einer Todesnachricht von den Angehörigen weggeschickt wurde. Er fasste das Verhalten eher als Schutzmechanismus auf. Die Hinterbliebenen wollten mit ihrer Trauer alleine bleiben, niemanden dabei zusehen lassen, wie sie letztendlich fassungslos unter der Last der entsetzlichen Wahrheit zusammenbrachen. Die meisten Menschen akzeptierten die Endgültigkeit des Todes erst bei der Beerdigung des Verstorbenen. Henne verabschiedete sich von Barbara Kain und Regina, die bei ihrer Schwester bleiben und darauf warten wollte, bis ihre Nichte von der Uni zurückkehren und sie ablösen würde.

*

Der Kommissar wurde bereits im Präsidium erwartet. Bevor er in sein Büro ging, gab er das Notebook bei Jüngling ab. »Sei so gut, nimm das Ding unter die Lupe. Aber bitte erschrick nicht. Das Video darauf ist nicht gerade jugendfrei. Außerdem will ich wissen, ob da noch mehr drauf ist.«

»Henne, wir müssen reden«, wurde er von Co empfangen. »Komm bitte mit.« Co schloss die Tür ihres gemeinsamen Büros hinter sich.

»Jetzt wird es eng für dich. Überleg dir nun gut, was du tun willst.«

»Was ist denn los?« Aufmerksam blickte er seine Kollegin an.

»Die Tasche im Wagen von Wolfgang Kain gehörte Doris Fleischhauer. Wir haben darin ein Smartphone gefunden.«

»Ja und?«, fragte Henne gespannt.

»Von dem Smartphone wurde in der letzten Woche mehrfach eine Handynummer angerufen. Die angerufene Nummer wiederum hat mehrfach das Smartphone kontaktiert. Speziell am Samstag.«

»Und weiter? Jetzt dramatisiere doch nicht alles so. Sag mir endlich, was los ist.«

»Der Eberstädter hat herausgefunden, dass die eine Handynummer Wolfgang Kain zuzuordnen ist. Und rate mal, zu wem die andere Nummer gehört!«

»Was soll das? Spielen wir hier ein Quiz?«

Co beobachtete Henne. »Diese Nummer gehört zu einem Zweithandy. Der Vertrag für dieses Handy läuft auf den Namen von Regina Mutzke.«

»Scheiße«, entfuhr es Henne. »Das könnte ja bedeuten, dass Regina Doris das Handy zur Verfügung gestellt hat, weil die selbst keinen Vertrag abschließen konnte. Sehe ich das richtig?«

»So würde ich es auch erklären. Aber das ist noch nicht alles.«

»Ich glaube, ich will es gar nicht wissen.« Henne machte ein Gesicht wie ein begossener Pudel. »Na los! Versetz mir schon den Todesstoß.«

»Auf dem Handy ist ein Video. Es zeigt eine brutale Sexszene, die vermutlich im Park unterhalb des Adolfsturms aufgenommen wurde. Bei den Personen handelt es sich zweifelsfrei um Wolfgang Kain und Doris Fleischhauer. Auf Details möchte ich nicht näher eingehen.«

»Brauchst du auch nicht. Ich vermute, es ist das gleiche Video wie auf dem Notebook. Warum nehmen die mit dem Handy so etwas auf?« Henne sah Co fragend an.

»Um es weiterzuschicken«, erwiderte die Kommissarin.

»An wen?«

»An das Ersthandy von Regina Mutzke, und zwar Samstag vor einer Woche.«

»Das gibt es doch nicht.« Henne sah seine Kollegin fassungslos an. »Glaubst du, die ist pervers?«

»Keine Ahnung, mein Lieber. Aber ich würde sagen, du sitzt ganz schön in der Klemme.« Henne brütete vor sich hin.

»Woher habt ihr überhaupt so schnell die Daten?«

»Manche Leute sind einfach leichtsinnig. Doris hatte nicht nur die PIN, sondern auch den PUK auf einem Zettel notiert und den in ihrer Brieftasche deponiert. Daraufhin war es für Eberstädter ein Leichtes, das Smartphone in Gang zu setzen und die Verbindungen herzustellen.«

»Warum macht Regina so ein Geheimnis aus diesem Film? Was wollte sie damit anstellen?«

»Jemanden erpressen?« Co spitzte ihre Lippen.

»Quatsch, wen soll sie denn erpressen? Geld hat sie genug.«

»Dann ist sie wohl pervers.«

Die Tür ging auf. Eberstädters Kopf tauchte im Rahmen auf. »Darf ich reinkommen?«

»Klar. Mich kann heute nichts mehr erschüttern.«

»Das glaube ich nicht. Gut, dass du sitzt.«

»Heute habt ihr es wohl alle auf mich abgesehen, wie?«

»Ich habe den Verbindungsnachweis von Frau Mutzkes Ersthandy bekommen.«

»Woher? Und wieso so schnell?«

»Es ist besser, wenn du das nicht weißt. Ich habe so meine Verbindungen.«

»Und was hast du Interessantes gefunden?«

»Sie hat dieses Video an eine andere Mobilfunknummer weitergeschickt. Und nicht nur das. Auch diverse Fotos gingen da hin und her.«

»Was für Fotos?«

»Fotos von Wolfgang Kain und Doris Fleischhauer in eindeutigen Situationen.«

»Zu wem gehört die Nummer?«

»Ich hab die Nummer einfach angerufen. Frau Kain hat sich gemeldet, Barbara Kain, die Witwe des Erhängten.«

Kapitel 85

Ein unbestimmter Gedanke versuchte, an die Oberfläche zu dringen. Irgendetwas hatte er übersehen. Es wollte ihm einfach nicht einfallen, was es war. Er war wie blockiert. Blind! Ob er blind vor Liebe sei, fragte er sich. Bei Regina würde er die Lösung finden. Hier liefen alle Fäden zusammen. »Ich muss noch mal weg. Fahrt ihr zu Frau Kain und fragt sie, ob sie mit dem Video und den Bildern erpresst wurde?«

»Wo willst du hin, Henne?«, fragte Co besorgt.

»Erklär ich dir später. Komm, Dicker, an die Arbeit.« Henne rauschte aus dem Zimmer. Erdmann hatte alle Mühe, seinem Herrchen zu folgen.

*

Der Kastenwagen des Raumausstatters stand immer noch in der Einfahrt. Die Heckklappe war geöffnet. Die Haustür war nur angelehnt. In der Diele hielt Henne kurz inne und lauschte auf die Stimmen, die aus dem Wohnzimmer zu hören waren.

»Ich wäre dann fertig. Von mir aus können wir verschwinden. Frau Mutzke kann mit unserer Arbeit zufrieden sein.«

Henne schlich die Treppe hoch. Erdmann war dicht hinter ihm. Er ließ sich nicht abschütteln, hatte nicht im Auto bleiben wollen. Es war gerade so, als müsste er sein Herrchen beschützen.

Henne ging in Reginas Schlafzimmer. Er sah sich in dem gemütlich eingerichteten Raum um. Die Bettdecke war zurückgeschlagen, das Fenster gekippt.

Kleider hingen ordentlich über einem Stuhl. Ein Hauch von Parfüm hing in der Luft. Sein Blick blieb am Frisiertisch hängen. Er sah einen Ständer mit einer Perücke darauf. Jetzt fiel es ihm wie Schuppen von den Augen. Das war es, was er heute Morgen gesehen, aber nicht wirklich wahrgenommen hatte. Wofür brauchte Regina einen Haarersatz mit langen blonden Haaren? Er betrachtete verblüfft den Gegenstand, befühlte den edlen Kopfschmuck. Er kannte sich zwar in solchen Dingen nicht aus, aber er war sich ziemlich sicher, dass es sich hierbei um echtes Haar handelte. Vorsichtig entfernte er einige Strähnen und steckte sie in ein Plastiktütchen.

»Erdmann, was machst du denn hier?«, vernahm Henne die Stimme von Regina im Flur. Mist! Wieso befand sich Regina im Haus? Ihr Wagen war doch gar nicht zu sehen gewesen. Schnell ließ er den Beutel in seiner Jackentasche verschwinden.

Sie tauchte im Türrahmen des Schlafzimmers auf.

»Alexander.« Mehr sagte sie nicht, sah ihn nur mit großen Augen an.

»Regina, ich … äh.« Mehr fiel ihm im Moment nicht ein. Er fühlte sich ertappt. Es war ihm peinlich. Er bemerkte, wie sich ihre Augen auf die Perücke hefteten. Ihre Pupillen weiteten sich.

»Das musst du mir jetzt erklären«, sagte sie trocken.

»Ich wollte einfach mal nach dir sehen. Ich habe mir Sorgen um dich gemacht. Es ist so viel Schlimmes in den letzten Tagen passiert. Da dachte ich mir, du brauchst mich vielleicht.« Seine Stimme klang wenig überzeugend. Er ging einen Schritt auf sie zu, legte seine Arme um sie und drückte ihren Kopf an seine Brust. Der Duft ihres Parfüms stieg ihm in die Nase. Doch in diesem Augenblick empfand er ihn nicht als angenehm, sondern eher als bedrohlich. Sie erwiderte die Berührung nicht, blieb stocksteif vor ihm stehen. Er löste seine Arme, schob sie von sich weg und sah ihr in die Augen, die sich merklich verdunkelt hatten. Fast dämonisch wirkte ihr Blick auf ihn.

Kapitel 86

Eine auffallend hübsche, junge Frau öffnete den Ermittlern die Tür. Ihre Augen waren gerötet. Sie sprühten vor Zorn. Lisa, die Tochter des Hauses, bat Co und Eberstädter ins Haus.

Die Witwe saß auf der Terrasse in der Sonne. Sie wünschte weder einen Guten Tag noch bot sie Co und Eberstädter einen Platz an, sondern betrachtete sie verächtlich von unten herauf wie ein Geschmeiß Fliegen. In ihrem und im Gesicht ihrer Tochter war keine Trauer zu erkennen. Schiere Arroganz schlug den Kommissaren entgegen. Co ersparte sich die üblichen Beileidsbekundungen.

Das war hier nicht angebracht, dachte sie.

»Frau Kain, wir haben festgestellt, dass Sie in der Vergangenheit Bilder, die Ihren Mann in eindeutigen Posen zeigen, auf Ihrem Handy erhalten haben, außerdem ein mehr als kompromittierendes Video. Wurden Sie damit erpresst?« Co schleuderte der Frau diese Tatsachen ins Gesicht, sie dachte nicht daran, sie zu schonen.

Ohne zu zögern, antwortete die Angesprochene: »Woher wissen Sie das? Wie kommen Sie an meine Handydaten?«

Da kennt sich jemand aus, ging es Eberstädter durch den Kopf.

»Wir ermitteln in einem Mordfall«, erwiderte er.

»Wieso Mord? Ich dachte, mein Vater hat sich das Leben genommen«, mischte sich nun die Tochter ein.

»Das ist nur die eine Sache. Frau Fleischhauer, eine Verwandte von Frau Mutzke, wurde am Wochenende umgebracht. Es besteht der Verdacht, dass Ihr Vater etwas damit zu tun hatte.«

Die junge Frau erbleichte. Sah schockiert ihre Mutter an. Frau Kain zeigte keine Regung, blickte stur geradeaus.

»Sie sollten sich besser setzen, Fräulein Kain.« Co schob ihr einen Stuhl unter den Hintern, nahm sich selbst einen und forderte Eberstädter mit einem Blick auf, es ihr nachzutun.

»Also, noch einmal, Frau Kain, wurden Sie mit den Bildern und dem Film erpresst?« Cos Stimme ließ jede Spur von Freundlichkeit vermissen.

»Nein, wurde ich nicht. Ich habe diese abscheulichen Dinge auf meinem Handy erhalten. Es stand nichts dabei. Die Nummer war unterdrückt.«

»Sie haben also keine Ahnung, wer Ihnen die Beweise der Untreue Ihres Mannes hat zukommen lassen?«, lenkte Eberstädter ein.

»Nein, nicht die geringste. Es wäre auch gar nicht nötig gewesen, denn ich wusste auch so, dass mein Mann es mit der ehelichen Treue nicht so genau nahm. Es war Stadtgespräch in Friedberg.« Lisa sah ihre Mutter ungläubig an.

»Was haben Sie danach unternommen? Haben Sie Ihren Mann darauf angesprochen?«

»Zunächst nicht. Ich habe es meiner Stiefschwester erzählt.«

Die Kommissare schwiegen, warteten ab, bis die Frau von selbst das Wort ergriff. »Sie hat mir geraten, mit meinem Mann zu sprechen, mich mit ihm zu einigen.«

»Wieso hast du diesen Mistkerl nicht gleich rausgeschmissen, Mama?«, fragte Lisa ihre Mutter wütend.

»Das wollte ich ja, aber Regina meinte, dass ich dann unter Umständen alles verlieren würde, das Haus, das angenehme Leben, mein Ansehen.«

»Pah, dafür hast du ja einen hohen Preis bezahlt.« Verachtung lag in Lisas Stimme.

»Fräulein Kain, bitte lassen Sie ihre Mutter reden.« Co legte der jungen Frau die Hand beschwichtigend aufs Knie.

»Dann kamen weitere Fotos. Mein Mann und ich haben uns schließlich ausgesprochen. Er hat mir versichert, dass er damit aufhören würde. Wir haben uns wieder versöhnt.« Sie hielt inne und ließ ihren Blick über den parkähnlich angelegten Garten schweifen. Es war fast so, als würde sie Abschied nehmen. »Ja, bis zum Sonntag vor einer Woche. Da kam Lisa mit meinem Mobiltelefon in der Hand herein. Sie hatte das Ding im Auto meines Mannes gefunden. Darauf war dieser Film.« Angewidert schüttelte sie den Kopf. »Ich konnte gar nicht glauben, was ich da sah.« Betretenes Schweigen folgte.

Nach einer Weile richtete Co das Wort erneut an die Witwe: »Und dann? Wie ging es weiter?«

»Ich habe meinen Mann rausgeschmissen, die Scheidung eingereicht.«

»Nachdem er Sie vergewaltigt hat?« Eberstädter konnte sich nicht beherrschen.

»Woher wissen Sie das?« Erstaunt sah die Geschädigte den Kommissar an.

»Das spielt jetzt keine Rolle!«

»Kennen Sie die Frau, die zu sehen war?«

»Ich habe keine Ahnung, wer das ist.«

Eberstädter sah Co an. Sie nickte.

»Die blonde Frau ist Doris Fleischhauer, die Verwandte Ihrer Stiefschwester, deren Ermordung wir aufklären wollen, und mit ziemlicher Sicherheit die Geliebte Ihres Mannes.«

»Ich dachte, sie war die Putzfrau, die ab und zu in der Kanzlei ausgeholfen hat.« Angeekelt verzog die Witwe das Gesicht. »Wie konnte sich mein Mann nur mit so jemandem einlassen?«

»Ihr Mann hatte offensichtlich eine Vorliebe für …« Eberstädter hielt inne, unsicher, wie er es der Frau beibringen sollte. »... vorsichtig ausgedrückt, wilden Sex.«

»Das ist mir mittlerweile auch bekannt. Das habe ich ja am eigenen Leib zu spüren bekommen.«

»Diese Dame hat ihm seine abartigen Wünsche erfüllt. Sie hat das freiwillig mitgemacht«, übernahm Co die Erklärung.

»Hat sie mir dieses ekelhafte Zeug auf mein Handy geschickt?«

»Nein, das nicht.« Co sah Eberstädter an, der nickte.

»Dieses ekelhafte Zeug, wie Sie es nennen, wurde Ihnen vom Handy Ihrer Schwester übermittelt.«

Die Kommissare erwarteten einen Zornausbruch, doch nichts dergleichen geschah.

»Die Arme. Sie hätte es mir doch nur sagen brauchen.«

»Sie sind nicht sauer auf Ihre Schwester?« Nun war es an Co, sich zu wundern.

»Nein, ich kann Regina sogar verstehen. Sie und mein Mann haben sich gehasst. Irgendwas muss zwischen den Zweien mal vorgefallen sein. Regina hat sich nie dazu geäußert. Aber wie ich meinen Mann kenne, hat er sie auch mal …« Den Rest ihrer Vermutung sprach sie nicht aus.

»Es könnte also sein, dass sich Ihre Schwester an Ihrem Mann rächen wollte?«

»Ich glaube eher, dass es um etwas Grundsätzliches ging. Regina ist mehrfach von Männern schlecht behandelt worden. Zweimal hatte sie eine feste Beziehung und die Männer haben dann plötzlich eine andere bevorzugt. Das hat sie sehr verletzt. Sie hatte kein Vertrauen mehr in das männliche Geschlecht.«

Nach einer Weile setzte sie hinzu: »Na ja, die haben auch alle ihre gerechte Strafe bekommen.«

Co konnte sich nicht erklären, wie sie plötzlich auf den Gedanken kam, aber sie wagte es einfach: »War einer der Männer vielleicht Hubert Schmitt aus Usingen?«

»Ist das wichtig?« Die Witwe sah sie nun direkt an.

»Allerdings. Das ist es. Und war der andere eventuell Holger Palme aus Wernborn?«, bohrte Co weiter.

»Der erste hieß definitiv Hubert Schmitt. Von dem zweiten kenne ich leider den Namen nicht. Sie hat mir den Mann nicht vorgestellt. Sie sagte damals nur, dass sie ihn erst dann mit in die Familie bringt, wenn die Sache spruchreif ist.«

»Und das war sie dann wohl nicht?«

»Ich erinnere mich genau. Es war Anfang Mai vor zehn Jahren. Sie kam wutschnaubend zu mir, heulte, warf mit Gegenständen um sich. Ich konnte sie kaum beruhigen. Das Einzige, was ich aus ihr herauskriegen konnte, war, dass sie der Mann, von dem sie glaubte, er liebe sie, hatte sitzen lassen.«

»Und Sie sind sicher, dass Sie den Namen des Mannes nie erwähnt hat?«

»Ganz sicher.« Frau Kain nickte.

Co schnipste mit den Fingern. »Frau Kain, Sie haben uns sehr geholfen. Und wir zwei müssen jetzt gehen.« Co sprang auf und winkte ihrem Kollegen, ihr zu folgen.

»Sie hören wieder von uns«, sagte Eberstädter zum Abschied.

*

»Warum hast du es denn auf einmal so eilig?«, wollte Eberstädter vor der Tür von seiner Kollegin wissen.

»Ich glaube, Henne ist in Gefahr. Lass den Glimmstängel aus. Dafür haben wir jetzt keine Zeit mehr.« Eberstädter steckte die Zigaretten wieder ein und setzte sich zu Co ins Auto.

Kapitel 87

»Ich geh dann mal wieder.« Henne schob sich an Regina vorbei. Nur widerwillig ging sie zur Seite. »Erdmann, wo bist du?« Wütendes Gebell war zu hören, doch der Dackel war nirgends zu sehen. Die anderen Türen, die vom Flur abgingen, waren verschlossen. Henne öffnete eine nach der anderen. »Erdmann, komm jetzt. Wir müssen gehen.« Henne hatte es auf einmal ziemlich eilig. Ihn beschlich ein unbehagliches Gefühl. »Ich finde das nicht lustig, du blöder Dackel.« Doch Erdmann blieb verschwunden. Das Gebell verstummte nicht. Henne ging den Flur auf und ab. Jetzt vernahm er eindeutig das Bellen hinter der Wand neben Reginas Schlafzimmer. Er hielt sein Ohr gegen den weißen Putz. Erdmann musste sich direkt hinter dieser Mauer befinden. »Regina, wo steckt der Hund? Was ist da hinter der Wand?« Sie sah ihn mit Unschuldsmiene an, lächelte seltsam verklärt. Henne klopfte gegen das Mauerwerk. Das Klopfen erzeugte ein hölzernes Geräusch. Hier befand sich keine Wand aus Stein, sondern aus Holz – eine Geheimtür, schoss es Henne durch den Kopf. »Regina, hier ist eine Tür. Wie geht die auf?«

Regina stand mit verschränkten Armen vor ihm, lächelte boshaft. »Keine Ahnung, was du meinst. Das musst du dir einbilden.« Auf der anderen Seite der verborgenen Tür waren nun ein Kratzgeräusch und leises Winseln zu vernehmen, eindeutig ein Zeichen von Angst und Unsicherheit.

»Erdmann, bleib ruhig, ich hol dich hier raus.« Henne strich mit den Händen über die raue Oberfläche, suchte nach einer Vertiefung oder einem Kontakt, um die verborgene Tür zu öffnen. Doch da war nichts. »Regina, mach die Tür auf oder ich hol das Einsatzkommando und lass dein ganzes Haus auf den Kopf stellen.« Er griff in seine Jackentaschen, um sein Handy hervorzuholen. Beide Taschen waren leer. In der Eile hatte er es im Auto liegen lassen.

Regina sah seinen verzweifelten Blick. »Na, Herr Kommissar, jetzt bist du wohl am Ende mit deiner Weisheit? Warum musst du auch überall deine Nase reinstecken?« Ihr schönes Gesicht hatte sich zu einer hässlichen Fratze verzogen. Mit ihr ging eine Verwandlung vor, die sie von der sympathischen Frau in ein widerwärtiges Monster verwandelte. So etwas hatte der Kommissar noch nie erlebt. Normalerweise wäre es für ihn ein Leichtes gewesen, Regina zu überwältigen, aber sein Gefühl riet ihm, vorsichtig zu sein. Wer weiß, welche Kräfte sie in dieser Situation entwickeln würde.

»Regina, sei vernünftig. Lass Erdmann raus. Wir könnten doch heute Abend bei einem Glas Wein über die ganze leidige Angelegenheit sprechen und uns beraten, wie wir mit der Situation fertig werden. Ich könnte heute Nacht sogar bei dir bleiben. Ich habe nichts mehr vor«, log Henne, um sein unberechenbares Gegenüber zu beruhigen.

Er sah, wie sich ihre Gesichtszüge entspannten. Wie von Geisterhand öffnete sich die Geheimtür. Henne hatte nicht gesehen, was Regina gemacht hatte, um das zu bewerkstelligen. Licht flammte in dem Raum vor ihm auf. Neugierig ging er auf die Öffnung zu. Mit Erstaunen nahm er Zeitungsartikel und Bilder an den Wänden wahr. Erdmann flutschte zwischen seinen Beinen hindurch und rannte auf die Treppe zu. Henne fühlte einen harten Stoß im Rücken. Er taumelte in den seltsamen Raum hinein, verlor das Gleichgewicht und fiel auf die Knie. Hinter ihm schloss sich mit einem gefährlichen Zischen die Tür. Das Licht ging aus.

*

Regina eilte hinter dem Dackel her. In der Mitte der Treppe erwischte sie ihn, trat ihn mit dem Fuß kräftig in sein Hinterteil. Erdmann polterte aufjaulend die Stufen hinunter, landete mit brutaler Wucht an der Wand gegenüber des Treppenabsatzes. Benommen blieb er liegen. Regina packte ihn am Schwanz und schleifte ihn in die Abstellkammer unter der Treppe.

»Frau Mutzke, wir sind dann fertig«, ertönte die Stimme von einem der Handwerker hinter ihr. Erschrocken sah sie den Mann an, der aus ihrem Wohnzimmer kam. Er schien jedoch nichts bemerkt zu haben und sah ahnungslos in ihre Richtung.

»Ja, danke. Auf Wiedersehen.« Sie öffnete ihm die Haustür, vor der bereits sein Kollege wartete.

»Wollen Sie sich denn nicht noch mal überzeugen, dass alles in Ordnung ist?« Der Handwerker wunderte sich. Frau Mutzke war eine sehr kritische Kundin, die üblicherweise alles genau in Augenschein nahm. Zudem verteilte sie nach getaner Arbeit großzügig Trinkgelder. Nichts davon geschah diesmal. Das Benehmen seiner Auftraggeberin kam ihm sonderbar vor.

»Auf Wiedersehen«, sagte er enttäuscht und verließ das Haus.

Regina verschloss die Tür, lehnte sich dagegen und vernahm erleichtert, wie der Kastenwagen aus der Einfahrt fuhr. Im Haus blieb alles still. Sie ging ins Wohnzimmer. Die Handwerker hatten alles wieder in seinen ursprünglichen Zustand versetzt. Nichts erinnerte mehr an ihren Wutanfall von vorgestern.

*

Co bediente den Klingelknopf. Nichts passierte. Sie zuckte die Schultern, drückte erneut auf die Schelle, diesmal lang anhaltend. Frau Mutzke musste im Haus sein. Ihr Auto stand auf dem Bürgersteig davor. Das Fahrzeug eines Raumausstatters hatte soeben ihren Hof verlassen.

»Soll ich die Tür öffnen?« Eberstädter zog das Besteck aus der Hosentasche, mit dem er fast jede Tür öffnen konnte und das er immer bei sich trug. »Hier ist doch eindeutig Gefahr im Verzug.«

»Nee, lass uns mal durch die Fenster oder im Garten nachschauen. Vielleicht ist Frau Mutzke auf der Terrasse und hört uns nicht.«

Sie gingen ums Haus herum und sahen durch die Fenster. Von der Frau gab es keine Spur. Auch durch das Glas der Terrassentür, das ihnen einen Blick auf das edel eingerichtete Wohnzimmer ermöglichte, war die Gesuchte nicht zu entdecken.

Das Geräusch eines davonfahrenden Pkws ließ sie aufhorchen. Sie rannten zurück zur Einfahrt. In diesem Moment schoss das Auto von Regina Mutzke über die Kreuzung davon.

Kapitel 88

Henne holte sein Benzinfeuerzug aus der Hosentasche, klappte es auf und zündete es. Die Flamme erhellte spärlich den kleinen Raum, half ihm jedoch, sich zu orientieren. Langsam erhob er sich, ging näher an die Wände heran, beleuchtete die Bilder und Zeitungsausschnitte. Beim Anblick des festgepinnten Materials wurde ihm mulmig. Als er begriff, was da vor ihm an der Wand hing, gefror ihm das Blut in den Adern. Wie hatte er sich so irren können? Seine Menschenkenntnis hatte ihn total im Stich gelassen.

Er suchte vergeblich nach einem Lichtschalter und einer Tür. Zwischen den Regalen erkannte er einen Freiraum, vermutete den Ausgang an dieser Stelle. Er tastete über die Oberfläche und suchte einen Öffner. Nach mehreren Versuchen gab er sein Vorhaben auf. Im diffusen Licht der Flamme fand er keine andere Vorrichtung, die es ihm ermöglichte, aus seinem Gefängnis zu entkommen. Er trat gegen die Tür, ließ sich mit aller Wucht dagegen fallen. Schnell gab er sein Vorhaben, sie gewaltsam zu öffnen, wieder auf. Verzweifelt setzte er sich auf den Boden, lehnte sich an eines der Regale und dachte angestrengt nach.

*

»Eberstädter, geh rüber und schau nach, ob Henne zu Hause ist.

Ich bleibe hier und telefoniere.« Co setzte innerhalb von wenigen Minuten den Apparat der Wetterauer Kriminalpolizei in Gang. Eine sofortige Fahndung mit Haftbefehl wurde eingeleitet. Streifenbeamte wurden in die Anwaltskanzlei auf der Kaiserstraße, zu Frau Kain und Frau Eisenhut geschickt. Durch großräumige Straßensperren wurden am gleichen Abend hunderte von Autos angehalten. Leider ohne Ergebnis. Regina Mutzke blieb verschwunden.

Henne war nicht zu Hause. Über sein Handy konnte man ihn nicht erreichen. Das lag im Innenraum seines BMWs, der vor seinem Haus stand. Er meldete sich weder im Polizeipräsidium noch bei seiner Kollegin. Der Ermittler blieb ebenso spurlos verschwunden wie die verdächtige Anwältin. Und wo war Erdmann?

Kapitel 89

Cosima war besorgt. Sie konnte sich das Verschwinden ihres Kollegen nicht erklären. Spät am Abend war sie noch einmal in die Mainzer Tor Anlage gefahren. Auf das lang anhaltende Klingeln reagierte niemand. In Alexanders Haus blieb es still.

Sie ging auf die gegenüberliegende Straßenseite zum Haus von Regina Mutzke. Die Rollläden vor den großen Fenstern waren geschlossen. Durch das Glas in der Haustür schimmerte Licht. Sie klingelte, aber wie nicht anders zu erwarten, öffnete niemand. Wahrscheinlich waren die Fensterläden und das Licht elektrisch geschaltet.

Cosima ging um das Haus herum in den Garten und lauschte angestrengt. Nichts war zu hören.

Widerwillig und mit einem unguten Gefühl fuhr sie nach Hause.

*

Sie konnte keinen Schlaf finden. Immerzu musste sie an ihren Kollegen und seinen Rauhaardackel denken. Aus der Ferne hörte sie ein lang gezogenes Heulen. Es erinnerte sie an einen Wolf. Sollte sich ein solches Tier hier in die Wetterau verirrt haben? Sie konnte es sich nicht vorstellen. Doch das Heulen hörte nicht auf, fraß sich in ihrem Ohr fest. Sie trat ans Fenster und schaute in die dunkle Nacht.

Der Mond war nicht zu sehen, schwere Regenwolken waren am Abend über die Wetterau gezogen und zwischen dem Taunus und dem Vogelsberg hängen geblieben. Cosima roch den nahenden Regen. Es konnte nicht mehr lange dauern, bis die ersten Tropfen auf den ausgetrockneten Boden fallen würden.

Da war es wieder, lang und qualvoll hörte es sich an. Und wenn es gar kein Wolf war, sondern Erdmann, der nach ihr rief?

Cosima zog sich hastig an und eilte nach draußen, versuchte die Richtung auszumachen, aus der das Heulen kam. Aber das Geräusch war verstummt.

Plötzlich fegte ein heftiger Wind übers Land, brachte den lang ersehnten Regen, der schwer herniederfiel. Enttäuscht ging Cosima ins Haus zurück, legte sich angezogen aufs Bett. Sie hörte dem Rauschen vor ihrem Fenster zu. Irgendwann musste sie vor Erschöpfung eingeschlafen sein.

Ein klagender, lang anhaltender Ton drang an ihr Ohr, weckte ihr Bewusstsein, holte sie ins Hier und Jetzt zurück. Es musste Erdmann sein, der ihr etwas mitteilen wollte. Sie spürte, dass er in Gefahr war.

Cosima sprang erneut aus dem Bett, setzte sich in ihr Auto und raste über den nassen Asphalt nach Friedberg, in der festen Überzeugung, dass Erdmann versuchte, ihr eine Botschaft zu übermitteln.

Der Regen prasselte auf das Autodach. Im Radio ertönte ausgerechnet der Song von Elvis Presley *Kentucky Rain*. Das konnte kein Zufall sein.

Sie hielt vor dem Haus von Regina Mutzke. Alles war dunkel. Der Regen rauschte. Cosima eilte zur Haustür, hielt ihr Ohr an das Holz. Von irgendwoher konnte sie ein Kratzgeräusch vernehmen, ein leises Winseln. Cosima klopfte. »Erdmann!«, rief sie und lauschte angespannt auf eine Antwort. Da, da war es wieder, das Heulen, der lang gezogene Klagelaut.

Erdmann musste sich im Inneren des Hauses befinden.

Cosima zögerte nicht lange und verständigte die Feuerwehr. Mit brachialer Gewalt wurde die Haustür geöffnet. Ganz deutlich war nun das Winseln zu hören.

Die Kommissarin folgte dem Klagen des kleinen Dackels und fand ihn schließlich hinter einer Tür unter der Treppe. Das Tier stürzte sich auf sie, bellte erregt, so als wolle er ihr etwas sagen.

»Erdmann, wo ist dein Herrchen?« Henne musste sich ebenfalls im Haus befinden. Daran hatte sie keinen Zweifel.

Etwas schwerfällig rannte Erdmann die Treppe hoch, blieb vor einer Wand stehen, schnüffelte aufgeregt, begann daran zu kratzen und wütend zu bellen. Gleich darauf vernahm Cosima ein Klopfen von der anderen Seite und eine dumpfe Stimme, die zweifellos zu ihrem vermissten Kollegen gehörte.

Epilog

Der Kommissar und sein vierbeiniger Gefährte erholten sich schnell von den Strapazen ihres unfreiwilligen Aufenthaltes im Haus der mörderischen Anwältin. Den Schock über die wahre Identität der Frau verdaute Henne jedoch nicht so schnell. Vierzehn Tage nach ihrem Verschwinden wurde das Auto von Regina Mutzke in der Tiefgarage am Europaplatz in Friedberg entdeckt. Einem Mitarbeiter der Kreisverwaltung war der Wagen aufgefallen. Die Anwältin blieb verschwunden. Die Fahndung nach ihr war ergebnislos verlaufen. An den Polstern im Wageninneren fand die Spurensicherung lange blonde Haare, die identisch mit den Haaren waren, die Henne von der Perücke genommen hatte, die aus dem Schlafzimmer von Regina Mutzke verschwunden war. Die Haare hatten die gleiche DNA wie das Haar auf der Jacke des erstickten Holger Palme.

Die Sichtung der Unterlagen, die man in dem geheimen *Refugium* in ihrem Haus entdeckt hatte, bewiesen, dass Regina Mutzke den Erstickungstod an Holger Palme herbeigeführt hatte. Rache war ihr Motiv gewesen. Rache an einem Mann, den sie über alles geliebt und der sie wegen einer anderen aus rein materialistischen Gründen verlassen hatte.

Aus einem ihrer Tagebücher erfuhren die Ermittler alles haarklein, von dem ersten zufälligen Kennenlernen der beiden auf dem Hof der Schwestern in Wernborn, dem Versteckspiel während seiner Scheidung von seiner ersten Frau Petra und den heimlichen Treffen in dem Bad Nauheimer Hotel, bis zu der zufälligen Entdeckung der Heiratsabsichten ihres Geliebten. Bei der Abfassung des Ehevertrages zwischen Holger und seiner zukünftigen Gattin Birgit Schmitt-Palme hatte die Anwältin erfahren, dass er gar nicht die Absicht gehabt hatte, eine feste Beziehung mit ihr einzugehen. Für ihn war die Affäre rein sexueller Natur gewesen.

Damals hatte sie geschwiegen, sich ohne großes Aufsehen zurückgezogen, hatte eine günstige Gelegenheit abgewartet, sich an ihrem ehemaligen Liebhaber zu rächen.

Holger Palme war seiner Sexgier zum Opfer gefallen, die ihn dazu verleitet hatte, sich nach einer halbjährigen Pause erneut mit Regina einzulassen. Das hatte sie ausgenutzt und ihn geschickt in den Tod getrieben. Eiskalt hatte sie ihm bei seinem qualvollen Sterben zugesehen.

Auch den Tod von Doris Fleischhauer und Reginas Partner aus der Kanzlei, Wolfgang Kain, hatte sie indirekt zu verantworten. Regina hatte Doris geschickt manipuliert und dazu benutzt, sich an ihrem Schwager zu rächen, der sie wie ein Stück Dreck behandelt hatte.

Auch er war seiner übertriebenen Sexgier und seiner Vorliebe für abartige Spielchen, die er mit anderen Frauen auslebte, zum Opfer gefallen. Wolfgang Kain hatte in seiner Verzweiflung seine willige Geliebte Doris umgebracht und sich aus Angst und Scham anschließend erhängt.

Das Führen ihrer Tagebücher hatte Regina Mutzke schon als Jugendliche begonnen. Die ersten Eintragungen handelten vom Tod ihres Großvaters, der an einem Stück Brot erstickt war.

Regina hätte ihn durchaus retten können, wenn sie Hilfe herbeigeholt hätte. Der Großvater hatte den Grundstein ihres Hasses gelegt.

Auch der Tod ihres Bruders, der in der Jauchegrube ertrunken war, fand ausführlich Erwähnung. Die Hilfe hatte sie ihm absichtlich verweigert. Er hatte sie ebenso mit bösen Worten und Verachtung gequält wie ihr Großvater.

Hubert Schmitt, ihre erste große Liebe, ließ sie auf einem Waldweg verbluten. Die um Hilfe flehenden Worte des Schwerverletzten konnten sie nicht beeindrucken. Er hatte ihre Liebe verraten und eine andere geheiratet. Er musste genauso qualvoll sterben wie all die anderen.

Zurückweisung und Ablehnung hatten Regina Mutzke zu einem Monster gemacht. Dabei hatte sie immer nur eines gewollt, geliebt und geachtet zu werden.

Mit Alexander Henneberg hatte die Anwältin die nächste Enttäuschung erlebt. Auch ihn hätte sie sterben lassen.

Juliane Landmann verstand es bestens, die Berichterstattung über die Todesfälle aus der Wetterau neutral und sachgemäß abzufassen. Die Artikel über *das Monster aus der Wetterau*, wie man Regina Mutzke nannte, brachten der Redakteurin allerhöchste Anerkennung. Sie wechselte zum Jahresanfang 2007 als Pressesprecherin zum Polizeipräsidium nach Friedberg.

Maria Eisenhut konnte nicht fassen, was man ihr über ihre Nichte berichtete. Sie hatte nichts mehr von ihr gehört. Für sie blieb Regina genauso verschwunden wie für die Behörden.

Im Herbst zog Henne mit dem Schäfer Andreas Schmid und seiner Herde über die Wiesen rund um Münzenberg. Er genoss die Wochenenden in der freien Natur und die Gespräche mit dem jungen Mann. In den langen Nächten war ihm vieles klar geworden. Die psychische Verletzung, die Regina ihm beigebracht hatte, saß wie ein tiefer Stachel in seinem Herzen.

Dennoch hörte er immer wieder den Song von Elvis Presley: *I can't stop loving you.*

Co war es schließlich, die ihn dazu ermunterte, endlich einmal Urlaub zu nehmen. Über Weihnachten und Neujahr reiste Alexander Henneberg nach Amerika und erfüllte sich einen lang gehegten Traum. Er besuchte das Heim von Elvis Presley in Memphis, Tennessee, das heute als Museum und Gedenkstätte des viel zu früh verstorbenen King of Rock'n'Roll dient.

ENDE

Tod im Schatten der Burg

die Kriminalserie von

Jule Heck

Bisher erschienen:

Teil 1:
Die Sau ist tot

Teil 2:
Lebendig begraben